El arpista ciego

TERENCI MOIX

El arpista ciego

Una fantasía del reinado
de Tutankamón

Frontis de Pere Gimferrer

CÍRCULO de LECTORES

A Inés González,
Seshat invicta

FRONTIS

por

PERE GIMFERRER
de la Real Academia Española

¿Se propone narrarnos Las mil y una noches *o* La belle Hélène *de Offenbach, el* Libro de los Reyes *de Firdusi o* Amazonas negras *de Don Weis, el primigenio relato de Sinuhé que completó un escriba o más bien* La tumba india *de Fritz Lang? Todo ello a un tiempo, sin duda, en una salmodia en la que el énfasis se desliza hacia el falsete y coexiste con la parodia y el habla coloquial. Entre otras cosas, nos hallamos ante una apoteosis del carnaval, del oropel: algo que ya desde muy pronto –por lo menos desde* Mundo macho, *y ni que decir tiene que desde* Nuestro Virgen de los mártires*– había imantado la atención del autor. Pero de este autor, precisamente, algo habría que decir, puesto que él mismo lo dice: «Yo, que soy el narrador...» le leeremos (¿o le oiremos exclamar?) en varias ocasiones. En ellas no sólo no disfraza sino que deliberadamente acentúa tanto su papel demiúrgico como su identidad individual, de suerte que el relato entero puede percibirse también, si así lo deseamos, como una recopilación fantasmagorizada mediante alegoría de su mundo e incluso, en filigrana, de su vida desde la perspectiva del hoy en que concibe y ejecuta el texto.*

Una fauna terrestre (un bestiario parlante) coexiste aquí con una llamémosla fauna celeste, como en el anti-Olimpo de una Odisea *escrita por alguien que actúa respecto a los dioses como Teófilo Folengo respecto a los mitos caballerescos, o por un Marino que hubiese decidido que la desmesura expresiva de su* Adone *requería tratarlo en forma de poema burlesco (o* half-serious, *al modo de Pulci, en la conocida fórmula de Byron, de cuya intención no nos hallamos aquí tan lejos como un lector superficial podría creer).*

Muy dicharacheros son aquí todos en verdad, y, para ser egipcios, muy de la copla española y del Madrid castizo. Pero no sólo de él, por cierto: llamar sistemáticamente «cieguito» al protagonista no estoy seguro de que fuera lo primero que se le podía ocurrir a Arniches o a don Ramón de la Cruz, pero sí, en cambio, será lo más efectivo para alguien que desde niño ha tenido presente el tango La ceguita *y para alguien que, por otro lado, en su catalán materno, muchas más veces habrá oído el diminutivo familiar «ceguet» que el difícil cultismo «cec» o el vulgar castellanismo «cego».*

Confluyen así, por decirlo de un modo rápido y gráfico, El peso de la paja, No digas que fue un sueño *y* Chulas y famosas *(al fondo, todavía, como en una transparencia fílmica, corre el diorama de* La torre de los vicios capitales*). Algo parecería al primer vistazo no haber sido convocado, pero precisamente era algo que no podía faltar a la cita y que dará al libro –ni más ni menos que en los días de «Lilí Barcelona»– su sentido a la vez más jubiloso y más grave: aquella afirmación, por un lado, del cuerpo hedonista, y, por otro, la melancolía de saberse perecedero en el vendaval de las edades.*

Arrogantemente, en la caperuza cónica de la sociedad en narcosis en la que irrumpió hace más de treinta años, esta voz proclamaba ante todo, de modo resuelto, con su timbre propio, lo que a todas luces era ocultado en la cegata mesa camilla del núcleo familiar pequeño burgués cuya captación, en no menor medida que la captación de Eisenhower, explica la longevidad del franquismo, diluido en aquel «aguachirle conyugal» que desde su exilio avistaba Cernuda pocos años antes de la publicación de «El demonio». Lo así ocultado era, por supuesto, lo que a cualquier adolescente más podía y puede importar: no hay verdadera palabra de escritor que, en la forma que sea, no lo designe. Bien sabemos qué es. Nombrarlo es poetizar.

No por azar el arpista y el flautista quedan aquí extáticamente fijos en la noche de una adolescencia interminable: con su triunfo, asistimos a la elegía de la edad en que el de-

seo nos abre los ojos para vernos a nosotros mismos. De la recuperación, de la afirmación y de la reivindicación de esa edad trató, desde sus momentos aurorales, la escritura que aquí narra esta historia, en cuyo entramado comparece además la fronteriza galvanización del kitsch *por la alta cultura, fascinante esfinge de la estética contemporánea, que, en su ambigüedad, irriga todos los textos del autor. Pero, al fin y al cabo, lo que verdaderamente cuenta es otra cosa: con orgullo siempre, con ironía a menudo, con dolor en sordina, incluso en la astracanada, con un trémolo en la voz, quien, conmovidamente, pudo decir «Adolescente fui en días idénticos a nubes» con el sevillano transterrado, podrá decir, al final del libro, conmovedoramente, con el transterrado romano: «Cum repeto noctem, qua tot mihi cara reliqui / labitur ex oculis nunc quoque gutta meis».**

B., 15/18-XI-2001

* *«Cuando recuerdo la noche en que dejé tantas cosas queridas / todavía hoy caen lágrimas de mis ojos.»*

PROPÓSITOS

Podría ser una segunda parte de mi anterior novela *El amargo don de la belleza.* De hecho, recupera un período histórico que abarca la muerte de Akenatón, la caída de la Ciudad del Sol (Amarna) y, sobre todo, la restauración emprendida por Tutankamón. Este parentesco temático explica alguna repetición, al tiempo que expone un desafío: abordar el mismo tema en claves completamente distintas.

El arpista ciego se complace no siendo lo que el lector de mis obras egipcias podría esperar. Esta fantasía o también *capriccio* o también retablo costumbrista, pretende despojar a la novela histórica de su habitual solemnidad para recobrar el tono de las fábulas. Y la fantasía ocupa un papel tan importante que se erige en estrella invitada, y busca ecos de mis primeros intentos de narrativa *(La torre de los vicios capitales).*

No existe el menor motivo para no utilizar alfombras mágicas, si otros las utilizaron antes; y si los dioses de Homero departían con los héroes de Homero, tampoco hay razón para que los personajes de esta novela se nieguen a mantener con sus dioses un diálogo interminable, máxime cuando esos dioses eran un ingrediente primordial del imaginario egipcio.

Esta historia de tres lindos adolescentes pudiera estar pensada para los niños que nunca crecieron; y es aquí donde Peter Pan podría ponerse la corona de las Dos Tierras y volar a sus anchas sobre ese Nunca Jamás que acaba siendo Tebas, uno de mis espacios míticos. Lamentablemente para el público infantil –apetecibles lectores–, los personajes de esta novela follan mucho y piensan demasiado.

La mezcla de géneros me permite escapar parcialmente a la tentación que conlleva la novela histórica: la reconstrucción del pasado entendido como calco. Seamos sinceros y acaso crueles: en la actualidad, la llamada realidad virtual va más lejos de cuanto puedan alcanzar las pretensiones del escritor; pero a éste nadie puede quitarle la tentación de convertir la realidad virtual en material poético, sobre todo cuando se trata de reconstruir la vida de un período que el escritor adora. Sólo aquí puede hablarse de una aproximación arqueológica: en la reproducción de la vida cotidiana, que he intentado documentar con una fidelidad que llega al mimo. Un auténtico trabajo de artesano.

Poseemos escasos conocimientos sobre algunos elementos primordiales del argumento: la música en el antiguo Egipto es el más apasionante y menos claro, y debo decir que lo ha sido mucho más para mí tras conocer los valiosos escritos de Agustín Barahona Juan y Lise Manniche. Para temas relacionados con el papel de la mujer en la época, he consultado numerosas obras destacando, como siempre, Christiane Desroches Noblecourt. Están también los enigmas que plantean algunos personajes reales. Cualquier descubrimiento, por pequeño que sea, puede cambiar las teorías existentes sobre Akenatón y Tutankamón. Es lógico y, sobre todo, literariamente honesto que, aparte de los episodios estrictamente novelescos el destino final de estos personajes esté edificado sobre la ambigüedad y la duda. Por otro lado nada tan ambiguo y dudoso como el lugar que ocupa Tutankamón entre un caudal de fetichismos personales. Aparece el cine, una vez más, y en el amado rostro del faraón adolescente se dibujan, para mis ensueños, los labios de Sal Mineo. Y, ya en el terreno de las inspiraciones inexplicables, Ipi y Jonet tienen los rasgos de Leonardo DiCaprio en su doble papel de *El hombre de la máscara de hierro*.

Hay en la novela un préstamo que no debo silenciar: debo a Francesca Berenguer algunas noticias sobre la homosexualidad en el Antiguo Egipto; en cuanto al diálogo del vuelo de Jonet hacia el palacio de la diosa del Ojo Que

Todo Lo Ve, pertenece palabra por palabra al filme *El ladrón de Bagdad*, de Alexander Korda. No hay otra razón que el impacto que esta escena me produjo en mi infancia. Por ello, más que un préstamo, es un homenaje a lo que fui, así como a los niños que nunca crecieron, admiradores sin duda de Sabú.

Tras los préstamos, alguna licencia en la transcripción de los nombres egipcios. Si bien me he ceñido completamente a los valiosos consejos del profesor Josep Cervelló Autuori, me he tomado la libertad de deformar el nombre del protagonista, que se llama como el hijo de la diosa Hator. En ambos casos, la grafía original sería Ihy, pero la letra «h», tan fácil de convertir en sonido «j» hubiera dado lugar a chistes fáciles tipo «el hiji de la dama Kipa».

Lo confieso: éste ha sido uno de los trabajos más arduos de mi carrera de escritor. Agradezco la ayuda de algunas personas que me han mostrado el camino para salir del calvario leyendo la obra en sus aspectos todavía informes: Nuria Espert, Charo Albarrán, Virgilio Ortega, Pere Gimferrer, Pedro Manuel Víllora y, naturalmente, Enrique Murillo. También a Julián León, Carlos Revés y Carlos Creuheras por su infinita paciencia, y al equipo técnico de Editorial Planeta. Y, por fin, a Silvia y Pepe Martín, que aceptaron apadrinar a Cabriolo sin miedo a las cobras y a Jacinto Antón por su ciencia en abubillas.

TERENCI MOIX

La verdad no se encuentra en un sueño,
sino en mil sueños.

P. P. Pasolini
Il fiore delle mille e una notte

Pasa un día feliz, hermano,
olvida la maldad, vive lo bello,
hasta que te llegue el tiempo de morar
en la tierra que ama el silencio...

Canto del arpista ciego

SOÑADORES DEL NILO, ¿qué historia os contaré que sea amena y además bonita? La que me permite remontarme a un tiempo perdido en la inmensa noche en que los dioses hablaban con los hombres e imitaban su comportamiento. Tiempo que nosotros consideramos anterior a la creación y, sin embargo, ya vivió su madurez. Porque así era Egipto antes de cualquier tiempo conocido: un suelo tan viejo que el propio sol se avergonzaba de ser joven a su lado.

Desde las plazas públicas donde obtengo un cuenco de lentejas a cambio de mis narraciones, quiero hablaros del infinito asombro de aquellos tiempos y desgranar la crónica de sus días. Contaré las horas del arpista de Tebas, y al contarlas nos emocionaremos como dicen que hacía el faraón, como hacía Nebjeperure Tutankamón, sí, cuyas lágrimas arrancaba el insolente músico. Y es gran sorpresa que, lejos de recibir castigo por ello, fuese recompensado con los más altos honores, entre los cuales, el afecto del rey a quien hacía llorar.

Y aseguran que decía Tutankamón:

–Te llevo cerca de mi corazón, cieguito. A pesar de vivir en un mundo oscuro, eres luminoso y consigues ponerle luz a la música. Deja que te nombre Príncipe de los Sonidos, porque nadie ha sabido acaudillarlos como tú, según mi gusto.

Las auras del Nilo unen la suerte del divino Tutankamón con la del niño ciego que ostentaba el nombre del más dulce de los diosecillos: Ipi, el portador del sistro, el que hace música entre los cuernos de su madre Hator, la gran vaca celeste que lleva el sol por tocado y las constelaciones en el útero.

Pero ésta es también la historia de Jonet, el niño flautista que puso furia a la música mientras el ciego la ungía de dulzura. De ahí que Tutankamón sintiese temor por sus arranques, ya que aquel que enfurece a los sonidos corre el peligro de ser también furioso.

Ipi, Jonet y Tutankamón nacieron el mismo año, en un período que los sensatos consideraban el ocaso de los tiempos, porque eran los tiempos elegidos por el hereje Amenhotep IV para alterarlos todos. Fue en pleno apogeo de la ciudad que había construido en homenaje a su Atón, el disco solar que usurpaba los altares de los dioses predilectos de las generaciones de la Humanidad. Al proclamarle absoluto y único, Amenhotep cambió su propio nombre, que rendía homenaje al poderoso Amón de Tebas, y pasó a llamarse Akenatón, el que es agradable a los ojos de la nueva divinidad. Desde entonces, los rayos del sol vinieron a posarse diariamente sobre el faraón, pero esos dedos mágicos, portadores de vida, se convirtieron en garras mortales dirigidas contra todo lo que representaba a los dioses tradicionales. Fueron derribadas sus estatuas, borradas sus imágenes, desmantelados sus santuarios, prohibido su culto.

Un rastro de destrucción sacudió la consciencia de los fieles. Y mientras la nueva luz bañaba a Akenatón y su Ciudad del Sol, las tinieblas se cebaban sobre Tebas, dominio de Amón sobre la tierra. Las grullas graznaron mensajes de muerte. Se convirtió en veneno el agua que salta en la primera catarata, gruñó insultos el granito de las orillas, lloraron de rabia las hienas... hasta que un día la elefanta sagrada de los pueblos nubios les dijo a sus compañeras de santuario:

–Niñas: traigo la trompa llena de noticias.

Del mismo modo que nunca mintió un pico de ibis, jamás mentirá una trompa de elefanta. Por ella supieron las otras paquidermas que, en aquellos turbios días dominados por el celo de la religión única, se estaba fraguando una protesta. Y es que acababan de reunirse en asamblea los antiguos dioses. Estaban llegando todos a la isla que emerge del Océano Primordial, allí donde nació el mundo; la isla que nace del agua, origen de las cosas; la que engendra el mito, origen de toda narrativa.

Llegaban uno a uno, sin aglomerarse, para no despertar las sospechas de los sacerdotes del dios enemigo. Llegaron con sus famosos tocados, muy deslucidos porque en los últimos tiempos no tenían ocasión de ponérselos. De lo que siempre fue cabalgata de riquezas sólo quedaba un vestuario roñoso. Las plumas del halcón, antes enhiestas, estaban torcidas; las plumas de avestruz, que solían tensarse en las puntas, estaban decaídas; las pieles de pantera perdían pelo, de las máscaras se desprendían pequeñas láminas de oro, y el lapislázuli de las pelucas femeninas se había cuarteado.

Tras diez años de prohibición ya no sabían qué hacer aquellos dioses cesantes. Pero allí estaban, con cabezas de mandril y hocico de gato, con testas de leona y pezuñas de vaca. Y Amón, el más ultrajado, sólo dejaba ver su ojo, porque para algo le llaman el Oculto.

Los otros dioses eran tan generosos que incluso toleraron su hegemonía y el inmenso poder de sus sacerdotes. Siempre se dijo que Amón había salvado a Tebas de los temibles invasores extranjeros, por tanto su poder era legítimo y legitimado. Pero ni siquiera en sus momentos de máximo esplendor pretendió reinar a solas.

Esos seres celestes fueron ejemplo de convivencia durante siglos. Ellos y ellas habían protegido de todo mal a los habitantes de las Dos Tierras. Cada uno cuidó de un elemento, cada una patrocinó una ciudad, todos acompañaron a los difuntos en su viaje a las oscuras cavernas. Los dioses buenos lucharon contra los perversos, el hermano luchó contra el hermano, las cuñadas llegaron a no hablarse durante un tiempo. Y así, sus rencillas representaron la lucha del Bien contra el Mal convertida en reflejo celeste de la infinita comedia humana. Y aunque alguno llegase a ser más poderoso que otros nunca se excluyeron.

Incluso en aquella asamblea dieron prueba de su extremado liberalismo cuando se inclinaron ante la llegada de la noble Isis, esposa y madre de la Humanidad.

–No soy ni sombra de lo que fui –gimió la gran soberana del cielo–. Yo bajé a la tierra para enseñar a los hombres las ciencias de la vida, y ahora me veo sin cargos, arrinconada como una vieja, huérfana del cariño de mis párvulos. Y ese dios único persiste. Y su poder dura y dura y no deja de durar.

–Así reviente –dijeron todos los dioses al unísono.

–Concedo –dijo Osiris, soberbio señor de la ultratumba.

–Y que el hereje Akenatón reviente mil veces –dijo Sobek, el cocodrilo.

–Concedo.

Horus, el halcón, mostró su impaciencia:

–Haz algo más que conceder, padre mío. Opina. Decreta. Juzga como hacías antes.

–Tu hijo está en lo cierto... –dijo Sobek–. Pocos tan perjudicados como tú, gran señor del inframundo. Todos tus ritos funerarios han sido sustituidos, y ese Akenatón se ha inventado una vida eterna que nadie sabe en qué consiste.

Y pues se solicitaba su opinión, opinó Osiris:

–Están negros los tiempos. Lo están así en el cielo como en la tierra. Este dios que se pretende único es un tirano. Además de no tolerar compañía, quiere controlar todos los aspectos de la creación.

Comentó la hermosa Hator, agitando sus orejas de vaca:

–Y, sobre todo, ¿de dónde saca tiempo para ocuparse de las tareas que antes nos repartíamos entre todos?

–Son cosas que jamás se habían visto –dijo Anubis, que protege a los difuntos.

Seguía Isis con sus lamentos:

–He llorado ante mis estatuas martilleadas. En los relieves que contenían mi rostro sólo se ven agujeros. Mi hijo Horus también ha sido machacado y sus sacerdotes apedreados por los fanáticos de Atón. ¡Si por lo menos fuera único, pero inofensivo...!

–Rara avis sería –dijo Osiris–. Un solo dios crea la intolerancia y fomenta el fanatismo. Enseñemos a los hombres que, cuando llegue un dios que presuma de unicidad, desconfíen de él.

–¡Ay, dolor, ay, agonía! –seguía Isis–. Ya no somos nadie, nosotros que tanto fuimos.

Saltó al ruedo la vivaracha Neftis, que solía ponerse en jarras al hablar y, al contrario de diosas más prudentes, lucía con singular donaire la peineta y el mantón:

–Mira, bonita, la cosa no está tan negra como la pintan esos cenizos. El hereje no ha conseguido que el pueblo deje de invocarnos. En cuanto sales de la Ciudad del Sol, las cosas siguen como antes. A ti se dirigen los enamorados, noble Hator; a ti, Isis, los enfermos del cuerpo; al gentil Anubis, los que aspiran a un buen morir. No tenemos altares para lucirnos, pero nadie nos toca un pelo en el corazón de los humanos. O séase, que a esperar tiempos mejores y sanseacabó. En cuanto a Akenatón, que le den morcilla de Kom-Ombo.

–Exactamente –dijo Tot–. Y de los dioses únicos quiera librarnos Dios.

Preguntó la hipopótama Tueris, con acento ingenuo:

–¿Qué dios puede librarnos a los dioses de un Dios único?

Y se quedaron todos sin discurso.

¡BENDITAS SEAN LAS DIOSAS DE EGIPTO, que hablan como las vecinas de mi calle! Benditas sean, porque se entiende lo que dicen cuando a sus sacerdotes no los entiende ni el propio Amón; del mismo modo que nunca fueron entendidos los letrados y sí el campesino que contempla los juegos de la naturaleza.

Yo, que soy el narrador, yo, que cuento, explico, manipulo, yo observo esas imágenes como si decorasen una tumba amada. En esa historia perdida en el tiempo, ¿qué soy sino la víctima de una nostalgia que siempre permanece? Es la nostalgia por las cosas que nunca conocí, la memoria de los seres que me precedieron en los inmensos salones del olvido, los que la fantasía colocó en mi corazón para hacerlos resurgir de la nada, convertidos en coetáneos y convecinos.

Yo soy el narrador que soñó a Egipto en el vientre materno. ¿O acaso soy el niño que soñó al narrador realizándose en Egipto? ¿O soy Tutankamón, que soñó tenerme entre sus brazos?

¡Mito que sustituye a la vida para que la vida permanezca!

Y dentro de este mito, que alimento desde la infancia, emerge ella, Tebas, reina de las ciudades, perla única en la corona de las Dos Tierras. Urbe que invoca en la memoria de las generaciones la forja de un imperio y el triunfo de una sabiduría...

Templos, palacios, mercados, chozas, jardines, naves...

Recordad siempre el encanto de los atardeceres de Tebas, cuando la barca solar se desplaza sobre el último resplandor del día y va a perderse en el reino de los muertos. No hay en el mundo hecatombe parecida a la que organizan los colores sobre el Nilo.

Nut, patrona de la noche, despliega su manto de estrellas; asombrosos zodíacos cabalgan en el cielo, y Tebas, en la tierra, vence la maldición de la oscuridad por el conjuro de sus mil luces. Antorchas en las esquinas, lamparillas de aceite crepitando en los hogares, pebeteros en los altares del dios único. ¡Y ojalá volviesen los dioses del pasado para que hubiese más fogatas crepitando al unísono!

Miles de luciérnagas domesticadas convierten a Tebas en un continuo brillo. Y entonces, los tebanos consagran a la noche el ocio que tuvieron que ahorrar en el agobio del trabajo cotidiano.

Durante el día, la vida estuvo en la calle; al caer la noche, la vida de la calle ha subido a las azoteas. Tebas se convierte en una ciudad aérea. Los ardores del día –que siendo vida acaban ahogando a la vida– se trocan por un frescor casi frío que pone en las almas un temblor delicioso, como si los miembros se empapasen de nieve. (Pero ¿quién, en Tebas, conoció jamás ese fenómeno?)

Tebas está a la fresca, y en ella se produce inevitablemente el imperio de las vecinas. Repantigadas en sillas de mimbre, abanicándose con plumas de ganso, dejan que en sus escotes palpite un sudor frío, para proclamar que están ahítas de palique.

Y de esas conversaciones que van flotando por las azoteas de Tebas mi narración se beneficia. Mi narración es Tebas en la voz de sus vecinas.

VIVÍAN EN UNA CALLE CONSIDERADA entre las más selectas de Tebas, no por lo concurrida, antes bien por lo aislada y recoleta. Sólo había seis mansiones, que más no hubieran cabido porque eran a cuál más amplia y vistosa. Y todas disponían de frondosos jardines con estanque y peces y gran provisión de lotos y nenúfares. La llamaban la calle de Las Acacias, por esos árboles que producían placentera sombra a lo largo de la calzada. Del mismo modo, las mansiones se llamaban según el árbol que destacaba en cada uno de sus patios. Había así la casa del sicomoro, la del granado, la de la higuera, la de la parra, la de la persea y, al final de la calle, la mansión de las tres palmeras, que en tal número se mostraban porque su dueña, una rica heredera que se casó con el escriba Najt, era proclive a la ostentación y al aparato. Y eso caía muy mal a las vecindonas, que se jactaban de ser prudentes y austeras como buenas egipcias. Y así decían:

–En todo ha de verse cuando una mujer es piojo resucitado y no gran señora, porque en el primer caso siempre tiende a mostrarse superior a las otras; y en esto prueba no serlo, pues bien dicen las viejas que tienen la sapiencia de los años: «Dime de lo que presumes y te diré de qué careces».

¡Cuán distinta opinión merecía a las vecinas la ecuánime Nofret! Había sido Divina Adoratriz de Amón pero, tras la prohibición del culto, vivía sola con sus recuerdos y consagrada a enseñar a las damitas en flor una pléyade de nobles tradiciones que le venían de casta. Descendía de personajes tan nobles que solía recibir con regularidad la visita de Querehet, la diosa áspid que encarna el origen de los tiempos y la antigüedad de los linajes familiares.

Pero todavía era más respetada la dueña de la mansión de la parra, la dama Kipa, cuyo vientre privilegiaron los dioses al convertirla en residencia temporal de nuestro arpista favorito. Pero, además, tenía Kipa méritos propios, y al no hacer ostentación de ellos eran más meritorios.

Descendía de un linaje de nobles campesinos, pero era de talante ciudadano y cada vez que debía desplazarse a sus propiedades se le caía el mundo encima y sólo ansiaba regresar a la calle de Las Acacias. Allí había fomentado su pequeña sociedad y aumentado su prestigio.

Era tan reina en lo suyo que todos la llamaban la Dama de la Casa; y aunque así se conocía a las matronas en general, a ella le quedó como título honorífico, pues las honraba a todas al honrar lo que todas representaban. Porque, al contrario que en otras naciones, la mujer egipcia tiene grandes derechos y sabe ejercerlos. Incluso el marido más indigno los reconoce, perpetuando así la sabiduría antigua que aconseja no inmiscuirse jamás en las decisiones de las damas de las casas, porque de ellas es la administración perfecta y nadie las mejorará en la educación de los hijos.

Se educó Kipa bajo esos principios de autoridad y supo inculcarlos a sus dos hijas, Seshat y Merit, para que los aplicasen cuando fuesen damas de sus propias casas. De momento eran niñas de gran belleza y dotadas de excelentes modales. Y siempre tuvieron que agradecer haber nacido mujeres, pues de este modo su educación dependía de la Dama. Si hubiesen nacido varoncitos, habrían quedado al cuidado de su padre, con riesgo de salir como él.

Todos los méritos de la dama Kipa no bastaban para retener a *ese* hombre, el rico Panufer, conocido en otro tiempo por su sagacidad en el comercio y más recientemente por su desmedida afición a desflorar sexos impúberes. Y tanto fue bajando en lo de la edad que, al mirar a su esposa, la encontró vieja y empezó a despreciarla.

Mas nunca hubo duda alguna sobre la entereza y dignidad de la Dama de la Casa. Ambas virtudes quedaron confirmadas cuando denunció a Panufer por abordar a sus propias hijas con insinuaciones que todo padre debería reprimir, como mínimo hasta que ellas cumplan los diez años, edad en que ya son casaderas las egipcias. Y aun entonces hay quien encuentra preferible que un padre sepa contenerse.

Herida en su honor y hasta en su alma, la Dama de la Casa consiguió que un juez desterrase a Panufer a sus posesiones del campo, que eran por cierto de las más notables: una vasta mansión con almacenes, mucho terreno en la parte del valle más regada en la inundación anual y, en la zona proclive a la sequedad, canales de irrigación que funcionaban desde cinco generaciones atrás...

La Dama de la Casa no pidió el divorcio, porque con dos hijas a sus espaldas no le convenía la separación de bienes, pero consiguió la promesa de que el sátiro no volvería a traspasar el portal de su casa de Tebas.

Navegando directamente hacia el delirio, Panufer convirtió la hacienda en el corral de sus placeres; un corral habitado por tres concubinas cuyos sexos menstruaban rocío matinal, cuyos senos tenían el primoroso tacto de la seda. Niñas todavía, sin otra ocupación que acicalarse continuamente para estar bellas a los ojos de su dueño. Y la Dama de la Casa las trataba de gandulas, si no de algo peor, mientras su hija segunda, Merit, las consideraba afortunadas.

–Quisiera ser concubina –dijo un buen día, con la mirada llena de embeleso–. Quisiera tener la gran vida que tienen las de mi padre. Eso sí es divertido, y no ser Dama de la Casa.

Se alarmó la aludida:

–Hija mía, lleva cuidado con lo que dices. Muchas empezaron pensando como tú y acabaron siendo carne de mancebía.

–¿Y no es peor ser carnaza para el tedio? Y también para el desprecio, señora. En cada concubina veo un rayo de alegría, y en cada dama de la casa, un higo podrido. Tonta es la mujer que elige serlo. Borrega la que opta por ser como tú.

La Dama lloró mucho y no porque su hija la hubiese herido, que herida ya estaba, sino porque la colocaba ante una evidencia: su perfección la había hecho estéril para la vida. Trabajaba de sol a sol, llevaba la casa, vigilaba las cuentas de los campos, incluso se entendía con los recaudadores de impuestos; en fin, que se mataba tanto en trabajos de hombre como en tareas de mujer, y en cambio la derrotaban en las lides del amor tres barraganas que sólo servían para calentar lechos.

Se lo contaba a la excelente dama Nofret, de quien se decía que era prácticamente perfecta en todo, sin ser resabida en nada. Desde que la cesaron como Divina Adoratriz se quedó en consejera de vecinas y amiga de hacer favores.

Vivían muro contra muro y eran tan amigas que habían abierto una puerta para comunicar los jardines, de manera que estuviesen siempre en contacto. Y en ese constante ir y venir, las cuitas de la dama Kipa encontraron siempre consuelo, de modo que Nofret, más que vecina era su comadre absoluta.

Ella le aconsejó la solución que ninguna mujer debe desatender cuando el marido resulta botarate. Habló de jóvenes cortesanos que conocían el arte de complacer a damas de alcurnia, y de oficiales que hacían ver las estrellas en pleno día, y aun de sirvientes que tenían la lengua educada para las más sofisticadas prestaciones. Pero la Dama era altanera, tenía orgullo de linaje y afirmó que su torre era demasiado alta para abatirla con mandobles de amante furtivo.

Pero una noche de soledad más angustiosa que las demás –o acaso la culminación de muchas noches solitarias–, la torre protectora empezó a desmoronarse y la vecina aconsejadora comprendió que la Dama estaba dispuesta a contentarse con una cabaña de adobe.

Al mirarse en el espejo de bronce bruñido, la Dama de la Casa vio que en su rostro empezaban a insinuarse arrugas impertinentes y rompió a llorar porque notaba que algo se le estaba yendo. Y entonces, en la superficie del espejo, apareció una forma borrosa que hablaba con una voz sin sonido:

–Yo soy el Tiempo. No sólo el tuyo, sino el del mundo. Hasta ahora no me conocías porque eras joven, pero tu juventud debería haberte advertido contra mí, pues tengo la obligación de asesinarla. Yo soy el señor de todos los dioses, el único a quien nadie sustituirá jamás. Nací antes que yo mismo y he de morir después de todos vosotros. Y aun desde la eternidad diré: domino el mundo. Dominaba también tu juventud; por tanto, te la arrebaté cuando quise. Ahora, el espejo ya no te devuelve glorias, pero es gloria comparado con lo que te devolverá dentro de tres estaciones. Habré transcurrido, como suelo. Seguiré transcurriendo, como quiero. Y lo que me habré llevado nunca volverás a tenerlo, por más que avances hacia mejores días.

En el espejo apareció el rostro de Hator, contrapuesto al del Tiempo.

–¡Atiende! –gritaba la diosa–. Tienes en tus manos un último minuto. Estás en una última playa que ya nunca volverás a frecuentar. ¡Vívela, consúmete, hártate de ella!

Pero la voz del Tiempo dominaba a todas las demás.

–He recorrido muchos cielos y a todos los he anulado. ¿Dioses? No me hagas reír. He acabado con muchos, y acabaré con muchos más. Mi ley es acabar con todo, porque soy el único señor de la totalidad. Y a ti te digo: aprovéchame, porque sólo transcurro una vez por la vida de las gentes, y ésta es tu vez y no habrá otra.

Quiso el azar que el escriba Najt, el señor de la mansión de las tres palmeras, dedicase a la Dama algún requiebro cuando coincidían en las fiestas del rico Senotu. Y la digna Nofret aceptó rebajar su alcurnia a la categoría de las alcahuetas para mediar entre sus amigos y hasta prestarles una de las mejores estancias para que consumasen sus amores.

La Dama de la Casa vivió en casa ajena la resurrección de la carne sin necesidad de pasar antes por la muerte. Y no hubo insensatez ni ligereza en las veladas con su amante. La experiencia excusa el riesgo. Se conoce todo de antemano y tan bello es aceptarlo como rechazarlo. El señor Najt no era un joven cortesano avezado en los refinamientos del amor, luego no exigía pericias extremas. Tampoco era fornido como los guerreros de Horemheb, porque el oficio de escriba exige pasarse muchas horas sentado y cría bolsas en la barriga, pero sus espaldas eran anchas y sabían aplastar en el deleite. Este término medio tranquilizaba a la Dama de la Casa, porque no siendo él un dios no tenía ella que lucir como una diosa. Eran vinos maduros que coincidían en un odre propicio.

MIENTRAS SU MUJER SE SATISFACÍA con un servidor de las palabras, Panufer culminaba en los campos su vida bucólica, si así puede llamarse a la pereza más absoluta y a la desidia ante cualquier acción y aun movimiento. Tendido a perpetuidad en lecho de plumas, se fue hinchando hasta adquirir las opulentas formas de la diosa hipopótama. Ya ni siquiera se molestaba en desplazarse para supervisar el trabajo de los obreros, como hacen quienes saben que ningún caballo engorda lejos del ojo de su amo. Sólo parecía encontrar algún regocijo cuando llegaban las horas de fornicación –que en el número no se mostraba vago–, pero como apenas podía moverse, las tres concubinas se veían obligadas a efectuar todos los trabajos y sentarse encima de su verga, parecida a una remolacha, para darle placer sin causarle fatiga. Porque es cierto que aquella parte de su anatomía no se resignó a la vagancia que dominaba al resto del cuerpo.

O corpachón. O mole inmunda. Pues en esto se había convertido, hasta tal punto que en su visita más reciente la Dama de la Casa no supo reconocerle. Llegó en la estación de la cosecha, dispuesta a encargarse de la dirección de los trabajos, ya que nadie lo hacía. Por consejo de su amante tomó a un escriba joven, que estaba deseoso de prosperar para comprarse una casa con jardín y granero en el centro de Tebas. Con su ayuda, la Dama de la Casa dirigió los trabajos y atendió personalmente al equipo de recaudadores que llegaban cada año para medir los campos, calcular el provecho obtenido y arramblar con las cantidades que debían enriquecer los graneros del Estado. O las arcas de sus funcionarios, pues nadie ignoraba que desde el apogeo de la Ciudad del Sol, la nueva burocracia se enriquecía a costa del pueblo, como en otro tiempo hicieran los sacerdotes de Amón.

En aquella ocasión, los impuestos subieron más que de costumbre y la Dama de la Casa se encaró con el oficial encargado de vigilar a los recaudadores y le llenó de improperios. El joven escriba, nuevo en la familia, temió lo peor, porque los oficiales del faraón saben hacerse respetar a golpes de vara, cuando no con castigos más duros. No tardó en comprender que la escena promovida por la dama Kipa era una variante de las que organizaba ante cualquier transacción comercial, desde el más humilde intercambio en el mercado hasta la cesión de una propiedad en los juzgados.

Aunque acostumbrados al regateo y las protestas, los funcionarios tenían que enfrentarse a una situación nueva. El continuo embellecimiento de la Ciudad del Sol estaba provocando una crisis sin precedentes. El gasto público aumentaba día a día y todos los que no tenían acceso a los privilegios del nuevo dios sentían que estaban enriqueciendo una causa que les era completamente ajena y aun hostil.

–Mantenemos con nuestro trabajo la corte de este faraón iluso –exclamó la Dama de la Casa, haciendo alas con los brazos–. Antes, por lo menos, mis tributos servían para embellecer Tebas. ¡Y no os digo lo que era Menfis! ¡Ay, aquellas avenidas! Ahora se derrumban nuestras ciudades, están sucios los templos, y los adoradores de Atón orinan en los altares de los otros dioses. ¿Y a quién van mis ganancias? A esa raza de funcionarios afeminados, con sus mujeres venidas a más y sus hijos educados como si fuesen príncipes, cuando deberían ir desnudos por las calles como los hijos del pueblo. Mis ganancias sirven para mantener a todos los parásitos de esta nueva religión, cuando manteniendo a los de Amón ya me sentía más que cumplida.

–En confianza –dijo el recaudador–: los que no somos parásitos de ningún trasero siempre estaremos manteniendo a alguien.

Las consideraciones que la Dama de la Casa profería a voz en grito ya no despertaban la ira y el castigo de los recaudadores, como habría ocurrido en otro tiempo. Éstos sentíanse tan ajenos a la Ciudad del Sol como el resto de los egipcios. Cumplían la misión de vigilar, pero ahora con la apatía propia de los sustitutos. Eran hombres de guerra que llevaban diez años inactivos, pese a que su jefe Horemheb intentaba convencer continuamente a Akenatón sobre la necesidad de abandonar la política pacifista que había despojado a Egipto de sus posesiones extranjeras. Las únicas batallas en las que ahora combatían los valerosos soldados de ayer eran las que se veían obligados a librar contra cualquier matrona quejosa de los impuestos. Su verborrea, en general irreverente, había sustituido a las espadas hititas y a las lanzas de los habiru.

La Dama de la Casa supo así del descontento que reinaba en el propio entorno del faraón, y para mejor informarse convidó a cerveza al oficial y a todos sus hombres.

El espíritu de la Ciudad del Sol íbase quedando cada vez más aislado. Todo cuanto bajaba de ella estaba obligado a navegar contra la corriente del Nilo; por tanto, todo llegaba con retraso.

En tales circunstancias, los tebanos no supieron que en el harén del faraón acababa de nacer un niño. ¿O acaso no era del faraón? Incluso en la Ciudad del Sol había dudas sobre aquel príncipe. ¿De dónde venía? ¿Quién lo había engendrado y en qué útero? Tantas cosas se dijeron que las vecinas andaban perdidas. Se dijo que era de la reina madre, la mustia Tiy, pero todos dudaban de que en su cuerpo yermo pudiera germinar la semilla de la vida. Si era hijo de Akenatón, la madre debería ser Nefertiti, que ya le había dado seis hijas. Pero las voces que llegaban de la Ciudad del Sol contaban que en los últimos tiempos la idílica relación de la real pareja iba a la deriva, que había habido separación física y, sobre todo, de intereses. Nefertiti se había trasladado a su palacio de la parte norte de la ciudad, por desavenencias que también llegaban a Tebas en mezcolanza desconcertante. Unos decían que Akenatón intentaba apartarse de la herejía mientras Nefertiti permanecía más aferrada a ella que nunca. Otros afirmaban lo contrario. Y en las fiestas de los notables quienes no entendían de religión ni de política se conformaban comentando, entre risas, que Nefertiti había sido sustituida en el favor real por una nueva favorita: se llamaba Kiya y estaba en la edad justa para darle al faraón su primer hijo varón.

A quien pusieron, por cierto, Tutankatón.

El Nilo trae la vida y trae la muerte. Luego se lleva a la muerte para traer la vida de nuevo. Y su discurrir nunca termina.

El mismo día en que nació Tutankatón fallecía el rico Panufer, demostrando lo que ya sabían los dioses ancestrales: Atón, el dios único, no podía estar en dos sitios a la vez, por más que los salmos del faraón le pintasen onmipresente.

Atón estaba velando por el nacimiento del príncipe, en la Ciudad del Sol, luego no veló como correspondía la muerte del rico Panufer en los campos de Tebas. Se supo que fue una muerte indigna, fruto de la incontinencia. Y lo que es más dramático: arrastró consigo a una de las tres concubinas, la más joven y dulce de todas, Nidia, que a sus ocho años dominaba el arte de la felación como si ya tuviera doce.

Vivía esa desdichada pendiente del deseo de su dueño. Y fue así cómo una tarde de estío, cuando el calor pone clavos en la sangre, remató Panufer una comida opípara y tendió su corpachón sobre Nidia, llenándole la boca con la verga entera. ¿Fue la comida, fue la canícula o fue el delirio lo que provocó que el corazón se acelerase, el cerebro vibrase con ondas de terremoto y el cuerpo, sometido a tales estertores, estallase en toda clase de convulsiones hasta quedar agarrotado sobre la pobre niña? Víctima fue ella de su propia destreza, pues, al reventar sobre su cuerpecillo el cuerpo del gorrino, se le hundió en el paladar lo que engullía. Así, el goce se convirtió en asfixia.

Aunque a la Dama de la Casa le contaron que su esposo había comido demasiado, ella sólo tuvo piedad de Nidia. Y recordó que ella misma, cuando la colocaron en el lecho de aquel hombre, sintió un asco infinito porque no podía dejar de asociar su verga con la de los babuinos de Tot, tan fea era.

Las vecinas la criticaron porque se negó a albergar en la casa de Tebas el cadáver del marido, siquiera una sola noche. Ella fue terminante: de la hacienda al taller de los embalsamadores, y de ahí a la tumba. Y a sellarla sin tardanza, no sólo por miedo a los ladrones, sino a la posibilidad de que el alma del difunto volase de nuevo sobre el mundo de los vivos.

Transcurrieron los sesenta días reglamentarios para un embalsamamiento de primer orden, pues una tebana de alcurnia no iba a ahorrar ni categoría ni prosopopeya. Pero en cada una de aquellas noches, mientras se regocijaba pensando que a su marido le estarían extrayendo el cerebro y las vísceras, se acariciaba el vientre con fruición, sabiendo que allí se estaba desarrollando una nueva vida.

Llegado el día del entierro se vistió de duelo riguroso, es decir, con la blancura del nardo, y sólo desafió al qué dirán poniéndose un toque lapislázuli en los párpados y, en los labios, el tono exacto del tomate. Así entró en la tumba del marido, mansión de eternidad, que la llamaban, pero en su caso antesala del alivio. Se juzgó cumplida dejando en el ajuar funerario tanta comida que podía alimentar a todas las almas en pena que no hubiesen conseguido pasar con éxito el juicio de Osiris.

Cuando vio las pinturas de los muros se echó a reír estruendosamente. Chocaban las representaciones del difunto. ¿Cómo podía quedar tan favorecido? ¿De dónde tanta galanura? Cualquiera de sus meretrices estaba en condiciones de contar cómo se le juntaba la barriga con la ingle, cómo le colgaban los pechos o los asquerosos pliegues de manteca que se le formaban en las rodillas. Y, sin embargo, allí estaba, en las pinturas, haciendo ejercicios deportivos vedados a una naturaleza sedentaria como la suya. Parecía un dechado de belleza el que sólo había sido un adefesio.

Y recordando con ironía que al artista le llaman Servidor de la Verdad, dijo la Dama a los pintores de la tumba:

–Os felicito, porque a partir de hoy también sois doctos en el embuste.

¿Qué decir de los textos que acompañaban a las pinturas? Seguían el protocolo de los nobles que pretendían perpetuar en la otra vida las virtudes que nunca demostraron en ésta. No había bondad que el difunto no se atribuyese ni virtud en la que no hallase vanagloria. Daba tantas limosnas que nunca había dado, cuidaba tanto a los pobres en los que jamás reparó, respetaba tanto a los dioses de los que solía burlarse, que el estado de santidad se quedaba corto ante él.

Y dijo el sacerdote alquilado para celebrar los ritos:

–Así se escriben los anales del mundo. Con renglones torcidos porque nadie podría soportar que estuviesen derechos. ¡A saber lo que nos reiríamos si la Verdad fuese verídica!

–Sin duda veríamos todas las letrinas de Tebas trasladadas al inframundo. ¡Excrementos a los pies de Osiris! –exclamó, hastiada, la Dama de la Casa.

Prescindió al instante de vanas filosofías. Sólo un interés la guiaba: que no la estafasen los embalsamadores, gremio falaz donde los haya. Entre los muros de su oscuro taller, al comienzo de las necrópolis situadas al otro lado del río, aquellos hombres practicaban el hurto sistemático, ya fuese apropiándose de los valiosos materiales destinados a la momificación, ya exagerando el precio de los mismos. Eran verdades conocidas desde antiguo, y los parientes del difunto sabían que jamás tendrían solución, pues nadie podía seguirle cuando se cerraban las puertas del gran taller de la Muerte.

Pero a la Dama de la Casa no le sacaron más de lo debido, y es posible que obtuviesen menos de lo que les correspondía. Tan exhaustos los dejó a base de discusiones y regateos que exclamó el maestro: «Recemos para que no se le muera ningún pariente en el tiempo que nos queda de oficio». Y contestaron los embalsamadores a su cargo: «Así sea».

Pero si fue avarienta con los comerciantes de la muerte, se mostró pródiga con las carnívoras de la vida. Así que separó algunos bienes de la herencia marital y los repartió entre las dos concubinas supervivientes:

–Esto os lo doy porque es de justicia. Porque siendo hembras de gran belleza, y con una juventud que humilla a los más jóvenes, habéis soportado sobre vuestros cuerpos de junco la grasa innoble de mi esposo. Porque le habéis besado con riesgo a que os llenase la boca de babas. En este punto, las meretrices como vosotras se convierten en enfermeras. O sea, que gastadlo todo en un marido joven, y cuando os esté dando placer como sólo un joven puede darlo, reíos conmigo del carcamal que nos deja.

Quiso que las concubinas formasen parte del cortejo funerario como si fuesen de la familia. Traspasaron todos el Nilo acompañando la barca del difunto, hicieron el camino cantando salmos tras el sarcófago y, cuando las plañideras terminaron con sus llantos de alquiler y el sacerdote cerró la tumba, se sirvió la comilona tradicional hasta que empezaba a ponerse el sol.

Pero en lugar de buscar solaz en el ágape, la Dama de la Casa pidió que la dejasen sola y, para mejor estarlo, avanzó hacia lo alto de una de las colinas que se abren sobre el inmenso circo rocoso donde se asienta el templo de la antigua reina que quiso ser más poderosa que los hombres. Y revistiéndose con el temple de las grandes de otro tiempo, levantó el puño al cielo y recitó:

–A ti, esposo indigno, mi desprecio. Maldito seas, mal sujeto. Maldito seas en la eternidad, ya que me has hecho sentir maldita en vida. Cierto que me has respetado, como corresponde a una dama egipcia, pero ¿qué respeto puede sentir la mujer que se sabe abandonada? A partir de hoy, que pronuncien tu nombre tus barraganas, porque yo he entregado mis labios al olvido.

Y en su actitud fue terrible porque sólo pronunciando el nombre del difunto conseguimos asegurarle la eternidad y que pueda hacer sus labranzas en los campos de Osiris.

De regreso a Tebas, reunió a sus dos hijas y sólo entonces les dijo que pronto tendrían un hermano. Y preguntó Merit, asombrada:

–¿Pues no estuvo mi padre muchos años sin tocarte? ¿Cómo pudo sembrar la semilla? ¿O no fue él, sino un sembrador que pasaba por azar?

–¿Qué importa quién sembrara? Semilla es, y para una mujer ha de ser lo único que importe. En otras palabras: semillero soy para cualquier sembrador que sepa usarme. Y sabré recoger los frutos, que no soy parca en recolecciones.

Y al verla pasar decían las buenas gentes: «Bendita sea la dama que consigue arrancarle un hijo a su esposo en los umbrales del reino de los muertos».

Pero las vecinas más íntimas reían por lo bajo porque sabían a qué extremos puede llegar una dama de la casa cuando se siente contrariada. Y todas preguntaban: «¿Cómo se las arreglará para que el padre verdadero reconozca al hijo de verdad?».

Fue entonces cuando la Dama de la Casa se confió a su comadre Nofret. Y ésta dejó de lado la labor de lino que la ocupaba para exponerle sus más serios temores respecto a la situación que ella misma había ayudado a crear:

–Vecina, comadre y, por lo mismo, hermana en el espíritu: llevo noches sin dormir a causa del remordimiento que me produce recordar que esas manos mías prepararon el lecho donde fue engendrada la criatura que llevas en tu seno. Sin ser amiga, tengo cierta relación con la esposa del escriba Najt, y no sé si podré mirarla a la cara cuando tú reveles al mundo lo que hasta ahora sólo sabíamos tres personas. Y no pienso sólo en el escándalo. Imagínate que la dama Bejmet denuncia a su esposo por adulterio y le pide un divorcio en toda regla: él tendrá que devolverle su dote. Porque no olvides que los bienes más importantes son de ella, y esto en Egipto todavía es sagrado. Te veo manteniéndole.

La Dama de la Casa tomó dulcemente las manos de su amiga, que olían a lagrimilla de luciérnaga:

–No habrá el menor conflicto. Tengo un marido nadando en las pleamares de la muerte; no necesito a otro que, pasados los días de la pasión, me dé muerte en vida. Nunca me sentí más sola que cuando fui esposa. Además, ¿para qué quiere mi hijo un padre si tendrá a su alrededor mujeres de gran empuje? Estoy yo, están mis dos hijas, una de las cuales sabe leer y escribir, está además la nodriza Rapet y tengo cinco sirvientas con fuerza para destrozar un toro con sus brazos. Todas ellas están probadas; en cambio, del padre de mi hijo no tengo más referencia que un pene que supo poner las cosas en su sitio en el momento oportuno y no en otro.

El ir y venir del comentario no tardó en llegar a conocimiento del escriba Najt, y aunque su situación no era boyante, como había indicado la comadre Nofret, tenía el suficiente prestigio para no permitirse estar en voz de las cotillas. Como además su esposa acababa de comunicarle que esperaba un hijo, el hombre juzgó oportuno convocar en seguida a su amante para encontrar el modo de solucionar su maternidad por el método más rápido: interrumpiéndola. Y a fin de no equivocarse en prácticas que los hombres no suelen conocer, anotó cuidadosamente la receta que le proporcionó la curandera Semiter, famosa por su colaboración en los abortos más selectos de Tebas. Así recitó la mujeruca:

–Póngase la abortadora un tampón que yo he de darte, untado con miel y excrementos de animal inmundo. Se le añaden hojas de acacia molidas y resina de terebinto con un poco de arena del desierto para que el perverso Set le ponga efectos negativos.

La Dama de la Casa llegó a la cita completamente velada y, además, haciéndose la víctima, actitud que siempre conviene a la mujer que aspira a abatir defensas. Y recordó para sus adentros lo que dijo la dama Sefernut cuando la abandonó cierto gobernador del nomo de la Liebre:

–Ya que todos los hombres son iguales en la mezquindad,

seamos todas las mujeres semejantes en la falacia. Finjamos que nos importa sobremanera nuestro amante cuando, en el fondo, sólo deseamos que se marche. Pues ya cumplió y, una vez ha cumplido, cualquier hombre es un estorbo.

Allá en los cielos, preguntó Osiris a su esposa-hermana Isis:

–¿Ha de ser siempre igual, entre los humanos, la compleja guerra de los sexos?

–No sé decirlo –contestó la diosa–. Yo soy ejemplar.

Y estaba en lo cierto. Todo el mundo lo está cuando afirma la ejemplaridad de Isis.

Pero la Dama de la Casa sólo se consideraba ejemplar en la medida en que se tenía por espejo de todas las mujeres engañadas, de manera que entró en el juego haciendo trampas. Mas con gusto.

Miró con ironía la receta que le tendía su amante y al punto adivinó sus intenciones. Así que dijo:

–Un aborto discreto es la mejor coraza para una mujer prudente que cometió el error de la imprudencia. Mas si imprudente fui, tonta no era. Cada vez que me entregaba a ti me ponía un tampón untado con miel y excrementos de coneja estéril. Además, le añadía hojas de acacia molidas y resina de terebinto con un poco de arena del desierto para que el malvado Set matase tu esperma a tiempo.

–¿Y el hijo que esperas? –preguntó, ansioso, el escriba.

–El enano Bes se me ha aparecido en sueños anunciándome que mi difunto tuvo la inmensa suerte de engendrarlo antes de morir. Luego es su hijo y nunca será el tuyo.

El escriba contestó, con voz de alivio:

–Verdaderamente, la perspicacia de los dioses no tiene igual entre los prodigios del mundo. Cantemos las alabanzas del enano Bes, que siempre está en lo cierto. Por otro lado, acabas de quitarme un peso de encima. Sería una contrariedad que esperases un hijo mío, porque mi digna esposa espera otro y ella es legal y tú nunca podrías serlo.

Ella afectó una admiración que estaba muy lejos de sentir. En realidad tenía deseos de escupirle:

–Jamás oí frases tan inteligentes ni tono tan sensato al decirlas. Tot habla por tu boca, y cuando esto ocurre, una dama de la casa que se estime debe obedecer. Por tanto me inclino ante tu voluntad y te digo que conmigo estás cumplido. Cumple ahora con quien te necesite más que yo.

Y pensó para sus adentros: «Puedo ser tan diestra en el embuste que me siento fascinante».

Y en voz alta, acabó:

–Me partes el corazón, pero mi espíritu se recompone y me hace ver la mejor conveniencia para todos. Que tenga tu esposa su hijo, que yo tendré el mío. Ahora, sólo nos queda quemar incienso en los altares de Hator agradeciendo, así, el éxtasis que compartimos.

No volvió a verle hasta que murió y ella fue al velatorio y pronunció su nombre siete veces para que fuese recordado en la eternidad. Pero vio que el cadáver no lucía y decidió una vez más que un hombre sólo vale lo que vale su erección en el momento oportuno y nunca más.

CON UN MARIDO EN EL REINO DE LOS MUERTOS y un amante al que consideraba muerto en vida, la Dama de la Casa se preparó para parir en paz y, a ser posible, en gloria. Y así fue, como siempre, gracias a la ayuda de sus mejores vecinas, secundadas por la vieja nodriza Rapet, que había criado a sus dos hijas y era considerada uno de los pilares de la mansión.

El comportamiento del feto en las últimas semanas anunciaba un parto arduo, y de hecho fue como si en las entrañas de la Dama de la Casa se reprodujera la batalla de Horus contra Set en los pantanos. Tan tremendos fueron los impactos, que la dama Nofret recomendó desparramar por la estancia más amuletos de los acostumbrados en estos trances. Y, así, junto a la hipopótama Tueris y el enano Bes, que siempre garantizaron partos propicios, dispusieron estatuillas de Isis sosteniendo a Horus-niño en su regazo, Hator en su forma de vaca y la medalla de un pez del Delta, entre otras fruslerías.

Una vez colocados los ladrillos sagrados en el lugar donde debía caer la criatura, se puso la Dama de la Casa en cuclillas y soportó el primer embate de las manos de las dos comadronas reglamentarias –una representando a Isis, otra a su hermana Neftis–, quienes llegaron a sentir remordimientos por el dolor que estaban provocando a pesar suyo. Pero toda mujer supo siempre que éste es el precio de la vida, y sólo quedaba suplicar que no acabase en muerte, como ocurría con tantas parturientas infortunadas.

Tras soportar los cortes efectuados con el cuchillo de obsidiana, creyó morir definitivamente. Intentaron calmarla con raíces de adormidera, pero fue en vano. Y cuando todo hubo acabado gimió:

–Dos hijas he tenido, y parirlas fue como echar flores. Se me abrió de par en par el útero para cantar a los dioses. Y, en cambio, con este niño he sido perra lacerada, y tanto tiempo me ha tenido pariendo que me ha dejado las piernas inservibles. Acaso me estén castigando los dioses porque, a fin de ahorrar, dejé un día azafrán falso en el altar de Mut. O será ese esposo indigno, que me echa mal de ojo desde el otro mundo por lo mucho que le he maldecido en éste.

Sus hijas tenían hadas buenas revoloteando en el fondo de sus almas y así lo demostraron alegrándose de la llegada de su hermano en lugar de maldecirle porque pudiera ser un obstáculo a la hora de la herencia, como ocurre en tantas familias principales.

Y dijo Seshat, que sabía leer y escribir:

–Del mismo modo que yo llevo el nombre de la diosa bibliotecaria, que él lleve el de Tot, y así será sabio como el dios.

–No puedo imaginarme a mi hijo con cabeza de ibis –protestó la Dama de la Casa–. ¿Y si buscásemos el nombre de una flor? ¿O el de una piedra sagrada?

Se enzarzó en ardua discusión con la sabia Seshat, y de momento el niño se quedó sin nombre. Callaba en cambio

Merit, porque estaba entretenida acariciándole los cojoncitos a un niño de la vecindad.

En esto ha de verse que los dioses otorgan carácter aun antes de que los caracteres se revelen.

Se reveló el del recién nacido con los primeros cambios del día, cuando los sonidos y las formas se transmutan y la naturaleza estrena sus múltiples disfraces para desconcertar a los humanos. Desconcertado todavía más por el hecho de ser nuevo, el niño se volvía ante cada sonido que destacaba entre los demás, y al emitir su llanto entrecortado diríase que contestaba al vuelo de los pájaros o a las mil solicitudes que hace la brisa al deslizarse entre los papiros del estanque.

Con el correr de los días, los sonidos se fueron sucediendo, y si eran tenues, respondía el niño con algo parecido a una sonrisa, y si se alteraban hasta formar un ruido discordante, contestaba con gestos de enfado y hasta con llanto. Señal de que, en la calle, estaba rebuznando un asno escandaloso.

Si los sonidos le atraían, algo extraño le ocurría con las formas. Lo descubría la nodriza cada vez que intentaba atraer su atención con ademanes casi pegados a su rostro. Comprobó la mujer que la mirada del niño vagaba por los espacios, extraviada, sin detenerse en algún punto como hacen todos los niños de Egipto y aun los de otras naciones, según cuentan los viajeros.

Ante la alarma de la nodriza, acudió la Dama de la Casa, y al poco también sus vecinas más íntimas, todas prestas a la ayuda y sobre todo a hacer de plañidera, pasatiempo que tanto complace a las comadres. Y la dama Nofret envió a dos de sus propios criados a la Casa de la Vida con la orden de traerse al reputado médico Nebjem, de quien se decía que tenía a su cargo el cuidado del mismísimo ojo de Amón. Tan alto era su prestigio.

Después de hacer las imprescindibles libaciones a Shu, dios de su gremio, efectuó una atenta revisión del niño. Pidió cerveza a fin de meditar a gusto y a conciencia, dio varias vueltas por la estancia, con la mirada perdida en las brumas del pesimismo o, simplemente, de lo que las vecinas se limitaban a considerar mal augurio. Y así acabó diagnosticando la ceguera del recién nacido, para indignación de la Dama de la Casa, que vio contrariados sus deseos de tener un hijo semejante a todos los hijos de Egipto.

–Hay hijos e hijos –protestó el médico–. Haylos cojos y mancos y hasta mudos. Y no por eso dejan de ser hijos.

–¿A eso alcanza tu ciencia? Pues te veo pajarraco de mal agüero, y no médico.

–Dama de la Casa, no seas ordinaria: está en mi ciencia curar tracomas, aliviar cataratas, incluso el asqueroso mal que los excrementos de las moscas dejan en los ojos de los campesinos; pero si los dioses deciden que unos ojos estén vacíos, no puedo llenarlos yo con mi ciencia ni tú con tu fortuna. Y además te digo que debes mostrar resignación porque tu hijo podría haber nacido mucho peor.

–¿Peor dices? Sólo faltaría que fuese enano.

Intervino la dama Nofret:

–Yo me guardaría de menospreciar a los enanos. He visto las preferencias de que gozan en palacio. Un enano gracioso es un regalo para la corte, eso lo sabe todo el mundo. Y no se acaba aquí su fortuna. Algunos he conocido que casaron con mujer hermosa y de buena estatura. Y tuvieron, además, hijos altos. Esto demuestra que la naturaleza es voluble, pero también justa. Niega una cosa y concede otra.

Intervino la hija Merit. Y fue para pasmo de todos:

–La digna Nofret tiene razón. Mucho he oído hablar del miembro que cuelga entre las piernas de los enanos: tan largo es que algunos hasta lo arrastran. En esto se parecen a los elefantes, siendo tan pequeños.

Un rubor asomó en las mejillas de la Dama de la Casa, y se detuvo en ellas un buen rato.

–No sé dónde aprenderá tales cosas esta niña. No en mi casa, os lo aseguro. Aquí no se ha hablado de miembros viriles a excepción del de Osiris, que es milagrero. –Al punto cambió su expresión vengativa por otra de piedad y, acariciando a su hijo, sollozó–: Pero hoy no es día de milagros, por lo que he oído. Es día de condenación.

Nebjem hipó por tres veces seguidas y, tras engullir un nuevo trago de cerveza, declamó:

–Para combatir toda condenación nada más apropiado que las historias de conformidad. Conozco una que brilla por lo ejemplar. Le ocurrió a Sanefer de Menfis, el contable de los graneros reales en tiempos del gran Amenhotep. Ya veis que invoco a gente de mucha alcurnia. Sanefer casó con la dama Neferanten, cuyo linaje se remonta a la época de las pirámides. Pero no vamos a complicarnos en el interminable cafarnaum de las generaciones, antes bien me detendré en este instante, más cercano, en que Sanefer decidió sembrar su semilla en el útero de la dama Neferanten. Y cuando ella ya estaba en cuclillas, presta a parir, él esperaba en su jardín de sicomoros, dando una y otra vuelta, retorciéndose las manos con ansiedad e ilusión. El desgraciado estaba muy lejos de calcular que los hijos no siempre nacen como quisieran los padres, y a veces ni como quieren los dioses. Los hijos nacen como quiere la vida, que es ramera.

–¿Pues cómo nació? –preguntaron las vecinas, todas a la vez, todas en ascuas.

–Raro de configuración, debo decirlo. Tan raro era que mi colega Tiremú, cuya reputación se conoce en palacio, no sabía cómo decírselo al padre y, aconsejado por los sacerdotes de Ptah, decidió recurrir a la prudencia. Así, antes de enseñarle al niño, dijo: «Prepárate para el dolor, porque tu hijo ha nacido sin brazos». El pobre Sanefer tuvo la misma reacción que tú, Dama de la Casa, pero apoyándose en la resignación que sólo da la fe, dijo entre lágrimas: «Los dioses ahogan, pero no aprietan. Aun sin brazos, mi hijo tendrá fornidas piernas para recorrer con alegría los caminos del mundo». Entonces, Tiremú hizo acopio de valor y advirtió: «Prepárate para la agonía, Sanefer, pues tu hijo ha nacido sin piernas». En este punto, Sanefer empezaba a desmoronarse, pero, recurriendo de nuevo a la fe que mueve acantilados, gimió: «Los dioses sabrán por qué me lo entregan en ese estado, pero yo sabré compensarle: yo le enseñaré a descubrir, a través de los ojos, la infinita belleza del mundo». Y aquí se vio obligado a decir mi colega Tiremú: «No podrás descubrirle nada: ha nacido ciego». Entonces Sanefer cayó al suelo y empezó a arrojarse arena a los ojos mientras gritaba: «Las ninfas negras no han de vencerme. Ni a mí ni a mi fe. Si todo son desgracias en este día, yo proclamo mi dicha, porque cada mañana la voz de mi hijo me despertará como una dulce melodía». Y a punto de llorar por ser pregonero de tantos males, proclamó mi colega: «Tampoco podrás, porque tu hijo ha nacido mudo».

Lloraban tanto las vecinas que Nebjem optó por interrumpir su narración, aprovechando para tomarse una quinta cerveza, que la Dama de la Casa miró con malos ojos, no tanto por el gasto cuanto por el mal efecto que puede producir un médico beodo. Disponíase a reprenderle con la sensatez propia de las matronas de calidad, pero el otro acababa de recuperar su tono sentencioso:

–No voy a extenderme en la agonía del pobre Sanefer de Menfis, pues el propio Tiremú, mi colega, no llegó a contármela con todo detalle, tan agobiado estaba, también él, por las lágrimas. Pero sabemos que, al cabo de un rato, Sanefer recobró la conformidad y, alzando los ojos al cielo, exclamó: «Dioses, mostradme de una vez a mi hijo, porque he de quererle como si tuviese brazos, piernas, mirada y voz». Disponíase Tiremú a dictar otra advertencia, pero el otro no quiso atenderle y corrió hacia el gineceo, dispuesto a ver lo que quedaba de su hijo. Y vio un enorme cojín donde reposaba una oreja del tamaño de un niño. Y aunque no podía dar crédito a sus ojos, todavía tuvo un momento de fe para exclamar: «¡Hijo mío!», como haría cualquier padre de Egipto. Pero aun en esto mi colega se vio en la penosa obligación de corregirle: «Es inútil que grites. Tu hijo ha nacido sordo».

–¡Abominación! –exclamó la Dama de la Casa–. ¿Qué puede hacer un padre ante semejante condena?

–Sanefer hizo lo que todo buen creyente. Se fue a quemar incienso a Ptah porque no podía dejar de estarle agradecido, pues tenía por lo menos una oreja engendrada por él y otros padres ni siquiera esto, que se les queda el niño muerto no bien sale de la madre y se da contra los ladrillos sagrados.

Surgió entre las vecinas una encendida discusión sobre la utilidad de una oreja gigante cuando se espera un hijo; y unas decían que era preferible una oreja viva a un hijo muerto y otras que es preferible no nacer a nacer oreja. Y aunque todas esperaban la opinión de la Dama de la Casa, ésta permanecía en un rincón, contemplando a su hijo con infinita ternura. Y sólo abrió la boca para decir, con voz rotunda:

–No hay discusión posible, porque he entendido el decreto de los dioses. Yo sé que mi hijo ha nacido bajo la protección de los genios que hacen el amor con las espigas y las ninfas que viven en el alma de las flores. Esos seres celestes suelen dar a sus adeptos el inconmensurable don de apreciar la vida. Así será con el tiempo. Que abra los oídos a la belleza, ya que los ojos nunca podrá. Y a donde no alcance, llegará mi mano, porque he de guiarle mientras viva.

Sucedió entonces el prodigio del que se habló en el barrio durante varios días. De los gestos desordenados del recién nacido surgía un ritmo acompasado, y sus llantos se enlazaban hasta formar una dulce melodía que seguía el ritmo de las cañas movidas por el viento.

Dijo entonces Seshat, la sensata:

–Yo quería que se llamase Tot, porque es el dios cuya sabiduría dirige mis impulsos, pero en este niño todo es música y, por tanto, corresponde colocarle bajo la advocación de Ipi. Seguro que le bendijo con su divino sistro.

Aplaudieron los presentes porque el niño Ipi es el amado hijo de Hator, la que cuida de la música y del amor y de todas las cosas bellas. La Dama del Sicomoro. La Señora de la Esmeralda. La proveedora de perfumes en las asambleas de los dioses.

En su refugio de Dandara, la sublime Hator estaba amamantando a su vástago, y al escuchar a los humanos rompió en una sarta de maldiciones que hacían flaco favor a su prestigio...

–Verdaderamente, no es correcto que esas hormigas se

otorguen nombres que pertenecen a los divinos. Lo vienen haciendo desde el principio de los tiempos sin pedir permiso.

Ipi dejó de succionar las sacras ubres y, todavía con la boca manando leche, protestó:

–Darle mi nombre a ese niño es un homenaje que me rinden, y está claro que te lo dedican también a ti. Después de todo, gracias a los quehaceres de tu celeste matriz ocupo un lugar en las altas esferas.

Era cierto que el pequeño músico nació de los amores entre Hator y el soberbio Horus, y que ella está considerada la mansión privada de este dios, pero siempre gustó a las diosas creer que brillan por sí mismas. Y en última instancia, molestaba a Hator que su hijo fuese un respondón tan poco dado al protocolo.

Pero Ipi pertenecía al glorioso gremio de los niños, que conoce la estación más fresca de la vida. Así, bajó en un vuelo hasta Tebas, sabiendo que cuantos desmanes cometiera serían considerados travesuras infantiles y, como tales, disculpadas por los demás dioses del océano primordial.

Voló, pues, dejando a su paso un polvillo de estrellas, y se detuvo por fin en las estancias de la Dama de la Casa. Allí, entre dos delicadas columnas, una robusta nodriza daba el pecho a un niño cuya mirada vagaba errante, como si hubiese nacido orate. Y aunque Ipi no aprobó que una mujer del pueblo sustituyese a la madre, tuvo que soportarlo porque no está bien visto que las damas de calidad amamanten a sus crías. En cambio, gusta y hasta admira que permanezcan muy cerca, pegadas casi, entonando las letanías que han de proteger al hijo contra todas las adversidades.

Emocionado ante la escena, Ipi derramó tres perlas que significaban lágrimas. Y aprovechando que era invisible para los humanos, se permitió emocionarse todavía más cuando la Dama de la Casa entonó una plegaria con la mirada vuelta hacia Dandara:

–Si en algún lugar del cielo me escucha la noble Hator, si accede a apartar las ramas del sacro sicomoro para mirarme, que vea en mí a una devota de su culto y a una beoda anual en las borracheras de su rito. Sepa que siempre la he servido, aunque en ocasión de desamores me permití tratarla de cruel. Pero me incliné ante ella cuando pasó el descalabro, y vuelvo a inclinarme ahora que se anuncian tantos en el cielo. Me inclino y suplico, Señora de la Esmeralda, que levantes alrededor de mi hijo un muro de protección más alto y santo que el de Menfis. Protege siempre a mi Ipi, que se llama como tu hijo, el divino niño que lleva el sistro.

Demasiado conmovida y, sin duda, preocupada, no reparó en el polvo de estrellas que recorría la estancia, como huella del paseo de una criatura celeste.

Era el hijo de Hator, que regresaba a Dandara. Y aunque la diosa estaba tomando un baño de miel en el lago sagrado de su templo, no dudó Ipi en interrumpirla:

–Madre egoísta: tú te complaces en tus baños mientras los humanos penan y sufren hasta el punto de maldecir el día en que nacieron. La miel que te embellece se convierte en hiel para los hombres.

–Hormigas. Eso es lo que son. ¿Acaso no han dejado en el olvido a los dioses de siempre? ¡Hipócritas! ¡Ay, si tuviese yo las agallas de otro tiempo! ¡Con cuánto placer castigaría su infidelidad como ya hice!

Es hora de revelar a las nuevas generaciones el episodio menos honroso en la eternidad de Hator. Y es que, en el comienzo de los mitos, se mostró perversa con la raza humana. Ésta se había rebelado contra el orden cósmico, y el gran padre Re, ya demasiado viejo para soportar desórdenes, apeló a Hator, y le ordenó que castigase severamente a los rebeldes; pero ella puso tanto afán en la empresa que se embriagó de sangre, y estaba a punto de exterminar a la humanidad entera cuando Re se apresuró a cambiar la sangre por cerveza roja. Y fue provechoso, porque una vaca beoda es preferible a una vaca asesina.

Después de tanto tiempo, Hator continuaba con sus reproches a los humanos. Pero Ipi no se sentía tan guerrero, de modo que exclamó:

–¡Qué equivocada estás, madre divina! Recuerda lo que

nos dijo Neftis en la asamblea de los dioses: el faraón hereje no ha conseguido borrarnos del corazón de los hombres. ¡Todavía nos quieren, madre! Te lo juro por mi sistro.

–Has conseguido que las lágrimas asomen a mis mejillas. No te digo que esto sea bueno para el cutis de una diosa, pero es cierto que peor lo tendrán las campesinas que trabajan de sol a sol en el bajo mundo. Debemos reconocer que ser humano no es ninguna ganga.

–¿Eso dices? Pues piensa cómo ha de ser para el que nace inferior a sus semejantes. En confianza: el caso del niño ciego me ha llegado al alma.

–Algún día le compensaremos. Algún don habrá que le ayude a sobrellevar la ceguera.

–Yo me anticiparé sin esperar a tu permiso, pues el dolor y la agonía se anteponen al protocolo. Decido, desde ahora, que este ciego es mi ahijado. Y ha de ser entre todos el preferido, porque al ponerle mi nombre le han puesto cerca de mi corazón.

Así, día tras día, la vida luchó por imponerse en la cuna del cieguito y hasta una de las sirvientas dijo que vio a la vida merodear continuamente en forma de sistro agitado por una mano invisible. Y la nodriza Rapet lo confirmó, añadiendo por su cuenta:

–Tan gracioso es el sistro que el niño lo aprovecha como sonajero. ¡Y qué pericia! Diríase que ya nació empuñándolo cuando le echaste a la vida.

–No recuerdo haber tenido un sonajero en el útero –ironizó la Dama de la Casa–. Y a fe que lo habría notado, porque a cada movimiento sonaría y al pasar por las calles me habría convertido en el hazmerreír de Tebas.

Y, sin embargo, lejos del ánimo de Kipa cualquier concesión al risoteo. Durante el día creía estar viviendo una pesadilla. Y si no la asaltaba por la noche era porque le resultaba imposible conciliar el sueño. Tendida en su lecho de juncos, con su hijo entre los brazos, recitaba una y otra vez los lamentos que han formulado todas las mujeres del mundo a quienes los dioses burlaron dándoles un hijo incapacitado:

–¿Qué será de ti, cuando yo muera? ¿Quién te lavará todos los días, quién trabajará para que no te falte la comida, quién guiará tus pasos? Sólo por eso deberían los dioses concederme una vida larga. Para compensar a mi hijo de lo mal que se han portado con él.

Y decían las sirvientas a las vecinas:

–Nada hay tan conmovedor como el cariño que la Dama de la Casa muestra hacia el cieguito. Yo la he visto convertirse en paloma que cerraba sobre él sus alas protectoras. Y la nodriza asegura que, en cierta ocasión, apareció sobre la cabeza de la Dama el tocado de Isis, con todo su plumaje. Y ésta es corona de madre extraordinaria.

La inmensa corona de la creación, cualquiera que sea su nombre en los repartos del cielo, quiso compensar a la Dama de la Casa abriendo una flor inmensa, de cuya corola surgían, en desorden, todos los sonidos del mundo. Seguía la brisa mandando mensajes, y el ciego pronto aprendió que siempre los mandaría. Día a día se iban uniendo las voces que llegaban del corral y los susurros que vagaban por los jardines. A todos esos estímulos iba reaccionando con sonidos de su cosecha, para asombro de las sirvientas, que se turnaban para que estuviese siempre acompañado, procurando que no diese un paso en falso por el mundo que no podía ver, aunque también entre el universo que oía considerablemente aumentado. Así, al percibir el ruido de una caña o el bramido del viento de la tarde, levantaba la cabeza y se iba gateando en busca del sonido. Estaba gracioso, pero en peligro permanente de caerse al estanque, atraído por el canto de un jilguero.

Sus dos hermanas no perdían la ocasión de prodigarle amor y, atendiendo a su desgracia, no había momento en que no le colmasen de mimos. Seshat se ocuparía de que no le faltase sabiduría y Merit, que era indocta, procuraría enseñarle a sacar partido de sus manos, porque había oído decir que en cada uno de los dedos tienen ojos los cieguitos.

Y, años después, cuando Ipi recibió su derecho a la memoria, solía decir:

–Gracias a mis dos hermanas soy como soy, pero en

menguado, pues nunca llegué a poseer la ciencia de Seshat ni conocí tantos penes como tragó Merit. Fui afortunado de tenerlas a ellas en aquellos días en que el mundo me estaba negado.

También de los infinitos olores que impregnan el mundo iba obteniendo lecciones magistrales. No tardó en asociar una fragancia con algún manjar que le enloquecía. Y si los olores estaban más cerca, sabía que la Dama de la Casa los había servido sólo para él, y alargaba las manos para hacerlos suyos. Y eran tan ricos que se convirtió en el ciego más goloso de Tebas y de cualquier lugar. A falta de mirada, se hizo diestro en reconocer los manjares. Y cuando acompañaba a los sirvientes al mercado tenían que sujetarle porque se iba detrás de cualquier aroma que asociaba con el condumio. Por lo cual decidieron que más que un niño era un peligro.

Pero la gente había aprendido a quererle y, lo que es mejor, a obsequiarle, de manera que le ahorraban el esfuerzo de ir olisqueando de puesto en puesto, con riesgo de tropezar entre sacos y cestas.

Y cuando olía a azufre aprendió a tener miedo, porque sabía que las huestes del Mal estaban cerca y podían agredirle con sus mil tretas siniestras. Pero, de repente, sonaba el sistro de su padrino en los cielos y la habitación se llenaba de polvo de estrellas, para desesperación de las sirvientas, que saben lo que cuesta limpiarlo.

Entonces sentíase protegido, porque le habían contado que alguien en lo alto estaba vigilando por él, lo cual no entendía, porque todo lo que había aprendido a acariciar estaba por debajo de su cuerpo. Tardó más tiempo que los otros niños en caminar sobre dos piernas, y cuando había aprendido no renunció a las palmas de las manos para ayudarse. Gateaba con temerosa cautela a la edad en que otros niños ya saltan por las esquinas. Y la Dama de la Casa empezó a temer que las sirvientas, e incluso ella misma, se acostumbrasen a considerarle como una bestezuela; la más mimada de todas, pero bestezuela al fin. En tales circunstancias y viéndole hacer la competencia a las ocas del corral, la Dama decidió contarle que en otros tiempos, cuando el Nilo y el cielo eran una misma cosa, los hombres caminaban a gatas como él, pero un día se levantaron sobre sus patas de atrás y a partir de entonces se distinguieron de los animales y fueron sus dueños y mentores.

La nodriza interrumpió el discurso con su excelente lógica popular:

–Ay, Dama, eres lista pero falsa, pues le escondes que esos hombres primitivos tenían los ojos bien abiertos. De haberlos tenido como él, todavía andaríamos a rastras.

–Ha de creer que también él ve, para no sentirse desgraciado en el futuro.

Continuaba la Dama su discurso destinado a hacerle entender que prescindir de las cuatro patas que tiene todo niño era la decisión que diferenciaba a los hombres de las bestias. Pero Seshat contó que no era así en todos los casos. Reputados viajeros afirmaban que en las tierras situadas más allá de los desiertos había pájaros enormes que caminaban sólo sobre dos patas. También en los pantanos del Delta vivían pájaros de pico monstruoso que se sostenían sobre una de sus patas, largas como las letanías de los templos.

Al igual que el Nilo, la vida va empujando. Una acción lleva a otra, un reconocimiento a otros más. Y así, mientras superaba la condición de las bestias por la sola hazaña de incorporarse, el ciego fue entrando en el criterio de los hombres por el milagro de la curiosidad.

PASARON LAS ESTACIONES Y LOS DOS NIÑOS nacidos cada uno a un extremo de la calle fueron creciendo para asombro de las vecinas. Pues todos los veían tan parecidos que, de no ser ciego uno de ellos, no habrían sabido distinguirlos. Y así ocurrió que la señora viuda de Najt mandó un criado a la Dama de la Casa para decirle que la invitaba a un yantar ligero, es decir, útil para combatir la pesadez de una tarde sobrada de canícula. Y hallábanse ya las dos ante un delicado servicio de bizcochos de miel y vino de higo, cuando estalló la de Najt:

–Vecina, mi hijo se parece al tuyo.

–Será un casual –contestó la dama Kipa.

–¿Un casual, y son dos gotas de agua?

–Será un capricho del hado.

–¿Al putiferio lo llaman hado en estos días? Aquí ha habido trampas que se me escapan. Y no quiero perseguirlas porque, de atraparlas, me darán un sin vivir. Un sentirme cornuda.

–¿Cornuda a estas alturas? No seas ridícula. Tu marido y yo tuvimos lo que tuvimos, pero tanto para él como para mí siempre quedaste en lo más alto. Una santa.

–Luego una burra.

–Es un decir.

–Que sea un afirmar.

–Concedo. Yo, cuando me tuvieron por santa, también me sentí burra.

–Seamos francas: una mujer, cuando es mujer de veras, no culpa de sus males a otras mujeres. Sobre todo si hay un hombre que los causa. Que se lleve las culpas el inconstante. Y nosotras a nuestro propio amparo.

Aquella noche se disfrazaron de mercader y fueron a la taberna del Gato Risón y se emponzoñaron de cerveza y acabaron en un reservado del templo de Hator, donde vieron amanecer escarneciendo la memoria de sus respectivos difuntos. Y, al despedirse, dijo la dama Kipa a la viuda de Najt:

–Tengamos en paz los hijos que nos hizo. A cada una el suyo. Y cuanto más secreto quede todo, mejor.

–No está en mi carácter tolerar que se vulneren mis secretos. Tampoco soy de las que dan a sus desgracias ocasión de ser compadecidas. Me llevo a mi hijo lejos de aquí, para que nunca le alcance la maledicencia.

–¿Y adónde irá una dama que tiene tanto poder en esta calle principal?

–A la hacienda de mi padre, en el Delta. Está muy solo desde que murió mi madre. Y a continuación mis tres hermanos. Y después mis dos hermanas. Y al final los hijos de todos ellos.

–Cuidado, vecina: esa casa tiene mal fario. Igual tu hijo te dura menos que una cosecha.

–Yo sé que durará. En el campo, los niños crecen más fuertes que en Tebas. En el campo, los niños son palmeras acostumbradas al viento, espigas enhiestas preparadas para la adversidad. Yo criaré a mi hijo fuerte y sano, para que sea el toro de mi vejez.

Pero en un barrio tebano los secretos no se guardan durante mucho tiempo. Cuando no hablan las señoras, hablan las sirvientas y a veces todas al unísono. Se dicen cosas en el lavadero público, las comenta la peluquera que vino a rizar las pelucas de la casa, se hace eco el malandrín que trae las frutas, y al final los propios dioses hacen risas a costa de la humana insensatez.

Así las cosas, así el tráfico de secretos, no ha de extrañar que las doncellas Seshat y Merit llegasen con la novedad sabida. ¿Digerida también? Acaso. De todos modos, no se privaron de acorralar a su madre con comentarios impertinentes, destinados a mortificar:

–¿Es cierto, Dama de la Casa, que tenemos un nuevo hermano en esta misma calle?

No era una pregunta oportuna para una mujer que estaba pasando las cuentas de la última cosecha de cebada. Pero intentó mostrarse tranquila ante el acoso:

–¡A saber! Esta calle es muy larga.

–¿Con seis mansiones? ¡Pues vaya extensión!

–La que yo quiero que tenga. La que me cuadra. A ver si tendré que irme a vivir a la avenida de las esfinges para que no vengan a incomodarme dos arpías mal educadas. Es decir: mis hijas.

Como sea que Ipi no se encontraba en edad de hacer preguntas, la Dama se sintió aliviada. No le hubiera apetecido en absoluto contestarlas; otras le urgían más y, en su propia urgencia, la llenaban de rabia. ¿Por qué los dioses, cuya voluntad siempre acató, habían castigado a su único hijo varón con la noche eterna? Esto era mucho más importante que la identidad de un padre, fuese cual fuese.

La angustia por el hijo ciego no evitaba a la Dama de la Casa preocuparse porque la menor de sus hijas, Merit, veía demasiado y la otra, Seshat, quería atisbar más allá de cuanto está autorizada una joven de buena cuna y óptima crianza. El problema era una cuestión de caracteres. Una le preocupaba por casquivana, la otra por sensata.

Seshat era un desesperado caso de sensatez en la alegre sociedad de Tebas y, sobre todo, de su elegante barrio. Fue una niña normal, y nada parecía indicar que quisiera trascender los estudios destinados a las de su condición: un poco de música, otro poco de danza, cuatro quisicosas del hogar y, como mucho, algunos números para saber contar cuando al marido no le apetece hacerlo. Con esto bastaba para que, al verla pasar, dijera con admiración el pueblo basto: «Ahí va una futura dama de la casa. Una que sabrá ser casera y dama».

Pero un día, paseando por los jardines del templo, se entretuvo examinando los cientos de jeroglíficos que llenaban sus muros. Le parecieron dibujitos agradables, aunque muy repetidos. No tardó en comprender que aquella repetición no obedecía a una casualidad, antes bien pretendía expresar una idea. Podía reconocer elementos que asociaba con su vida cotidiana: un ojo, un brazo, una cesta de mimbre y hasta una abeja, si bien de constitución un tanto extraña. Cuando los jeroglíficos estaban en relieve, los acariciaba con los ojos cerrados para mejor sentirlos, de manera que parecía ella la ciega y no su hermano.

Reparó entonces en que su nombre la predestinaba a reconocer la escritura sagrada y, sobre todo, a amar su significado. Porque Seshat es nombre que manda, y mucho.

Es Seshat la gran colaboradora del magno Tot, señor de toda sabiduría. Ella es patrona de la escritura y de los anales. La diosa archivera. La que planea las bibliotecas de los templos y, después de organizarlas, vela siempre por su contenido.

Estos cargos solían irritar a Panufer, quien solía decir a la Dama de la Casa:

–En mala hora le pusiste el nombre de una diosa tan pagada de sí misma. Eso demuestra el error de dejaros a las madres elegir el nombre de los hijos.

–Así se ha hecho siempre en Egipto; y así se seguirá haciendo, pues las mujeres conocemos mejor el fruto que hemos llevado en el vientre. Y Egipto siempre confió en el vientre de sus damas.

Otros caminos llevaba Seshat; rutas imprudentes a ojos de las vecinas, que suelen buscar en la prudencia su espejismo de felicidad. Y éste exige que la sabiduría sea tradicional y no improvisada, pues lo improvisado no es sabiduría sino riesgo de equivocarse.

Pero Seshat asumió desde muy pronto su derecho al error.

Aprendió a leer y a escribir como si hubiese nacido varoncillo, y lo hizo de manera contumaz, porque vivía deslumbrada por el ejemplo de las mujeres que trabajaron con los signos en el pasado. Y recordó a la princesa Idut, que jamás salía de viaje sin llevar consigo sus utensilios de escritura; y pensaba también en la noble Seshseshet, pedagoga de la princesa; y en Chat, que llegó a ser directora del gremio de dentistas; y en todas las mujeres que habían conseguido ejercer como funcionarios pese a los desaires y hasta burlas de algunos hombres.

Pronto fue la primera de la clase en una escuela donde era la única fémina. Tenía buenos maestros, y supo aprovecharlos. Destacaba entre ellos el viejo Jernut, que había sido escriba del templo de Ptah antes de las prohibiciones de Akenatón y ahora se ganaba la vida dando clases, como por otro lado hacían tantos otros de su oficio al alcanzar la vejez. Pero era tal su ciencia y su prestigio que así como los maestros recibían como pago una hogaza de pan y una jarra de cerveza de cada uno de sus alumnos, él se veía constantemente obsequiado con vino de las mejores viñas y especias extranjeras. Y la Dama de la Casa fue todavía más lejos, pues se dedicó a mandarle periódicamente ocas y gansos de su granja, para así obligarle a que tuviese con su hija las mejores deferencias.

Pero no fue necesario, porque Jernut era hombre docto y sabía reconocer al instante quién podría serlo en el futuro. Así, el día en que Seshat llegó a su escuela impidió cualquier animadversión que pudieran demostrarle los demás alumnos, destacando por encima de todo su voluntad de saber. Y para más convencer, le pidió que contase los motivos que la llevaban a los estudios. Entonces ella le contestó recitando de corrido las inmortales instrucciones del rey Merikare a su hijo:

–Sé un artesano de la palabra para que puedas perdurar, porque el poder del hombre está en la lengua, y el poder de la palabra es más fuerte que el de cualquier combate.

Asombrado ante la seriedad de una niña que, sin saber leer, había sido capaz de aprenderse de oídas los grandes textos del pasado, la puso de ejemplo al resto de los alumnos, y éstos se sintieron avergonzados, pero no hostiles. Por el contrario, comprendieron que obrando como Seshat se ahorrarían probar sobre su espalda la vara que los maestros egipcios gustaban aplicar a la menor falta. Huelga decir que Seshat no recibió jamás castigo alguno, antes bien fue recompensada con pasteles y aguamiel en varias ocasiones, y muy especialmente cada vez que recitaba las lecciones más difíciles de la Kemit, el libro de texto que era la mortificación cotidiana de los escolares egipcios.

Al cabo de un tiempo, Seshat había viciado sus posturas, pues se sentaba con las piernas cruzadas, como hacen los escribas para apoyar el rollo de papiro sobre su regazo. En su fiesta natal no pidió, como su hermana, telas de precio ni cosméticos, sino un equipo de escriba adulto, consistente en una paleta con pinceles, dos tinteros, un frasquito de alabastro para el agua y un mortero para triturar las tierras. Y la dama Nofret, en calidad de gran vecina, completó el ajuar con dos rollos de papiro ya cortados para el uso.

No sólo era un regalo para toda la vida; además, le serviría para la otra, porque todo aquel que conoce el divino arte de la escritura quiere ser enterrado con su paleta y sus pinceles.

No tardó mucho tiempo en encontrar a su ajuar una aplicación práctica. Cuando en uno de los palacios del barrio murió el noble Tenante, ella le copió un libro de los muertos que fue muy elogiado por la familia del difunto, sobre todo porque se ahorraron pagar a un escriba del templo. Cumplieron con un collar de corales. Y Seshat, que no era de las que se contentan con el joyerío, se quejó a su madre:

–Si yo fuese un hombre me habrían pagado con los mejores productos de la tierra; acaso con un carnero, porque he hecho un trabajo muy fino y concienzudo...

–Pero, hija, es un collar tan bonito como tú...

–Maldito el collar y maldita yo si sólo valgo lo que un collar.

Acabó proclamando que, a causa de su nombre, no se tenía por menos que diosa. Y cuando las vecinas se burlaban de sus pretensiones contestaba:

–Más mérito tengo yo que todas las diosas del culto, pues me he esforzado en adquirir sabiduría mientras la que tienen ellas les viene concedida. Sin contar que muchas son analfabetas.

Las vecinas más piadosas protestaban:

–Un respeto. Serán analfabetas, pero a justas no las gana nadie.

–Sólo a Seshat acato y, por extensión, a Tot, su jefe directo. Sólo a él me entregaría. Sólo él sería mi dueño, si dueño ha de tener una mujer que, como yo, es tan dueña de sí misma.

Si Seshat ya sabía cuán variado y ameno es el dios de los curiosos, Ipi lo iba descubriendo de respiro en respiro. Sacaba de cada elemento de la vida una duda y, acto seguido, una explicación. De los sonidos, un mensaje; de los aromas, un impacto; de las tinieblas, una provocación, porque empezaba a buscar en ellas lo que los humanos llaman luz.

Pero al pasar el tiempo, Seshat y Merit empezaron a vivir sus propias vidas y él se quedó solo. Entonces empezó a soñar con la llegada de un amigo. Lo necesitaba desesperadamente, aun ignorando cómo debería llamarlo. Compañero, camarada, hermano acaso. Era una necesidad imperiosa, brutal, inspirada por el rechazo de los otros niños de la calle. No un rechazo evidente, pues los niños estaban educados en el respeto a los ciegos, pero sí una forma de desplazarle en todas las actividades que él era incapaz de seguir. Aunque su madre le había confeccionado una pelota de trapo tan bonita como la de sus compañeros, él la arrojaba al vacío, sin rumbo, estropeando el juego. Era impensable que pudiese seguir a los demás en sus carreras a lo largo de la calle, y mucho más que se atreviese a saltar sobre uno de ellos en el juego del potro. Pasó de ser un eterno rezagado a convertirse en un caso imposible, y al final optó por retirarse a su escondite favorito: una higuera muy vieja que proyectaba una sombra muy densa y fresca. Desde allí seguía los gritos de los demás niños y jugaba a ponerles ritmo.

Un azar quiso que le llegase por fin su primer compañero del alma. Más que un azar fue el resultado de una invasión de ratas negras como las que amenazan las casas de los barrios portuarios o las de los campesinos. No se explicaban las vecinas cómo había podido llegar semejante plaga a la parte más distinguida de la ciudad, pero lo cierto es que aquellas bestias invadían las estancias, roían las alfombrillas, devoraban los manjares de la despensa. Y eran tan grandes, estaban tan gordas y bien alimentadas que causaban pavor.

Se sabía que en las aldeas los campesinos tenían cobras amaestradas para defenderse de los siniestros roedores, pero no era ésta la compañía que la Dama de la Casa deseaba para su hijo. Aunque también la guiaba el egoísmo, porque las ratas le daban repelús y hasta miedo de un mordisco, pero la cobra la horrorizaba de tal modo que la llamaba la Innombrable.

La nodriza creía que en todas las bestias, incluso las más viles, habita el alma de un dios; así que dijo:

–Sois injustas con las cobras, que si están en la corona de nuestros reyes será por algo. Hace unos días pasó por el mercado un nigromante de los que cuentan lejanas historias de lejanos animales. Y contó que en una tierra que está más allá de los desiertos vivía una cobra que podía alcanzar la altura de una persona y era temida y adorada a un tiempo, como ocurre con los seres que nos amedrentan.

Todas las comadres acariciaron su amuleto de piedra azul porque la historia se presentaba con tintes amenazadores. Pero la nodriza prosiguió en tono plácido:

–Pues hete aquí que la referida cobra, sin duda una diosa de aquellas latitudes, acertó a ver a un niño hermoso como los diosecillos de cualquier latitud. Y al punto se enamoró de él, y pues el amor lleva al compromiso, tanto en los humanos como en las bestias, requirió sus favores y le ofreció el mundo entero a cambio de ellos. Claro que los padres se opusieron, pues ¿qué padre desea por yerno a una cobra? Pero ni siquiera hizo falta esta injerencia, porque ya el niño estaba en la edad del primer criterio, y cada vez que el pretendiente se acercaba, emitiendo su amoroso silbido, se ponía a gritar como un poseso y huía como alma que lleva Set. Y entendiendo la cobra que la aversión que despertaba en el niño amado no tenía remedio, se mordió con su propio veneno y murió anegada en llanto. Esto demuestra que una cobra, cuando ama, es que ama de verdad.

–¿Eso hizo la bicha? Pues que se suiciden todas si les place, que a la que se acerque a mi hijo la aplasto de un golpe de sartén.

–¡Ay, Dama! Si tan asustadiza eres, si tanto reconcomio gastas, ¿por qué no pruebas con un gato? ¿A qué buscar más? Ésta debe de ser la única casa en Tebas que no tiene una mascota. No te digo yo que compres una gacela, que son difíciles de domar, ni tampoco un mono, que son revoltosos e incordiantes y no sirven contra las ratas, pero un gato sabrá cómo poner orden y, al mismo tiempo, hará compañía a tu hijo. Será su alegría, la de tu hogar y, además, no dejará una rata ni en el vientre de las que ya están preñadas.

La decisión fue muy celebrada, y la nodriza, que sabía encontrar gracia y risas en los aspectos más torvos de lo creado, las deleitó contando las historias de gatos que todo el mundo conoce desde los tiempos más remotos. Y a todas gustaban especialmente las de los gatos que sabían amaestrar a los ratones por medio de la música, y la orquesta que formaron cuando el gato que les tocó en suerte resultó ser más experto que otros. O sea, que el gato que sale musical no tiene precio.

Pero el gato que les trajo la famosa criadora Nefer-Ana era danzarín, para mayor asombro, ya que por su belleza deslumbraba.

Era esa Nefer-Ana la gatera más dulce de Tebas, una dama de edad tan venerable que, más que entrada en años, estaba salida de todos. Decíase de ella que era la cónsul de la diosa Bastet en la Tebaida, por lo bien surtida que tenía a toda la región y el renombre que había alcanzado más allá de sus límites. Y hasta en el santuario de la diosa, allá en Bubastis, había montado un puestecillo donde sus ayudantes vendían todo lo necesario para que cada creyente tuviese a su gato satisfecho o, como mínimo, bien cuidado.

Con los artículos que le daban a cambio de los suyos adquiría en las costas de Asia magníficos cachorros de las razas más exóticas y todos le crecían sanos y hermosos porque Nefer-Ana estaba bajo la advocación de Bes, el enano que aleja a los malos espíritus (los impíos dicen que le basta con manifestarse, pues su apariencia es monstruosa).

Ya se ha dicho que el gato de Ipi era danzarín, más que cantante, y dieron buena cuenta sirvientas y vecinas cuando, al depositarlo en el suelo, se levantó con extraordinaria agilidad y, dando un salto primoroso, fue a caer en el regazo de su dueño. Y éste, al oír cómo reían los presentes, preguntó con inquietud qué estaba haciendo su mascota. Y así dijo Seshat:

–Cuando, antes de las prohibiciones de Akenatón, se representaban los divinos misterios de Osiris aparecían entre los recitadores cuatro sacerdotes que se sostenían sobre un solo pie o, lo que es más difícil, sobre la punta. Y así saltaban de un lado para otro, con tal agilidad que parecían pájaros. Esto es lo que ha hecho este gatoide.

Y así contó Merit:

–Hace lo mismo que las bailarinas nubias que actuaron en la última fiesta de la dama Neki, a la cual asistí acompañada de un joven oficial que me pretende –dijo esto con retintín, para hacer rabiar a las vecinas. Luego prosiguió–: Esas del bailongo saltan con el cuerpo inclinado hacia atrás, moviendo con gran ritmo una trenza que les llega hasta los pies. Esto ha hecho el gato, pero sin trenza.

Dieron en llamarle Cabriolo y al punto comprendieron que habían acertado porque volvió a saltar, esta vez tan alto que casi tocó el techo, pero también con tal gracia que semejaba el vuelo de las nubes cuando están borrachitas o quieren volar de prisa para llegar a Tebas cuanto antes. Y es que una nube es más nube cuando está sobre Tebas.

Aprovechando el cariño que Ipi empezaba a mostrar hacia su gato, la vieja Rapet quiso imbuirle la piedad a Bastet, la que reina en Bubastis, pero él dijo que prefería las gracias de Cabriolo porque estaba a su lado y la diosa en las alturas. Y añadió en tono altivo:

–Sólo a Ipi Celeste venero porque es mi padrino y su lluvia es de estrellas.

Al llegar esas palabras al Océano Primordial, Bastet bajó una noche y le espetó con mal talante:

–Eres un niño insensato, porque necesitas protección y en lugar de suplicarla me ofendes. Piensa que, del mismo modo que tu casa se llenó de ratas, puede llenarse de cocodrilos cualquier día. Y no seré yo quien te defienda, pues ni siquiera sabes agradecer que me haya puesto mis mejores atavíos para bajar a visitarte.

Era cierto, porque se había vestido de suntuosa gata persa y su tocado era de corales. Y al verla de esta guisa, Cabriolo perdió el tino y notó ardores que no había sentido, de manera que se estrenó en la copulación sin que su amo se enterase. ¿Cómo podría, si el coito fue silencioso cual noche sin estrellas que conversen entre sí? En esta entrega se vio la bondad de Bastet, que evitó a todos los de la casa los insufribles maullidos de un gato en celo. Y también disfrutó ella, porque Cabriolo era un gato pinturero y se reveló muy buen galán en su primera vez, de manera que la diosa volvió a bajar de Bubastis para probar otras veces.

Ante tales muestras de gentileza, Ipi optó por hacerse devoto de la diosa, y no por compromiso, sino porque le inspiraba Cabriolo. Que al ser un gato tan inteligente por fuerza tenía que ser prodigiosa su patrona.

Igual de prodigiosas eran las exigencias de Cabriolo. Y así las exponía Ipi a su madre:

–Dama de la Casa: debo hacerte un reproche en nombre de mi hermano gato. Él no se atreve a expresarlo porque te ve adusta y respondona.

–¡Tendrá queja! –exclamó la Dama–. No come el faraón lo que traga esa bestia. Mientras las personas comemos tres veces al día, él come seis. Lo dicho: ¡tendrá queja!

–Y, sin embargo, tiene razón en sus protestas. Le damos siempre pescado, cuando a él lo que le gusta son los dátiles.

–Un gato datilero no se ha visto nunca. Lo mismo que el agua del Nilo volviendo atrás. Nunca, nunca se han visto esas cosas.

Intervino la nodriza, como era su costumbre:

–Será el gato la reencarnación de una palmera que nació en los oasis y murió de tristeza porque vivía lejos del Nilo.

–Es lógico. No se ha visto palmera ni cañaveral que se conforme con semejante destierro.

Trajo la nodriza un plato con restos de pescado y otro lleno de dátiles, y miró a Cabriolo con expresión desafiante, a la espera de ver confirmado aquel prodigio. Y es que una matrona dotada de lógica campesina siempre desconfía de la pericia y talento de los animales, por más que la ponderen los lunáticos.

Pero la nodriza tuvo que callarse porque el gato se tragó todos los dátiles, huesos incluidos. Así pues, le tuvieron por glotón como su dueño.

Entonces empezó a maullar y el cieguito le contestó también con maullidos. En esto comprendieron que los dos se estaban explicando. Sólo cuando Ipi tradujo la jerga del gato empezaron a preocuparse, porque completamente normal no era aquel asunto.

Llamaron al nigromante de las montañas de la Luna, que tenía aires de sabio gracias al tiempo que llevaba frecuentando establos y corrales. Y así dijo:

–Soy docto en historias de animales y he asistido a muy grandes prodigios. He conocido al elefantito volador y al ratoncito que era su consejero; a la sabia mula parlanchina y al cervatillo que se convirtió en rey del bosque; a los feroces pájaros que se juntaron en bandada para atacar a la raza humana en el pueblo llamado Hitchconit; a las monas que criaron a un gallardo joven que, después, fue rey de la selva; al oso Balú y al niño que hablaba con la serpiente Kala; y por todo esto os digo que un debate entre un niño tebano y un gatoide de la misma procedencia no me parece rareza ni extravagancia. Se trata del feliz encuentro entre almas que se necesitan. Yo te digo, Dama de la Casa, que tu hijo es un bienaventurado. Si los dioses le negaron la vista, le dieron a cambio facilidad para los idiomas. Y eso es beneficioso. Es triste no haber copulado con la estrella Sotis, pero todavía lo es más no entender el lenguaje de los gatos.

Batió palmas la Dama, como si estuviese en la hermosa Fiesta del Valle, antes de que Akenatón la prohibiese.

–¿Lo oyes, hijo mío? Muchas cosas te dieron los dioses para compensarte de una que, al fin y al cabo, tienen todos los mortales.

–¡Tantas cosas! –exclamó el nigromante en éxtasis–. Los olores, sin ir más lejos. Las fragancias, los aromas, los perfumes. Sigue complaciéndote en ellos, pues si sabes elegirlos son la cárcel más noble para los sentidos. Y dejarse encerrar entre sus rejas es alcanzar lo intenso en este mundo.

Era cierto que no faltaban en Tebas los olores en tumultuosa variación, alternando continuamente, batallando entre sí, superponiéndose unos para derrotar a otros con un contraataque destinado a afirmar primacías.

Ningún viajero ha olvidado los penetrantes olores de los barrios populares, donde las mujeres fríen a las puertas de sus casas el pescado recién sacado del Nilo. Y por si ese olor fuese excesivo, sobre todo al mezclarse con el de la grasa y la manteca, surgen de otros hornos callejeros los perfumes de mil especias dispersas, y así, de linde en linde, la calle se va convirtiendo en incensario.

Pero el verdadero incienso llega de los grandes templos, de las inmensas naos prohibidas al pueblo, pero no tan avaras de sus secretos que no permitan escapar, por las ventanas superiores, un soplo del perfume destinado a la divinidad. Y corre a fluctuar entre los puestos del mercado, depositando en cada fruta un toque de jardín eterno.

Llega también, como un suspiro que sabe a infancia consentida, el olor de los hornos domésticos, la cálida evanescencia de los panes, los bollos, los bizcochos, aromas todos de una repostería que tienen los tebanos por la más sabrosa de Egipto. Y al llegar las noches más calientes de la estación de la crecida suben las gentes a sus azoteas, comunicadas en alegre compadreo, y sacan a la brisa la tercera comida de la jornada.

Nada instruía tanto a Ipi como los paseos diarios con la Dama de la Casa. Efectuaban siempre el mismo recorrido, del barrio de las mansiones elegantes a las callejas del puerto y, por fin, a la gran plaza del mercado. Les abría paso la sirvienta Nerej, que se desembarazaba de transeúntes inoportunos, anunciando la calidad de su señora, para que todos se apartasen con la humildad debida. También porque la pobre tenía que esforzarse sobremanera para avanzar guardando el equilibrio, pues sostenía sobre la cabeza la cesta con los productos que debían intercambiar en el mercado.

La Dama la seguía con porte altivo, refunfuñando, sorteando escombros, maldiciendo los cestos y vasijas que lo invadían todo. Y detrás de la Dama, y a menudo a su lado, avanzaba Ipi, sujeto al extremo de una vara que ella dirigía con gran cautela.

Y al verlos pasar decían los tebanos:

–Mirad, ahí va la dama Kipa conduciendo a su hijo, el cieguito que siempre sonríe.

–En todo ha de verse la calidad de una dama. Mirad cómo cuida la gran señora Kipa al ciego jubiloso.

Así dieron en llamarle, pues era cierto que su sonrisa parecía dirigida a todo el mundo y por ello todos se sentían halagados. Al mismo tiempo, la singular disociación entre la sonrisa dirigida a una parte y los ojos perdidos en otra le daba la especial aureola de beatitud que caracteriza la inconsciencia de los santos.

Como la Dama era tan discutidora de precios, las visitas al mercado duraban una eternidad. Si era capaz de discutir con los embalsamadores las mercancías de la muerte, ¿qué no haría con las que formaban su experiencia cotidiana? Gracias a los productos de la granja estaba bien surtida su cocina; además, en la casa de la ciudad disponía de corral, granero y hornos para el pan. Pero había productos que era necesario adquirir, cambiándolos por los que le sobraban. A cambio de hortalizas, obtenía aceite de Asia; a trueque de la miel de sus colmenas, le daban esencias del país de Punt, y por el vino de sus viñedos, conseguía vasos de vidrio o tazas de cerámica pintada para adornar comidas especiales.

El ir y venir de las mercancías, de cesto en cesto, de mano en mano, tenía para Ipi el mismo valor que el habla de las personas. Gustaba imaginar la voz de la manzana que su madre elegía entre otras; el chasquido de las hojas de la lechuga, cuando Kipa las abría para comprobar su calidad; la explosión entre sus dedos de un grano de uva demasiado maduro... provocaciones constantes a las que él respondía girando la cabeza de un lado para otro, como si fuese la peonza favorita del mercado.

Todos esos sonidos eran un preámbulo a su glotonería, pues anunciaban los suculentos manjares que devoraría cómodamente sentado en su rincón preferido; pero era, sobre todo, la conjunción de todos los ruidos que la vida arranca en sus rincones más inesperados. En realidad, era siempre la vida hablando consigo misma. Y en esta amena conversación que había llenado el paso de los siglos, la vida se rebelaba siempre tan charlatana como las vecinas de la calle de Las Acacias.

OCURRIÓ QUE, CIERTA MAÑANA, EL MERCADO estalló en una agitación que sobrepasaba el trajín cotidiano. Llegaban de la Ciudad del Sol alarmantes rumores sobre la salud mental del faraón. Hacía tiempo que muchos la daban por perdida, justificando así el caos organizado por su revolución espiritual; pero aun sus máximos adversarios reconocían que el desorden había tenido una grandeza fuera de lo común. Cuando en los santuarios de los dioses rivales se hablaba de la locura del faraón, se decía que era una locura cósmica, una enfermedad que sólo podía asaltar a los dioses. Nadie podía negar esta función al rey de Egipto: seguía siendo un dios. Sólo que les había salido torcido.

Pero las noticias que en los últimos días llenaban los mercados ya no se molestaban en disfrazarle bajo una capa de grandeza, cualquiera que ésta fuese. Por el contrario, le presentaban como un pobre hombre, uno de esos locuelos que se encuentran en todos los pueblos del Nilo. Tarados que van dando tumbos por las calles, echando baba, con los ojos devorados por las moscas y los niños arrojándoles piedras.

Había motivos para que la locura de Akenatón dejase de ser divina y fuese desesperadamente humana. Los tebanos conservaban el recuerdo de luctuosas jornadas en la lejana corte, cuando él y la bella Nefertiti todavía representaban un ideal de perfección. Los tebanos supieron del intenso dolor de la pareja real tras la muerte de una de sus hijas, pero esto sólo fue el primer eslabón de una larga cadena de desgracias. Murieron otras dos princesas, murió la reina madre, Nefertiti se fue para siempre y los más cercanos a la corte comentaron, horrorizados, que la fe monolítica de Akenatón había empezado a desmoronarse.

Y aseguraban que Ai, su máximo consejero, le encontraba cada mañana tendido de cara al sol, presa de espantosas convulsiones. Sin apartar los ojos del disco incandescente, aullaba una y otra vez:

–¡Padre mío! ¿Por qué me has abandonado?

Las vecindonas más sensibles, almas que nada saben de politiquerías, comentaban que Akenatón estaba sufriendo la venganza de los dioses de siempre. Venganza esperanzadora, pues significaba que éstos seguían disponiendo de algún poder a pesar de todos los cataclismos que había soportado Egipto.

Aquella noche, la dama Nofret tomaba el fresco con algunas vecinas. Disponíanse a entretenerse con el ameno juego de la serpiente, pero desde las otras azoteas llegaban rumores sobre los sucesos de la Ciudad del Sol; y la Dama, que tenía contactos entre el clero de Amón, decidió lucirse con sus augurios:

–Presiento que volveréis a verme en mi antiguo cargo, porque los días del dios único están contados. Del faraón ya nadie se fía. Con deciros que ha nombrado corregente a ese jovencito imberbe llamado Smenkaré...

–¿Ese al que llaman «la nueva Nefertiti»?

–Exactamente. Ese que ya aparece en las estelas de la mano del faraón. No es conveniente fiarse de él. Para mí que tiene dos caras. Sé de muy buenas fuentes que ha estado en Tebas tratando con los sacerdotes de Amón. Y en este trato puede haber muchos pasos atrás, mucha retractación y hasta arrepentimiento. Hay quien afirma que la corte volverá a Tebas antes de la próxima inundación. Claro que, como viene sucediendo desde que empezó este reinado, todo son conjeturas. Dicen que cuando la reina madre se desplazó hasta la Ciudad del Sol fue para convencer a su hijo de que debía reconciliarse con el clero de Amón. Como la gran Tiy murió de improviso, ya nadie puede negarlo ni confirmarlo. En cuanto a Nefertiti, que es la única que podría hablar, se ha alejado de la corte y vive recluida en su propio palacio. Al parecer, la mortifica y hasta humilla que Akenatón haya tomado a Smenkaré como corregente. Porque se dice que, además, es concubino.

–¿Pues no está casado con una de las hijas de Akenatón?

–Cierto. Con la tercera. Pero, al parecer, este detalle carece de importancia porque antes ella estuvo casada con Akenatón.

–No me extraña que Nefertiti esté indignada. ¡Con lo altiva que era ella cuando ostentaba el poder!

–Altiva, sí, pero también muy madraza. Esto no puede negárselo nadie. Y dime tú a qué madre le hace gracia que el marido la sustituya por dos de sus hijas en el lecho y en el trono.

–¡Qué mal fario tiene esa familia! Para mí que tanto sol les ha sentado mal. De vez en cuando se recomienda la sombra.

Intervino aquí la dama Kipa:

–Estoy empezando a hacerme un lío. ¿Quién queda en esa maldita ciudad, además del locuelo?

–Pues queda lo que aquí se acaba de contar. Quedan las dos únicas hijas que no murieron con la aciaga peste. Una está casada con Smenkaré, la otra con un niño de ocho años que, según dicen, nació de la favorita Kiya. Tutankatón, creo que se llama. Pero como si se llamase Fiope, tan poco importante es.

Antes de desplegar las piezas del juego de la serpiente, sentenció la dama Nofret:

–Recurro de nuevo a mis buenas fuentes y os digo que la verdad del cuento la sabe Smenkaré.

–¿Conseguirá devolver la corte a Tebas? Cuenta, comadre, que más que estar en ascuas soy una ascua toda yo.

La dama Nofret suspiró profundamente; después hizo una larga pausa con el objeto de crear tensión.

–¿Quién puede saberlo sin vivir en la Ciudad del Sol? –proclamó–. Y aun allí, ¿quién puede conocer el verdadero alcance de la locura?

La locura tuvo tratos con la muerte, y así, al cabo de pocos días, el cadáver de Akenatón entraba en el taller de los embalsamadores de su amada ciudad. Después de las desgracias transcurridas, pocos recordaban ya las jubilosas fiestas que se celebraron cuando fue inaugurada; sin embargo, los más viejos tenían presente la promesa del faraón: jamás traspasaría las estelas que marcaban los límites del territorio sagrado. Ni sus pies ni sus sandalias pisarían un grano de arena que no estuviese consagrado a Atón. Y así fue en el futuro y así era en la muerte y así sería en la eternidad.

El taller de embalsamadores de la Ciudad del Sol, de fundación tan reciente, tenía poco prestigio, pero alcanzó alguna notoriedad a través del escándalo, pues se supo que todo el proceso de embalsamiento se ceñía a un ceremonial inventado por el faraón en honor y provecho de su único dios. Algo que no tenía precedentes en toda la historia del mundo.

Para extraer las vísceras del difunto, los sacerdotes funerarios no se cubrieron con las máscaras de Anubis y Tot, como está escrito: Akenatón había derrocado a estos dioses en vida y no iba a soportarlos en la muerte. Y puestos a trastocar los orígenes de la Creación, había mandado abrir su tumba y las de todos sus nobles en la orilla este del Nilo, contraviniendo las creencias que aconsejan buscar sepultura en las tierras de Occidente, donde se hunde cada tarde la barca de Re para luchar contra los dioses del inframundo.

Los fieles de Atón comentaban esas reformas con admiración; sus detractores con desprecio; y el pueblo se limitaba a reaccionar con preguntas que a veces no tenían respuesta.

El joven Smenkaré –un extraño para todos los egipcios– confirmó su rango de nuevo faraón presidiendo las ceremonias funerarias del que había sido su suegro, además de su hermano; o acaso su padre; o tal vez su amante.

Egipto continuaba sin comprender mientras el Nilo, que trae la vida y trae la muerte, seguía su curso implacable.

Y se dice que Smenkaré, en su infinita soledad, pronunció las palabras atribuidas a otro príncipe de fama:

–El mundo está fuera de quicio. ¡Dios mío! ¡Que haya nacido yo para arreglarlo!

Mientras el nuevo faraón descubría el innoble caos del mundo, Seshat intentaba superarlo por medio de la sabiduría. Sin embargo, acceder a ella no resultaba tan sencillo como sus méritos autorizaban a suponer. Una vez aprendidos los consejos de los sabios, una vez copiados todos los cuentos y fábulas de un repertorio consagrado por la tradición, llegó un momento en que quiso saber más. Pero una mujer, por instruida que fuese, no tenía acceso a los libros sagrados..., y en esto era igual a los hombres, que tampoco lo tenían. Porque lo sagrado sólo estuvo en manos de los sacerdotes desde que empezaron las generaciones de la humanidad.

–Maldigo a los que tienen encerrados los volúmenes del saber. Ahora que tanto sé, porque sé mucho, sólo en ellos quiero entrar. Pero nunca tendré acceso al templo.

–Podrías tenerlo si demostraras más prudencia –dijo la dama Nofret–. Yo intercedería para que fueses aceptada entre las esposas de Amón. Sólo se nos exige tocar el sistro, conocer algunos pasos de danza y entonar con voz agradable los salmos al dios.

–Yo ni canto ni bailo. Yo leo y escribo. Y las ideas se me escapan por los pliegues de la túnica en forma de poesía.

Decidió que iría directamente a los libros sagrados, ya que éstos nunca irían a ella. Y no se le ocurrió mejor solución que introducirse en el templo, de noche, haciéndose pasar por la auténtica Seshat. ¿Quién, entre todos los mortales, se atrevería a cerrarle el paso?

Con la ayuda de su hermana, más diestra en las labores de la casa, confeccionó el curioso tocado que caracteriza a la diosa, una suerte de estrella de siete puntas y de forma tan indefinida que pudiera ser una planta de origen ignoto. Por lo dicho se entenderá que el tocado no requería demasiada precisión –antes bien tendía a la chapuza–, pero las dos hermanas se prometieron mayor meticulosidad en el vestido de la diosa. Aprovechando que la Dama de la Casa pasaba unos días en la hacienda, se introdujeron en sus estancias y tomaron prestado uno de sus mejores vestidos de fiesta: una túnica de lino transparente, con primorosos plisados y mangas de amplio vuelo, según la moda impuesta por las refinadas de la Ciudad del Sol.

No pudo sentirse la Seshat del cielo más Seshat que su homónima en la tierra.

Al caer la noche, las dos hermanas se dirigieron al templo, no sin tomar algunas precauciones. A fin de proteger su identidad, se escondieron tras tupidos velos, y a fin de mantener entretenidos a los guardianes, Merit se los fue quitando de uno en uno mientras Seshat cruzaba bajo los grandes pilonos sin que nadie advirtiese su presencia.

Penetró en las inmensas tinieblas de la Casa de la Vida, donde en otros tiempos se impartía toda la sabiduría de Egipto. Al verla avanzar, los novicios que hacían guardia ante la estatua de Amón quedaron petrificados. Era una forma indefinida que, al salir de la penumbra, dejaba entrever un cuerpo semidesnudo y unos senos que, sin ser espectaculares, eran apetitosos.

Sintieron el desamparo con que la adolescencia se enfrenta a la belleza. Una hembra deseable venía a interrumpir sus votos de silencio. Podía ser una de esas damas principales que olvidan la castidad con el primer viaje del marido. ¿O acaso una de las rameras de los grandes sacerdotes que se hubiera equivocado de puerta, entrando por la principal y no por la secreta? Ramera o dama, la sombra avanzaba con pasos sinuosos. Uno de los novicios se puso a temblar mientras recitaba los proverbios del pasado: los que previenen contra la mujer demasiado ardiente y sabia en los ardores.

Otros novicios creyeron hallarse ante una divinidad no calculada: una diosa procedente del Océano Primordial que hubiese decidido calentar su cuerpo pegada a los ardores de un novicio.

El más atrevido la abordó directamente, sin dejar de temblar:

–En ese complicado repertorio de divinidades que nos rigen, ¿quién puedes ser tú?

Seshat continuaba avanzando, solemne y regia. No le asustaban las tinieblas de la inmensa nao. Estaban calculadas para impresionar a los humanos, pero ella iba de diosa. Así, recurriendo a sus dotes de recitadora, declamó:

–Yo soy la que soy. Soy la que fui y la que seré. La que soy siendo y la que siendo soy.

Aunque los novicios estaban acostumbrados a los enigmas inextricables, pues no otra cosa les inculcaban sus maestros, quedaron tan impresionados que ninguno se atrevió a contradecirla; antes bien, se inclinaron con respeto cuando ordenó ser conducida a la biblioteca, dispuesta a ejercer con diligencia y prestancia las labores que la distinguían de los demás dioses.

Temblaba de emoción, pese a que debía disimularlo para inspirar respeto. ¿Podía sentir de otro modo una alma educada en el culto a las letras? A medida que avanzaba por las estancias secretas del templo aparecían en muros y columnas los textos del legado de un pueblo que era el suyo, de un pensamiento que la había hecho como era. ¡Hermoso paseo que, de sala en sala, la iba introduciendo en los abismos del tiempo! Porque si es cierto que este monstruo se lleva la vida, no lo es menos que deja, a cambio, la flor de la experiencia humana.

La Casa de la Vida pregonaba la sabiduría acumulada por los sacerdotes mientras los reyes hacían la guerra. Allí estaba la sala del jardín botánico, cuyos relieves mostraban, en ameno catálogo, todas las plantas de Egipto. Llegaba, después, la sala del zodíaco, con el inmenso almanaque de las constelaciones, seguidamente, la gran sala de la geografía con mapas de muchos países, y a continuación la sala de la medicina, en cuyos muros aparecía un recetario para curaciones y el instrumental de la profesión, tan útil como sabio.

Cuando llegaron a la biblioteca, las antorchas iluminaron una imagen de desolación. Grande fue el desencanto de Seshat, porque era como si su diosa titular hubiese retirado su patrocinio de aquel recinto, antes tan respetado. Los libros sacros sólo eran ingentes montañas de basura, túmulos de papiros y tablillas esparcidos por el suelo, arrugados unos, roídos por las ratas otros, devorados por la humedad los más.

Dijo, entonces, el novicio Ternet, seriamente conmovido:

–Defecó sobre ellos el dios del faraón. Envió a sus fanáticos a borrar el nombre de Amón de todas las inscripciones. En cuanto a los libros, hicieron con ellos una hoguera más alta que esas columnas.

Seshat miró a su alrededor: era cierto que en todas las inscripciones aparecía martilleado el nombre de Amón. Los iconoclastas habían llegado al extremo de borrarlo incluso cuando aparecía como sufijo en el protocolo de los grandes faraones. Y aunque era una afrenta conocida, pues se había perpetrado en todos los monumentos de Egipto, seguía impresionándola porque estaba enamorada de las palabras y consideraba un crimen anular una sola de ellas.

–Por fortuna no todo se ha perdido –dijo Ternet–. Mientras los sacerdotes de otros templos no pudieron salvar nada, los nuestros llegaron a tiempo de trasladar algunos libros a este escondite. Pero nadie se ha preocupado de ordenarlos porque con sólo verlos nos vienen a la memoria aquellas jornadas funestas.

–No sigas contándome desgracias porque las pobres diosas las conocemos todas. ¿No ves que las hemos sufrido en carne divina? Pero yo he bajado para cumplir con mi misión, que no es otra que la de restituir a los hombres la palabra escrita. –Y pegando un soberbio puñetazo en la mesa, añadió–: ¡Ea, encontradme cualquier cosa que me sirva de mandil! Tenéis esos libros perdidos de polvo y yo no puedo volver al Océano Primordial hecha un pingo.

Tan enérgica se mostraba que cuatro novicios empezaron a buscar entre el ajuar de Amón una tela con la que pudo proteger el vestido de su madre. Fue la primera en agacharse para recoger las páginas que se pudrían por el suelo, de manera que los novicios se vieron instados a imitarla, aunque no con placer porque eran jóvenes de muy buenas familias y sólo se habían agachado para realizar ejercicios gimnásticos y aun de los más refinados.

Pero antes de que empezasen a quejarse de los riñones,

el novicio Ternet tuvo un instante de emoción. Y así, exclamó:

–Que Amón te bendiga, diosa de la sabiduría, porque gracias a ti no morirá la nuestra. De momento.

MIENTRAS SESHAT ENMENDABA LOS DAÑOS DEL OLVIDO, Merit se entretenía complaciendo a dos de los guardianes. Y como sea que eran negros de Nubia y las medidas de esta raza siempre fueron muy solicitadas, sintió que la espera le había compensado y se ofreció a acompañar a su hermana en cuantas excursiones al templo gustase emprender.

Rezaba para que las visitas se repitiesen cada noche. Y los dioses atendieron sus oraciones al tiempo que reforzaban la guardia con mercenarios libios de gran prestancia y férrea dotación.

Ya sea libio, ya sea egipcio, al soldado siempre le ha gustado alardear de sus conquistas, porque se dice que suele tener una hembra en cada plaza. Como sea que desde que Akenatón subió al trono no se había conquistado plaza alguna –más bien se habían perdido muchas–, los guardias consideraron las visitas de Merit como una compensación del paro obligado. Además, la doncella era hermosa, su piel fina, todo su cuerpo emanaba una serena mezcla de perfumes de ricos. Era hembra principal. De ahí que los soldados no tardasen en contarlo, primero en los cuarteles, después en las tabernas del muelle. Así llegó a la calle de Las Acacias el rumor de que en la mansión de la dama Kipa se enseñaba a practicar la caridad con métodos que no están inscritos en los muros de los grandes santuarios.

Pero hacía ya tiempo que las lenguas picoteras habían dictado su veredicto: Merit se excedía. Mejor dicho: llevaba tanto tiempo excediéndose que convertía el propio exceso en parquedad. Y ante el comentario general, la Dama de la Casa decidió mostrarse tibia, que es la virtud de quien no concede ni niega. Así, se encogía de hombros y decía:

–Desde su más tierna infancia aspiraba a disfrutar lo que no disfruté yo. Lo que sabe no se lo enseñó nadie. Todo es natural. Como si los dioses le hubiesen puesto un horno entre sus piernecillas. Apenas levantaba un palmo del suelo, ya le gustaba correr entre los niños que jugaban desnudos y con sus partes tostándose al sol del mediodía. Y se quedaba extasiada ante las poesías amatorias, donde los amantes unen sus ardores bajo el árbol sagrado de Heliópolis.

Tales ardores empezaron a ocupar cada vez más espacio en las conversaciones de las dos hermanas:

–Tu amigo, el comerciante, es hermoso como un dios... –decía Seshat.

–Tiene la potencia del carnero y el empuje de un toro y su miembro es duro como la piedra azul.

–¿Y el funcionario?

–Es hermoso como el hijo de un dios. Tiene la dureza de la piedra azul y el empuje de un carnero.

La Dama de la Casa intentaba ser razonable sin herir:

–Hija, ¿te has preocupado en pensar si este hombre es para siempre?

–He visto lo que fue en tu vida un hombre calculado para siempre. En cuanto a mí, lo que dure será la duración precisa y no otra.

Al cabo de unos días, el hombre ya no era para siempre, y así llegó otro que ya fue para bien poco.

Llegados a este punto, la Dama de la Casa recurrió a la pregunta que todas las madres han formulado desde el principio de las generaciones:

–Mírame a los ojos y contéstame con la verdad: ¿sigues siendo virgen después del que era para siempre?

–Madre, ya no lo era antes de ir con él. Debo serte sincera: fui manceba de un embalsamador.

–Hija, yo no tengo prejuicios, pero es que un embalsamador debe de oler a difunto.

–Antes tuve a un obrero de la Sede de la Verdad y olía a sudor. O sea que todos los hombres deben de oler a algo.

–Es razonable. Muy razonable –murmuró la Dama de la Casa. Pero, tras recapacitar un momento, añadió–: De todos modos, debes tener cuidado. El deseo puede ser dulce cuando lo dirige Hator, pero de pronto se entremete el alocado Bebon en forma de mono y se vuelve agresivo y hasta brutal.

Dijo entonces Seshat:

–Madre, si los dioses han llamado a mi hermana por ese camino, no somos nosotras nadie para contrariarlos.

–Contrariarlos nunca, pero controlar un poco sus designios sí conviene. Acabarás siendo perra del deseo y pordiosera de la lujuria; y, además, tonta de la voluntad por no tener contención.

La nodriza estaba enfrascada en su labor más ardua: impedir que Ipi llegase hasta la despensa, demostrando una vez más su elevado sentido del olfato. Pero de pronto se inmiscuyó en la conversación, como era su costumbre. Y retomando el discurso de la Dama exclamó:

–¡Contención! No es precisamente lo que sobra en esta casa. El niño es un tragón de mucho cuidado. A Seshat se le volverán los ojos sangre de tanto posarlos en los libros. En cuanto a ti, Merit, confundes el deseo con la diarrea, que abunda pero no aplaca. Y si tan obsesa eres, podrías terminar como el arquitecto Parcor, que llegó al desastre por falta de contención y no por exceso de amor, como él creía.

–¡Triste caso, en efecto! –suspiró la Dama de la Casa–. Demuestra que el exceso de pasión es tan pernicioso como la falta de sentimientos.

–¡Que lo cuente Rapet! –gritaba Ipi–. Ella es la que más sabe.

–Gracias, hijo. En todo ha de verse que has mamado mi leche. Pues bien, érase que se era ese arquitecto real, hijo de un arquitecto real cuyo padre también lo había sido. Con tan nobles antecedentes, Parcor llegó a la vida sobrado de fortuna y la completó con los conocimientos propios de la carrera familiar. Desde muy joven disfrutó de plácemes y lisonjas, y habría alcanzado la gloria de no cruzarse en su camino una dama tan bella que, para loarla, tuvieron que inventar nuevas palabras en el cielo. Parcor se enamoró locamente y pasó a la esclavitud sin darse cuenta. Se obsesionó de tal modo que sólo quería vivir en el interior de su amada. Entonces pidió al dios de los arquitectos que le convirtiese en válvula del corazón de Nefruten, que así se llamaba ella. Pero los médicos de los dioses desaconsejaron semejante exceso, pues es sabido que con el corazón es peligroso jugar. Defraudado, Parcor se volvió impío, decidiendo actuar por su cuenta. Y a fuerza de querer estar siempre en el interior de la amada acabó convertido en su menstruación. De todos modos, tenía que salir una vez al mes, como mandan las leyes de la vida, pero en el terror de quedarse alguna vez fuera suplicó a Natura que invirtiese el curso de los ríos menstruales y que el líquido, una vez echado, volviese a su propietaria una y otra vez, y así él entraba y salía sin temor. Pero es tan inconstante el alma de los humanos que la amada se hartó porque andaba siempre fatigada con tanta menstruación de ida y vuelta. Y es que, además de la fatiga por el trasiego, iba siempre sucia, pues si se ponía los paños que toda mujer debe utilizar, amenazaba con provocar la asfixia de su amado, que seguía allá dentro, palpitando de gozo. Entonces peregrinó hasta el santuario de Neftis, suplicándole una solución urgente a su agonía. Solución que fue, por cierto, muy original, pues mientras todas las mujeres temen la llegada de la menopausia, ella suplicó a la diosa que se la adelantase. Y así lo hizo Neftis, y así murió de sed, en el interior de la vagina, aquel fatal amante.

–¡Ay! –exclamó Seshat–. ¡Morir en la vagina de la amada! ¿Puede pedirse mayor fortuna?

–La fortuna fue para Nefruten, que heredó todos los bienes del cretino y, encima, no tuvo que gastárselos en paños porque ya no los necesitaba.

–Exceso de amor es. Por tanto acarrea lágrimas –dijo la Dama de la Casa. Y añadió en tono sentencioso–: Locura de amoríos. Peor que la locura misma. O sea que cuidado, hijas.

–No me extraña en absoluto la decisión de Parcor –dijo Merit–. Yo misma querría ser mosca cojonera. Del mismo modo que ellas cuelgan siempre del miembro del asno, colgaría yo de la verga del hombre amado.

–Pero ¿de cuál de ellos, hija mía? –murmuraba la Dama de la Casa–. ¿De cuál, entre tantos?

–El de ese momento. Y, después, el de después. Y, antes, el de antes. ¿Comprendes, madre?

La Dama de la Casa empezó a preocuparse seriamente. Como era su costumbre, expuso sus penas a la comprensión de la vecina Nofret, quien aventuró:

–¿No será un poco ramera? Por llamarlo de algún modo.

–Eso dirían las malas lenguas, pero el nombre no hace a la cosa.

–¿Estás segura?

–Del todo. Lo que llamamos loto tendría el mismo aroma bajo cualquier otro nombre.

–Cierto –dijo la dama Nofret–. Y lo que llamamos ramera tendría el mismo tufo si la llamásemos puta.

Y hasta Ipi, que permanecía devorando pasteles en su rincón favorito, se atrevía a intervenir en el debate:

–Nodriza, ¿qué es una ramera?

–Tu hermana, pequeño, tu hermana.

–Entonces tiene que ser algo bueno, porque Merit es cariñosa y alegre y me da dulces de miel y mima a Cabriolo.

–Demasiado. Lo tiene todo el día pegado al regazo. Y cuando digo pegado quiero decir pegado. Y se lo refriega constantemente. Y cuando digo refriega quiero decir refriega.

–¿Y qué mal hay en ello?

Es de lógica que no hubiera respuesta.

CADA NOCHE LLEGABA SESHAT AL TEMPLO y, con el gesto imperativo que disgusta a los hombres cuando viene de hembra, repetía su letanía favorita:

–Yo soy la que soy. Soy la que fui y la que seré. La que soy siendo y la que siendo soy.

Tanta oscuridad en la proclama equivalía a exigir respeto, obediencia y hasta esclavitud. De manera que exclamó el jefe de los novicios:

–¡Cuánto me humilla esa diosa que trata a los hombres como si fueran trastos y a los trastos como si fueran hombres!

Nadie se atrevía a discutirle, mucho menos a echarla. Ya no se limitaba a dominar a los novicios: su furia alcanzaba a los sacerdotes, de cuya debilidad se aprovechaba para hacerlos trabajar como nunca hicieran antes. Y no sentía la menor compasión por ellos, ya que tenía a su oficio por cómodo y propio de gandules. En realidad, las obligaciones de aquellos hombres se limitaban a procurar que nunca faltase comida en la capilla de Amón y a lavar la estatua y cambiarle la ropa cuatro veces al día, como si la divinidad se hubiese cagado.

Lejos de dejarse conmover por su aparente piedad, Seshat les imprecaba:

–¡Menuda excusa tenéis en la limpieza de esa estatua! Más provecho le hará al dios que me ayudéis a ordenar sus libros. Es vuestra incuria lo que los ha echado a perder, no los fanáticos de Atón.

Puesta en esta tesitura, obligaba a los sacerdotes de alta graduación a limpiar el polvo de las estanterías que había organizado en las últimas semanas. Lo cual acarreó graves problemas, porque esta parte del clero sí trabajaba, y mucho, pues de ellos dependía la administración de las inmensas posesiones del dios.

Costaba echar a una diosa que había sido inventada por los sabios sacerdotes del pasado. Quien lo hiciera correría el riesgo de que le tomasen por un esbirro de Atón, y los tiempos no estaban para equívocos. Con todos los mitos de la ortodoxia amenazados por el usurpador, era preferible fingir. Y la ficción siempre fue un arte muy arraigado en todos los cleros del mundo.

La historia de la diosa incordiante no tardó en traspasar

los muros del templo, como había ocurrido con las gestas de su hermana, la genial fornicatriz. Pero al terciar los libros sagrados, el chisme corrió por labios más cultos. Los sacerdotes de la Casa de la Vida lo hicieron pasar a los maestros, quienes lo hicieron llegar a la taberna del Papiro, donde se reunían los escribas cuando la tarde derivaba hacia el crepúsculo.

Solía frecuentar estas veladas el sacerdote Nepumer, de quien se decía que alternaba la fidelidad al ojo de Amón con la fe en el ojo del culo. Precisamente tenía en la taberna del Papiro encuentros de alto nivel con un escriba joven a quien había prometido un cargo en la Casa de la Vida a cambio de oscuras prestaciones. Pero ni siquiera en ellas pensaba aquella tarde, tan obsesionado estaba por la presencia de Seshat en el templo, de manera que a la cuarta jarra de cerveza sacó el tema a colación e insistió en él hasta la saciedad:

–Jamás vi cosa parecida. Cuando es diosa me perturba porque sé que es mujer. Cuando es mujer me perturba todavía más porque tiene el coraje de un muchacho. Y mientras, en mis sueños, se aparece como guerrero y gritando que si la echamos del templo nos apuñala a todos.

Tanto insistió Nepumer en las peculiaridades de Seshat que despertó la curiosidad de un joven que permanecía apartado de los demás, frente a una jarra de agua clara y no de cerveza dorada.

En cualquier taberna de Tebas semejante elección implicaba una anomalía, aunque no mayor que el aspecto del joven. Por su apostura destacaba entre los demás como un palomo entre cuervos; por su arrogancia diríase un príncipe perdido entre plebeyos. Muy elevada sería su condición a juzgar por la superioridad con que se expresaba, pero aquélla era una época en que no se precisaba categoría para sentirse superior a los demás. Bastaba con gozar del favor del faraón. Bastaba con ser un alto funcionario de la Ciudad del Sol.

Prescindiendo de la hostilidad que aquel cargo podía despertar en Tebas, el desconocido preguntó directamente a Nepumer:

–¿Y es bella esa fierecilla, o su rostro es feo como su carácter?

–No sé si es bella por diosa o diosa por bella; pero, en fin, es mucho más que hermosa.

–Tendrá la fealdad en el cuerpo.

–Todo lo contrario: tiene una esbeltez que cautiva y un ritmo que embriaga. En resumen: es como imaginamos a la Seshat del cielo. Pero olvídate de ella, forastero, porque un hombre que bebe agua en lugar de cerveza no nació para enfrentarse a diosas-mujer o mujeres-diosa, como prefieras.

–Sólo los borrachos y los ignorantes se burlan de los abstemios. Menosprecian así las ventajas de la lucidez, que la diosa Tenemet nos arrebata al brindarnos la cerveza. Que nos la lleve a la tumba, como es su costumbre, porque allí no ha de importarme la ebriedad. Aquí, en la tierra, opto por ser lúcido. Tanto lo soy que me tengo por el único hombre en Egipto capaz de domar a esa arpía.

Siempre produce hilaridad el pavoneo de taberna; así pues, todos rompieron en sonoras risotadas.

–No te precipites, forastero –gritó uno–. ¿No temes que tu dios único te riña por desacato a la pureza?

–Atón no es mi dios. Y dentro de poco no será el de nadie. Yo me he ido de la Ciudad del Sol, y esto querrá decir algo. Pero no me preguntéis sobre este tema, porque sólo quiero preguntar yo sobre esa diosa que me enardece.

–¡Fardón! –exclamó Nepumer–. ¿De qué hablas, si con sólo ver a Seshat te turbarías?

–Puedo turbarme, porque soy sensible a la belleza, pero nunca me echaré atrás. Porque soy un rey en lo mío, y a un rey no le amedrenta reinecita.

–¿Y en qué eres tú rey, bocazas? –preguntó el escriba Moner sin dejar de reír.

–En ciencia. Y en letras, tres veces rey. Porque me llamo Totmés en honor y seguimiento del más sabio entre los dioses. Porque he sido adiestrado por los sacerdotes de Heliópolis, después por los de Menfis, tuve que someterme a los de Atón y al final sé más que todos ellos, por lo cual os digo que estoy libre de su influencia y soy sabio por mí mismo.

Y ya que se trata de dominar a reinecitas, también soy rey por este falo que me dieron los dioses sin regatear peso ni medida.

Entonces sacó el miembro y golpeó en la mesa con tal contundencia que, al otro lado del río, gritó un campesino: «¿Quién llama?». O eso contaron después las crónicas de la falocracia.

A Nepumer se le hizo la boca mieles, al decir:

–Si Tot tuviese ese instrumento dominaría a Seshat sin dificultad. Porque debe de ser lo único contra lo que no ha tomado defensas una diosa bibliotecaria.

–Por el brillo de tus ojos intuyo que sabes reconocer los materiales nobles. Por eso te conmino a que vayas hasta tu Seshat y le comuniques mi reto: «Si eres diosa, enciende mi alma; si eres mujer, enciende mi sangre; si eres bibliotecaria, enciende mi entendimiento. Si eres fuerte como dicen, haz que me rinda. Intenta domarme mientras yo te domo. Y en la batalla encontraremos los dos gran complacencia». Díselo así, y que vaya perfumando su cuerpo hasta que aparezca yo con mi obelisco.

No bien llegó al templo, Nepumer corrió hacia las estancias del sumo sacerdote. Tras ponderar las virtudes de Totmés, acabó deteniéndose en la más delicada:

–El falo que he visto no sé si he llegado a verlo, tan prodigioso es. Por esto te digo, gran Timur, que ese sabio de tantas sabidurías escogidas podría poner en su sitio a esa Seshat que nos amarga.

El sumo sacerdote suspiró amargamente:

–¡Mira que llegas a ser maricona, Nepumer! Y, además, inoportuno y, por encima de todo, mal informado. ¿Pretendes introducir en la casa de Amón a un servidor del dios que ha estado a punto de destruirla?

–Yo no he dicho que ese gallardo joven sea un servidor de Atón. Ni que le siga.

–Dijiste que viene de la Ciudad del Sol.

–¿Y no es buena señal que venga en lugar de quedarse en ella? Mal andarán los tiempos para los herejes. Alégrate, Timur, alégrate porque muchos jóvenes como éste abandonan el antro de Atón para instalarse de nuevo en Tebas y Menfis.

–Cierto. Cualquier marino sabe que las ratas abandonan el barco cuando se anuncia el naufragio. El Gran Consejo se reúne a diario para que no nos coja desprevenidos. Volvamos ahora al tema que nos ocupa: no sé yo si una mujer que se cree la diosa bibliotecaria aceptaría renunciar a los libros a cambio de poca cosa.

Una expresión de estupor apareció en el rostro de Nepumer.

–¿Poca cosa, dices? Examina al aspirante. Que se desnude ante ti. Sopesa, calcula, deduce. Sólo entonces estarás en condiciones de juzgar.

Al día siguiente, las sagradas puertas de la ciudad de Amón se abrieron para dar paso al recomendado de Nepumer. Haciendo caso omiso del prestigio del lugar, el joven se paseaba a torso descubierto, demostrando a quien quisiera saberlo que tenía músculos muy bien formados. Como iba sin tocado, lucía en todo su esplendor una cabellera negra y rizada como la de los nubios.

El delegado de Amón sobre la tierra era consciente de encontrarse ante un magnífico ejemplar de macho rampante, pero fingió desinterés para explotarle mejor.

–Ese ayudante mío, Nepumer, siempre exagera. –Y añadió con retintín–: Eres apuesto, sí, pero bajito.

–Igual que muchos faraones. En Egipto ser más alto es hacer el ridículo.

Miraba directamente a los ojos, y Timur entendió que lo que le faltaba en altura le sobraba en arrogancia.

–Me extraña que te ofrezcas para domar a la arpía, habiendo tantas bellezas en Tebas que te traerían menos complicaciones. Con tu gallardía y el obelisco que tanto pondera Nepumer encontrarías las mujeres que quisieras.

–Pudiera ser el prestigio del nombre. Un macho que se llama como Tot encuentra por fin a una hembra que se llama Seshat. No puede pedirse más para un acoplamiento mítico. –Se detuvo unos instantes. Notaba que su discurso no convencía. Así pues, optó por seguir otro camino–: Te seré franco de una vez: lo que más me atrae de esa hembra es que se ha decidido a hacer lo que hace tiempo deseo hacer yo. Para que lo sepas, aspiro a ordenar la sabiduría del pasado. La que nos ha hecho como somos. La gloria escrita de Egipto es una empresa por la que merece la pena consagrar la vida.

–Es cierto que ella hace esto, y también es verdad que no hace nada malo. Incluso diría que es útil. Pero es mandona y tirana. Por eso te digo que podrías obtener de mí cualquier cosa si consiguieses quitárnosla de encima.

–Por cuanto acabo de decirte entenderás que sólo pido ejercer su cargo.

–Querrás decir el que ella se adjudica. Porque a esta fiesta no la ha invitado nadie. Es del tipo de mujer que se invita sola.

–En cualquier caso, no te conviene prescindir completamente de sus servicios. Cuando caiga la Ciudad del Sol necesitarás jóvenes de su temple.

Timur levantó los brazos al cielo, afectando asombro:

–¡La Ciudad del Sol en crisis! Eso me ha contado Nepumer, que al ser locaza es cotilla y por ser cotilla se entera de todo cuanto acontece fuera de esos sacros muros. Pero, dime, ¿qué te hace desear que se hunda esa maldita ciudad?

–Soy hombre sabio, preparado para inculcar la sabiduría en niños y jóvenes. Sin embargo, se me niega el trabajo. Me han echado de cinco casas de la vida, y ni siquiera fue por hablar contra Atón. No me hubiera atrevido porque no estoy loco. Simplemente me niego a elogiarlo y esto, en Egipto, es firmar tu condena al ostracismo. Del mismo modo que ese maldito faraón borró el nombre de los dioses en los muros de los templos, pretende borrar en la mente de los jóvenes todo cuanto no se refiera a su único dios. Si sus sacerdotes me permitían hablar de nuestra historia anterior, era a condición de desprestigiarla. Me encontraba destruyendo para mis alumnos toda la sabiduría de nuestro pueblo. ¡En mala hora la fe se impone a la razón! Es bien cierto que se empieza cambiando un dios y se acaba asesinando a una cultura.

–Eres de los nuestros –dijo Timur, visiblemente complacido–. Veo el fuego de Amón brillando en tus ojos.

–No soy de Atón, pero tampoco de Amón. ¿Cómo podría apreciarle si vosotros mismos le llamáis el Oculto? Lejos de mí los dioses que exigen la humillación de la inteligencia. Si alguna divinidad ha de guiarme, que sea Tot; si algún principio ha de sustentarme, que sean los de Maat y su absoluto sentido de la verdad. Su pluma es mi pincel de escriba.

–Nada tengo que oponer a Maat; todo lo contrario: ella representó siempre el supremo equilibrio del mundo, y este equilibrio ha de permanecer, aunque cambien los dioses. En cuanto a tu petición, no he de engañarte: es oportuna. Cuando la Casa de la Vida recobre su esplendor, necesitaremos hombres que sepan pensar. Las filas de Amón están muy diezmadas. Son muchos años de prohibición. Será necesario volver a organizar el sacerdocio; pero, sobre todo, deberemos buscar ideas nuevas, porque es cierto que no podremos depender del pasado.

La arrogancia de Totmés se trocó en una sonrisa tan ingenua que Timur le encontró encantador:

–Lo que acabas de decir me tranquiliza. ¿Sabes? Siempre se dijo que los sacerdotes de Amón sois unos canallas redomados. Mala calaña, para entendernos.

El delegado de Amón sobre la tierra se vio obligado a reprimir un gesto de ira.

–Debería castigarte, pero no lo haré porque daría la razón a quienes escarnecen nuestra sacra tarea. –De pronto, empezó a dar vueltas alrededor de Totmés, como si examinase su cuerpo–. Hablemos, ahora, de la tarea que reclama tu concurso. Tienes que vértelas con esa Seshat en su propio terreno. Ella se ha burlado de nosotros aprovechándose de un mito sagrado: haz tú lo mismo. Envuélvela en una aureola de misterio que la embruje. Si Nepumer no exagera, tus poderes fálicos han de serte de gran ayuda...

–No seré modesto, pues en casos como el mío la modestia es tontería. Mito quieres, y mito tendrás. Al fin y al cabo, desde antiguo representáis a Min con una erección que clama a los planetas.

–¡Gran ocasión! Igual se pone Amón cuando ha de renacer la vida. Igual se pondrá Tot, que es el dios de Seshat, y su acicate. ¿Te suena a verdad? Pues lo es. Es la gran verdad de Egipto cuando sólo le quedan sus dioses. –Dejó de dar vueltas para detener su mirada en el faldón del joven. Se mostró entre nervioso y dulce, al decir–: Ya que en verdades andamos, ¿podrías mostrarme el miembro que dejaste ver a Nepumer? Te prometo mirar sin tocarlo.

Sus deseos se vieron cumplidos. Vio y no tocó. Se limitó a exhalar un suspiro más hondo que el último aliento de un moribundo. Y en ese estado le encontró su ayudante cuando Totmés se hubo ido.

–Me ha dado un mareo, Nepumer. Porque si ese pollón es de tal porte estando fláccido, ¿cómo será cuando se empina?

Los dioses no tienen en cuenta a sus servidores los excesos de vocabulario. Y por otro lado, ningún idioma avanzó jamás sin correr algún riesgo.

CIERTA NOCHE SIN LUNA NI ESTRELLAS, LOS SACERDOTES se escondieron tras unas celosías que comunicaban con la biblioteca. Así pudieron ver lo que nadie había visto hasta entonces.

Tot se dignaba aparecer en honor a Seshat. Y, para más obligar al asombro, su aparición se produjo en un ambiente parecido al que acompaña la resurrección de Osiris en las representaciones de sus divinos misterios. Una ingente acumulación de vapores azulinos que desprendían fragancias de incienso y heliotropo. Y en medio de la humareda, un cuerpo masculino, de soberbia estructura, los músculos untados con aceites aromáticos, en desnudez casi total, a excepción de un faldón, tan escueto que casi ni el pubis cubría. Por tocado, una máscara de ibis, símbolo de Tot. Era de oro y le ocultaba la cabeza por entero.

A medida que Tot avanzaba majestuosamente hacia Seshat, la temible locuacidad de la damita desapareció bajo una mueca de asombro que fue derivando hacia la admiración.

En tono tan solemne como el que ella solía utilizar, recitaba el dios:

–Yo soy más que el que soy. Habiendo sido, seré, y por ser en el futuro soy en el presente y fui en lo pretérito.

–Eres, pues, Tot –murmuró ella.

–Yo soy Tot, en efecto. Soy Tot, indignado al ver que usurpas mis insignias y potestades.

Pero Seshat no se arredró y, ajustándose la flor de su tocado, dijo:

–En justicia lo hago, pues te excusas en tu divinidad para adjudicarme el trabajo sucio y quedar tú protagonista.

–No olvides que en nuestras cosmogonías hay clases y clases. Y la mía es magna. Yo soy el gran señor de la palabra. A través de ella engendré el mundo. Con ella dirijo el trabajo de los escribas y velo por los libros sagrados...

–¡Basta ya! –gritó Seshat–. Conozco perfectamente la doctrina. Y aun sabiendo tus virtudes, te pregunto, ¿qué sería de ti sin mi ayuda? Tú bendices las bibliotecas, pero ¿quién las organiza? Servidora lo hace. Tú bendices el árbol del faraón, pero ¿quién se ocupa de ir escribiendo los años de su reinado? Servidora y sólo ella/yo.

–¿Ella/yo qué significa? –preguntó Tot.

–Servidora soy yo. Ella es menda. Eso significa.

–Así pues, te gusta jugar con el lenguaje, que es mi atribución principal. Por tu descaro exijo que te arrodilles ante mí y me prestes obediencia.

Ella le obedeció por ley de oficio y cuando tenía el rostro a la altura de su vientre descubrió que debajo del faldón destacaba un falo magistral. Por eso entendió al punto que aquel Tot era humano y no ibis.

Todavía opuso resistencia, aunque leve.

–Me has dejado admirada, pero esto no es garantía de esperanza. Sé por mi hermana que cuerpos magníficos disimulan a menudo rostros feos. Esto explicaría que ciertos dioses os escondáis tras máscaras de animales.

Sabemos que él se moría por complacer, pues al punto

se quitó la máscara y mostró lo que tantas damas de Menfis conocían: la perfección de sus facciones, pura lección de geometría; la profundidad de sus ojos, que dijéranse abismos de negrura, y unos labios carnosos y encendidos cual vulva de paloma.

–Nunca vi un rostro tan hermoso –dijo Seshat–. ¿Qué nombre he de darle cuando quiera elogiarte en el recuerdo?

–Me llamo Totmés, pero sigue llamándome Tot porque sé que ese nombre te produce palpitaciones. Tan propensa al mito eres.

–Y lo seré mientras el amor me oculte sus secretos –dijo ella.

Así que Totmés volvió a cubrirse el rostro con la máscara, dejando el falo completamente desenmascarado. Y Seshat se entregó a Tot, que es como decir que Totmés penetró en Seshat y la hizo emperatriz del gusto.

Como el macho era listo, no se sabe si por dios o por humano, sacó el pene en el momento en que la diosa entraba en éxtasis y le dijo:

–Diosa bibliotecaria: bébete mi néctar porque en él se halla el germen de toda sabiduría.

–Si es sabiduría lo que contiene, que sea mi mejor libación.

Bebió Seshat el semen de su jefe en el mito. Él se arrodilló y buscó la flor de su vagina y hundió en ella la cultivada lengua hasta arrancar gritos pocas veces oídos entre aquellos sacros muros. Arrodillados por fin a la misma altura, cruzaron salivas durante largo rato y él succionó sus pezones mientras ella mordía el pico de su máscara. Y en el momento de la penetración parecía como si un pájaro divino buscase su nido en una alma piadosa.

Fornicado que hubieron, volvieron a fornicar, esta vez sin la máscara de Tot porque Seshat acababa de descubrir que los méritos de Totmés le complacían más que todos los mitos conocidos.

Él demostró su destreza enseñándole las diversas y a menudo complejas posturas que adoptan las damas de Menfis para mejor albergar el pene anhelado. Y ella supo asimilar las lecciones con tanto arte que sus aullidos quedaron a la altura de los del macho.

En este punto dijo el sumo sacerdote, en su escondite:

–Mejor ordenados quedarán los catálogos del templo gracias a este coito que une a las divinidades.

–Y ha de sernos de gran provecho, pues ¿quién inventó a Seshat después de todo?

–Nosotros.

–¿Y quién a Tot?

–Nosotros.

Decidida su propiedad sobre todas las cosmogonías, sintiéronse autorizados a gozar de lo que estaban viendo. Así, cada sacerdote buscó bajo la túnica de su compañero y, esgrimiendo con gracia lo que allí se escondía, se entregaron al arte de la gallarda, acompañando a ritmo de muñeca los movimientos de sus dioses. Éstos, ajenos al hecho de haberse convertido en espectáculo, repitieron por tres veces su singular pantomima. Y a cada nueva repetición aullaban más, de manera que comentó el sumo sacerdote:

–No vería yo con malos ojos que viniesen todas las noches.

–Pues conviene tenerlos bien surtidos de libros –dijo otro–. Que vayan llenando catálogos.

Seshat regresó a su casa vestida de tebana y no de diosa, y buscó el consejo de Merit. Y así dijo la imprudente:

–Muchos hombres he conocido, a muchos he catado, pero en los últimos días me siento mística.

–Luego estás en condiciones de comprender mis temores. ¿Y si ese ser magnífico, de cuyo cuerpo me declaro sierva, no tuviese una alma de igual grandeza?

–No me refiero al alma. ¿Qué hace una mujer con el alma de un hombre entre las piernas? Lo que nos dan está muy bien dado. Que los dioses se lo conserven.

–Si así te expresas, ¿de qué misticismo haces gala?

–Del que hace que la carne goce sin tener que pedir excusas. Aquí, en Egipto, es imposible: cuando una mujer necesita cambiar cada noche de hombre ya se ve pregonada. En cambio, en Nínive, las sacerdotisas de Astarté tienen función de fornicadoras y se considera que prestan un servicio a los dioses. Allí, yo no sería casquivana, sino sacerdotisa. Que cambia mucho. Copulando, copulando, me ganaría el paraíso.

La obsesión viajera de la bacante no había hecho más que empezar y la familia oiría hablar mucho de ella. De momento, Seshat tomó sus palabras como una graciosa salida de tono de la incontinencia y optó por encerrarse en sus propias cuitas, donde la incontinencia se estaba desplazando del cuerpo al corazón, con resultados de gravedad no calculada. Tres noches de pantomima entre los libros de Amón revelaban una intensidad que Seshat no había sentido en su vida, y Totmés en sólo una ocasión de adolescencia, cuando amó a una mujer madura sin ser correspondido y juró no volver a amar aunque le correspondiesen.

Cuando por la noche penetraba a Seshat, disfrazado de Tot, murmuraba:

–¡Qué estúpida ración es la correspondencia en el amor! Ahora entiendo que el amor verdadero ni la pretende ni la devuelve.

Y contestaba Seshat, en su éxtasis:

–Es cierto, señor de los escribas, que si te amase sería por tus palabras, no por tu cuerpo...

–Es más que cierto, señora de los libros, que te amaría por el respeto que me inspira tu recto juicio.

La singular pareja acababa de sellar el pacto, no menos singular, que hace al cerebro tan excitante como el deseo. ¿De qué otro modo podían calificarse aquellas noches en el templo, noches insólitas para el propio Amón? Consumados por tres veces los ardientes goces, se consagraban a la ordenación de los libros, para asombro de los sacerdotes, que no creían que les quedasen fuerzas. Pero allí estaban ellos, dominados por la pasión del trabajo y, además, por el ánimo para intercambiar continuamente miradas de ternura. Y así fue naciendo en ellos la semilla de comprensión y el placer del conocimiento mutuo.

Cuanto más ardiente era el deseo, más quemaban los pactos del cerebro. Pero llegó un momento en que Seshat se supo enamorada, y algún sentido le indicó que Totmés no estaba lejos de sentir lo mismo. Y cierta noche en que ambos se hallaban enfrascados en la lectura de un tratado sobre la creación del mundo, le miró fijamente y preguntó:

–Sé sincero. ¿Tu alma es limpia?

–Mi alma es limpia y estoy seguro de que Tot le pondría excelentes notas en la ceremonia del juicio. No he deshonrado el nombre de mis padres. No he orinado en los muros de los templos...

Estuvo a punto de recitarle todas las disculpas del *Libro de los Muertos*. Y, mientras le escuchaba, Seshat decidió que le quería vivo.

–Del placer que tu cuerpo me da y las reflexiones que tu cerebro me inspira entiendo que eres el hombre que los dioses han elegido para mí. Y si no es así, que se mueran los dioses y el mundo se derrumbe a nuestro alrededor.

–En lo que a mí se refiere se ha derrumbado ya. Y de las ruinas sólo emerges tú, protectora y eterna. Emerges no diosa, sino mujer; y por ser mi mujer, dos veces diosa.

La pobre Seshat ya no sabía si era mujer o si era diosa, pero corrió a su casa y buscó a su madre y se abrazó a ella como si todavía fuese una niña. Y habló de Totmés, sólo sobre Totmés, todo sobre Totmés.

Le contó el dechado de perfecciones físicas que ya conocemos y derramó lágrimas de felicidad, y la Dama de la Casa se las bebió una a una y mandó llamar a la dama Nofret, quien también lloró porque había visto nacer a Seshat y seguido todos sus progresos y nada enternece tanto a una comadre como ser testigo de una vida. Y aunque las dos damas vieron en aquella historia de amor una alianza conveniente, demostraron su buen criterio sometiendo a Seshat al interrogatorio práctico que debe preceder al acoplamiento entre los jóvenes. Se celebró en el jardín de Nofret una reunión familiar que incluía a la nodriza, por todo lo que representaba en las dos mansiones.

Y, de común acuerdo entre las tres matronas, la dama Kipa formuló la pregunta imprescindible:

–¿Tiene fortuna ese mirlo blanco?

–La justa para no quedar pobre a tus ojos –contestó Seshat con firmeza–. Tiene unas tierras. Pocas, pero las que tiene son bien suyas.

Las dos damas intercambiaron miradas de aprobación.

–La tierra siempre rinde –dijo la dama Kipa–. Cuando el rostro de tu amado ya no despierte tu deseo, la tierra seguirá estando ahí. ¿Qué más posee?

–No sé si ha de bastar para una madre ambiciosa, pero posee sabiduría y el don de la ternura y el fuego para encender mi sangre. Y sobre todo me ama tanto que sólo encuentra parangón en el amor que yo le consagro para siempre.

–Admirable respuesta –dijo la dama Kipa–. Porque teniendo tu amor lo tiene todo y por tanto es inmensamente rico a mis ojos. Tráelo para que empecemos a frecuentarnos, pues el conocimiento es fuente de respeto y cariño. Mientras tanto ultimaremos los contratos para que podáis vivir juntos cuanto antes.

Volvieron a repetirse las lágrimas, hubo intercambio de besos y votos de felicidad. Y en semejante atmósfera, la madre no pudo evitar mostrarse consejera con la venal Merit:

–¡Qué ejemplo te da tu hermana! ¿Por qué no buscas tú un amor parecido?

Merit le dirigió la mirada con que solía taladrar las miradas de los hombres. Una mirada violadora.

–Yo sólo quiero ser sacerdotisa en Nínive. Y el resto me parecen fruslerías.

Ipi, experto en sonidos, no podía dejar de serlo en el tono que acompaña a las palabras. Y notando en el de su hermana un algo sospechoso –no sabía qué, pero algo era–, preguntó a la vieja Rapet:

–Nodriza, ¿para qué quiere mi hermana ser sacerdotisa en Nínive, pudiendo serlo en Tebas?

–Porque al buen fornicar lo llaman Sancho. Y la cabra siempre tira al monte, ya sea en Tebas, ya en los lejanos confines de Asia. Porque la que nace cabra no muere paloma. Y si no, al tiempo.

¡CUÁN VOLUBLE ES MI NARRACIÓN, que se revela enemiga de estructuras! Andaba yo, narrador, en lo lírico, y ahora ardo en el regodeo por un quehacer de rameras que no se atreven a decir su nombre. Pero esta historia, que no se atreve a confesar su estilo, debe regresar continuamente al personaje que la guía y al que los demás amenazaban con convertir en alma en pena.

Y es que al oír aquellas historias de seres cuyos cuerpos se acoplaban en cálida intimidad, el niño ciego sentía una nueva carencia en su vida. Y, abrazado a Cabriolo, lamido cariñosamente por su lengua, rompía en amargo llanto.

–¿Y quién me querrá a mí? –decía, entre lágrimas–. ¿De quién seré?

¿De quién puede ser alguien que no ve? Quizá de un gato que pueda ver, para guiarle.

Pero el ciego sólo disponía de un grito de aflicción:

–¡Un amigo, dioses! ¡Un amigo!

Se habían acostumbrado a verle sentado en su rincón favorito, acariciando a Cabriolo o sus juguetes de madera; así olvidaron que, en el fondo de la oscuridad en que vivía, sus pensamientos también podían ser oscuros. Como siempre sonreía, no calculaban que su sonrisa pudiera ser una mueca de desconcierto ante la vida.

El gallardo Totmés, que había empezado a frecuentar la casa, estuvo presente en los cambios que se iban produciendo en el carácter de la infeliz criatura. Llevado por su buen corazón, quiso orientarle. Intentó hacerle entender el mundo real por medio de asociaciones. Una explicación, una aclaración, llevaba a la siguiente; cada cosa conducía a otra que aportaba una novedad. Así, al acariciar a Cabriolo, asociaba su pelaje con el que él llevaba en la cabeza antes de que se la rapasen para dejarle sólo la trenza de la infancia. Y el mismo pelaje le contaron que tenían ciertas bestias de la especie de Cabriolo; se llamaban tigres y eran en extremo peligrosos. Pero gracias a ellos, Totmés le introducía en los misterios de las tierras vírgenes, y en las vidas de los extraños animales que se crían al cobijo de una flora portentosa.

Entre los mimos al gatoide, los gestos para coger dulces y los de atención a su propia persona, el ciego fue ganando en agilidad, que no en optimismo. La alegría de la primera infancia parecía haber desaparecido para siempre, y Totmés temía que la amargura se instalase en su corazón para toda la vida.

Seshat procuraba distraerle con las narraciones populares que tanto le gustaban, pero ahora sólo servían para deprimirle más, pues sentía que, en la imaginación de su pueblo, incluso los gatos, los ratones o las mangostas disponían del don que a él le había sido negado. Que, en los cuentos del Nilo, incluso el más humilde de los animales podía ver además de hablar. Ellos eran tan afortunados como los hombres; y en cambio él era más desgraciado que bestia alguna.

Tanto Seshat como Totmés empezaban a dar muestras de desaliento. Todas sus explicaciones se convertían en agua de lluvia que no formaba charco. Y como Ipi se mantenía encerrado en sí mismo, sin pronunciar palabra, sin formular ninguna pregunta, ignoraban qué singular cataclismo podía estallar en su interior. Empezaban a temer que acaso no tuviera entendimiento.

Recurrieron a contarle las historias que aprendían en los libros sagrados a medida que los iban ordenando. Si se las despojaba de su carga retórica, las distintas versiones de la creación del mundo tenían imaginación y fantasía suficientes para despertar la curiosidad de un niño. Varias ciudades ofrecían su versión particular. Unas decían que el mundo salió de la oscuridad, otras que nació de un huevo, quien más creía en el Océano Primordial del que surgió el loto de la vida. Y los laboriosos menfitas creían a pie juntillas que, en su capital, el dios Ptah moldeó al hombre en el torno de un alfarero.

Todos los elementos contenidos en el supremo milagro de la creación pasaban por el espíritu de Ipi, sin hincarlo. Aire y fuego, agua y tierra, sol y luna, todo cuanto pudo haber configurado el universo parecía calculado desde el origen para angustiarle todavía más por el solo hecho de su presencia. Pues era presencia que él jamás podría ver.

Y en las raras ocasiones en que se permitía hablar, comentaba amargamente:

–¿Qué me importa de dónde salió el mundo? Sólo me importa saber cómo es ahora. Y eso, que para vosotros es tan sencillo, a mí me está vedado, porque el mundo se me niega por completo. Soy un pobre ciego. Siempre lo seré. Nunca podré ir más allá de mis anhelos.

Totmés contraatacaba diciéndole que muchos hombres estaban peor que él, porque son infinitas las lacras que los dioses mandan a los hombres.

Le contó las imágenes desgarradoras que las grandes urbes proponían a cada paso: mendigos, tullidos, leprosos y también ciegos como él, pero famélicos, abandonados, miserables, llenos de costras, cubiertos por harapos. Y así se vio obligado a aprender que incluso entre los ciegos hay clases y que él era un privilegiado entre los suyos.

Las palabras de Totmés le sirvieron de meditación, pero no de consuelo. Al volver los ojos al interior de sí mismo continuaba sintiendo el agobio de la soledad. Tan intenso llegó a ser este sufrimiento que, allá en Dandara, Ipi Celeste agitó su sistro y dijo a la divina Hator:

–Madre, veo a mi ahijado demasiado triste, y es lógico porque le tenemos enfrentado a un destino que no es en absoluto halagüeño.

–Le tengo reservado el don de la música. Él no lo sabe, pero habrá de guiar sus pasos y hacerle único entre los hombres.

–¡El don de la música! ¿Y de qué le servirá cuando le empiecen a salir ardores y su cuerpo necesite otro cuerpo que los apague?

–Poco entiendes de ardores, hijo mío, pese a que tu madre es la patrona de todos los que cunden. Para que lo sepas: ardor que apaga otro ardor es criminal, porque los ardores deben alimentarse mutuamente hasta formar una gran hoguera que se alce en mi honor y para mi complacencia.

–¡Ay, madre! No le mandes esto a mi cieguito, porque sólo esto le faltaría.

–No voy a darle más de lo que la naturaleza ya estaba dispuesta a concederle. ¡Ea! ¿A qué seguir esperando? Que le envuelva de una vez el don de la música.

El dedo de Hator trazó unos arabescos en el cielo, Ipi Celeste arrojó su polvillo de estrellas sobre Tebas, y a partir de ese momento los ritmos de la vida se aceleraron hasta que cada uno de ellos tuvo un significado destinado únicamente al placer del oído.

Era un placer que estallaba en libertad absoluta cuando su madre se lo llevaba a la hacienda. Allí, Ipi se sabía en un mundo enteramente nuevo, que le imponía su autoridad con sólo oírlo. Allí, la naturaleza prodigaba sonidos que, en Tebas, se habrían acobardado ante el fragor del tráfico cotidiano.

Sentado a la sombra de un sicomoro, que es como decir a la sombra de Hator, escuchaba con deleite las narraciones que la nodriza le contaba una y otra vez, sin más novedad que la incursión de alguna anécdota acaecida aquel día en el entorno familiar, si bien con los personajes convertidos en amena fauna.

A veces, Rapet callaba durante largo rato y él comprendía que se había quedado dormida, pues la enésima repetición de un cuento acaba fatigando por simpáticos que sean los animalitos que lo pueblan. Entonces podía entregarse a la melodía de los campos. Ya no eran sólo los sonidos del viento o el incesante diálogo de las bestias en el corral. Ahora le invadían extraños conjuntos de voces humanas que generaban en su cerebro bailoteos no menos extraños, protagonizados por sombras inciertas, increadas, pues las inventaba él, que nunca vio figura alguna.

La nodriza le contó que aquellos cantos surgían de labios de hombres que surcaban el terruño con sus potentes arados, batían a palos las espigas acumuladas en el suelo o las segaban con afiladas hoces. Había canciones para cada momento. Las había de siembra y luego de siega y también de cosecha, y unas eran alegres y otras tristes y otras contaban una historia amada durante generaciones de campesinos. Y surgían, además, coplas satíricas a costa de algún personaje relevante de la comarca y aun burlas obscenas sobre los legendarios reyes del pasado y las relaciones familiares entre los dioses prohibidos. Entonces sonaban cantidad de carcajadas, que es como el pueblo se venga de los importantes.

Diríanse prolongadas conversaciones en las que los trabajadores se contestaban unos a otros, acompasados por los panderos y las matracas de las mujeres o el tamboril de los chiquillos que todavía no estaban en edad de doblar sus espaldas en trabajos rudos.

Como el trabajo se hacía por turnos, los que descansaban jaleaban a los demás batiendo palmas, y él empezó a imitarlos como si fuese un juego, hasta que, sin darse cuenta, aprendió a marcar nuevas formas de ritmo.

Eran muchos y variados los que se iban produciendo según el curso del día. Cuando Re emergía del horizonte pilotando su barca de un millón de años, los ritmos eran calmos, apenas insinuados, y ganaban en intensidad a medida que avanzaba la mañana y la barca se posaba en el centro del firmamento, encendiéndolo todo con sus rayos de fuego. Entonces, el canto adquiría la contundencia del martillo en casa del herrero Nuper. Era un fraseo adusto, seco, que adormecía en su repetición. Un ritmo tan exacto que podía acabar en la monotonía y empezaba a diluirse en un coro entonado por bocas medio cerradas; señales todas de que la jornada estaba concluyendo y la música se iría alejando en la distancia a medida que los trabajadores se dirigían hacia sus cabañas.

Al regresar a Tebas descubrió que a través de los jardines llegaba otro tipo de música: una encantadora melodía que tenía la rara virtud de endulzarle el oído, como los pasteles la boca.

Gemían los laúdes, ululaban los oboes, castañeteaban los crótalos pero todo con volumen tan tenue que era como si los instrumentos se acariciasen entre ellos. Y al añadirse el sistro, con sus delicadas vibraciones, sonó, paralela, una voz humana que iba diluyéndose en infinitas cadencias pobladas por palabras que hablaban de sentimientos tiernos, amoríos tan delicuescentes como el efecto de la adormidera.

Era una de esas canciones con las que los amantes proclaman su exaltación en los crepúsculos de Tebas. Acurrucado en su rincón, Ipi recibía las palabras de modo distinto que la música. Mientras ésta le llenaba de beatitud, aquéllas volvían a llenarle con la hiel que tienen los amores cuando se quedan en otros jardines sin dignarse llegar hasta el nuestro. Y la certeza del amor ajeno volvió a sumirle en la soledad.

Le sacaba de ella la irrupción de un sonido distinto entre los otros. Tan distinguido era que todos los demás callaron para que se fuese afirmando, único y señor.

Se trenzaban por el aire las sutilezas de un arpegio. Un temblor incierto, primerizo, sostenido después, como si se detuviese para repostar inspiración. Y, trenzando vibraciones cada vez más complejas, acababa perdiéndose en la noche, como si fuese el sueño de un ideal imposible.

Desde las profundidades de lo inexplicable alguien acababa de descubrirle el arpa.

Abrió la boca y sopló varias veces hasta que el aire, al salir, adquiría el color del sonido admirado. Y decían las vecinas:

–Este niño es una arpa viviente.

–Los dioses sean loados. Le han puesto en la garganta lo que negaron a los ojos.

¡Maravilla surgida del prodigio!

Para sacarle de la tristeza, Totmés le habló del instrumento cuyo sonido imitaba su garganta. Y le contó que el sonido podía salir de ella y ponerse en sus dedos, si éstos pulsaban la cuerda adecuada.

Viendo que Ipi no rechazaba sus explicaciones, se animó a ampliarlas:

–Siempre hubo músicos en las Dos Tierras. Y los ciegos fueron los que gozaron de más crédito. ¿Por qué razón?, me preguntarás. Y yo te diré que busques en el fondo de ti mismo. ¿Acaso no despiertan todos tus sentidos para compensar el que te falta?

–Todos mis sentidos se quejan porque se sienten solos al faltarles su compañero.

–Engáñalos a todos. Que crean que, por estar solos, han de destacar más para mejor servirte. Y al ver cómo te sirven hallarás la felicidad que hallaron los arpistas ciegos cuando cantaban la belleza. ¿Quién sino ellos para alertar sobre la urgencia de la vida? Yo, que la tengo plena, no sé apreciarla. Tú, que la tienes a medias, me enseñas a valorar todos sus instantes.

–¿Eso decían los arpistas ciegos?

–Decían más. Uno decía: «Yo, que no veo los colores, te exijo a ti que te emborraches de ellos, ya que puedes verlos. Tu futuro está en una tumba oscura; tu destino, en manos de la muerte. Vive, pues, ese día, goza del hoy, solázate en el presente. Porque sólo eso existe, y lo demás es vana fantasía». Ése era el mensaje de los ciegos que te precedieron: pregonar la alegría de vivir por encima de todas las cosas.

Y entonces le recitó el poema amado por muchas generaciones de egipcios:

> Pasa un día feliz, hermano,
> olvida la maldad, vive lo bello,
> hasta que te llegue el tiempo de morar
> en la tierra que ama el silencio...

Entusiasmada por aquellas explicaciones, la imaginación de Ipi volvió a hacerse fértil a través de la curiosidad.

–¿Qué tipos de arpa hay, amado de mi hermana?

–Puede haberlas en forma de media luna.

–¿Cómo es la media luna, predilecto de mi madre?

No es empresa fácil hacer ver la mitad de la luna a quien nunca la vio entera. Luego, Totmés renunciaba limitándose a decir que era maravillosa.

–Dime otra forma de arpa.

–Las hay angulares, pero describirlas es cosa de geómetras más que de artistas.

–¿Y son las más bonitas?

–Más lo son, a mi juicio, las que tienen la forma de los barcos que surcan el Nilo.

Aquí sí, aquí Ipi pudo temblar de emoción porque tuvo el presentimiento de la belleza. Le habían hablado de las naves, ingenios milagrosos con los que el hombre imperaba sobre el agua, como cáscaras de nuez convertidas en prodigio. Y así imaginó que su arpa, cargada de viajeros, surcaba el río dibujando una plétora de panoramas en el inmenso espacio que era su Nada.

Y decía a su gatoide íntimo:

–Totmés es sabio, luego todo lo que dice es sabiduría. Cuando asegura que una arpa es bella quiere decir que el arpa es sabia y que yo también lo seré si pido una arpa para alegrar mis horas oscuras.

Y cuando se decidió a pedírsela a su madre, dijo ella:

–Mi única ambición en la vida es concederte los deseos antes de que a ti se te ocurran. Así, te anticipo que mañana iremos a la calle de los artesanos y no cejaré hasta encontrar una arpa que, sin ser excesiva, te complazca.

A la mañana siguiente, cuando las sirvientas acudieron a las estancias de la Dama de la Casa para vestirla, Ipi llevaba largo rato esperando en la puerta de la calle, apoyado en su bastón favorito (el que tenía una cabeza de Anubis en la empuñadura). Demostraba su impaciencia llamando continuamente a su madre o golpeando violentamente en la puerta con la punta del bastón. Y cuando por fin llegó la Dama de la Casa todavía se demoraron tratando de convencer a Cabriolo de que no podía seguirlos porque la calle de los artesanos estaba muy concurrida y era fácil perderse. Sólo consiguió retenerle la vieja Rapet, y fue con un plato de suculentos higos chumbos, debidamente pelados, pues ni siquiera a un gato tan especial podían gustarle los pinchos.

Se dirigieron a los mercados, con la sirvienta Nerej abriéndoles paso entre la multitud. Caminaba Ipi aferrado al bastón que dirigía su madre, y al verlos pasar decían los tebanos:

–Mirad, ahí va la dama Kipa a comprarle una arpa a su cieguito.

La Dama de la Casa seguía la recomendación de la comadre Nofret, quien, debido a su cargo en el templo, conocía a sus proveedores y mucho más a los que les suministraban instrumentos musicales en tiempos mejores. Cuando Amón podía pagar sus encargos.

Recitaba la digna Nofret:

–Para arpas, nadie como Tetis, hijo de Murit. Yo te digo, comadre, que no hay otro en excelencias. De él se dice que en cada cuerda de sus arpas depositó su voz una diosa. Y aunque sus instrumentos están consagrados a Hator, como es de ley, las otras diosas también tienen mucha voz y mucho voto (sin ir más lejos, Tueris, que es tan suya). Fíate de él en la calidad; pero, de todos modos, discute el precio.

¡Nunca se lo dijera a una regateadora nata como la Dama de la Casa! Antes de entrar en la tienda ya estaba convencida de que Tetis la engañaría.

–¡Ay, madre! –gimió Ipi–. Estoy temblando, porque te conozco.

Las tiendas y puestos de los artesanos se hallaban instalados en una zona especial del mercado, y los había en tal abundancia que se entremetían en callejas anexas. Aquí, los olores a comida eran sustituidos por el aroma penetrante del cuero, y el griterío de compradores y vendedores quedaba ahogado por el constante repiqueteo de los martillos. Por doquier reinaba la animación, pero también la intimidad porque así como algunos artesanos gustaban de efectuar sus trabajos en público, otros preferían hacerlo en la clausura de las tiendas, que no eran sino covachas de muros ennegrecidos por el humo a causa de los hornos en continuo funcionamiento.

En cuanto Tetis habló de precios, la Dama de la Casa se puso en guardia:

–Me temo que no nos entenderemos. He venido a comprar una arpa, no el templo del Opet con todos sus caudales.

–Una arpa, si buena, dos veces arpa.

–Y un sinvergüenza, dos veces sinvergüenza. No sólo engaña al cliente sino también a la memoria de su madre, que sin duda le educó para ser honesto. Así tú, al pedirme este precio, conviertes a tu madre en embustera.

–No me hables de ella. Era regateadora como tú. Luego, pesada.

–Entonces era más honesta que su hijo, que se finge comerciante cuando es un vulgar ladrón.

Aunque a Ipi le gustaba acariciar objetos –¿qué otra cosa podía hacer, pobre niño?–, llevaba ya acariciada una orquesta entera desde que entraron en la tienda de Tetis. Así que exclamó, con expresión de hastío:

–¡Ay, Dama de la Casa! Cada vez que vamos a comprar algo me haces perder la mañana. Paga de una vez a este hombre, que estoy ansioso por probar mi arpa.

Tetis, que había frecuentado a muchos músicos, reconoció el espíritu de Ipi Celeste en aquel niño.

–Tú, el más rollizo de los pájaros cantores; tú sí que hablas con cordura. Si el arpa es bella, lo son mucho más los sentimientos que te guían a pedirla. Porque la pides en lugar de un caballito de madera, un cocodrilo metálico o una pelota de cuero. Como los pájaros en los patios de los templos, la sensibilidad ha hecho un nido en tu alma.

La Dama de la Casa detestaba la retórica o, cuando menos, la que no viniese de sus vecinas favoritas. Así pues, se apresuró a cerrar el trato, no sin dar pie a una nueva discusión. Se trataba de decidir entre las distintas cuerdas que debía tener el arpa. Como sea que Tetis apuntaba muy alto, exclamó la Dama:

–¡Quita, hombre, quita! ¿Para qué queremos tantas cuerdas si no ha pulsado una sola en su vida? Tú pretendes colocarme el arpa de más precio, pero yo debo enseñarle a mi hijo lecciones de humildad, no de soberbia. Así pues, nos conviene una arpa a la medida de su escasa ciencia.

–Y yo te digo, Dama de la Casa, que no pasarán muchas lunas sin que vuelvas pidiendo una arpa más compleja, porque tu hijo lleva el nombre del hijo de Hator y dentro de poco ya no sabrá qué hacer con una sola cuerda. Ni siquiera con dos.

Tan cierto fue que, antes de que cambiase la luna, Ipi ya necesitaba más cuerdas. Se hizo acompañar por una sirvienta a la tienda de Tetis, y a partir de aquel día tuvieron que acompañarle a menudo, pues se hizo íntimo del comerciante a base de visitas. Ante una bebida a la que Tetis denominaba «sudor de yerbabuena» –pues dicen que esta planta suda cuando el sol la acaricia–, charlaban sobre el efecto que producía en el oído humano cada instrumento de la tienda, y así supo Ipi que la música no estaba sólo en su ciencia, sino que residía en la de muchos otros, y que era bueno aprender a reconocer sus méritos y emocionarse con ellos. Pero nada le emocionaba tanto como las historias de los músicos ciegos del pasado, anecdotario que Tetis conservaba a guisa de preciado joyero arrebatado a la furia destructora de los seguidores de Atón.

Creció el Nilo y, al bajar sus aguas, el cieguito dominaba el arte de tañer ocho cuerdas, arrancándoles sonidos que se contraponían y formaban una melodía. Entonces Tetis se vio obligado a cambiarle el arpa para que pudiese progresar más, de manera que hasta el propio sol se asombró de alumbrar a un experto que dominaba un arte reservado únicamente a los que han sido adiestrados por los dioses.

Coincidió con el evento que marca la vida de todos los niños cuando los adultos deciden que han dejado de serlo.

–El tiempo nos ha enviado sus decretos –sentenció la Dama de la Casa–. Hijo mío, mañana te llevaremos al templo para que te corten la trenza de la infancia. Ya no volveremos a raparte; antes bien, dejaremos que críes rizos o guedejas, según tu gusto y voluntad. Eso significa que te estás haciendo mayor. No mucho si te contemplo desde mi edad, pero un poco sí.

Aquel día, toda la familia, incluido Totmés, se vistieron de gala y le acompañaron a la tienda de Tetis para elegir su arpa definitiva. Y era tan alta, que exclamó:

–Es la que me conviene porque me dobla en estatura; así

me animará a ir creciendo para que mi importancia y la suya sean parejas algún día.

Tenía forma de proa de barco, como él soñaba, pero además estaba rematada con la cabeza de Horus, que protege contra la picadura de escorpión. En la caja de resonancia, sobre la que se apoyaba la armadura del instrumento, surgía una cabeza rapada que tenía cara de rey. O eso pretendía hacerles creer Tetis, que acompañaba la transacción con gestos de extremo misterio.

–Esta arpa no es nueva –protestó la Dama de la Casa.

–Por cierto que no. Es del pasado. Por eso cuesta lo que cuesta. –Y para más convencerla dijo en voz secreta–: No se lo cuentes a nadie, pero ha llegado a mis manos gracias a otras manos muy expertas en excavar tumbas reales.

–Si es de testa coronada, me aguanto y pago. Ahora bien, si descubro que es de particular, te juro que tendrás que darme tres vacas para indemnizarme.

Pero la dama tenía un fondo de bondad que no cabía en un lago sagrado, así que invitó a Tetis a unirse a la familia en la comida de celebración de la mayoría de edad de Ipi. Y como el hombre vivía solo, y en todo solitario se esconde una alma agradecida, devolvió la gentileza regalando a Seshat y Merit dos pares de crótalos para que se luciesen tocándolos en la despedida de soltera de alguna amiga.

Se unió a la comida la dama Nofret, que aportó el mejor vino de sus viñedos (el conocido como Mosto de la Divina Adoratriz, porque ella era demasiado modesta para ponerle su nombre). Se sirvieron todo tipo de legumbres procedentes de la granja familiar, también carne de antílope, un ameno conjunto de fruta y la repostería que tanto gustaba al homenajeado.

Transcurría plácidamente la comida, entre recuerdos de los mayores y votos de esperanza en los más jóvenes. Pero al llegar los huevos de avestruz –el mayor de los lujos en cualquier ágape–, Totmés y Seshat empezaron a dedicar elogios a la Dama de la Casa, hasta un punto que sus más acérrimos partidarios encontraron desproporcionado. Con lo cual, la homenajeada parecía ella y no su hijo.

Tan halagada se vio, tanto la untaron, que hizo pública su absoluta desconfianza:

–¡Ay, ay, ay! Cuando alguien nos mima más de lo acostumbrado es que nos necesita y quiere sacarnos algo. Y adivino por vuestras miradas que pudiera ser lenitivo para mi economía. Pero decidme de una vez lo que queréis, porque sería innoble por mi parte desconfiar de una pareja tan prudente.

Seshat tosió varias veces, sin estar resfriada. Y al fin, dijo:

–Mi buen Totmés y yo nos atrevemos a pedirte que nos cedas una de tus casas, concretamente la que está cerca de los juzgados. Hace poco contaste que se ha muerto su inquilina y la tienes vacía.

–Lo encuentro un abuso –exclamó la Dama–. ¿No tiene Totmés las casas que aportó a vuestra vida en común?

–Están en Menfis, señora –contestó Totmés–. Y a nosotros nos urge una casa para abrir una librería en Tebas. Y es importante que sea céntrica para atraer a la gente de calidad.

–¡Un negocio! –exclamó Merit, batiendo palmas–. Me parece una idea excelente. Pero, si me permitís un consejo, como negocio rinden más las casas de placer.

–Tú siempre estás buscando trabajo –comentó Seshat, despreciativa–. Nosotros no queremos comerciar con la carne, sino con el espíritu.

–Merit tiene razón –dijo Tetis–. Nada que provenga del espíritu rinde buenos dividendos en esta baja época.

–Tus palabras ofenden a la razón humana –exclamó Totmés, tan enfervorizado que parecía otro–. Atiende: los sacerdotes venden los textos de magia oculta, pero esconden los que hablan del origen de la vida. Si los vendemos nosotros, ganaremos dinero al tiempo que rendimos un servicio a los hombres, que así saldrán de la ignorancia en que los dioses los tienen sumidos. Con sus libros se puede hacer una tienda como las de los alfareros o los cesteros. O como la tuya, sin ir más lejos...

–Muy lejos lo veo yo, pues no conozco a nadie que haya

comprado un papiro como no sea para encontrar fórmulas mágicas o mejunjes de cocina.

–Pues otros hay que interesan a los espíritus selectos –dijo Seshat–. ¿Quién de entre ellos no querrá tener en casa las aventuras del médico Sinuhé en tierras extranjeras o la lucha de Ini contra los magos que se adueñaron de los libros sagrados de Tot?

–Y muchos más –dijo la dama Nofret–. Libros habrá que cuenten a las niñas el arte de recibir y los modales que se requieren cuando eres recibida en otras casas.

En plena disertación de especialidades irrumpió Merit con su habitual desparpajo, parecido a la inocencia y al mismo tiempo a la impudicia:

–Y no debéis olvidar los libros que ilustran sobre los mil placeres a que aspira toda doncella de vagina bien dispuesta.

Corrió a su habitación y regresó con un papiro cuyas arrugas delataban el constante uso a que había sido sometido. Y al desplegarlo aparecieron las posturas que han hecho la felicidad de los amantes desde que falos y vaginas empezaron a vibrar. Y cada dibujo se completaba con una poesía:

Tú que me penetras, dueño mío,
como nadie más sabe hacerlo,
vuélveme de espaldas para que
puedas conocer mi otro orificio.
Que tu falo ponga estrellas en mi ano,
yo he de devolverlas a tus labios
convertidas en constelaciones...

–¡Válganme los dioses del fornicio! –exclamó Tetis, entre risas–. ¡De las ventosidades salen ahora los planetas!

–¿Qué hay en ese papiro? –preguntó Ipi.

–Gorrinadas que ni los mismos gorrinos se atreverían a imitar –exclamó la Dama de la Casa.

–Como que estoy a punto de devolver –comentó la dama Nofret, casi en un vahído.

–¿Pero qué hay en esos dibujos? –insistía Ipi.

–Menos mal que tú no puedes verlos –exclamó la nodriza–. De algo bueno tendría que servirte la ceguera.

Ipi estuvo a punto de escupirle a la cara, pero, en el temor de no acertarle, se abstuvo.

–No exageremos –dijo Seshat, conciliadora–. Yo vi dibujos de ese tipo cuando iba a la escuela. Y no porque los buscara, como hace esta hermana mía tan caliente, sino porque mis compañeros de clase los ejecutaban a espaldas de los maestros. Y muchas veces llegaban de la Ciudad de los Muertos pedazos de piedra donde los artesanos de las tumbas dibujaban a toda prisa escenas sexuales, a veces en tono obsceno y a veces en tono jocoso. Por tanto, no he de asustarme al ver ese papiro. Más bien lo encuentro instructivo.

Y hablaba con causa porque aquellas evoluciones le habían inspirado para modelar las suyas en las noches del templo.

Merit demostró carácter analítico al comentar:

–Esa postura no he conseguido hacerla nunca. ¿Cómo se las arregla la cortesana para no resbalar, tragando su entrepierna lo que traga?

–¡No sales de lo mismo! –exclamó la Dama de la Casa–. ¿Es que nunca vas a darme una sorpresa para demostrar que todo el seso no se te ha ido en devaneos?

–¿Y en qué podría sorprenderte yo, si soy transparente como el agua?

–Como el agua encharcada –gruñó la nodriza.

–Cállate, entremetida –dijo la madre–. ¿No ves que quiero que mi hija me sorprenda encontrando a un hombre cabal?

–Ya lo he encontrado, madre. En número de treinta a lo largo de mi corta vida. Pero todos me aburren. Ellos quieren sorprenderme con su ciencia, y soy yo quien los sorprende con la mía. Y el amor me da miedo porque trae espinas. Pero aguanto porque sé que la naturaleza está de mi parte. ¿Acaso su exultación no afecta a todo lo creado? Miro a mi alrededor y observo que cada criatura busca a su pareja. Así copula el dios con la diosa, el simio con la simia, el toro con la tora...

–Vaca –dijo Seshat.

–¡Vaca tú, desgraciada!

–Vaca es la hembra del toro, inculta.

–¡Mira que llegas a ser redicha! ¡Si lo único que quiero significar es que lo que me pide el cuerpo es ley de vida! ¡Si soy la que está más viva de todos vosotros, y no os habéis dado cuenta!

Se echó a llorar. Ipi estaba a punto de imitarla al notar que sufría, pero la Dama de la Casa terció con un gesto enérgico para evitar que acabasen sufriendo todos:

–¡Haya paz entre las ardientes y las contenidas! Mas, ¿qué digo, si contención en esta casa nunca la hubo? De todos modos, a estas hijas mías se las podrá acusar de todo menos de descreídas. Seshat conoció el amor disfrazada de diosa, y Merit busca el placer poniendo a los dioses por testigos... –De pronto, se interrumpió para adoptar un tono más nostálgico–: ¡Ay, qué inconscientes somos a veces en nuestras críticas! ¿Acaso los excesos de Akenatón no nos enseñan que debemos ser tolerantes? Que los dioses lleven a cada cual por los caminos que consideren apropiados. Aunque no negaré que, al hablar así, me muestro práctica. No juzgar nos permite solazarnos en los placeres de esta tarde que acaso no vuelva a repetirse. Porque, aunque vosotros no lo sepáis, el Tiempo se lleva nuestros instantes. Sí, sí, me lo dijo Él mismo. Estamos juntos, somos una familia, por mucho que cambien las religiones seguiremos siendo la base del mundo, pero llegará un momento en que iremos faltando de uno en uno: celebraréis fiestas como ésta y os preguntaréis dónde estoy yo, dónde está mi comadre Nofret y poco a poco dónde está cada uno de vosotros. Veréis que no va quedando nadie. Y desearéis hallaros en el reino de los muertos, porque será la única manera de volver a estar todos juntos.

Estaban todos a punto de llorar, cuando Ipi profirió, en un gemido:

–¡Dama de la Casa! Esto es mi mayoría de edad, no un funeral.

Y dijo la dama Nofret, literalmente destrozada:

–Comadre, eres de lo que no hay. ¿Acaso he traído mi mejor vino para que lo conviertas en vinagre? Que eso son tus palabras y, como dice el cieguito, ni proceden ni convienen. Más saludable era lo que mostraba Merit, con ser tan sucio.

–Tienes razón, comadre –dijo la Dama de la Casa, afectando una sonrisa. Y cogiendo las manos de Seshat y Totmés, añadió–: Poned vuestra Casa de Libros y disfrutadla, y que sea útil a los hombres, como pretendéis.

Se fueron cada uno a sus ocupaciones mientras Ipi permanecía en su rincón favorito, aspirando el intenso olor que enviaba la tierra negra del Nilo una vez retirada la gran crecida. Y también buscaba en el aire los sonidos, con los que mantenía un coloquio cada tarde cuando Re se ponía tras la montaña de los muertos. Chillaban los ánades salvajes con aguda voz, vibraban las cañas y los papiros, todo eran motivos de conversación a los que él siempre se complacía en responder, pero aquel día no se sentía ebrio de belleza, como en otras ocasiones, sino borracho de sexualidad. Todavía sonaban en sus oídos los comentarios de sus mayores, las descripciones de los misteriosos dibujos que le revelaban aspectos completamente inesperados del comportamiento humano.

Debajo del faldón estaba haciendo el pene travesuras que le complacían y al mismo tiempo le asustaban.

Cabriolo notó al instante que aquella intensidad recién descubierta le hacía padecer y así quiso curársela quitando interés a lo interesante.

–No debes obsesionarte por esos dibujos, pues son vulgares como una mala cosa. ¡Con decirte que hay uno en el que se ve a un dios del cielo introduciendo la verga en la vagina de una diosa tierra!

–¿Qué me estás contando? –exclamó Ipi, puesto en culmen de nervios–. ¿Y qué más hay? ¡Dilo, dilo!

–En otro se ve a la divina reina Hatshepsut sodomizada por su arquitecto Senmut. Lo que te digo: una ordinariez.

–Sí que debe de ser vulgar, sí... –murmuraba Ipi, empapado de sudor. Y añadía–: ¿Qué más hacen? ¡Cuenta, cuenta!

Pasaron los días, pero seguía sin poder apartar de sus tinieblas aquellos destellos de una luz inesperada. Cuanto más intentaba olvidarla, más le quemaba, y llegó a un punto en que incluso las caricias de la nodriza y aun las de su madre le provocaban una excitación singular, como si el tacto, al que siempre fue tan sensible, hubiese multiplicado sus potencias. Pero todo esto, lejos de alegrarle, le entristecía más y más, hasta el punto de romper a llorar cada vez que se quedaba a solas con sus cuitas.

Y un buen día dijo Cabriolo:

–Los dioses quieren castigarme, porque te veo cohibido como un triste. ¡Ya ni jugar conmigo quieres!

–Ay, Cabriolo, ladronzuelo de mi afecto, no te enfades, pero ahora necesito mujer, no gato.

Cabriolo hizo «miau» tres veces seguidas y luego dijo:

–Dueño mío, yo no puedo servirte porque soy gato heterosexual y, además, no puedo hacerte de alcahueta con las mujeres porque ellas no entienden mi idioma y no sabría convencerlas. Pero acaso podría proporcionarte una gata de buena familia que sirviera a tus inquietudes.

–¿Me has tomado por uno de esos pastores que solucionan su ardor con las cabras?... Aunque si bien se mira, alguna habría que, en su desesperación, quisiera hacer feliz a un pobre ciego.

Su profunda melancolía no pasaba desapercibida a los de la casa, máxime cuando cada mañana aparecían manchas sospechosas en su alfombrilla. Salió de la nodriza que el gato era sucio porque iba dejando semen en un mueble que valía un imperio, pues era de junco trenzado. Ante aquella acusación, Cabriolo volvió a ofenderse y amenazó con coger sus pertenencias y buscar refugio en casa de unos primos que vivían a cuerpo de rey con un sacerdote de Sejmet.

Pero si de algo sabía la incauta Merit era de semen, y pronto comprendió que era el que su hermano desperdiciaba, pues desperdicio consideraba ella todo semen que no se quedara en su interior. Y entonces la diosa Sandunga, que vela por el aprovechamiento de los goces, inspiró a la niña un sentimiento de piedad hacia su hermano; y Merit decidió que si Seshat le había enseñado las artes del pensamiento, y Tetis las de la música, ella tenía la obligación de adiestrarlo en la única ciencia que dominaba.

Aprovechando uno de los viajes de su madre a la granja, se introdujo en el lecho de Ipi, no sin antes encerrar a Cabriolo en la despensa porque era un gato muy cotilla y podría delatarla.

Puso voz de ocarina al susurrar en el oído del niño:

–No te asustes, ciego de Tebas: soy una diosa benigna que no tiene pareja esta noche. Compláceme tú y serás recompensado.

–¿Con qué? –preguntó Ipi, sin salir de su asombro.

–Con el placer, hijo. ¿Querrás más?

Llevó las manos del hermano hacia los rincones más dulces de su cuerpo y los convirtió en sagrario de ardores. Que fueron muchos, y provechosos todos, pues la fogosidad de los once años brotaba de cada poro de Ipi, y la experta maestrilla se vio obligada a reconocer que era más fuerte desde su oscuridad que muchos otros desde sus luces. Y ni siquiera fue problema la torpeza que suele estropear el placer de una primera vez, pues donde no alcanzaba el ciego llegaba ella sobradamente. Sólo la incomodaba que, a fin de evitar que su hermano reconociera sus rasgos por el tacto, veíase obligada a realizar todo tipo de contracciones faciales, de manera que estuvo a punto de sentirse grotesca.

Y allá en el Océano Primordial, exclamó, indignado, Ipi Celeste:

–¿A tal punto ha llegado esa ramera? ¡Con su propio hermano!

–No somos nadie para juzgar –dijo Hator–. Yo soy hermana de tu padre Horus. La cauta Isis es hermana del irreprochable Osiris, quien engendró en ella a mi esposo-hermano. Y tú y yo no nos hemos amancebado porque me coges muy mayor.

«Y porque yo no me amancebaría con una vaca», pensó Ipi, pero no lo dijo por educación. Y porque a ninguna madre le gusta reconocer que ya no resulta apetecible para su hijo.

Cabalgando sobre un rayo de luz, el diosecillo bajó a visitar a su ahijado. Le encontró tan melancólico que le atizó tres golpes de sistro en la cabeza a fin de reanimarlo. Y así habló:

–Soy el hijo de Hator, tu padrino. Y tú, por ser mi ahijado, eres predilecto de la vida.

–Sé que soy tu ahijado porque asegura la nodriza que, al orinar, me sale un polvillo de estrellas y todos dicen que esto es signo de tu vuelo. Pero, padrino, me coges triste porque he conocido un cuerpo divino y no sé si es de diosa o de hembra.

–Si fuese hembra no has de saber su nombre, porque no es conveniente para tu música, que no sería feliz como yo la deseo. Mas no veas la música que te saldrá si piensas que esta noche te ha desflorado una diosa.

–Era tan gentil. Tan cálido su contacto. ¡Y fue a fijarse en un pobre ciego!

–Ciego sí, pero pobre en absoluto. Porque eres lindo y tu piel es tersa y tu miembro no necesita vista pues se enerva no bien nota el calor de otro cuerpo. Además, si el amor es ciego como dicen, eres el amor hecho persona.

–¿Estás seguro, padrino?

–Tanto es así que te auguro un gran porvenir en las industrias que mi madre favorece.

Mientras Ipi departía con su padrino, Merit se arreglaba para el día. Y al contemplarse en el espejo no quiso evitar una mirada de orgullo: la que siempre corresponde al deber cumplido. «En verdad que la virtud tiene recompensa –pensó–. He aquí que regalo una obra de caridad a mi amado hermano y, encima, he encontrado un placer que no esperaba.»

Pero los dioses son a veces olvidadizos, y así la dispensadora de placeres se había olvidado de rodear a Merit con un muro de seguridad capaz de engañar a la nodriza, que estaba en permanente vigilia por si necesitaba algo su cieguecito. Y con razón, pues Ipi no tenía la garganta tan fina como a ella le hubiera gustado; así que se levantó con el día para llevarle un tazón de leche caliente con su pizca de miel. Y al ver lo que vio se fue corriendo al templo más cercano para llorar a los pies de Isis, y al regresar a casa tenía ella un pie a punto para arrojarlo contra las posaderas de la incauta Merit. Pero un elemental sentido de las jerarquías la hizo desistir de sus propósitos, fiándolo todo en el desparpajo de su lengua.

–¿A eso has sido capaz de llegar? ¡Eres más puta que las gallinas!

Se revolvieron todas las gallinas del corral.

–Puta lo serás tú, vieja asquerosa. ¿Qué te hemos hecho nosotras para que nos cuelgues esa metáfora de la vida turbia? En cada gallina hay un corazón y en cada uno late orgullo de casta.

Calmado que se hubieron, siguió la nodriza con sus insultos a Merit, pero como todos involucraban a algún animal –que si gorrina, que si perra caliente, que si yegua en celo–, no quiso correr riesgos y acabó tratándola simplemente de ramera, como venía haciendo desde que era una niña.

Merit, que siempre se había reído del mundo, reaccionó a carcajadas, pero éstas eran tan sanas, tan limpias, que diríanse de virgen purísima. Tras arrancar a Rapet la promesa de que lo ocurrido no llegaría a oídos de su madre, aseguró que se iba al templo de Mut en actitud de penitente. Pero como sea que se puso una túnica rosada y guirnaldas en el pelo, la nodriza comprendió que se dirigía al templo de Hator a dar las gracias por el placer obtenido, y no a otra cosa.

Piadosa como era en asuntos de entrepierna, la joven meditó largo rato ante la estatua de la diosa. No regateó salmos de agradecimiento, porque la experiencia con su hermano le había servido para descubrir el placer de desflorar machitos, y en adelante lo ejerció con los hijos de sus mejores amigas, sin preocuparle en absoluto el qué dirán. Pues, como seguía alternándolos con varones de distintas edades, nadie pudo acusarla de ser estrictamente menorera.

En cuanto a Ipi, esperó con ansiedad la llegada de la noche y lloró hasta el amanecer porque su pareja no acudió, y él presentía que estaba arrepentida por haber perdido el tiempo con un pobre ciego.

Como solía hacer antes de que ella viniese a solazarle, intentó hallar el placer de propia mano, pero ese placer, al alcance de cualquier mortal, también le estaba negado, pues no podía concentrarse por culpa de un ruido insistente que se prolongaba durante toda la noche. Y era que la vieja Rapet había decidido montar guardia ante su puerta, con la escoba a punto por si tenía que ahuyentar a una hermana demasiado ardiente.

Ipi lloró, y mucho. La negación de aquel instante maravilloso le dio una nueva dimensión de la soledad. Obsesionado por el dolor que le mordía las entrañas, buscó refugio en la música, intentó nuevas pulsaciones que arrancasen sonidos distintos, por si en alguno de ellos se hallaba el consuelo; pero sólo existía la repetición, tan monótona ahora que se quedaba profundamente dormido, pese a los ruidos que organizaba Rapet en su empecinada guardia. Ni siquiera conseguía despertarle el agitado tráfico que le mandaban en tropel las laboriosas vecinas de la calle de Las Acacias.

CIERTO DÍA LE DESPERTARON LOS MAULLIDOS de Cabriolo, convertidos en gritos propios de quien trae una noticia apasionante:

–¡Lo que yo sé, amito, lo que yo sé y tú sabrás ahora, cuando Tebas todavía duerme en la ignorancia! Porque sólo tú entre todos los tebanos te has molestado en aprender el lenguaje de los animales, y por eso encontrarás tu recompensa antes de que los heraldos de la Ciudad del Sol tengan tiempo de espolear a sus caballos para difundir por todo el país lo que sólo han sabido las aves.

Pero Ipi se encogía de hombros mientras seguía buscando en el arpa notas que expresasen el color del luto.

–Sólo sé lo que me destroza –dijo, entre gemidos–. Ni siquiera es de Tebas, sino del alma. Y ésta no tiene ciudad ni patria.

–Por suerte son más sensatas que tú las golondrinas que llegan de las tierras frías. ¡No sabes el viaje que tienen que hacer, las pobrecitas! Llegan a miles, con el invierno, porque el clima de Egipto les sienta de maravilla, mientras que el suyo las deja ateridas. Durante el vuelo recogen un comentario de aquí, otro de allá, y así llegan a Tebas con un repertorio de crónicas que es un placer escucharlas.

Volvió a suspirar el doliente:

–¡Cabriolo, Cabriolo! ¿Crees que tengo ánimos para seguir el itinerario de todos los pájaros del Nilo?

–En otro tiempo lo tenías. Cómo se nota que la música nos ha sustituido a todos en tu afecto.

Y le hizo mimos con la cola, y aunque es cierto que Ipi los agradeció, ya no le producían la ternura de otros tiempos.

–¡Maldita sea esa ramera que te ha embrujado! –maulló Cabriolo–. Pero, mira: no perderé el tiempo despotricando contra ella, porque es mucho más importante lo que me ha contado la golondrina Edith, que llega de una isla del norte, y aun de más allá del norte, según le gusta contar; eso sí, con nostalgia, pues toda golondrina la siente de su tierra aunque ésta sea fría. Si no la sintiese, sería una golondrina muy borde.

–¿También entiendes a las golondrinas?

–En efecto, pese a que tienen un acento muy cerrado.

Aplaudid, oyentes de los mercados; aplaudid a un gato verdaderamente políglota. Hagámosle justicia, pues sus créditos son muy altos. Pocos gatoides conocen el idioma de los pájaros, con sus múltiples dialectos y localismos, del mismo modo que los pájaros no entienden el de las flores, tan enrevesado en sus declinaciones, y mucho menos la jerigonza de las tortugas.

En cuanto a mí, narrador que se cree el cenit del mundo, tenéis derecho a cuestionarme. ¿No he de pasar por desordenado, caótico acaso, si interrumpo el fluir de mi historia para elogiar las virtudes de un bestiario? Virtudes que seguía manifestando Cabriolo, para asombro incesante de su dueño:

–Has de saber que, en su viaje desde el norte, la golondrina Edith se detuvo unas horas en la Ciudad del Sol y allí supo, por pico de otras aves, que ha muerto el rey de Egipto.

–Vas atrasado de noticias –dijo Ipi, indiferente–. Akenatón ya murió, según contaron.

–Ese rey es otro. Es Smenkaré, hombre.

–Es cierto. No me acordaba que existía.

«Ni tú ni nadie», podría decir la Historia.

Y casi es lo que pudo decirse en aquellos aciagos días.

Más aciago es, sin embargo, mi destino de cuentista. Mientras prosigo con el elogio al gato que sabe idiomas, eludo la triste realidad de mi ignorancia. Yo, que soy el narrador, yo, manipulador supremo, me siento impotente ante la Historia, cuando los hombres la escriben con mayúscula. ¿De qué carencia soy víctima? Puedo expresar las cuitas de mis personajes, podría inmiscuirme en la compleja psicología de los camaleones y, en cambio, muero de impotencia cuando debo contar cómo murió Smenkaré.

Aunque en revancha, tampoco Cabriolo podría decir mucho. Las sabihondas golondrinas andaban de merienda entre los cañaverales del Nilo cuando el faraón moría en su palacio. Estaban bien informadas, sí, pero de oídas.

–A mi juicio es una muerte muy extraña –decía el gatoide–. ¡Un rey tan joven! Y mira que ha estado pocas lunas en el trono. Me preguntarás de qué murió y yo contestaré: de lo que quieran sus ministros y los sacerdotes de Amón. Se dirá que ha muerto de repente, porque esto no compromete en absoluto; pero entre las sociedades secretas de los pájaros, que son muy exclusivas, se dice que un mejunje preparado por hechiceros diestros sirve a las mil maravillas para desembarazarse de un faraón incómodo.

Desde esa orilla del tiempo que me permite observar el tiempo ajeno, le diría al gato parlanchín: «de lo que insinúas, nada hemos aclarado los del futuro. Cuando ni siquiera sabemos quién fue Smenkaré, ¿cómo puedo aventurar qué muerte tuvo?». Tampoco podré decir qué empresas acometió o si fue un inútil por no acometer ninguna. Sólo puede decirse en su favor que, al no hacer nada, no tuvo ocasión de empeorar las cosas.

En los últimos tiempos se comentó que había intentado un acercamiento al clero de Amón, pero nadie podía decir si se debía a una decisión propia o a los consejos del general Horemheb y el Gran Padre Ai cuya influencia se había visto robustecida con los últimos acontecimientos. Tal vez ellos se ocupaban de pactar con el clero de Amón mientras Smenkaré seguía quemando incienso en los altares del dios herético. Por eso se decía que si como faraón era un engorro, como creyente era un absurdo.

Cuando la noticia de su muerte llegó a Tebas, los músicos de los templos fingieron dolor oficial entonando salmos de puro compromiso, pero las vecinas se frotaban los pechos en señal de gozo y aullaban:

–¿A qué vienen los lamentos? ¡Vengan canciones de júbilo! ¡Himnos alegres para las diosas que todo lo pueden!

–En verdad que todo lo han podido, pues se están llevando uno a uno a los miembros de esa estirpe maldita.

Corrieron coplas acerca de Smenkaré, se inventaron chascarrillos en las tabernas demostrando cuán fácil es que el poder pase de impresionar a ser víctima del vituperio. Y así, llevan razón los refranes cuando afirman que de la palmera caída hacen leña los satíricos.

Aquella noche, las vecinas salieron a tomar el fresco vestidas de gala, y la excelente dama Nofret convidó a todas las azoteas que daban a la suya para celebrar que la muerte se había comportado sensatamente por una vez en las vidas del mundo.

–Bebed todos –decía, entre carcajadas–. Bebed hasta la embriaguez, porque el tiempo de la sequía ha concluido.

Y decían sus íntimas:

–La dama Nofret tiene motivo para abrir sus bodegas. Pronto la veremos luciendo los trapos de Divina Adoratriz, como en otros tiempos.

–Manos de virgen tejerán, para su gloria, túnicas acordes a las modas del día.

–Dedos de viudas fieles trenzarán una peluca adornada con cuentas y abalorios y con más pisos que las que ahora se lucen en Tebas.

–Eso no –protestaba Nofret–. Iré a lo clásico. Quiero volver al templo como si nada hubiese ocurrido. Los años retrocederán cuando las mejillas de Amón se enciendan, acariciadas por el incienso de mis libaciones. Y cuando Él se digne mirarme entre la dorada penumbra que le envuelve, verá en mi respeto a la tradición un homenaje a su eternidad.

En el corrillo de los hombres comentó Totmés:

–¡Lo que puede inventar una dama para presumir sin que nadie ose llamarla presumida! Hasta poner a los dioses como alcahuetas de su arrogancia.

Contertulios más expertos en politiquerías optaban por elucubrar sobre el porvenir de Egipto. Que era, para muchos, igual que el sueño de un indigno.

Dijo un invitado a quien se atribuían dones proféticos:

–Veo cómo se derrumba la Ciudad del Sol. Torres de arena, por la misma arena sepultadas. Nadie consiguió vivir en aquel yermo antes de que a Akenatón le diese el capricho. Nadie querrá sobrevivir allí a partir de ahora, cuando se cumplen los antojos de la muerte.

Otros, menos místicos, seguían lamentándose sobre el estado del poder. Con una capital detestada por las otras dos capitales de Egipto, con un trono vacío, sin un príncipe de renombre, el poder se había convertido en un pozo negro de cuyo fondo sólo emergía el caos.

Y uno de los mensajeros que acababa de llegar de la Ciudad del Sol, sentenció:

–En estos momentos, el caos se llama Tutankatón.

Y preguntaron todos de *qué* estaba hablando, como si se refiriese a una cosa. Hasta que un rico comerciante, que había frecuentado la corte en los últimos tiempos, recordó que Tutankatón era acaso una persona.

–Una personita para ser exactos. Recuerdo haberle visto correteando por los jardines del harén real. Era un niño entonces, y no es mucho más ahora. Se le considera hijo de Akenatón y de su favorita, la esposa real Kiya. Ésta murió de un parto hará más o menos doce años. Así pues, es la edad que tendrá el renacuajo.

–Mal augurio –dijo la vecina Kufrune–. Un hijo que al nacer mata a su madre es mal augurio.

El corrillo se fue engrosando a medida que alguien efectuaba alguna nueva revelación, pero la llegada de un faraón de doce años bastaba para inquietar a todos los que esperaban el triunfo de la experiencia como garantía de estabilidad.

En momentos así, los sensatos suplican que llegue un domador, o varios. Y la voz de Totmés sonó por encima de las demás, proclamando que la doma acababa de empezar:

–Sabedlo ya: el colegio sacerdotal de Amón en pleno se ha embarcado con destino a la Ciudad del Sol. Es cierto que lo hicieron en otras ocasiones, y sólo consiguieron el rechazo de Akenatón, pero ahora van a jugar sobre seguro porque Horemheb y Ai han dispuesto la partida.

–¡Albricias! –exclamó un comerciante–. ¡Por fin un signo de que la situación puede cambiar!

–Ya ha cambiado. Lo que afirmo no es una quimera. Me estoy basando en la certeza, como acostumbro. En el templo la he hallado esta vez. Es decir: en las mismas narices de Amón. Me encontraba en la biblioteca y quiso la fortuna que el sacerdote encargado de vigilarme fuese Nepumer, que además de ser cotilla redomado se muere por una sonrisa mía, o de cualquier varón sobre la tierra. He utilizado artes de tentadora para obtener lo que quería y, como ocurre con este tipo de locazas, Nepumer ha contado mucho más de lo que yo esperaba...

–Al grano, Totmés, al grano. ¿Qué has averiguado? ¿Habrá guerra entre los seguidores de Atón y los egipcios decentes?

–¡Qué ha de haber! Esos fanáticos están desconcertados. A medida que pasan los días se están quedando más y más solos. Primero se les muere el gran maestro, el único que realmente estaba en comunicación con su dios. Después se encuentran con un imberbe incapaz de tomar una decisión sin consultar antes con el difunto. Para colmo de males, confiaban en Ai, que parecía fiel a Atón, pero es precisamente Ai quien pretende restaurar a los antiguos dioses y apartar de los puestos de poder a la generación de la Ciudad del Sol. Esto es lo que he sabido y lo que sin duda será.

El nombre de Ai infundía respeto por su venerable edad, pero también por la influencia sin parangón de que gozaba en la corte. Se le conocía como el Gran Padre, pero sus títulos iban más allá de este o cualquier apodo. Porque era «Primero de los Funcionarios a la Cabeza de los súbditos», «Escriba del rey», «Inspector de los caballos y carros del señor de las Dos Tierras» y «Portador del abanico a la diestra del rey», entre otros cargos civiles y religiosos de pareja importancia.

Había servido fielmente a Akenatón y antes a su padre; durante años fue los ojos y los oídos del Estado, y aunque era difícil actuar con independencia frente a dos reyes de criterio tan férreo, consiguió que su voz fuese escuchada y sus consejos aplicados.

Pero en el vacío del poder había otro hombre agazapado, un guerrero con alma de caudillo, un león obligado a permanecer manso mientras los rayos de Atón dictaron decretos de paz a las conciencias. Su nombre era pronunciado con temor y sus títulos recitados con admiración. Como, además, estaba casado con una hermana de Nefertiti, se le asociaba fácilmente con los dioses. Aunque fuesen los de la guerra.

Por eso preguntaron todos con ansiedad:

–¿Y Horemheb? ¿De qué lado se encuentra el general?

–Del mismo que Ai, pero con el ejército a su favor.

Hubo gran alborozo entre los invitados, pero sobre todo mucho alivio. Frente al desorden que se anunciaba momentos antes, se levantaba ahora la seguridad que inspira un cerebro gris y un brazo de hierro. Así, la certidumbre del cambio disipó los primeros temores, la imagen del caos se desvaneció, y las conversaciones fluyeron con la liviandad del chismorreo, como suele ocurrir en las azoteas cuando la noche manda su frescura. Con la delicada tenuidad de los laúdes como rumor de fondo se discutía sobre el carácter de Ai, a quien muchos tenían por un viejo taciturno, incapaz de una sonrisa, educado en la vieja escuela de los profetas escépticos. Pero al parecer era una imagen que se contradecía con la que había mandado escribir en la tumba que se estaba construyendo en la Ciudad del Sol, donde se definía como un hombre simpático, de buen carácter y pendiente sólo del bienestar de Egipto. Como sea que descripciones parecidas figuraban en la tumba que Horemheb se estaba construyendo en Menfis, todos coincidieron en que la alianza entre los dos hombres fuertes de Akenatón y Smenkaré era lo más venturoso que podía ocurrirle al niño que venía a sucederlos.

En la extrema laxitud de la madrugada los hombres elogiaban el valor de Horemheb, las mujeres su apostura, y todos pronosticaban grandes fastos para las ceremonias de la coronación, que debería celebrarse en Tebas si el niño Tutankatón quería tener contento a Amón desde un principio.

Y mientras los humanos discutían con apasionamiento asuntos locales, en la isla del Océano Primordial la gran madre Isis presentaba oficialmente al nuevo faraón.

–¡Un niño en el trono! –exclamó–. ¡Qué cosa tan tierna!

Proclamó Horus, en tono sentencioso:

–Si cumple con nosotros, no habrá existido monarca más preciado. Ni será protección lo que le falte.

Fue entonces cuando cantaron las alondras el nombre de coronación del niño rey:

–¡Nebjeperure Tutankatón! Ved cómo surge del Nilo el alba de su reinado.

Desde lo más oscuro de su santuario sonó, atronadora, la voz de Amón:

–¡Tutank-*atón*! Ese nombre suena a herejía. Huele a ofensa. Apesta a crimen. Que se cambie el nombre ese niño de ponzoñosa estirpe. Que me incorpore a su nombre si quiere ser, a mi diestra, un rey de reyes.

Pero incluso para un dios era pedir demasiado en tan

corto espacio de tiempo. Y el Nilo tuvo que crecer tres veces antes de que se cumpliesen sus deseos.

ASÍ FUE COMO TUTANKATÓN Y SU ESPOSA NIÑA se convirtieron en la última esperanza de Egipto. Y, sin embargo, seguían soportando una maldición. Eran hijos de padre indigno a los ojos de todos los padres del Nilo. Hijos de padre que mejor no hubiera existido. Y aún estaba por decidir si era prudente que existieran ellos.

–Mientras no se les ocurra inventar una nueva religión... –decía un noble a otro–. Recordad que llevan la sangre de los raros. Y, entre los raros, el que hace un cesto hace ciento.

Los protestones tuvieron que callar porque, aun siendo hijos de la herejía, aquellos niños eran los últimos portadores de una sangre gloriosa, y su presencia en Tebas culminaba el largo desfile de dioses-reyes o reyes-dioses que en otro tiempo forjó la grandeza del imperio. Y aunque muchos dudaban de que Tut fuese hijo de Akenatón, nadie podía negar que su matrimonio con la princesa Anjesepatón le legitimaba en el trono. Y no importaba que los métodos fuesen extravagantes, porque a los ojos de todos los egipcios en la Ciudad del Sol sólo habían ocurrido extravagancias.

Lo mismo pensaría Tutankatón, que en pocos años había visto morir a Smenkaré, a Akenatón, a cuatro de sus hermanas y a su propia madre.

Pero, además, él y su reina *regresaban* a una Tebas en la que nunca estuvieron; se disponían a restaurar unos dioses de los que ni siquiera habían oído hablar. Y ese regreso absurdo, esa restauración improvisada, tuvo efectos beneficiosos para Egipto.

Hubo gran regocijo en los hogares, y la alegría se adueñó de las costumbres porque los días y las noches volvían a estar protegidos por los dioses consagrados. Regresó la infinita variedad del culto, como si dioses y ninfas, genios e íncubos hubiesen forjado un ejército que liberaba a las almas del fanatismo. Y no sólo fue el triunfo de Amón, como querían sus servidores: fue el triunfo de todas las fantasías que cada egipcio cobijaba en su imaginación desde que el Tiempo se inventó a sí mismo.

Los sacerdotes, que entienden de los negocios del alma, alababan sin reservas el retorno a la ortodoxia, quienquiera que la provocase, mientras que los que se dedican a examinar la razón pensaron que, tiranía por tiranía, era preferible la que causase menos problemas.

Por otro lado, todos tenían bien presente que detrás del nuevo faraón estaban el viejo Ai y el general Horemheb. Muy lerdos tendrían que ser para no dominar a un niño. Como no eran lerdos en absoluto, lo harían magistralmente. Y el pueblo, que gusta de encontrar virtudes en los más débiles, invertía los términos a su antojo:

–Muy sabio ha de ser este niño, que se ha puesto bajo el cuidado de gente sensata.

–En efecto: sabio es quien se deja manipular por manipuladores de categoría.

En el Océano Primordial, los dioses tradicionales demostraron también su complacencia y se apresuraron a renovar sus tocados con vistas a una inmediata reaparición en público.

Desempolvaron las plumas de las coronas, el lapislázuli de las pelucas, las caprichosas formas de las máscaras; plisaron cuidadosamente los pliegues de las túnicas y faldones, pero también recobraron el sentido de su utilidad en el mundo. Cada uno rescató las obligaciones que el dios único había usurpado para sí. El que cuidaba los vientos, la que velaba por la fecundidad, el que amparaba los cultivos, los que dirigían gremios, los que protegían ciudades: todos estaban allí, dispuestos a trabajar de nuevo para demostrar que no eran dioses gandules.

Nunca se vio tan concurrida una asamblea. Además de los dioses primordiales, llegaron de cada rincón de Egipto las divinidades secundarias y tras ellas los animales que representan a los dioses. De modo que también fue la restauración de todo un zoológico sagrado.

Pero los dioses niegan o conceden según antojos que escapan a la comprensión del universo. Del mismo modo que inspiran la música a los sin ojos, también encienden tristura en el alma del poder. Y así sabemos que nadie puede sentirse seguro en esta baja vida.

Porque una vez despojado de sus atributos reales, Nebjeperure Tutankatón se quedaba a solas en sus estancias de la Casa Dorada, ocupando el lecho que había sido de su abuelo, el Gran Amenhotep. Un abuelo al que deseaba parecerse porque había encarnado lo más grande de la realeza.

Por razones de protocolo, su reina quedaba en un pabellón del otro lado del jardín, en el gineceo, que ya no tenía la prosperidad de otros tiempos, cuando el rey lo llenaba de esposas secundarias.

Habría sido demasiado sencillo que Nebjeperure se limitase a la nostalgia por un cuerpo. Su soledad era mucho más profunda. Era una soledad que miraba hacia lo lejos, hacia las blancas mansiones de la Ciudad del Sol. Pero no se atrevían a hablarle de ella sus sirvientes, como si hubiesen recibido una consigna. Se limitaban a arreglarle para la noche, sin cruzar palabra. Acto seguido daban paso a tres sacerdotes de Amón encargados de recordarle las letanías que deben acompañar al faraón cuando se dispone a entrar en los oscuros dominios del sueño. Y al mismo tiempo eran letanías que rezaban por sus súbditos, pues quedaban desamparados hasta que el dios viviente despertase por la mañana.

Preguntaba Faraón:

–¿Quién soy yo?

Y decían los tres sacerdotes a la vez:

–Eres Egipto. Egipto eres. Egipto-Tut.

Recitó el primer sacerdote, en tono adulador:

–Eres como Shu, el aire. Sostienes el cielo sobre las cuatro esquinas del mundo.

Declamó el segundo:

–Al igual que Duadur, haces surgir la mañana de tu barba dorada.

–No entiendo nada de lo que me estáis diciendo. Dadme tiempo para aprender la lista de los dioses que Akenatón rechazó.

Luego se quedaba a solas con sus recuerdos más cercanos, pero ocurría que parecían de otra persona. Un niño semejante a él, a quien habían coronado en una ceremonia tumultuosa. Un niño convertido en faraón cuando ni siquiera imaginaba que podía dejar de ser niño.

Y dijo Isis desde el Océano Primordial:

–Hermoso crío: el firmamento se ha enamorado de ti. Astros, planetas y estrellas penarán por tus cuitas, y si no consiguieran aliviarlas, nosotros sabremos enviarte a la mensajera que sabe hacerlo.

Compareció entonces Nut, suprema gobernadora de la noche. Ella es la deidad que presta cobijo a los soñadores con su manto de estrellas y planetas. Y mientras sus ayudantes lo extendían sobre el mundo, dijo al faraón:

–Vengo en nombre de todas las divinidades clásicas para decirte que te has portado muy bien. Y puesto que vas a devolvernos a nuestros altares, te estamos reconocidos.

Al niño le gustó aquella dama. Como no había visto ninguno de los zodíacos que la representan, encontró pintoresco su atuendo, tan estrellado. Y reconociendo en ello un buen augurio, preguntó:

–¿Quiere eso decir que me daréis pronto la gloria?

–Tu gloria no está en tu tiempo sobre la tierra –dijo Nut–. Tu gloria empezará después de un inmenso período de olvido.

La palabra olvido estremeció a Tutankamón. La estaba conociendo demasiado cerca. Sabía que todos los que le rodeaban querían borrar el nombre de Akenatón, de Smenkaré, de la adorada Nefertiti. Y en un arranque de furia, exclamó:

–¿Qué dices, rata de la noche? ¿He de caer en el mismo pozo de oscuridad que amenaza a mi familia?

–¿Y no ha de ser, si tu familia ha hecho todo lo posible para que la olviden? Comprende, hijo divino, que no se puede montar un cataclismo y salir con las manos limpias.

Por otro lado, ni siquiera los dioses podemos evitar los designios del destino. Pero, ocurra lo que ocurra, yo te digo que, en un tiempo muy alejado del tuyo, Egipto se conocerá por Tutankamón.

–Pero insistes en que antes llegará el olvido –murmuró el faraón.

–Un olvido tan largo como granos de arena tiene el desierto de los milenios. Y ahora debo irme, no vaya a desmoronarse, por mi ausencia, el equilibrio de las constelaciones.

Nut hizo un gracioso ademán que fue dejando a su alrededor una niebla perfumada, y ésta la envolvió poco a poco hasta que la hizo desaparecer allá en lo alto. Y fue como ver a la noche tragada por la noche misma.

Poseído por un pánico infinito, Nebjeperure prescindió de sirvientes y sacerdotes y echó a correr por los pasillos de palacio hasta dar con las estancias de Horemheb. No cabía el temor de interrumpir su sueño: en los últimos tiempos recibía el alba trabajando con Ai en la reorganización del nuevo Estado.

Lo que menos podían esperar a aquellas horas era la visita del faraón. Al verle llegar, desnudo y jadeante, se asustaron.

Él se precipitó a los pies de Horemheb, y dijo:

–Tú eres el comandante de mis ejércitos y esto está verdaderamente bien; pero ¿sabes algo más que cosas de guerrero?

Ai le dirigió una mirada de perplejidad. Sólo un niño que no se había movido del gineceo real podría ignorar que Horemheb ingresó en el ejército como escriba y que éste era el título del que se sentía más orgulloso. Pues si un escriba es sabio entre los hombres, más ha de serlo entre los soldados, que no suelen distinguirse por sus luces.

–Yo sé todo lo que mi rey necesite saber –dijo Horemheb, pausadamente–. Pregúntame.

–¿Tú sabes qué es el olvido? Dime qué es y qué significa.

El general permaneció un momento meditabundo. Y al

contemplar la expresión ansiosa del niño comprendió que había estado pensando en sus familiares. Pero no quiso ser piadoso al contestarle, tan convencido estaba de que era necesario erradicar progresivamente el recuerdo de Akenatón.

–El olvido es la negación total –dijo–. Cuando mueren los recuerdos empieza un espacio parecido a la Nada. No sólo dejamos de existir para nosotros mismos, sino también para los demás. Por esto el olvido puede convertirse en el gran señor de la venganza; porque mata lo que ni siquiera la muerte consiguió matar.

Reacio a aceptar la angustia que aquella respuesta le inspiraba, Faraón buscó desesperadamente el consejo de Ai, cuya sabiduría implicaba seguridad:

–Tú, que fuiste consejero de Akenatón y, antes, aconsejaste a su padre; tú estás obligado a darme respuestas que me tranquilicen. Dime que los sacerdotes de Amón no acabarán con el recuerdo de mi familia.

Ai no era cruel pero, al igual que Horemheb, conocía lo inevitable de la crueldad cuando un niño tiene que dejar la infancia a toda costa.

–Algún día entenderás que tu familia obró del mismo modo. Akenatón quiso arrojar al olvido todo lo que estaba decretado desde el principio de los tiempos.

–Entiendo lo que me dices, pero yo no quiero olvidar nada.

–¡Pobre niño! No es que no quieras. Es que todavía no puedes.

Como sea que Horemheb daba vueltas por la habitación, con los brazos cruzados, Nebjeperure asoció sus evoluciones con la preocupación y le imitó. Después de mucho girar los dos, se detuvo y dijo:

–Desde que murió Smenkaré no paráis de decirme que soy divino. Y mi hermana Anjesenamón también lo es, ¿verdad?

–Sin duda alguna –dijo Horemheb–. Los dos sois divinos.

–Entonces, si además de divinos somos todas las cosas

buenas que aseguran los sacerdotes, podemos exigir, y siendo así, exigimos que no nos alejéis de la Ciudad del Sol. Si nos obligáis a vivir en Tebas, nos escaparemos aprovechando las sombras de la noche.

Ai respiró, aliviado. De todos los males que la irrupción de Nebjeperure autorizaba a temer aquél era el menor. Entre otras cosas porque, sin que el niño se supiese, sus deseos se ajustaban a los planes que habían trazado para los primeros años de su reinado.

–Por el momento, no va a ser necesario que os escapéis –dijo Ai, fingiendo humor–. Nadie ha pensado en dejar la Ciudad del Sol. Yo mismo me estoy construyendo allí mi tumba, y, como podrás comprender, un hombre sensato no se aleja del lugar que ha elegido para vivir su eternidad.

Era cierto. En la ladera de las tumbas de la Ciudad del Sol, Ai se estaba construyendo la más hermosa y, al mismo tiempo, la más fiel a la religión de Atón y al estilo que había indignado a los artistas oficiales. Al igual que las de otros nobles, reproducía escenas de la vida cotidiana de la familia real pero, además, contenía una reproducción a gran escala del himno al Sol, considerado como el gran logro poético del faraón. Por todo ello, Ai podía presumir de fidelidad a una dinastía. ¡Si hasta en la muerte le acompañaban sus consignas!

–Lo dicho –siguió Ai–. Regresaremos a la Ciudad del Sol. Desde allí te ayudaremos a reconstruir Egipto. Contigo empieza la gran Restauración.

–¿Restauración? ¿Y eso qué significa?

Horemheb estuvo a punto de expresarse en el lenguaje de la soldadesca: «Significa que tu padre ha dejado Egipto hecho una mierda y se necesitarán un par de cojones para sacarlo adelante».

Optó por seguir el ejemplo de Ai y mostrarse diplomático.

–Hay problemas, faraoncete, hay problemas.

Y los había. Y eran tantos que si Egipto sobrevivió, fue un milagro surgido de la matriz de alguna diosa clásica.

Egipto empezó a rezar para que la infancia de Nebjeperure fuese más corta que la de otros niños. Porque está escrito, para bien de las naciones, que un rey no debe tener una infancia larga, y mejor que no tuviese ninguna.

La pareja real regresó a la Ciudad del Sol, y allí los ritmos de la infancia prosiguieron a los acordes que les habían marcado sus nuevos tutores. Nada parecía haber cambiado en su ausencia; nada, excepto ellos mismos. Y cuando se atrevieron a preguntar tímidamente si podrían seguir adorando al sol como hasta entonces, Ai se apresuró a tranquilizarlos.

–Por muchas cosas que cambien, el sol seguirá siendo respetado. Pero no será ese disco omnipresente que impuso Akenatón, sino el que siempre fue: el gran Re, que nos ilumina diariamente desde su barca dorada. El sol seguirá triunfando sobre todas las cosas, pero ya no avasallará a nadie a su paso.

–¿Y Amón, ese dios del que hablan tanto?

–Por eso, porque hablan tanto de él, conviene tenerlo satisfecho. Tus nuevos maestros te adiestrarán para que un día llegues a encarnarlo. Y serás Amón-Re como ya eres Horus.

Si fue siempre ardua la educación de un príncipe, más lo era para aquel que llegaba de otra galaxia. Debía aprender en poco tiempo la interminable retahíla de dioses que su pueblo había tardado vidas enteras en inventar. Y no se trataba solamente de asimilar aquellos mitos, sino también el mito en que le habían convertido a él. Tenía que asumirse como parte de una religión: el enlace que su pueblo mantenía con ella.

Ai no había mentido al hablarle de nuevos maestros. Todos los que tuvo hasta aquel momento fueron desposeídos de sus cargos y enviados a provincias lejanas, donde no pudieran contaminarle con las doctrinas de Atón. Para sustituirlos, los sacerdotes de Amón buscaron a los mejores expertos, adeptos a la tradición; y cuando aquella pléyade desembarcó en la Ciudad del Sol fue un golpe mortal para los últimos restos de la doctrina atoniana.

Nebjeperure decidió que su nuevo estado no era envidiable. Ahora que era faraón tenía que estudiar mucho más que cuando era un príncipe secundario. Debía aprender a leer y a escribir, pues como rey estaba obligado a ser el primero entre los escribas. También tenía que aprenderse la Kemit y las máximas morales de los grandes profetas del pasado. Seguía complejas lecciones de gramática, matemáticas, geometría y la engorrosa lista de hechos gloriosos que jalonaban la historia de las Dos Tierras. Y, después, la preparación física que correspondía al comandante en jefe de todos los ejércitos: debía aprender a conducir su propio carro, a disparar el arco y a arrojar la jabalina y el bumerán, prácticas todas que, además, le permitirían destacar en las actividades que sus tutores le organizaban continuamente, con el solo propósito de mantenerle entretenido: la pesca en los pantanos del Delta y expediciones de caza a las zonas montañosas del desierto que no resultasen excesivamente peligrosas.

Además de los maestros que se ocupaban de su educación, el clero de Amón seguía imponiendo la presencia de los que tenían que inculcarle la inspiración divina. Así le fueron presentando, con machacona insistencia, los dioses cuya memoria acababa de restaurar y a quienes, sin embargo, seguía sin conocer. Acostumbrado a los signos de un dios único, seguía haciéndose un lío con la inmensa cofradía de los mil dioses del pasado. Y ahora que éste volvía a ser presente y a la vez futuro, supo por primera vez lo que todos sabían: la religión es rica, pero comprenderla es un intento pobretón. Requiere un estímulo llamado fe: si no se tiene, la religión es el esfuerzo más infructuoso de la tierra. Pero todos opinaban que para él no podía ser una empresa difícil. Al fin y al cabo, era el hijo de Horus; y semejante parentesco marca mucho.

Todo le agobiaba. Cada uno de sus gestos tenía un significado ritual. Cada pieza de su vestuario, un sentido místico. Un casco azul le presentaba como dios de la guerra. Un casco dorado, como gran señor de la paz. Un símbolo retorcido le convertía en Horus viviente. Y se lo repitieron tantas veces que, al final, temió que le saliese cabeza de halcón.

Pero la infancia tiene sus defensas contra el aburrimiento, y la mejor es ella misma. Del enojo producido por una agotadora jornada de estudios surgía una furia divertida que le impulsaba a bromear con lo que se estaban esforzando en hacerle respetar. Así, un buen día se apoderó de una máscara de Horus y avanzó por los pasillos, sembrando el terror entre los sirvientes demasiado crédulos. Una vez en las estancias de Anjesenamón exclamó con voz que se pretendía cavernosa:

–¿Me conoces, ínfima criatura humana?

–Claro que sí –contestó la reina–. Por más que disimules eres Tut, que se ha disfrazado de ave tonta.

–No debes burlarte de Horus. Seguro que entre sus múltiples atribuciones se cuenta la de castigar a las reinas deslenguadas.

–Yo sé poco de ese pajarraco. A mí me enseñan principalmente los misterios de su madre Isis.

–Y es lógico que así sea, pues tú la representas en la tierra.

De pronto, el niño compadeció a la niña. ¡Cuántos deberes para una sola reina! También ella era hija de una apabullante cantidad de diosas, también las representaba según su atavío o compartía sus atributos según las plumas de cada tocado. Y en las grandes ceremonias no podía coger la mano de su esposo, como le gustaba, pues ambos las tenían ocupadas por los cetros del poder.

¿Y la infancia?

La infancia seguía siendo la Ciudad del Sol, los pequeños placeres ampliados por la familiaridad del escenario que los vio nacer. Ai se preocupaba de que no les faltasen juguetes, pero al cabo de poco tiempo ya no fueron necesarios, pues la infancia dejó de parecerse a sí misma para convertirse en un tránsito.

Ni siquiera tuvieron tiempo de percibir que estaban pasando de los juegos de parvulario al lujo de la corte. Los caballitos de madera, los peces coloreados, los cocodrilos con ruedas fueron sustituidos por suntuosos atavíos y joyas preciosas: pectorales, pendientes, collares, ajorcas, todo lo que los dioses vivientes deben ostentar para que sus súbditos crean en la prosperidad de las Dos Tierras. Pero el dios y la diosa tenían memoria y cada uno de aquellos objetos les devolvía una parte de su pasado. Recordaban con tristeza que cierto anillo era el que llevaba Smenkaré cuando despachaba el correo por las mañanas, y un famoso collar de esmeraldas lo exhibía Meritatón en horas de fiesta.

También una parte de sus muebles estaba aprovechada de reinados anteriores. Ai les contaba que así se había hecho siempre, pero ellos sabían que también se hacía para enterrar el recuerdo de los antiguos propietarios. Y la reina, que le llevaba dos años a su esposo y se las daba de más experta, aventuró que Ai y Horemheb los estaban preparando para aceptar que también sus vidas serían transformadas como aquellas joyas y aquellos muebles y el entero legado de una estirpe.

AQUEL VERANO, HOREMHEB MIRÓ HACIA MÁS ALLÁ de Egipto y su mirada abarcó las tierras donde Egipto había sido respetado antes de Akenatón. Tras los desvaríos solares de éste, nada o muy poco quedaba del prestigio obtenido durante generaciones: tierras que habían pertenecido a Egipto pertenecían ahora a sus enemigos; países que habían rendido vasallaje se burlaban ahora de los dioses egipcios. En los diecisiete años que había durado el reinado de Atón sobre la tierra, el orden universal se había visto alterado con la irrupción de nuevos pueblos que se iban haciendo más poderosos, mientras que en la Ciudad del Sol las grandes campañas militares se habían trocado en juegos cortesanos o desfiles de creyentes.

Horemheb se encontró ante el reto de reorganizar un ejército que, en el mejor de los casos, estaba formado por veteranos fatigados y, en el peor, era inexistente. El mundo de la guerra había cambiado desde que los hititas empezaron a fabricar sus armas con un nuevo material llamado hierro, de extraordinaria resistencia y muy efectivo frente a las espadas de bronce de los ejércitos egipcios. Todos los materiales habían quedado viejos, y Horemheb se arriesgaba a emprender una batalla moderna en la misma situación de quince años atrás. Como si sus soldados tuviesen que combatir utilizando los juguetes que había desechado la pareja real.

Y, por encima de todo, estaba el criterio del faraón. Convencer de la legalidad de la guerra a un niño educado en el culto a la paz habría sido una empresa ardua si Horemheb no hubiese empezado por ganarse su admiración. No le fue difícil, porque le inspiraba una gran pena, y quienes mejor le conocían pensaban que le estaba cogiendo afecto. Gracias a su complicidad, Tutankatón disponía ya de su propio carro y su armamento adecuado: podía jugar a las guerras de verdad mientras los niños de su edad tenían que fingirlas con armas de madera. Al verle de aquella guisa, los niños jugarían a ser él y las niñas imitarían a Anjesenamón. Sólo una cosa los distinguía: los plebeyos no pasarían del juego; en cambio, él debería perpetuar en el lecho sus deberes dinásticos. Cosa no difícil porque su esposa le llevaba dos años y ya había estado casada con su padre, de modo que encontraría en ella a una maestra.

Mientras sus tutores prevenían al faraón acerca de los placeres que podría encontrar en el regazo de su hermana, Horemheb le pintaba las campañas bélicas como un incesante desfile de esplendores a los que ningún niño sabría resistirse. Cada victoria de sus ejércitos le traería un sinfín de sorpresas que al mismo tiempo servirían para entusiasmar al pueblo. Pues desde los tiempos de las pirámides todo el mundo sabe que la llegada de un general vencedor es garantía de alborozo en las calles y de espectacularidad en las plazas.

Llegó de Nubia un mensajero anunciando que Horemheb pensaba construir un templo consagrado a Tutankatón si ganaba cierta batalla. El niño se apresuró a rezar en favor de su general, pero con problemas. No sabía si consagrar sus oraciones a Atón, como había hecho toda su vida, o a los dioses que le estaban inculcando sus maestros.

–Me rezaré a mí mismo, puesto que soy un dios –decidió alegremente–. Seguro que el dios que se reza a sí mismo consigue lo que quiere.

Al segundo año del reinado la ciudad se estaba desmoronando. No fue menester la violencia para acabar con ella. Seguían diciendo los sacerdotes de Amón que, muerto Akenatón, muerta la rabia. Era dudoso que su dios único pudiese sobrevivir sin que él transmitiese sus rayos a los hombres. Y los verdaderos fieles, los que ocho años antes le habían seguido impulsados por el deseo de una nueva experiencia espiritual, sentían ahora que el mundo se hundía a su alrededor, y se desesperaban al comprobar que el supremo mensaje de redención estaba en manos de dos niños que no sabían qué hacer con el trono.

Como se va la infancia de la vida del hombre, así decaen las ciudades: la que ayer fue gran moda, hoy es triste ruina. La que hace un segundo era presente, se fue para no volver. ¿Se irían también todos los dioses, como ya se estaba yendo Atón?

Desde la Ventana de las Apariciones, la pareja real veía que cada vez acudían menos fieles a las ceremonias matinales. Notaban el éxodo apresurado de los poderosos, pero también de quienes no disponían de dinero para irse en barco e iniciaban un fatigoso camino por tierra. Los pocos adeptos que iban quedando temblaban de angustia porque los asustaba regresar a Tebas, la ciudad enemiga, pero en esta creencia contradecían al resto de los egipcios, que seguían considerando a Akenatón el gran enemigo de todo lo tebano. Luego ellos, sus fieles, eran personas no gratas desde mucho antes de que se planteasen el regreso.

El prudente Ai no estaba triste, pese a que había sido fiel a Akenatón como ahora lo era a sus enemigos. Las negociaciones con el clero amonita avanzaban hacia lo inevitable: reivindicar Tebas como capital religiosa y Menfis como centro administrativo. En plenas negociaciones, Ai mandó interrumpir la construcción de su tumba. Sin duda adivinaba que ya no la necesitaría en aquellos lejanos andurriales. Porque sabía con certeza que, a partir de entonces, la ciudad de Atón sería el punto más alejado entre los centros del mundo.

¿O acaso se convertiría en la capital del olvido?

Ai no descartaba que, si no se imponía por sí mismo, alguien tendría que propiciarlo. Y ese alguien podría ser el propio Tut, una vez crecido. Una vez comprendiese que había sido llamado para encarnar los tiempos modernos.

Y un buen día, el faraón y su reina abandonaron para siempre la Ciudad del Sol. Lo hacían con sus nuevos y convenientes nombres: Tutankamón y Anjesenamón. La gran barca dorada tenía la proa dirigida a Menfis como en otras épocas del año se dirigiría hacia Tebas. Entre las dos capitales transcurriría en adelante la vida del soberano de las Dos Tierras: el que dejaba olvidado en la Ciudad del Sol a un niño encantador.

Para sorpresa de todos no necesitó crecer demasiado para admitir que había nacido para cambiar el mundo. Otra cosa era saber si lo deseaba y, sobre todo, si seguía reinando en su alma el dios de los herejes. Pero ya fuese en Tebas, ya en Menfis, empezó a llenar los templos de estatuas, cada una más bella que la anterior, cada cual más poderosa en sus prerrogativas. Todo lo prohibido volvió a salir a la luz del día, mientras que lo impuesto era derrocado. Se maravillaban entonces los egipcios de que un solo niño fuese capaz de devolver a su país tantas maravillas en tan poco tiempo. Decían que era un niño milagrero. Se le atribuían tantas virtudes que hasta el trono le venía pequeño.

Por ser tan piadoso con los antiguos dioses reveló desde muy pronto voluntad de constructor, y esto complacía a los sacerdotes, enardecía al pueblo y daba de comer a cientos de artesanos.

De vez en cuando salía a visitar las obras de los templos, como siempre habían hecho sus antepasados.

Y un día le dijo Horemheb:

–Señor, deberías empezar a pensar en tu tumba...

–Antes debo pensar en las tumbas de otros. De lo contrario, sería un mal nacido.

Nadie comprendía sus palabras ni el sesgo de su sonrisa, apenas esbozada, pero Anjesenamón le acariciaba la mano con dulzura, y en esto veían todos que vivían en armonía. O que no deseaban pensar en la muerte, tan a menudo la habían visto a su alrededor, interrumpiendo las dulces horas de la infancia.

Sólo de vez en cuando comentaba Nebjeperure:

–Las tumbas de los seres amados. ¿Qué será de ellos? ¿Quién los salvará del olvido?

Pero nadie sabía contestarle. Acaso porque esas tumbas ya empezaban a ser olvidadas.

En sus paseos de inspección dejaba que los arquitectos le mostrasen los planos, y tras examinarlos, poniendo todo el interés que su corta ciencia le permitía, mandaba que le llevasen entre los obreros especializados. Pasaba largo rato escuchando sus explicaciones, estudiando sus herramientas, y a través de la construcción empezaba a comprender la magnitud del esfuerzo humano.

Y un día le llevaron al templo del Opet, que había construido su abuelo, el rey grande entre los grandes. No sólo le hablaron de su poderío, sino también del arquitecto que concibió las salas más audaces del santuario: de Imhotep, hijo de Apu, el más esclarecido entre los sabios de su tiempo. Tanto lo fue que su amigo, el faraón, le hizo divino.

–Habladme de los grandes hombres del pasado –decía Nebjeperure–. Intuyo que puedo aprender de cuanto hicieron. Si los egipcios fuimos capaces de levantar esos templos, también deberíamos ser capaces de no destruirlos nunca.

Se emocionó Ai ante tales razonamientos, pues empezaba a verle maduro.

–Lo que has amado permanecerá en pie, porque eres un niño bueno y los dioses te están cogiendo afecto.

Llegó el momento de dejar testimonio de lo que había hecho y, así, quiso arrogarse virtudes como los que le precedieron en el trono. Realizó su mayor declaración de principios explicando al pueblo y a los hombres del futuro el estado de desolación en que se hallaba sumido el país cuando él subió al trono. Para que el viento no se las llevase, sus palabras fueron inscritas en una gran estela de cuarcita destinada a presidir el santuario tebano de Amón:

> Nebjeperure Tutankamón reconstruyó por toda la eternidad todo cuanto había sido destruido.
>
> Él persiguió a los blasfemos, devolviendo la verdad a las Dos Tierras.
>
> Él hizo aborrecer la mentira para que en las Dos Tierras brillase la verdad como en los tiempos antiguos.
>
> Él subió al trono cuando los templos de los dioses y diosas habían caído en ruinas y sus altares estaban profanados.
>
> En las grandes salas crecía la hierba y parecía que sus santuarios nunca habían existido: los salones del culto se habían convertido en caminos salvajes por donde cada uno podía pasear a su antojo.
>
> Las Dos Tierras estaban hundidas en el caos: los dioses nos habían vuelto la espalda. Los soldados egipcios eran derrotados por todas partes. Si uno rezaba a un dios pidiéndole una merced, el dios no le escuchaba; si uno rezaba a una diosa, la diosa no le escuchaba. El corazón de los dioses se había endurecido porque había sido destruido todo lo que los dioses habían hecho por los hombres...

El sol continuaba apareciendo sobre Egipto aunque ya no fuese una divinidad exclusiva; sus ritmos marcaron el paso de los días y éstos decretaron el vuelo de las estaciones, y así transcurrieron los años mientras el alma del Egipto tradicional iba renaciendo con cada reconstrucción de Tutankamón.

Y regresó la Hermosa Fiesta del Valle, y él salió a presidirla, como habían hecho todos los reyes antes de la impía prohibición de Akenatón.

Entonces veía el pueblo que el niño se estaba convirtiendo en un hermoso joven.

Allí estaba el divino zagal, transformado en el hijo favorito de Amón y el amado de todas las vecinas. ¡Con cuánto entusiasmo gritaban, al verlo en lo alto de su trono, portado por veinte sacerdotes! Era un dios cuyos labios deseaban los propios dioses. Un dios que presidía la ceremonia con la autoridad que el tiempo le estaba enseñando a adquirir.

Sólo Ai tuvo un momento de lucidez para comentarle a Horemheb:

–¡Pobre muchacho! Si supiese que Akenatón se avergonzaría de él por lo que está celebrando.

Acaso lo sabía, acaso no dejaba de atormentarse en su soledad. Si era así, el tiempo le habría enseñado también a ser astuto, porque se limitaba a aplicar el conocido refrán: «Sé bello y cállate».

Y hasta las sacerdotisas de Amón susurraban entre un batir de palmas:

–¡Hermoso efebo! ¡Dichosa la reinecita que le tiene en su regazo!

Decía entonces la dama Nofret, reconvertida en Divina Adoratriz:

–Formen filas, niñas. Y guarden compostura, que el ceremonial no tolera devaneos.

Y, sin embargo, celebraban la magna cópula de Amón con su esposa Mut en el templo del Harén.

¡Cuánta magnificencia en la restauración de la fiesta favorita de los dioses! ¿Quién no lloró de gozo al ver que, después de tantos años, volvían a alumbrar sus luces sobre el Nilo?

Tutankamón y Anjesenamón vivieron por primera vez el divino acto de amor destinado a fermentar la tierra. Una multitud alborozada se apiñaba alrededor del gran templo de Amón, de donde salía su barca sagrada, acompañada de las de su esposa Mut y el gentil hijo Jonsú. La tríada debía recorrer toda la ciudad, hasta llegar al otro extremo, donde se hallaba el templo del Harén.

Avanzaban los sacerdotes de cráneo rasurado, portadores de la preciosa carga. También la vida se renovaba en el tráfico del río: cientos de barcas particulares se sumaban a la tríada divina, desplegando sus velas como alas de ibis que iban en busca de alas de paloma. Y era tan bella la fiesta que Tutankamón tuvo particular empeño en que quedase inscrita para siempre en la columnata procesional construida por el divino Imhotep, hijo de Apu. Y así se pronunció:

–Es mi deseo que las generaciones que están por nacer sepan lo que vi en esas jornadas. En las columnas que acabamos de recorrer, quiero que se represente a los sacerdotes portadores de la barca. Y que sepan todos que el propio hijo de Amón, vuestro rey, se sintió conmovido.

Ai no pudo resistir la tentación de intervenir, por lo bajo:

–Y conviene que aparezcas tú mismo sacrificando al dios. Será de un efecto extraordinario.

Y aunque se hizo como Ai decía, Nebjeperure no seguía sus palabras, tan maravillado estaba ante los esplendores que había contribuido a restaurar con su buen criterio.

Desfilaban los soldados blandiendo sus estandartes, animados por el fragor de tambores y trompetas, sonidos bélicos que contrastaban con el armonioso fluir de los cantos litúrgicos entonados por las sacerdotisas. Junto a ellas danzaban bailarinas de pelo rizado, con todo el cuerpo doblado hacia atrás, como si fuese a quebrárseles la cintura. A continuación llegaban los músicos que preceden a las estatuas, suave su melodía, el rumor de los laúdes, el tintineo de los sistros, los delicados murmullos de pífanos y caramillos...

¡Qué desafío para el oído de un músico!

Precisamente un músico estaba escuchando, sumido en el éxtasis. Un músico pequeño pero matón. Él nada veía, pero oyó más que nadie. Oyó que el cielo acababa de bajar a la tierra para instalarse en ella.

En una de las tribunas reservadas a los ricos se hallaba la dama Kipa junto a sus dos hijas, su yerno Totmés y el ciego Ipi, que ya no era un niño. Y aunque nada podía ver, era plenamente sensible a la extrema exaltación de los sentidos.

Y así decía a sus hermanas:

–Contadme todo lo que ven vuestros ojos porque mi vacío quiere llenarse de cosas bellas.

Como sea que todos se habían educado bajo Akenatón, y sólo conocían sus prohibiciones, era la primera vez que asistían a la Hermosa Fiesta del Valle. De ahí que exclamase Merit:

–Nunca vi nada parecido, hermano mío. Es como si empezase el mundo.

–¡Lo que estoy viendo! –gritaba Seshat–. Hay un palanquín de oro recubierto con frondas de esmeraldas y en lo más alto está el faraón en toda su gloria. Y aunque es cierto que tiene tu edad y tu tamaño, resplandece con una aura dorada y todo en él es magnificencia.

–¡Es Tut-ank-atón en persona! –exclamó Ipi, embelesado.

Totmés se apresuró a corregirle:

–No vuelvas a pronunciar ese nombre, pues se ha declarado hijo formal de Amón, servidor suyo y reparador de los ultrajes que su clero sufrió bajo el hereje. Llámale Tut-ank-amón y quedarás como un rey.

–Es decir: como él. Menos no quiero ser ni seré nunca. Y si lo fuese, significaría que los dioses han hecho mal reparto en este mundo.

–¡Qué ciego tan impertinente! –rió Seshat–. Bien dijeron los sabios del pasado que todo cuanto los dioses os negaron a los ojos os lo pusieron en la punta de la lengua.

–Luego es cierto que ya hicieron mal reparto sin necesidad de esperar a Tutankamón. Pues dieron a otra persona los ojos que a mí me correspondían. Y esto es de canallas, no de dioses.

Habían transcurrido cinco cosechas desde que Ipi recibió el arpa que alcanzaba su estatura, y no necesitaba sentirse rey ni dios para amarla como a sí mismo. Seguía sin tener un amigo, pero tenía, cuando menos, un refugio, pues dormía aferrado al arpa pese a los celos de Cabriolo, que así veía usurpados sus privilegios. Pero un gato que habla idiomas jamás se dejará derrotar por un instrumento, por excelsos que sean los materiales de que esté construido. Así, Cabriolo optó por ser más humano que el arpa, y en adelante durmió pegado a la mejilla de su dueño, para que nada ni nadie le robase su cariño.

Nadie podría haberle robado nada, pues mandaba en la casa con la astucia que sólo conocen los mininos, pero el arpa continuaba dictando órdenes, y eran tan drásticas que Ipi ya no conocía otra forma de vida. Y en las largas, infinitas horas de la ceguera, el interminable diálogo con su instrumento vino a unirse al coloquio con los elementos que venía manteniendo desde su nacimiento: la brisa, el chapoteo del agua, el parloteo de los pájaros más indiscretos y la dialéctica de las mariposas.

Cundió la perplejidad entre los maestros de la Casa de la Vida, que asistían al prodigio de comprobar que alguien podía alcanzar la ciencia sin su concurso; y los discípulos sintiéronse engañados por los dioses, que parecían actuar a espaldas suyas dando al ciego de balde lo que a ellos les costaba tanto esfuerzo conseguir.

–Se nos obliga a quemar la juventud estudiando cinco años el sacerdocio de Amón antes de poder ejercer como músicos, y ahora sale un crío que da vida a las notas, sin conocerlas, y establece melodías sin saber cómo medirlas.

Pero el pueblo, más sabio que todos los estudiantes, recordaba los casos de músicos ciegos que habían ejecutado notas seductoras y además les habían puesto palabras conmovedoras. Los que en un día ya lejano habían servido a Totmés para despertar el respeto en el alma del cieguito de Tebas, que así le llamaban ya, pues era tal su arte que diríase que no había en la ciudad más ciego que él.

Su fama se completó a partir de un banquete que ofreció el hacendado Pifer con motivo de las jornadas del Opet. Pues, tras dejar al pueblo enloquecido en sus fiestas callejeras, los ricos gustaban de encerrarse en sus lujosos jardines rodeados de sus íntimos. Y aunque aquella noche se celebraban otras fiestas en el barrio de los palacios, la de Pifer fue la más renombrada gracias a que Ipi estuvo en ella.

Como su madre y hermanas eran íntimas de las mujeres de la casa y Totmés tomaba a menudo cerveza con los hombres, estaban invitados sin necesidad de invitación formal. Pero en aquella ocasión el propio Pifer se dirigió a ellos, rogándoles que llevasen al hermano ciego. Y es que había oído hablar tanto de sus prodigios que deseaba escucharle, en compañía de sus invitados.

Hubo gran regocijo en la calle de Las Acacias y hasta lloraron, conmovidas, las vecinas, pero Ipi se sintió dominado por un terror infinito, que sólo remitió cuando la Dama de la Casa le dijo que había nacido para alegrar a sus semejantes y esto le hacía excepcional. Y en el corazón del ciego entró de pronto la vanidad, pero aquella primera carga fue inofensiva, pues sólo era un deseo de que los demás le amasen gracias al don que le habían dado los dioses. De modo que aceptó tocar en la fiesta de Pifer, y sólo pidió que le dejasen llevar su propia arpa, creando así un conflicto pues ya se ha dicho que era un trasto de envergadura. De ello se encargó el criado más forzudo de la vecina Nofret.

La nodriza derramó tantas lágrimas que estuvo a punto de convertir la dicha en luto.

–¡Ese niño! ¡Si todavía ayer no levantaba un palmo del suelo! ¡Ay, perra de mí! Yo le di mi leche y mis cuidados; yo velé su sueño a costa del mío, pues noche de nodriza es siempre desvelada. Y tanta leche le di y tanto amor, que ahí le veis, convertido en genio cuando sólo es un renacuajo.

–Cuidado, vieja –le espetó la Dama de la Casa–. Mi niño podrá ser ciego, pero renacuajo en absoluto.

–Es cierto –dijo Merit, riendo–, cada día está más redondito.

Mientras la Dama de la Casa le ungía con bálsamos refrescantes, Seshat fue a buscarle una peluca como las de los funcionarios, pese a que a los arpistas, como a los sacerdotes, se les prefiere rapados, por ser ello un signo de pureza. Pero él no era un profesional; sólo era un niño que se disponía a entretener a los demás con sus gracias; aunque era a la vez un niño tramposo porque sabía que cada una de esas gracias contenía maravillas.

La Dama de la Casa hizo las recomendaciones pertinentes sobre las cosas que no quedan bien en un festín, pero Totmés se rió de ella porque había estado en fiestas mucho más importantes y conocía el comportamiento cortesano mejor que cualquier matrona de las que suelen preocuparse por tales quisicosas. Pero ella insistió en un aspecto particular:

–Conozco la generosidad de la dama Lunet con sus invitados, y también conozco la glotonería de mi hijo. Y en esto os pido que no dejéis de controlarle en ningún momento. Cuanto menos se acerque a la mesa de los manjares, mejor para su salud.

–Esto no debe preocuparte –dijo Ipi–. Antes de que mis manos lleguen a localizar un manjar, se lo habrán comido todos los invitados que tienen el don de la vista.

Y notaron amargura en sus palabras, porque era cierto que nunca podría acercarse ni a una vulgar sandía sin la ayuda de los demás.

Alquilaron dos sillas de mano, y uno de los porteadores dijo que los dioses habían venido a visitarle porque le permitían llevar al ciego de Tebas. Y la Dama de la Casa sintió orgullo de madre y obsequió al porteador con una oca. Luego quedó apoyada en el quicio de la puerta, contemplando, con mirada nostálgica, cómo sus hijos se alejaban en busca de una noche feliz.

–¿Por qué no te animas y los acompañas? –preguntó la nodriza.

–No tengo ganas de fiesta –dijo la Dama–. Y, lo que es peor: ya no tengo edad.

Sintió la mirada inquisidora que caracteriza a las nodrizas oficiales. Ellas lo saben todo, lo intuyen todo, conocen cualquier respuesta antes de que la pregunta sea formulada.

–No me atosigues con tus cuitas –se apresuró a decir la Dama–. Además, tengo trabajo. Quiero poner en remojo las lentejas para mañana, o no habrá quien se las coma.

–No trates de engañarme: esto lo han hecho siempre las sirvientas.

–Pues quiero poner anís en el pan. Tal como le gusta a Ipi.

–¡Vaya excusa! ¿No lleva años haciéndolo la cocinera?

La Dama se sintió acorralada.

–Es cierto que todo lo hacéis vosotras, pero hay algo de lo que no me puedo fiar: la preparación de las compotas. Eso es lo que haré. Y vais a ayudarme mientras charlamos de nuestras cosas.

Protegidas por el calor del fuego, necesario cuando la noche cae sobre Tebas, empezaron a ordenar las frutas que debían macerarse. Pero al cabo de poco rato, todas comprendieron que el pensamiento de la Dama de la Casa se hallaba en otra parte, y acaso en otro tiempo. Lo confirmó ella misma cuando apartó el tarro que había empezado a llenar y rompió en amargo llanto.

–Tienes razón, nodriza. Todo lo ves, mala hembra, serpiente deslenguada. ¿Qué hago aquí, en vez de estar disfrutando con mis hijos...? En otro tiempo no muy lejano los habría acompañado, pero ahora me da pereza pintarme y si debo levantar los brazos para ponerme una túnica demasiado recargada siento fatiga. –Permaneció callada unos instantes–. ¡Ay, muchachas! Estoy triste y creo que tengo derecho a estarlo. ¡Yo, que siempre fui la más animosa! ¡Yo, que he sido roca contra el viento!

Todas callaron porque el derrumbe de una persona fuerte es como una pirámide que se desmorona pese a sus garantías de eternidad.

–Estoy sintiendo en mi cuerpo los achaques que antes veía en mis mayores. Yo pensaba que siempre serían de los demás y nunca míos. Pero hete aquí que los brazos me flaquean cuando levanto un canasto vacío y las rodillas me tiemblan cuando me agacho para recoger los juguetes de mi hijo. Si observo cómo fluye el Nilo, pienso que ése es mi fluir, inevitable y mortal. Es un río maravilloso, el nuestro, pero tiene un inconveniente: jamás vuelve atrás. Sus aguas no devuelven nada de lo que se llevan... Dime, nodriza, ¿sentiste todo esto al notar que se acercaba la vejez?

–¡Ay, Dama mía! Yo nací vieja, como todas las mujeres destinadas a cuidar a los hijos de los demás porque no podemos tenerlos. –Y adoptó un tono más amable para dulcificar la tristeza de su dueña–. Pero acabemos ya con esta historia, o te tomaré por una niña cargada de caprichos. Estás fingiendo, sin duda por coquetería, y al fingir me engañas. Y si no finges, peor, porque sufres de verdad y, así, me mortificas. Piensa en tu hijo. Insisto en que deberías haberle acompañado.

–Los jóvenes con los jóvenes. Además, yo no puedo darle lo que le da con creces su padrino. Estoy segura de que en estos momentos le está cuidando.

Y así fue. Allá en Dandara, Ipi Celeste abrió uno de sus ojillos –el más esclarecido– y lo dirigió hacia los jardines del rico Pifer, donde los músicos estaban acogiendo la llegada de los invitados. Y comentó a su madre Hator:

–Suenan muchas melodías en Tebas. No debemos quedárnoslas todas. Advierte a los dioses que comparten con nosotros el sacro patrocinio de la música. Que lo disfruten también ellos. No fueran a salirnos quisquillosos y nos dijeran: «Sólo nos avisáis cuando os conviene».

–Los avisaré a todos. Quiero que aplaudan el arte de tu ahijado. Que su arpa reine en la noche. Y que sepa el mundo que un diosecillo le acompaña.

Ipi Celeste agitó el sistro y al punto empezó a caer sobre el cieguito su reputada lluvia de estrellas. En realidad, éstas vinieron a sumarse a las que ya brillaban en Tebas; y no sólo en el cielo, donde son naturales, sino en los ojos de las damas que poblaban los jardines de Pifer.

Tan suntuosas eran todas ellas, que Totmés no pudo reprimir un comentario:

–Si pudieras ver entenderías por qué las diosas han querido representarse como las egipcias y no como otras mujeres de la tierra.

Era ciertamente una concurrencia casi divina, si bien con participación humana en grado extremo, pues todas habían dedicado largas horas a las artes de la belleza. Y la que pudiera faltarles en los rostros –que no ocurría– destacaba en los atuendos. Era un constante frufrú de túnicas provistas de los pliegues más complicados; pelucas delicadamente trenzadas sobre las que reposaban conos de cera que, al derretirse con el calor, perfumaban a quien las llevaba, evitando a los demás aromas desagradables. Merit elogiaba la complejidad de las nuevas modas, que iba observando a cada paso. Y en su búsqueda habitual de varones apuestos notó que también ellos lucían faldones más recargados que antes; faldones tobilleros, llenos de pliegues y, en la parte delantera, enervados.

Parecía un instante de placer destinado a la eternidad. Corría libremente el vino y la cerveza, y siempre había sirvientes con la jofaina a punto por si a alguien se le ocurría vomitar (aunque los más precavidos habían tomado simiente de loto machacado, excelente cojín para que el vino no caiga en vacío). En cuanto a la comida, excedía las previsiones de la Dama de la Casa. Seguramente el anfitrión conocía el viejo proverbio que dice: «Serpiente que come no tiene veneno». Si era así, con aquel banquete dejaba inofensivas a todas las cobras, víboras y culebras de Egipto. Había allí todas las carnes que pueden obtenerse en una buena cacería y los peces más exquisitos obtenidos en una pesca afortunada y pasteles tan ricos como los que pudieran salir de las cocinas del faraón y frutas de una cosecha directamente inspirada por el genio del Nilo.

Los invitados se abanicaban constantemente, y el movimiento de los brazos producía un tintineo de pulseras que diríase la orquesta de los afortunados, si bien otra estrictamente musical alegraba la velada desde un estrado. Estaba formada por doncellas de excelentes familias que habían aprendido a tañer la lira, el sistro y los crótalos con vistas a ser admitidas en la cofradía de algún templo.

Frente a ellas había dos jóvenes nubios que ejercían las funciones de quironomista, marcándoles con los dedos el ritmo que debían seguir. Pero hicieron el ridículo cuando intentaron dirigir a Ipi, porque él no podía verlos y además llevaba su música en el corazón, y así cualquier dictado habría sido vano.

Y tuvo tanto éxito que le pidieron repetir dos veces. Pero lo más importante, según contó después Seshat, era la emoción que despertaba en el auditorio. Totmés le confirmó que había recibido trato de privilegio, porque le permitieron tocar solo y con todos los invitados pendientes de su arte. Y en esto se distingue a un gran músico de los de alquiler, que a veces se ven obligados a soportar la humillación de tocar mientras los invitados siguen con sus animadas conversaciones.

En el silencio que acogió la música de Ipi se notó el alcance de su triunfo, pero también el poder de su magia. Pues eso parecía que tuviera, y todos se acercaron para premiársela con elogios y hasta caricias, pero los más advertidos sabían que mejor le contentaban con alguna golosina de las que él no podía alcanzar, a menos que atravesase todo el jardín abriéndose camino con las manos.

Todavía se admiraron más sus hermanas cuando vieron que se le acercaba el mercader Tamín, uno de los hombres más ricos de Tebas porque, entre todos, era el único a quien el Estado había concedido licencia para explotar las rutas de Asia donde se consigue la preciosa piedra azul, y las del mar Rojo, por donde llega el incienso que gusta a los dioses.

Este hombre poseía más bienes de los que se necesitan para comprar golosinas a todos los niños de Tebas, pero distaba mucho de ser feliz, porque un día se le apareció el Tiempo, como a la Dama de la Casa, y le comunicó su condena irrefutable. Y cuantos más bienes acumulaba, más arrugas le salían en el rostro, y cuanto más se arrugaba éste, más heridas se abrían en el fondo del alma.

Se encargó de servir personalmente un plato de golosinas al cieguito, y luego se arrodilló a su lado y, tras expresar la emoción que su música le inspiraba, dijo con voz gentil y a la vez triste:

–Quiero que me compongas un lamento sobre el tiempo que se fue. Y que ese lamento ponga melancolía en las horas de la juventud. O en el recuerdo que me dejaron, que es tan amargo como un vino mal dispuesto.

Aunque Ipi agradecía sus caricias se negó a ser cómplice de su tristeza. Así que dijo:

–¿Cómo podría, si no he visto la juventud?

–Es lo que tú tienes en las manos.

–Triste asunto es tener lo que nunca podré ver.

–Pero sabrás del trigo en primavera.

–Me han contado que equivale al esplendor de la existencia.

–Piensa entonces en las espigas truncadas y sabrás lo que es la juventud perdida.

–Sólo sé que la espiga joven y la espiga vieja suenan igual cuando el viento les dicta sus antojos. Pero es su voz la que conozco; las espigas, no.

–Toca tu piel y después la mía, y sabrás lo que es la juventud cuando agoniza...

Acarició la piel del comerciante como éste le había pedido, y no pudo evitar un estremecimiento. Era el tacto rugoso y áspero que ya había advertido al acariciar a algunas personas de su entorno. Cuando comparaba la hermosa piel de sus hermanas con la de la nodriza y, en grado menor, con la de la Dama de la Casa experimentaba la misma sensación: el tiempo había establecido una diferencia atroz por la cual algunas pieles estaban colmadas de vida y otras dispuestas ya para la muerte.

Y al pensar en esas cosas, la sonrisa se le volvía mueca acartonada.

–Sin duda debo considerarme dichoso, porque al no ver la belleza, no me hará sufrir su ocaso.

–Dichoso eres, en efecto, pero no porque desconozcas la belleza sino porque sabes crearla, en tu ignorancia.

Pronto dieron en llamarle hacedor de belleza, pero también creador de llantos porque es cierto que al oír su salmodia lloraban todos los invitados y hasta una babilónica borracha se levantó en plena ejecución y exclamó en un aullido patético:

–Maldito sea el músico que arranca hiel a mis recuerdos, el que me hace recordar cómo fui y nunca volveré a ser. Me haces revivir mis horas jóvenes y alargo la mano para atraparlas pero sólo encuentro la música maldita, nunca mis horas.

Lloraban también otros invitados. Pero con un llanto tan extraño que las lágrimas sabían un poco a miel y otro poco a vinagre.

Esta mezcla no gustaba a todos por igual; algunos opinaron que nadie que esté en sus cabales se pone la peluca de las grandes festividades ni se toca con su mejor peineta perfumada para acabar convertido en plañidera. Así, el arpista ganó fama de cenizo y al punto tuvo que intervenir la Dama de la Casa en sus aspectos más previsores.

–Cieguito mío, ¿tienes penas que no te atreves a confesar? ¿Dolores del alma? ¿Almorranas fatales por estar siempre sentado?

–Por el contrario, madre y señora: mi corazón está alegre y mi olfato descubre a cada paso los aromas del mes de la cosecha.

–Pues, hijo mío, ponle vida a tu música, o he de verte tocando siempre en los funerales. Aunque sea rentable, pues la muerte es una costumbre que nunca pasará de moda, también es cierto que en los festines se agradece más el alegre coplerío que los salmos beatos.

–Entonces, señora, intentaré poner sonidos a los efluvios del jazmín que nos invade...

Lo dijo varias veces y se lo transmitió a Seshat, quien acogió su decisión con algunas risas.

–Eres insensato, hermano mío, porque nadie ha conseguido ponerle música a las flores. Ellas tienen aroma, no melodía.

Pero no bien Ipi cogía su arpa empezaba a brotar perfume de las cuerdas y aunque Seshat intentaba imitarle recitando alguna poesía del pasado no conseguía superarle, de manera que rompía en llanto, inspirado no sólo por la ternura sino por la admiración y el respeto.

–Es cierto y bien cierto que tu santo patrón, el hijo de Hator, te inspira en las noches jazmineras.

Y decían entonces las vecinas:

–Dejad vuestros trabajos y atended, pues el cieguito está tocando la canción de Tebas, y a todos nos atañe.

Porque era en efecto así cada noche de primavera; de los jardines de los ricos surgían los aromas de mil flores, mezclados con el canto de los pájaros y esa amena salmodia que unía los frutos de la tierra con los del cielo volaba de jardín en jardín, de barrio en barrio, hasta llegar a la avenida de las esfinges, de modo que la ciudad entera era una orquesta.

Y así fue cómo la música de Ipi saltó sobre el Nilo, se desparramó en la orilla de los templos funerarios y avanzó hacia la Casa Dorada. Y allí, en sus jardines perfumados, dijo Nebjeperure Tutankamón:

–Llega desde Tebas algo que seduce. ¿Qué podrá ser?

También Ai lo había notado, pero se abstuvo de demostrarlo para que los sirvientes no le acusasen de sensible.

–Será una diosa trasnochadora que se escapó de tus templos para mezclarse con los humanos.

Pero Nebjeperure insistió:

–Llega desde Tebas algo que conmueve mis sentidos. ¿Qué será, que nunca fue antes de ahora?

Dijo Horemheb:

–Será el viento que, al pasar por Asuán, bebió demasiado en sus bodegas y anda vacilando.

Pero el faraón se mostró incrédulo y buscó la verdad acariciando el regazo de su reina.

–Me están engañando, porque yo conozco muy bien esa emoción que invade mis estancias. ¿Recuerdas, hermana mía, cuando la sentíamos en la Ciudad del Sol?

–Es la música, hermano mío. La música que alegraba el templo, la que nos despertaba con el alba y nos inundaba con los salmos al único dios. Y puesto que ahora vuelve a haber muchos dioses en Egipto, debemos creer que llega desde Tebas el coro de la creación universal.

–Y ya que me ha conmovido como no suele hacerlo el contubernio de tantas deidades, quiero que me traigan a ese músico que propaga ensalmos por el mundo.

El anciano Ai, que había sido fiel a tres faraones, se inclinó ante el niño rey.

–Mañana lo tendrás a tus plantas. Te lo traeré, aunque sea encadenado.

–¡Encadenado, no! –dijo Tut entre risas–. Déjale las manos libres, pues, de lo contrario, no me serviría.

Y al quedar completamente solo se puso en actitud suplicante con los ojos fijos en la luna.

–Dioses: dondequiera que estéis me debéis mucho. Yo os he devuelto a la vida, pero a mí no me la habéis concedido. Tengo a mi hermana amada, porque así me fue impuesta; tengo a mis consejeros más queridos, porque es necesario que los tenga. Mucho me habéis dado, dioses, pero todo incierto. Y, sin embargo, sólo hay una cosa que os suplico: ¡un amigo, dioses, un compañero!

Sin saberlo, estaba pidiendo el don del arte compartido.

LAS ÓRDENES DEL FARAÓN COINCIDIERON con los designios del destino, y antes de que Ai tuviese tiempo de visitar la casa de Ipi apareció en la calle de Las Acacias un personaje que nadie había previsto. Las vecinas supieron de su existencia por el sonido de una flauta que provenía de la mansión de las tres palmeras, donde hacía tiempo que sólo habitaban los fantasmas.

Como llevaba tantos años cerrada, las más pusilánimes optaron por creer que en la casa se había instalado un genio maléfico, de los que traen desgracias al mundo por más que los exorcicen los magos de los templos. Pero al notar que la flauta proclamaba melodías alegres, pensaron que, a lo mejor, el genio sólo era travieso. Y habría motivos para el regocijo, pues cuando aparece un geniecillo divertido es que la vida ha vuelto a los lugares.

Dijeron que si no sé qué, dijeron que si no sé cuántos; y entre tantas especulaciones seguía sin darse a conocer el tañedor de la flauta. O tañedora, que bien pudiera ser una mujer. O acaso la viuda del escriba, que hubiese regresado acompañada de algún músico para alegrar sus soledades. Quienquiera que fuese, llevaba el secreto por bandera, y durante unos días sólo oyeron el sonido de la flauta, y por las noches la extraña criatura ni siquiera se dignaba salir a la terraza, como hacían los vecinos de respeto, y aun los que no lo eran.

Sucedió por fin lo que estaba decretado por la lógica: cuando suena una flauta es que alguien la está tocando. Y así vieron salir de la casa a una sirvienta de mediana edad, y viendo que le colgaban del cuello los amuletos de Amón respiraron todos aliviados, pues entendían que era una vecina conveniente. Pero hete aquí que, mientras ella iba al mercado, la flauta seguía sonando y antes de decidir que era una bruja creyeron más razonable suponer que vivía acompañada.

Supieron que era sirvienta, aunque no de Tebas. Las pocas vecinas que consiguieron hablar con ella decían que tenía el acento lánguido de las gentes del norte. Creyeron que era menfita, y una vez sabido que era sirvienta se apresuraron todos a averiguar a quién servía. Sin duda, al genio de la flauta, quienquiera que fuese. Que seguía sin saberse.

La mujer, que se llamaba Kalofrete, se revelaba muy discreta, para fastidio de las vecinas, que siempre ven en la discreción un freno a cualquier cotilleo valioso. Vieron que iba y venía de la casa de la dama Kipa, no se sabe si para pedirles sal a las sirvientas o para intercambiar recetas que sólo conocía la nodriza Rapet. Y todavía sin saberse ni palabra del extraño personaje de la flauta.

Hasta que llegó el día que tenía que llegar. Sentenciado, marcado, decidido por los dioses de la música. Y es que el ciego Ipi, al oír a lo lejos el sonido de la flauta, contestó como sabía: arrancando a su arpa la más hermosa melodía que hasta entonces hubiera ejecutado.

Cesó de improviso la flauta, acaso avergonzada de no alcanzar la calidad del arpa sublime. Y se oyeron gritos de muchacho, y no decididamente sensatos, en opinión de quienes le oyeron. Y esa carta de presentación a los vecinos fue seguida de otros gritos, ahora de la sirvienta Kalofrete, que además lloraba desesperadamente mientras decía que su joven señor había perdido el juicio.

–¿De qué señor hablas? –preguntaron tres vecinas al unísono.

–Del mío, a quien quiero como a un hijo. De mi niño Jonet, que se le ha ido el poco cerebro que tenía y anda por la casa bailando como un poseso y gritando incongruencias. Por eso tengo miedo de que le haya mordido un mono loco.

Disponíanse a responder las vecinas, cuando apareció el aludido Jonet, completamente desnudo y bailando con un ritmo tan exagerado que parecía una peonza. Pero otros dijeron que más bien parecía una plañidera de alquiler, porque al bailar lloraba y mientras lloraba iba gritando:

–¡Es mi canción! ¡La he buscado por medio mundo y resulta que está en la calle donde nací! ¿Quién la tiene? ¿Quién me la está guardando?

No hubo lugar para respuestas, porque todos los lugares acababa de invadirlos la sorpresa. Y es que aquel joven exaltado, que amenazaba con arrollarlo todo a su paso, era la viva imagen del ciego Ipi. Y tanto se le parecía que una vecina más exaltada que las otras se arrojó al suelo y empezó a gritar:

–Los dioses sean loados. El cieguito ha recobrado la vista. El cieguito corre, salta, brinca. Es un milagro de los que no se explican.

–¿Qué dice esta borracha? –exclamó la sirvienta Kalofrete–. Mi señor siempre vio. Pues ¿qué te habías creído? De hecho, vio más de la cuenta. Porque vio el clítoris de la Diosa Azul y el falo del Dios Amoratado. Para que te enteres.

Entre el ver y el no ver alucinaban las vecindonas, y mientras Jonet seguía preguntando a gritos por su canción, la dama Nofret le prestó un chal para que se tapase las desnudeces, pues ya estaba en esa edad en que un zagal no debe mostrar sus colgajos, sobre todo si miden más de la cuenta.

Así, entre unas cosas y otras, supieron que el locuelo de la flauta era el hijo del escriba Najt. Y aunque su regreso les pareció lógico a todas, no ocurría lo mismo con su físico: era demasiado parecido al hijo de la dama Kipa, y esto no lo explicaba siquiera el hecho de haber nacido en la misma calle de una misma ciudad llamada Tebas.

Volvieron los rumores que habían sonado años atrás, pero esta vez acentuados por la sensación de que el flautista era apetecible a ojos de hembra.

Por esto decía una parte de las vecinas:

–¿Se vio jamás un mancebo más gracioso?

Y respondía el bando opuesto:

–Sólo el cieguito. Él es tan gracioso como el hijo del escriba.

–Porque son muy parecidos.

–El cieguito tiene los rasgos del hijo del escriba, pero con los carrillos más hinchados, porque es un tragoncete.

–La espalda del hijo del escriba es ancha y poderosa como la de aquel faraón que fue, también, atleta.

–No así el cieguito. Los músicos no crían espalda, sino barriga, porque están todo el día sentados.

Y tanto se habló y tanto dijeron, que al día siguiente compareció Jonet ante la dama Kipa y proclamó:

–Gran señora: todo el mundo dice que soy igual que tu hijo. Esto despierta mi curiosidad. Espero que lo que tengas a bien contarme no acabe despertando mi inquietud.

Inquieta estaba ya la Dama de la Casa, de manera que se apresuró a preguntar:

–¿Ha venido tu madre contigo? Si es así, ¿vendrá a visitarme?

–Mi madre murió, Dama de la Casa. Sabrás sin duda que en el Delta tuvimos una epidemia muy rastrera.

–Llegó a Tebas amortiguada; pero epidemia fue, de todos modos. Se llevó por delante a cuatro o cinco viejas.

–En el Delta, no quedó una sola vieja. En cuanto a los niños, se les veía por la calle, vomitando sangre y con las tripas fuera. Una asquerosidad.

–El hecho de que tú te salvases confirma que los dioses son bondadosos.

–Cuando quieren y con quien quieren, señora. Yo puedo darles las gracias, pero los miles de seres que la palmaron se estarán cagando en los dioses desde la ultratumba. Además, si me salvé fue porque mi madre se apresuró a enviarme con unos parientes de la isla de Creta. Podría agradecer la protección de la diosa de las serpientes, pero cuando más feliz me encontraba, la cerda de ella mandó un perverso terremoto y tuve que huir a Biblos, cuyos dioses tampoco son de fiar, pues mandan lluvias que inundan las ciudades... O sea, que a cada paso me he encontrado un dios que me ha hecho la puñeta.

–¡Basta ya! –exclamó la Dama, riendo a pesar suyo–. A este paso acabarás enemistado con todos los dioses del mundo...

–Con todos no, pero con varios sí, pues he viajado mucho pese a que, por mi edad, todavía no debería haber salido de la escuela. Mal asunto, por cierto. No pude ir, con tanto trasiego. Vamos, que no pudo ser, y al no poder ser no fue.

–¡Pobre niño!

–No, señora, de pobre nada. No sé leer ni escribir, pero gracias a mis viajes chapurreo idiomas que nadie conoce en Egipto. Ahora bien: lo de escribir en cualquiera de ellos ya es fatiga. Sé que en esto defraudaría a mi padre, que se pasó la vida escribiendo y, sobre todo, a mi pobre madre, que le admiraba por lo escribidor. Yo era muy pequeño cuando él murió... ¿de qué mal fue, que no me acuerdo?

La Dama se vio obligada a improvisar, no sin reprocharse a sí misma que ni siquiera se hubiera molestado en saber de qué murió el que fue su amante.

–Murió de hongos en la próstata... –dijo, con cautela.

–¡Qué muerte tan poco heroica! –exclamó Jonet con desengaño–. Claro que un escriba no va a morir en combate contra los hititas. A vida mediocre, muerte mediocre.

–En fin, ya que tu madre también ha muerto pronunciaré su nombre tantas veces que tendrá la inmortalidad asegurada hasta que los hombres alcancen los cuernos de la luna. Pero, dime, ¿qué te trae por Tebas?

–¿Y lo preguntas? Esta casa, cerrada durante tantos años, es la casa que me corresponde por herencia. También esta ciudad me pertenece. Dicen que es fantástica y llena de placeres. Cuando tantos he conocido en tierras extrañas, quiero que los de aquí sean los míos.

–Tu madre te recomendaría que te dirigieras a mí...

–En efecto. Me dijo que tú me contarías lo que juzgases conveniente contarme. –Advirtió que la Dama de la Casa le estaba mirando fijamente–. ¿Por qué me miras como si fuese un bicho raro?

–Se me ocurren ideas descabelladas. Conocí a tu padre, y no se parecía a ti en absoluto. Y esto es absurdo porque te pareces a mi hijo. Pienso, en fin, que son muy extrañas las jugadas del destino...

–No tan extrañas, señora. –Tomó aliento antes de proseguir. Al fin, se atrevió–: Bastaba con que tú y mi padre juntaseis vuestros cuerpos.

La Dama de la Casa tembló, aunque no sin alivio. Al fin y al cabo, los dioses le ahorraban una confesión desagradable. Pero no pudo abstenerse de preguntar:

–Si no te lo contó tu madre, ¿cómo te has enterado?

–Por las vecinas, señora. Las que dicen menos dicen esto: «¡La que se va a armar ahora que ha vuelto el hijo legítimo!». Las que dicen más... bueno, puedes imaginar lo que pergeñan.

Disponíase a desahogarse cuando, de pronto, sonó a lo lejos el arpa de Ipi. Y su sonido cabalgaba con tal gracia sobre la brisa que ya no se sabía qué era la brisa y qué el sonido.

–¡Otra vez esa música! –exclamó Jonet, visiblemente alterado–. Nunca oí nada tan dulce. Me está arrastrando irremisiblemente. Sentí algo parecido la primera vez que la escuché. Me hallaba en el jardín, calculando las estrategias que debo adoptar en esta ciudad, y de repente ese sonido maravilloso despertó los sonidos que llevo dentro desde que nací. Por ellos he bailado frente al toro, en Creta; que tiene mucho mérito, señora, porque en la corte de Minos no dejan bailar al primero que llega...

–Y me han dicho que, además, tocas la flauta...

Jonet abrió un zurrón que llevaba colgado del hombro y mostró la flauta, con tanto orgullo que resultaba conmovedor, más que locuelo.

–He sido adiestrado por los mejores maestros, pero nadie ha oído hablar de ellos. Por ejemplo, ¿sabes tú quién es Tahúr? ¡Te atrapé! Es un pastor de las cavernas cretenses, donde nacieron los mitos. Pues él me adiestró. ¿A que tampoco has oído hablar del porquerizo Suen? Tambien él me enseñó, pero en los campos de Biblos, donde las mariposas fornican con las ardillas porque les da la gana. –De pronto interrumpió su perorata–. ¡Esa música sigue y sigue! Permíteme, señora, que le secunde, pues va más allá de mi voluntad y mi juicio.

Se puso a tocar la flauta, siguiendo el ritmo que marcaba el arpa en la lejanía, y así fue saliendo de la estancia, sin darse cuenta.

«¡Qué caprichos tiene Ipi Celeste! –pensó la Dama de la Casa–. Dos hijos de un mismo escriba, y le salen músicos en vez de escribanos.»

Fue entonces cuando llegó la sirvienta Nerej con el rostro desencajado. Y no era para menos, pues acababa de llegar un heraldo anunciando la visita del Gran Padre Ai. Y era como decir que llegaba el faraón.

Pero la Dama de la Casa había tenido suficiente locura para un solo día, así que dijo:

–Te tengo dicho que, si no puedes aguantar el vino, tomes zumo de dátiles. No te hará el mismo efecto, pero tampoco pondrá tonterías en tu lengua.

Pero Nerej insistió varias veces y hasta amenazó con cortarse las venas si la Dama no la creía. Porque era como decir que había perdido su confianza.

–Prefiero creerte antes de que me dejes las esteras echas un baño de sangre. Y ahora dime, ¿cuándo va a venir esa eminencia?

–Ahora mismo. El heraldo me ha dicho que la comitiva ya está entrando en la calle de al lado.

La Dama se puso muy nerviosa y llamó a sus vecinas preferidas para que la ayudasen a acicalarse. Nunca la habían visto en trance parecido, pero todas hallaron justificación. ¿Cuántas familias de Tebas habían sido honradas con una visita tan importante? Cinco a lo sumo. Y ella venía a ampliar el número sin haber intrigado en la corte.

–Y a todo esto, ¿qué querrá el brazo derecho de Tutankamón en una casa honesta?

–¿Pagaste todos los tributos? –preguntó la dama Nofret en voz baja.

No hubo respuesta. ¿Cuándo la tiene, una dama de alcurnia, si median impuestos?

Mientras este intercambio de alarma y confidencia se producía en el vestíbulo, Jonet continuaba tocando por las habitaciones posteriores, siguiendo el sonido que identificaba con su canción. Hasta que salió al jardín. Al otro lado del estanque, bajo una pérgola adornada por la viña que protegía del calor y daba nombre a la casa, se hallaba Ipi tocando el arpa. Y aunque no hubiese sido ciego estaba tan ensimismado que habría producido el mismo efecto.

Llegó Jonet a su lado y, después de admirarle, dijo:

–Te saludo, cieguito. Te saludo y me presento. Soy Jonet, hijo de Najt, el escriba. Y he regresado a la ciudad de mis mayores.

–Te saludo, Jonet, el de la flauta. Yo soy el arpista Ipi, hijo de la Dama de la Casa y de tu padre, el escriba Najt.

Ninguno de los dos se inmutó porque el otro conociese una situación que les excedía. Una situación a la que sólo cabía sumar ventajas.

–Todo el mundo afirma que somos iguales –dijo Jonet–. He venido a comprobarlo y, ¡caray!, veo que eres como un espejo que me ensalza.

–Yo eso no puedo notarlo –dijo Ipi, con la voz asustada ante la voz rotunda de su igual–. Sabrás que soy ciego.

–Francamente, se te nota mucho. –Se interrumpió, nervioso–. Perdona, no quería ser grosero. Lo que ocurre es que nunca había visto a nadie tan cegato como tú... ¡Otra vez! La verdad es que soy muy patoso con los ciegos, los mudos, los sordos y otros despojos humanos... ¡No, no quería decir eso! Tú no eres un despojo; todo lo contrario: eres un ser excepcional, porque me reflejas. ¿He conseguido explicarme?

–No, pero me haces reír, que ya es bastante. Y no hay

causa, porque en las tinieblas donde vivo no puedo comprobar siquiera el parecido del que me hablas.

–Puedes comparar mis facciones y las tuyas con sólo acariciarlas...

Ipi le obedeció. Eran, en efecto, sus mismas facciones, pero las de Jonet quemaban.

–Por ser ciego, todo lo que toco es nuevo para mí. Pero me he pasado la vida acariciando cosas sólo para acabar teniendo un pálido reflejo de lo que veis los demás...

–Te quedan los labios. Acaricia los míos lentamente. Así, así... Ahora los tuyos... ¿qué notas?

–Son carnosos los dos.

–Y ambos muy rojos. Rojo encendido.

–Podría adivinar que son dulces como el sabor de la miel, porque a los sabores llego, pero ese color de que me hablas no sé en qué consiste...

Ipi sintió en sus labios el primer beso de amistad, que no es amor ni parentesco y en cambio los combina a ambos. Y entonces arrancó a su arpa notas tan conmovedoras que Jonet se puso a llorar como los invitados de los festines. Preso de emoción, habló como un susurro:

–No sé si es el resultado de tu música, o el hecho de saber que eres mi hermano, pero me invade una sensación de ternura de lo más extraña. Y al mirarme en tus ojos vacíos quisiera llenarlos con imágenes que nadie ha tenido antes.

No hubo necesidad de palabras, porque la música los arrastraba y el sentimiento de hermandad los invadía. Y así pasaron largo rato, embebidos en la sorpresa de encontrar un semejante, y siguieron improvisando con sus instrumentos.

Mientras la música perpetraba su dulce celestinaje, la Dama de la Casa continuaba acicalándose para recibir a los enviados del faraón. Dos vecinas se habían desplazado a la mitad de la calle, a guisa de avanzadilla. Con sólo descubrir que el séquito de Ai se encontraba ya a la altura de la casa de las tres palmeras, se armó la marimorena. Y hasta llegaron a suponer que la Dama era la verdadera madre de Tutankamón y lo había mantenido en secreto hasta entonces y ahora él venía a reclamarla. Y en este punto exclamó ella:

–¡Callen ya las cotillas! Yo sólo he tenido un varón, y es mi cieguito.

Cabriolo se apresuró a avisar a los miembros más influyentes de la comunidad gatuna y presumió ante ellos contándoles lo que le había dicho Nektis, la abubilla que solía anidar en los árboles de la Casa Dorada y conocía los secretos de todos los que la frecuentaban.

–Mirad, gatoides: ese que llega con empaque de majestad es el hombre más importante de Egipto después del faraón. Él hace y deshace, teje y desteje, nada escapa a su mirada de lince. Pues ved si esta casa es importante, que un hombre de tamaña influencia viene a saludar a mi dueño y quiere llevarle a palacio para que el propio faraón se arrodille ante él.

Todos los gatos exclamaron, admirados: «¡Miau!».

Como había ya más de treinta gatos maullando sin cesar, la Dama de la Casa se iba poniendo más nerviosa.

–Nodriza, ¿tengo que soportar esta orquesta, con los nervios que llevo encima?

La vieja Rapet sacó su escoba más grande y empezó a arrear contra los mininos, pero con tan mala fortuna que éstos, al huir, tropezaron con los enviados del faraón, que ya estaban entrando. Y el primero en tambalearse fue Ai, que así expresó sus quejas:

–¡Diantres, Dama de la Casa! Bueno es tenerles devoción a los dioses, pero es malo dejar que nos atropellen.

La Dama se apresuró a sacar refinamiento de flaqueza.

–Noble señor, es bien sabido que cuando un dios se te mete en casa acaba echándote. Gatos tenemos, a los gatos amamos y está escrito que un buen gato es preferible a muchos humanos.

–Y a muchos reyes. Claro que no lo digo por nuestro Tutankamón, que tiene la ternura de los gatos...

–Eso cuentan y por eso le hemos acogido con júbilo los tebanos. En su honor me permito ofrecerte un bebescible.

–Nunca en horas de trabajo. Prefiero abordar directamente la cuestión que me trae. No es otra que tu hijo. Me han dicho que tiene a una arpa por amante.

–No sé cómo tomarme esa indirecta, pero acaso si la tomo como metáfora poética será mejor para todos.

En el jardín, bajo el emparrado, los dos hermanos prescindían del presente consagrándose a su propio juego de metáforas. Y así decía Jonet:

–Eres mi sorpresa y a la vez mi inspiración. Esta flauta, que tiene engarces de plata, ya no podrá sonar si tu arpa no la acompaña. Por eso entiendo que en un instrumento musical no es la plata lo que importa, pese a que es el material más preciado de Egipto.

El ciego sintió el brazo del hermano rodeando su cuello, y dijo:

–Mucha gente me quiere, y lo agradezco. Pero nadie había despertado en mi interior ese algo que se parece al fuego.

–Ojalá pudieras verme –dijo Jonet–, porque has de saber que no llego a ti falto de virtudes. Al contrario, dicen que soy muy simpático, si bien otros aseguran que soy alocado y hasta un poco tornadizo, pero si me toman como soy no resulto peligroso.

–Si lo fueras, invocaría tu peligro, porque llevo años viviendo una vida segura y no me colma.

–En cambio, yo puedo contarte una vida llena de aventuras. Y podría llevarte a ellas, si quisieras. Te hablaría del gigante Poltetec, que quiso impedirme el paso al palacio de jade donde la hermosa princesa Sakurta duerme un sueño fatal del que sólo puede despertarla un beso de amor.

–¡Qué bonito! –exclamó Ipi–. ¿Y cómo lograste vencer a ese gigante feroz?

–Le soplé con furia en la rodilla y se fue encogiendo, encogiendo, hasta quedarse del tamaño de una mosca. Entonces le aplasté con el pie, pero como todavía sobrevivía eché un escupitajo y él murió ahogado en las profundidades, entre las algas que se producen cuando juntas un gargajo con un moco.

En este trance de exquisitez estaba el relato de Jonet, cuando entró la Dama de la Casa hecha un torbellino.

–Pero ¿cómo? ¿Tanto os puede la música que no estáis pendientes del jaleo que se ha armado ahí afuera?

Contó en pocas palabras la visita del visir y su invitación a que Ipi le acompañase a la Casa Dorada para tocar delante de Tutankamón. Por toda respuesta, el ciego se echó a reír.

–Madre, ¿sabes qué tipo de planta acuática produce un gargajo cuando se junta con un moco?

A punto estuvo de desmayarse la Dama de la Casa, pero supo sobreponerse.

–Niño, si tienes un moco límpiatelo, porque el faraón te está llamando y no ha de decirse en la corte que en casa de la dama Kipa no hay aseo.

Se abalanzó sobre él para hacerle levantar, pero como se resistía con todas sus fuerzas y estaba abundante en carnes, acabaron rodando los dos por el suelo.

–¡No pienso ir! –gritaba Ipi–. Acabo de conocer a mi hermano, a mi amigo o como quieras llamarlo, pero en cualquier caso es alguien demasiado grande para hacerle esperar. Y, si he de serte sincero, no me importa nada el faraón. Al fin y al cabo, no es más que un vulgar hijo de Horus en la tierra.

–Lo que puede ser hoy acaso no podrá ser mañana –dijo la Dama intentando incorporarse–. El visir dice que el faraón se marcha a Menfis dentro de pocos días. Quién sabe si se acordará de ti cuando regrese a Tebas...

–Que espere –murmuró Ipi acariciando la mano de Jonet.

–¡Es el tiempo el que no espera, desgraciado! –gritó la Dama.

Pero Ipi era demasiado joven para tener pleitos de ese estilo. Así que dijo:

–¡Vete a la mierda, Tiempo estúpido!

Sólo los verdaderamente inspirados pueden permitirse tamaña arrogancia.

Y así se va desarrollando en mi relato la infinita noche de Tebas, la más adecuada a la poesía.

Es noche que prohíja el quehacer de los amantes y aprueba la comunión de los camaradas. La simpática Nut ha extendido su manto de estrellas, para compensar que se ha tragado al mundo; Ipi viaja jugando con su sistro, arroja polvillo mágico sobre el alma de los músicos mientras Hator, celeste propiciadora del deseo, suelta astros en forma de besos que se desparraman como una lluvia ardiente sobre los frondosos jardines, las barcas adornadas con guirnaldas de flores, las alcobas perfumadas con almizcle, heliotropo y mirra. Vive Tebas la profunda estación de los amores, y hasta los lotos se abren para ser copulados por la brisa. Y la brisa se entrega a una cópula de eternidad que sólo pertenece a Egipto.

YO, QUE SOY EL NARRADOR; YO, QUE CUENTO, explico, manipulo; yo observo esa alianza de juventud con la mirada exhausta por el tiempo.

Acabo de contar el encuentro del lindo ciego con su hermano, parejo en hermosura. Podría contar que sus cuerpos se abrazan, pero me haría daño evocar la lisura de esas pieles, cuando la mía ya se torna amarillenta y revela pliegues comprometedores. Así me coinciden, en una misma historia, el desencanto de los que fuimos contra el ímpetu de los que empiezan a ser.

Con el sexo derrumbado, si sexo tuve, reencuentro en el mito el sexo que palpita y se pone enhiesto ante la vida. Pero ya es de otros, porque el tiempo pasó y esos astros rutilantes, cuyo fluir comienza ahora, marcan mi descenso para ascender ellos.

Yo soy el narrador que soñó Egipto en el vientre materno. ¿O acaso soy el niño, que soñó al narrador realizándose en Egipto? ¿O soy Tutankamón, que soñó tenerme entre sus brazos? En cualquier caso, soy hierofante del mito que sustituye a la vida para que la vida permanezca.

Cuando ya no queda otro recurso que narrar, porque cualquier acción sólo es recuerdo, debo seguir porque nací para contar mis sueños a los soñadores que no se atreven a soñarlos.

Los hermanastros fueron creciendo; el uno pegado al arpa, el otro soplando la flauta. Se hicieron dueños y señores de las horas. Las pasaban creando música, y cuando ya estaban extenuados se dormían en la misma alfombrilla, y la Dama, al contemplarlos, lloraba de emoción porque recordaba aquella época ya lejana en que creyó en la eternidad de los abrazos y hasta tuvo la debilidad de desearlos.

En su afán por encontrar el lado bueno de las cosas que no fuesen rematadamente malas, recordó a hermanos que habían hecho grandes gestas en el pasado, como los dos gemelos que llegaron a ser arquitectos de un faraón de gran renombre. Y en la esperanza de que una flauta y un arpa tocadas por gente que se quiere produciría un conjunto de lo más armónico, llevó flores al altar de Hator y después fue a contarle a la dama Nofret que, por fin, Ipi ya no estaba solo.

–¡Le ha salido un hermanastro más dulce que un hermano! –exclamaba–. ¡Y cómo han conseguido acoplar flauta y arpa! No me disgustaría que acabasen tocando juntos en las fiestas de calidad.

Y dijo la dama Nofret:

–Reconozco que el mancebo toca muy bien, pero en mi opinión ha nacido para narrador de historias. La que me contó el otro día es asombrosa. Tiene obsesión por los gigantes. Siempre acaba venciendo a uno de ellos, y a lanzadas. Y yo le pregunto qué es un gigante y él me dice que son trescientos enanos el uno encima del otro.

–Eso significa que no miente. Eso significa que los ha visto.

–¡Mira que cuenta batallas increíbles! Dice que viajó hasta el país de Punt y regresó cargado de especias que fue vendiendo por los mercados de Kush.

–El corazón de los jóvenes está lleno de combates que acaso no llegarán a librar nunca. En cambio, en nuestros corazones ya no cabe siquiera el sueño de una batalla.

Pero cada uno recibe el delirio según su fantasía, y la de Ipi estaba a punto para recibirlo en cantidades semejantes a lo que había sido su soledad hasta entonces.

–Cuenta, hermano, cuenta, porque quiero percibir plenamente la vida aunque sea con voz prestada. Cuéntame cosas para mis sueños; para que pueda yo soñar como vosotros, los normales…

–¿Cómo podrías soñar lo que no puedes ver?

–Puedo soñar lo que me cuentan. Anoche soñé que acompañaba a Horus en su lucha contra Set, y mira qué fatalidad: Horus quedó tuerto…

–¿Y qué dijiste?

–Que ya quisiera yo ser sólo tuerto. Con el ojo que me quedase me comía el mundo. Claro que igual de malparado quedó el perverso Set: perdió los genitales en la batalla…

Ipi no pudo notarlo desde su oscuridad, pero el rostro de Jonet se ensombreció hasta la negrura.

–Te equivocas –dijo en tono igual de grave–. Set conserva sus genitales.

–¿Y cómo puedes saberlo tú, pobre mortal?

–Lo sé y basta. Los genitales de Set están en su sitio. Sé que están allí, enormes, amenazadores... Sé que me buscan para atraparme.

Desde hacía unos días, Ipi notaba que a su hermano le incomodaba profundamente cualquier conversación que tuviese relación con conceptos morales. Y se volvía particularmente irascible cuando alguien tocaba el tema de la lucha del Bien contra el Mal, personificada en la lucha de Horus contra su tío Set.

En tales ocasiones, Jonet rompía a gritar como un poseso:

–¡Ya está aquí! ¡Su sombra ha llegado! ¡Toca el arpa, por favor, no dejes de tocar mientras me aceche!

Se quedaba encogido junto a Ipi y, aferrado a sus rodillas, le suplicaba que no le permitiese ir nunca al desierto, porque es tierra de Set, el maligno. Y el miedo convertíase en pavor cuando gritaba:

–Nada crece en sus tierras, y nada crecerá en mi alma si él no deja de perseguirme.

Como sea que aquellos arrebatos empezaban a prodigarse en exceso, Ipi decidió hablar con Totmés, confiando en que el hombre sabio siempre tendría explicaciones para la locura de los jóvenes.

–Abismos son. Abismos –dijo Totmés en tono didáctico–. Algunas personas suelen sacar los cuervos que revolotean en su interior. ¡A saber cuántos nidos han hecho los cuervos en el alma de tu medio hermano! De todos modos, recuerda siempre que en cada uno de nosotros libran Horus y Set su gran batalla. Sólo debemos desear que el resultado sea favorable a nuestro bienestar y a nuestra gloria.

Cuando Jonet regresaba a la ternura hacía todo lo posible para abrirse a la comprensión de los demás. Entonces volvía a destilar dulzura sobre Ipi:

–Hermano mío, te dije que soy tornadizo y voluble, y es cierto que mi carácter viene y va como si fuese una nube mareada; tanto es así que mi destino es la agitación constante. Vendrán días y con cada día vendrá una locura. Yo iré tras ellas, porque estoy condenado a seguirlas todas. Crecerá el Nilo y decrecerá y conoceré otros cuerpos que encenderán el mío. Y aun así volveré a ti, me arrodillaré ante ti para decirte: sólo tu afecto es mi sagrario.

Y dijo el ciego:

–Yo sólo puedo ofrecerte lo que la naturaleza no quiere, por considerarlo un desperdicio.

–Sé que siempre haré llorar a los que me quieren, porque soy toro y sólo me vuelvo paloma cuando regreso, pidiendo perdón. Pero somos iguales, y tú eres mi lado bueno, y debo conservarlo como sea, o pereceré en el combate.

Ipi acarició lentamente sus facciones.

–¿De verdad nos parecemos tanto?

–Si consintieses en adelgazar un poco, seríamos idénticos.

–También es cierto que podrías engordar tú.

–En efecto: también es cierto. Pero me ha costado gran esfuerzo tener el cuerpo del faraón atleta. No voy a estropearlo ahora.

Ipi le acarició los brazos.

–Tienes los músculos diríanse que hinchados.

–Porque mi abuelo me acostumbró a transportar sacos. No quería que me sintiera superior a los demás hombres... y ocurrió que me sentí el más lindo entre todos los niños.

Quiso el azar que Merit sorprendiese en más de una ocasión las demostraciones de afecto de los dos hermanos. Al punto albergó negras sospechas, y como era imprudente y, además, correveidile, quiso compartirlas con la Dama de la Casa, quien demostró poco sentido del humor en asuntos de aquella índole.

–Jamás vuelvas a decir semejante cosa, porque es gran vileza por tu parte. Lo que supones atenta contra el orden que nos rige. ¡Hombres con hombres! ¿Qué sería de Egipto si esto prosperase?

–No sería la primera vez. ¿Acaso no hubo un faraón que tuvo amores con el general de sus ejércitos?

–Eso cuentan, pero el Nilo estuvo a punto de secarse a causa de ese amor culpable. Porque el hombre ha nacido para engendrar en mujer y la mujer para ser fecundada por el hombre. Y lo que no siga ese camino es atentar contra la vida.

Pero los hermanos seguían haciendo su música y esto tranquilizaba a la Dama, porque una mano ocupada en una arpa no está para otros menesteres, y unos labios a una flauta pegados no están para cerrarse sobre otros labios. Y no es que apareciera escrito en el libro de las constelaciones: es que era pura lógica.

Pero no hay para los artistas otra lógica que la que su arte les dicta. En aquella ocasión, la gran alcahueta fue la ternura, y ésta inspiró a Ipi el canto feliz que distinguió a todos los arpistas ciegos cuando encontraron unos ojos que vieron por los suyos.

Vive un día feliz, hermano.
Llena de luz tu corazón.
Que tu cuerpo perfumado
celebre a las diosas de la vida...

Igual que en otra ocasión, la melodía de Ipi saltó sobre el Nilo, se desparramó por la orilla de los templos funerarios y avanzó hacia la Casa Dorada. Y allí, en los últimos momentos de una ardua jornada de trabajo, dijo Nebjeperure Tutankamón:

–Llega desde Tebas algo que seduce. ¿Qué podrá ser?

Sus estancias estaban demasiado concurridas para permitirle entregarse al deleite. Había tal exceso de cargos que se aturdía. Allí estaban todos los dignatarios asociados con el poder del faraón: el portador del abanico, el guardián de la real persona, el portador de las sandalias, el guardián de sus caballos... Y, por si algo faltase, el sumo sacerdote de Amón con su corte de acólitos, cada uno con un cargo incorporado.

El faraón repitió su pregunta. Ai acudió, solícito, para recordarle que no oía aquella música por primera vez.

–Es cierto. Recuerdo que en cierta ocasión pronuncié las mismas palabras. Te pedí que me trajeras al músico... ¿Qué excusa me diste entonces para regresar sin él?

–Ha pasado algún tiempo, pero creo recordar que su terquedad pudo más que tus deseos. Y no me extraña. Tengo entendido que los ciegos son imposibles.

–Empiezo a encontrar deleite en las cosas imposibles. La música es una de ellas. Es tan perfecta que la supongo al alcance de todos. Pero cuando he cogido un laúd me han salido notas estridentes. Cuando he soplado la trompeta de uno de mis soldados ha salido una especie de rebuzno atronador. ¿Había un rey más desgraciado que yo? No os cansáis de repetirme que soy un dios, y, en cambio, me ha sido negado el don de la música.

El sumo sacerdote de Amón se apresuró a intervenir con un tono que pretendía ser afectuoso:

–Cada dios a lo suyo. Tú eres el hijo de Horus en la tierra y, en ocasiones, el propio Horus. ¿No tienes bastantes poderes que, además, quieres dominar la música?

–Olvidé que vuestra sabiduría lo tiene todo calculado. Pero no creáis: yo estoy empezando a aprender los trucos. Escuchad: soy tan Horus que todavía recuerdo cuando estaba mamando en las ubres de mi madre, la vaca Isis.

–Perdona, Nebjeperure, pero Isis nunca fue vaca. Ésa es Hator. Cierto que cuando le conviene intercambia con Isis plumas y tocados; pero vaca, lo que se dice vaca, sólo es Hator.

–Es que a veces las mezclo, porque soy hijo de las dos, y más que hubiera. ¿O no me habéis contado que Hator también vela por mí desde su sicomoro sagrado? Nunca entenderé cómo una vaca puede sostenerse en la rama de un árbol; pero en fin, sea así si así os parece.

–¿Y a nuestro Amón tebano, dónde lo dejas?

–En el lugar más alto. Creo haberlo demostrado con mis últimas donaciones a vuestro santuario.

Se produjo un instante de violencia, porque era cierto que, habiendo comenzado una época de restauración, los sacerdotes estaban pidiendo más que antes.

–Amón te recompensa concediéndote la excepcionalidad –dijo el sumo sacerdote–. Sólo tú tienes derecho a representarle en las grandes ceremonias. Sólo tú...

De repente, profirió un grito de asco. Acababa de descubrir un sillón en cuyo respaldo aparecía Tutankamón junto al disco solar, símbolo del detestado Atón. Y sus dedos caían sobre él como en otro tiempo sobre el faraón hereje.

–¡Todavía conservas objetos que recuerdan el culto a Atón! –exclamó.

Faraón se apresuró a atajarle:

–Te equivocas: me recuerdan a mi infancia. Al fin y al cabo, ni mi reina ni yo somos culpables de haber sido educados en una ciudad detestada.

Pese al aplomo de su respuesta, los sacerdotes no parecían muy convencidos. En realidad, seguían temiendo que la semilla de la herejía permaneciese todavía en algunos corazones, y lo peor que pudiera ocurrir era que fuese en el del faraón. Si Egipto entero consideraba a Akenatón un hereje, sus fanáticos consideraban a Tut el renegado. Y, aun así, los más desconfiados sospechaban que su conversión sólo era aparente. Intuían que no había olvidado lo que estaba obligado a olvidar en bien de Egipto.

Mientras tanto, cada vez que se preguntaba sobre su identidad saltaba un coro de cortesanos salmodiando:

–Eres Egipto, Nebjeperure.

Y él acogía aquella declaración con una sonrisa patética seguida de una mueca de aburrimiento, porque los aduladores profesionales añadían la larga lista de epítetos que adorna la personalidad del faraón: Señor de las Dos Tierras, Vida, Salud y Fuerza, Hijo de Re, Dueño de los Países Extranjeros...

En este punto hasta el hijo de un dios se siente autorizado a denunciar su hastío. Él lo expresó con un gracioso ademán de rechazo que indicaba su deseo de quedarse a solas. Así pues, todos los presentes fueron saliendo. Hacían tantas reverencias y con tal parsimonia que formaron un desfile interminable. Y lo que era peor: cotidiano.

Nebjeperure retuvo a Horemheb y Ai, que se habrían quedado de todos modos. Conociéndole desde niño, no les era difícil deducir que ese día se hallaba sumido en la tristeza. Para paliarla, el general recordó en tono jocoso la última cacería de hipopótamos en que habían participado juntos. Apeló al halago, y acabó felicitándole por las piezas que había cobrado.

–Las cobró un arponero en mi nombre –contestó Tutankamón en tono sarcástico–, pero eres muy caritativo al hacerme creer que fui yo. De todos modos es cierto que me turba una extraña melancolía que nada tiene que ver con los hipopótamos.

Horemheb cruzó los dedos con una ingenuidad que parecía impropia de un soldado.

–Te conviene tenerlos lejos. Debes protegerte en bien de todos, pues, como dicen los sacerdotes, tú eres Egipto.

–Yo no pretendo ser Egipto, pero si os obstináis me pongo bravo y afirmo que los dioses están en mí, como quiere la tradición, y, de este modo, yo soy más Egipto que el propio Nilo. Pero ahora os digo que mis predecesores en el trono también son Egipto. Me estoy refiriendo a Akenatón, a Nefertiti, a Smenkaré... –De pronto, preguntaba–: ¿Has oído hablar del olvido, Horemheb?

–Ciertamente –dijo el comandante, con una sonrisa cómplice–. Y si no hubiese oído hablar de él ya lo sabría de memoria porque llevas mucho tiempo repitiendo esa pregunta.

Pero Ai era más listo y sabía dejar los sentimientos de lado cuando observaba alguna anomalía. En este caso era el ligero conflicto provocado por la suspicacia del sumo sacerdote de Amón.

–Esos cuervos no deben volverte a ver rodeado de muebles procedentes de la Ciudad del Sol.

–¿De qué te quejas, si tú mismo me los regalaste?

–Eran otros tiempos.

–¿También lo eran cuando me prometiste que no tendría que renunciar a las cosas que amaba? Contesta, Ai. Me dijiste que mientras reconstruíamos Egipto yo podría conservar en el fondo de mi corazón mis recuerdos de infancia. ¿Qué ocurre ahora? ¿También debo renunciar a lo más auténtico de mi vida?

–Tienes razón. ¡A tantas cosas has renunciado ya, pobre muchacho! Pero he intentado que en el dolor de tus renuncias me tuvieses siempre a tu lado.

–Por eso, porque te has ocupado de mí como un padre, te hago una súplica: llévame de nuevo a la Ciudad del Sol. A las tumbas de los seres amados. Quiero mirar a la muerte cara a cara. No me hagáis renunciar también a este derecho. Quiero ir a la tumba de Akenatón y pronunciar en voz alta su nombre, el de mis hermanas, el de Nefertiti... Intuyo que nadie lo habrá hecho en muchos años. Necesitan que alguien los invoque para que puedan permanecer en la inmortalidad. Mira tú si es sencilla mi pretensión. No tiene ningún alcance político ni religioso. No hay segundas intenciones en ella. Es algo tan rotundo como el amor que toda criatura humana debe a sus mayores. Si no lo sintiera, me consideraría indigno de ellos y aun del excelso lugar que ocupo.

Con toda su fama de taimado, Ai no sabía disimular frente a aquel joven. Sus palabras le emocionaban porque veía el avance de la madurez sobre los inciertos días de la infancia. Y, para llegar a ella, ¡cuántos adioses prematuros, cuántas renuncias no planteadas...! Y sabiendo tantas cosas, hubiera deseado saber también a quién rezaba en el fondo de su alma.

Una vez a solas, el faraón se dirigió a la terraza, en la esperanza de que la luna le comunicase algún mensaje inesperado. Porque era plenilunio y la espectral claridad de este fenómeno siempre fue la más propicia para las grandes revelaciones.

Cuál no sería su sorpresa al descubrir, apoyado en la balaustrada, a un hombre de mediana edad que gemía desesperadamente, como si la luna le hubiese herido. Para mayor asombro lucía una espléndida cabeza de halcón. Y no se trataba de una máscara, sino de su propia cabeza. En realidad, era un halcón pegado a un hombre, por demás robusto.

–No te asustes, soberano –dijo el hombre halcón–. Soy tu padre Horus.

–No me asusto, pero tendría motivos para hacerlo. Comprenderás que un halcón parlante no se aparece todos los días.

–No a todo el mundo, pero a mi hijo en la tierra le debía esta visita. Llevas mucho tiempo ejerciendo de Horus terrestre y lo estás haciendo muy bien. Sin duda, mejor que yo en los cielos.

Estaba cabizbajo, y Tut notó que unas lágrimas doradas le resbalaban por el pico. Se apresuró a consolarle, pues una lágrima siempre es una lágrima, quienquiera que la vierta. (Dicen que sólo las del cocodrilo no son de fiar.)

–¡Ay de mí! –gemía Horus–. ¡Cuántas obligaciones para un solo dios!

–Me han explicado que ahora soy tu hijo, y yo sé que es de buen hijo conmoverse ante el dolor paterno. Dime: ¿por qué sufres, tú que eres el más bueno entre los dioses y el más valiente entre los halcones?

–Hijo mío, predilecto de mi vejez y de mi infancia unidas: tú, en la tierra, eres desgraciado porque mis múltiples personalidades te confunden; pero yo, en el cielo, vivo confundido por tantas personalidades como me veo obligado a encarnar. Para hablarte con franqueza: tengo graves problemas de identidad.

–¡Tú, a quien los humanos creemos todopoderoso!

–Compréndelo. Hace muchos años que los dioses no ejercíamos. Estoy sediento, no sé si por la angustia, no sé si por el calor que tenéis en esta orilla...

El faraón le ofreció un vino de gran prestigio. Parecía una ironía, pero la jarra todavía ostentaba el sello de las viñas de Atón, en la Ciudad del Sol. Era raro que un detalle como aquél hubiese escapado a la vigilancia de Ai. Con la rapidez del rayo –su mente había tenido que acostumbrarse a ella–, el faraón decidió que la próxima cosecha debería figurar como procedente de sus viñas, incluido su nombre de coronación.

Horus se dejó acariciar la cabeza mientras bebía ávidamente. A continuación prosiguió con su llanto.

–¡Ay de mí, que ya no sé quién soy! Cuando me llaman Haredontes soy el Horus que se cuida de su padre, como espero que sepas. –Tutankamón asintió con la cabeza, demostrando que tenía la lección bien aprendida–. También soy Horus, el joven, pero de pronto envejezco y me convierto en Hoereris, el Horus viejo. Si me chupo el dedo, soy Harpócrates, el Horus niño. Esto sólo en lo que se refiere a las edades. Cuando encarno los poderes del sol, soy Horus en el Horizonte. Ese astro está en mi ojo derecho, y en el otro está la luna. Por eso lo tengo hoy tan hinchado. Y por si no tuviese bastante con mis cargos en la tierra, están los del otro mundo. Tengo que estar presente en las ceremonias del juicio del alma de miles de difuntos...

–Francamente, padre mío, no sé cómo puedes soportarlo.

–¿Y si me equivoco? ¿Y si me siento guerrero cuando me muestran pacífico, y pacífico cuanto me muestran guerrero? *Ohimé!* ¿Quién soy, hijo mío? ¿Quién soy?

Y Tutankamón se echó a reír al ver que un dios le preguntaba lo que él no dejaba de preguntarse a sí mismo.

–Triste es, en efecto –dijo sin dejar de reír–. De todos modos es preferible este trajín a permanecer en el olvido como has estado todos estos años.

–¿Tú crees? –preguntó Horus en tono esperanzado–. ¿No lo dices para tranquilizarme?

–Estoy convencido. En la vida, lo importante es estar. Lo contrario debe de ser la Nada.

–Tienes razón. Es un axioma que debería haber aprendido después de la herejía de tu padre. Por primera vez en todos los milenios de la creación, los dioses tuvimos miedo de ser olvidados. Así pues, no debería quejarme tanto y aceptar mi desconcierto como el precio que pagamos para ser reconocidos durante toda la eternidad.

En la montaña cercana, donde se encuentran las necrópolis, sonó el aullido del chacal, y entonces el dios se incorporó de un salto y exclamó:

–Ése es Anubis, que me reclama como todas las noches. Tenemos muchos juicios que celebrar, muchas almas que pesar en la balanza de la justicia. Ya estará preparado Tot, con sus tablillas; ya estará a punto Maat, con su pluma de la verdad. Te confiaré un secreto: Anubis siempre me espera porque, después de tanto tiempo, le da miedo bajar solo al inframundo.

–¡Pues vaya guardián de las necrópolis!

–No te equivoques al juzgarle. Una cosa es vigilar las tumbas desde fuera y otra muy distinta meterse en las entrañas de la muerte. ¡Nunca sabes lo que te puedes encontrar por allí! Entre otras cosas, a mi padre Osiris, momificado y teñido de verde. No te digo más.

El medio hombre que hasta entonces había sido Horus se convirtió en el pájaro que le representaba y, tras bendecir a Tutankamón con su ala más dorada, echó a volar y fue a perderse en la noche, hacia las montañas de los difuntos.

Faraón no se permitió asombrarse: al fin y al cabo, tanto la fantasía como el delirio son dos privilegios de la juventud. Y, empujado por este convencimiento, bajó al jardín en dirección al gran lago que su abuelo Amenhotep había mandado construir para que lo surcase la divina reina Tiy en su barca dorada.

La noche se hacía cada vez más agobiante después de un día lleno de agobios. Seguía flotando en el aire la delicada melodía que llegaba de Tebas, melodía que le fue guiando hasta el quiosco de oro situado a un extremo del lago. Allí, la música parecía perderse en el agua, produciendo reverberaciones que hacían bailar a los nenúfares. La luna acentuaba el prodigio contemplándose en el espejo del agua y bordando senderos en sus abismos.

Le habían dicho sus compañeros de juegos que era un excelente nadador, y en esto no difería de la mayor parte de jóvenes egipcios, criaturas del Nilo al fin y al cabo. Pero lo que nadie le había asegurado es que fuese, además, un gran viajero de las aguas y un peregrino de las profundidades. Pues siguiendo los caminos que marcaban los henchidos rayos de la luna se zambulló en repetidas ocasiones, buscando flores insólitas en los abismos acuáticos. Quería la más hermosa, para comparecer en los aposentos de su reina y entregársela con un beso de ternura.

De pronto oyó una voz femenina que le nombraba. Fue a buscar directamente entre los árboles, pues sabía que ellos daban al jardín su condición sagrada, gracias a los dioses que patrocinaban a cada uno de ellos. Había aprendido en los últimos días que Nut parió a Osiris a la sombra del árbol Kerbet; pero, además, en aquel jardín había acacias, donde solía esconderse Horus, y tamarindos, hogar de la diosa Llepanet. Pero como la voz procedía de un sicomoro, respiró tranquilo porque ese árbol es el altar de Hator en la tierra.

Y habló ella con voz que recordaba al dulce tintineo del sistro de su hijo.

–La noche llega cargada de magia. Parece limpia, beneficiosa, pero no debes confiarte. Detrás de cada momento de belleza se esconde la amenaza de la muerte.

–¡Eres la Dama del Sicomoro! Sé que en ti puedo confiar. Me han enseñado a apreciar los favores que diariamente me concedes con el amor de mi hermana.

–En efecto, soy la que vela por ti desde mi árbol. No sé si lo sabes, pero yo te amamanto si lo deseas. Pero guárdate, pues a pesar de la protección de los dioses nadie está seguro. Sobre todo esta noche en que Set ha salido a llorar sobre el mundo la agonía de un amor maldito.

–Pero ¿qué dices, madre Hator? ¿No ves cómo proclaman su imperio los lujos de la luna?

–No te fíes de ella. Es voluble, caprichosa, muy viajera. Y, sobre todo, cobarde. A veces cede ante una simple nube y se esconde cuando más la necesitamos. ¿Cómo no va a retroceder si Set nos arroja su aliento?

–¿De qué aliento hablas, que no lo conozco?

–Ese soplo malsano que empieza a invadirnos es el aliento de Set...

–Empiezo a notarlo. Es un calor insoportable. ¡No puedo resistirlo!

–Busca refugio en tu palacio. Corre, antes de que los gusanos de Set te alcancen.

–¿Gusanos, dices? ¿Dónde están?

Al mirar a su alrededor descubrió que la tierra del jardín, fértil hasta ese momento, se estaba abriendo en infinidad de hendiduras parecidas a las de un rostro que se agrieta. De las profundidades iban surgiendo gusanos negros como la sangre de Set, y eran tantos y tan feroces que al cabo de un instante ya estaban amenazando con devorar la flor que había cogido para su reina en el fondo del lago.

Faraón se agachó a recogerla, y cuando iba a hacer lo mismo con sus ropas vio que ya habían sido devoradas. Como sea que los gusanos empezaban a subirle por las piernas, echó a correr hacia el gineceo real. Compareció ante su esposa jadeante, desnudo y con la flor en la mano.

Iluminado a medias por la vacilante luz de dos lámparas de alabastro, aquel cuerpo ofrecía el compromiso más alto entre la adolescencia y las leyes seculares de la belleza. Todo era suave y bien moldeado: anchas las espaldas, fina la cintura, rotundo el pecho. El sudor le sentaba como un bálsamo. Y en su visión encontró la reina gran complacencia.

–¡Qué flor tan rara! –exclamó Anjesenamón–. Si no fuera porque está en manos de mi amado, diría que ni siquiera es una flor.

–La he recogido para ti en el fondo del lago. Allí hay bosques enteros.

–¿Y qué nombre recibe?

–No creo que nadie llegue tan al fondo para darle nombre.

–El que sea sonará a gloria. Igual que tú, hermano mío.

Aunque dudo que algún dios pueda igualarte en hermosura.

–Si me acusas de hermoso, yo te devuelvo la acusación, porque en ti se encarnan todas las bellezas del mundo.

Y así era Anjesenamón: un rostro menudo, animado por ojos vivaces, por una boca en forma de navío, y los labios abundantes, como todas las mujeres de la dinastía. Y del mismo modo que éstos resaltaban el rostro, así abultaban los senos en su cuerpo, tan delicado que diríase quebradizo.

Se acercó Faraón y depositó la flor entre sus muslos para que los pétalos le acariciasen el pubis, delicadamente depilado, suave como el labio de un dios recién nacido.

Pero ella se echó hacia atrás, con un gesto que era puro antojo:

–Antes de que empecemos a jugar con nuestros cuerpos, debo advertirte que hoy notarás algo extraño en el mío.

–Llevo tantos años pegado a tu piel que sólo perdiendo la razón encontraría en ella algo desconocido.

–Hoy lo encontrarás, hermano, mas no debes acusarme de traidora. Sólo de celosa, si es que de algo debes acusarme.

Faraón le dirigió una mirada de extrañeza, en absoluto fingida. Acababa de aparecer una pasión inesperada para una vida tan corta. Y hasta era posible que Anjesenamón se divirtiera provocándola.

–Por una de mis damas, que tiene el corazón muy blando y un amante muy esquivo, sé que llaman celos a la inquietud que me domina.

–Sé de qué se trata, porque uno de los oficiales de mi guardia anda penando por culpa de una señora muy casquivana. Lo que Jumar siente se parece a la locura, pero no sé en qué podría afectarnos.

Anjesenamón apartó su cuerpo con un rechazo más firme, que ya no se debía a la coquetería. Y el hermano entendió que acaso sus preocupaciones eran sinceras.

–Mis damas dicen que estas estancias están muy vacías comparadas con las de otros reyes.

La extrañeza de Faraón iba en aumento. Miró a su alrededor, y sólo vio objetos bellos y sintió su olfato vibrar en la delicadeza de los más exquisitos perfumes. Y como cada noche sintió un inmenso placer porque todo aquello pertenecía a su reina y a su amiga.

–Esas estancias son tu reino –dijo–. ¿A quién más necesitas?

–Yo a nadie, por supuesto. Es el faraón quien podría necesitar más mujeres para demostrar su poder. Piensa que a tu edad Akenatón tenía seis esposas y el gran Amenhotep más de treinta.

–Recuerdo perfectamente a las esposas de Akenatón, pues mi madre estaba entre ellas, y entre todas nos criaron a ti y a mí. Pero he venido a buscar tu cuerpo, no su recuerdo. A reclamar tu cariño, no el de otras.

Intentó abrazarla, pero ella volvió a escaparse, con movimiento ágil y una risa burlona.

–Mis damas dicen que Ai quiere llenarte de esposas para que estés a la altura de los grandes faraones.

–Tus damas sueñan, y sus sueños son perversos. ¿Qué me importan las esposas de otros reyes? Yo sólo quiero seguir siendo el hermano de tu corazón.

Cuanto más intentaba alcanzarla más se escurría ella, con movimientos tan ágiles como los de una serpiente niña que estuviese aprendiendo el arte de agradar, pese al peligro.

–Claro que, si bien se mira, por muchas esposas que te den, yo siempre seré la primera en el trono y la madre del hijo que deba sucederte. Pero me ocurre igual que a ti: el amor que te tengo va más allá del trono, y soy celosa como cualquiera de mis damas. Cuando alguna de ellas me cuenta sus cuitas pienso que yo obraría igual. Por esto sentirás que mi cuerpo te rechaza esta noche. Porque sabe que puedes entregarte a otras.

Cuanto más hablaba más confundido sentíase él, hasta el punto de que su cuerpo parecía encogerse, como aplastado por una losa de dimensiones desconocidas.

–Aleja estas ideas –susurró–. Sólo quiero ser feliz a tu lado, como cada noche. No he pensado en tomar esposa, y no lo haría aunque Ai y Horemheb quisieran convencerme de que es necesario para sellar algún pacto con naciones extranjeras.

Ante la firmeza de aquella declaración, Anjesenamón cambió de actitud. Se acercó a él y, cogiéndole las manos, las llevó hacia sus pechos como si quisiera darle entrada en ellos.

–Si así fuese, yo me vestiría como las princesas de Mitanni, para ocupar un lugar en tu corazón.

–Tendrías que luchar contra ti misma, y perderías porque estás demasiado arraigada en mi vida. ¿Qué digo? Sería luchar contra mi vida entera, pues tú estás en ella desde que tengo uso de razón.

Y la miró con la ternura de todo el tiempo que acababa de invocar: tiempo que le concedía infinitos derechos como mujer y como amiga.

–¿Entonces no vendrán otras mujeres?

–Te repito que no. Tendríamos que ampliar estas estancias, y las arcas del Estado están vacías desde que los sacerdotes de Amón han decidido hacer ampliaciones en su santuario... –De pronto, adoptó un semblante grave–. Además, estamos solos en el mundo... No nos queda nadie, ni siquiera en el recuerdo, porque el recuerdo de nuestros seres amados está prohibido. Nadie lleva nuestra sangre.

El tono en que fueron pronunciadas estas palabras fue como un velo que separaba el juego de la realidad. Entonces, la reina sintió que desaparecían los sentimientos prestados por sus damas y regresaban los niños que habían jugueteado en la Ciudad del Sol.

–Es cierto –exclamó–. ¡Qué solos estamos, hermano mío!

Por un instante, los niños de ayer revolotearon por la estancia, esquivando los lujosos objetos del presente, saltando sobre los muebles, en un juego que el tiempo se había llevado para siempre. Niños que flotaban en un océano inalcanzable, junto a los cuerpos momificados de Akenatón, de Smenkaré, de las cinco princesas...

–En todo lo que me rodea sólo te tengo a ti –dijo Faraón–, y sólo en ti me reconozco...

La abrazó con fervor, dejando reposar la mejilla en la suya, acaso en busca de reposo. Pero ella se sintió responsable de aquella tristeza, y un infinito afán de protección la invadió por completo:

–He sido estúpida porque he conseguido ponerte triste cuando tú me traías la alegría. Ahora te la daré yo. Y verás cómo el rechazo que te esperaba se ha convertido en placer. Y será mayor porque he de dártelo como si fuese Isis: hermana, esposa y compañera.

Tan grande fue el júbilo del faraón que cayó sobre su cuerpo y lo llenó de besos y luego lo levantó por encima de su cabeza y lo zarandeaba de un lado a otro, con grave riesgo de arrastrar cuantos objetos hallaban a su paso. Y la reina gritaba, entre risas:

–¡Voy a llamar a mis doncellas, porque un loco me está amenazando!

–¡Demos gracias a Dios porque estamos juntos! –exclamó Faraón–. El loco te lo pide. Demos gracias a Dios ahora mismo.

–A los dioses –corrigió la reina–. *Dioses*, no lo olvides.

–Pero ¿a cuál? No tengo la lista a mano.

–Pues demos las gracias a la luna o a la noche, ya que nos miran cuando vienes a visitarme.

Como la luna había desaparecido, no había dudas sobre la única destinataria de aquel rito. Así pues, la invocaron, arrodillados y con las manos en alto:

–¡Oh, Nut, soberana de la noche! Mantennos siempre unidos, puesto que estamos solos. Bendice nuestra sangre, pues no tenemos otra.

–Y que no vengan más esposas –añadió Anjesenamón–. Que no vengan, porque sería capaz de cometer un disparate.

Pero Nut no contestó en aquella ocasión, porque el pestífero aliento de Set continuaba avanzando desde el desierto, y las tierras del valle seguían abriéndose para vomitar gusanos a su paso. Como había anunciado Hator desde su árbol, el Mal estaba arrojando sobre el mundo la agonía de una pasión maldita.

¿QUÉ IMPULSA LOS DESIGNIOS DE LA VIDA? ¿Quién los lleva y los trae, los arrastra o revela? En el combate de opuestos que rige el devenir de todo lo creado, la luz y las tinieblas se alternan, venciendo o perdiendo según los antojos de lo ignoto. Así, al otro lado del río, en el barrio distinguido de Tebas, el plenilunio acababa de teñirse de negro como la sangre de Set, el más terrible de los dioses porque su adicción es el Mal y sus dominios los desiertos, donde no crece la vida. Y una oscuridad prematura cayó sobre la ciudad y las dulces melodías de Ipi fueron ahogadas por el clamor de truenos infernales.

–¡Toca el arpa, hermano! –exclamó Jonet–. La naturaleza se está rebelando porque el Mal ha salido a buscarme.

En efecto, el mundo se había alterado hasta regresar a las tinieblas de donde nació.

Set montó a lomos de la perversa langosta Samuris, que habitaba en el interior de su sangre y por tanto nadie encuentra en los libros, y ascendió a lo alto de la torre desde donde se dominan los palacios y chozas de la entera Tebas.

Como tenía poder negro sobre el mundo, alzó sus brazos hacia las simas de la noche e invocó a todos los demonios, que acudieron portando horcas, espadas, lanzas, hachas, todos prestos al combate contra las fuerzas de la luz. Y la luz se retiró, llena de horror, porque en su pureza no estaba preparada para ofrecer resistencia.

Se encresparon las olas en océanos que Egipto ni siquiera conocía, se derrumbaron las montañas de picos nevados en valles que jamás holló el pie de un tebano, serpientes trífidas se enroscaron en los babuinos sagrados de Tot impidiéndoles actuar en pro del buen criterio, y la luna de millones de años se retiró a llorar de humillación porque sobre ella acababan de orinar dos unicornios.

Entonces la terrible Sejmet, promotora de la guerra entre los hombres, vio llegada la hora de su intervención y, ajustándose su testa de leona, arrancó del reino de la muerte al más temido de todos los monstruos, a la Devoradora de Corazones, terrible sierpe que además es pedazo de cocodrilo, trozo de león y fragmento de hipopótamo. Ella, la que amedrenta a los difuntos, ¿qué no conseguiría con los humanos? Nadie que la viese aquella noche podría olvidarla nunca. Avanzaba, lentamente, sobre las mansiones de Tebas, que apenas le llegaban a la altura de las pezuñas. No retrocedió siquiera ante los pilonos del Harén de Amón, pasó por encima de las sagradas estancias aunque poniendo gran cuidado en no aplastarlas, y prosiguió por la avenida de las esfinges mientras Set aullaba desde su torre:

–¡Avanza, Devoradora! ¡No retrocedas! ¡Acaba con ese niño infame que me lleva al delirio!

Como iba al buen tuntún, el monstruo se introdujo, sin saberlo, en el palacio del rico Neiret. Estaba su dama recién parida, tanto que el niño reposaba todavía sobre los ladrillos sagrados, pero esta feliz circunstancia no impidió a la Devoradora efectuar su feroz empeño, y así se tragó a la infeliz criatura, creyendo que de Jonet se trataba. Y todavía hoy no ha conseguido entender el matrimonio Neiret por qué los castigaban los dioses siendo como eran piadosos de todos ellos. Y, además, pagaban religiosamente sus tributos sin estafar al faraón más de lo que solían hacer los otros ricos.

La Devoradora fue tratada de botarate por Sejmet, que no perdonaba una falta ni un desliz en batalla, pero Set la defendió, y en esto se conoce la negra disposición de su alma, capaz de abonar a semejante bicho. Que no era único; por el contrario, Sejmet recurrió a los demonios voladores que se introducen en las casas por las rendijas de las ventanas y chupan la sangre de las vírgenes. Con esta intención echaron al vuelo las huestes malditas, pero lo hicieron con tal torpeza que se atrevieron a volar sobre el domicilio de Hator, en Dandara.

Fue el mayor error que pudieron cometer los del Maligno, pues la diosa se hallaba en su lago sagrado, mimándose con uno de sus interminables baños de miel. Irritada al ver descubierta la desnudez de su forma humana, se transmutó en vaca celeste, se arrancó la luna de entre los cuernos y la depositó en el cielo, de manera que el mundo volvió a refulgir. No en vano saben los creyentes que la luna es un sol que brilla por la noche.

Cuando su madre ya había iluminado el campo de los humanos, quiso saber Ipi Celeste qué había provocado la furia de Set, serpiente de la vida. Abriéndose paso entre las milicias del mal, que retrocedían presas de espanto al verle avanzar, llegó hasta Tebas y aprovechó un rayo de luna para convertirse en brillo y penetrar en la casa de la dama Kipa, donde Jonet se escondía, acurrucado a los pies de Ipi.

Y así se lamentaba el flautista:

–Hermano mío, no sólo soy tornadizo y voluble; además, algunos podrían pensar que soy víctima de la locura, porque puedo hacer mucho daño siendo, en el fondo, bueno y dulce como el pan de miel. Pero sé que no estoy loco; sé que soy normal como los otros hombres, o por lo menos lo sería si no soportase sobre mi cabeza la maldición de un dios adverso...

Se oyó una voz que decía:

–Por el azufre que dejó a su paso reconozco el estilo de Set, que en verdad es más malo que la tiña.

Eran palabras de Ipi Celeste, y Jonet, que no le conocía, quedó perplejo al oírlas flotando en el aire. Mucho más cuando vio que iban acompañadas por un reguero de estrellas.

–Este que habla es mi padrino –dijo Ipi–. Es muy aficionado a intervenir en mis asuntos.

–No te preocupes, hermanito. Me gusta que la gente me escuche.

–Pues dime de una vez por qué te guarda reconcomio ese dios al que acabas de referirte –preguntó Ipi, cada vez más maravillado ante las rarezas que podían ocurrirle a su hermano.

–Porque una vez le tenté con artes de niño coquetuelo y él sucumbió a mis encantos, y cuando se me pasó el capricho intentó suicidarse; lo cual, siendo un dios, es imposible. Como puedes comprobar es muy tonto, además de malo. Mira si lo era que, terminada la tarea, se arrojó al suelo y gritaba con aullidos pavorosos: «¡Maldito seas, porque me has hecho esclavo de tus gracias! ¡Que no conozcas jamás el reposo, pues en tu cuerpo he conocido la cárcel de mis días! Que a partir de hoy te alcance mi maldición donde quiera que vayas. Que seas siempre un extraño sobre la tierra».

A Ipi Celeste se le cayó el sistro al suelo del simple susto.

–¡Por los sagrados cuernos de mi madre! ¿Me estás diciendo que Set y tú fornicasteis?

–Y más cosas. Un delirio. Un frenesí. Una epopeya.

–¡El Mal es más perverso aún de lo que dicen! –exclamó el diosecillo–. ¡Fornicar con un niño inocente!

–Bueno, yo tenía ya diez años y parecía mayor, porque he realizado muchos ejercicios gimnásticos... y además me gustaba porque ni siquiera el niño más travieso organiza un juego de este tipo sin que le divierta completamente.

Ninguno de los dos Ipis podía esconder su perplejidad. Era del género que avasalla aun a los más sabios.

–Hijo de Hator, tú que tienes la misma edad que yo, debes entenderme.

–Seguramente no es un problema de edad, sino de gustos –dijo el Celeste.

–Así será, pues tú lo dices y eres divino. Pero yo soy un pobre humano, y más lo era cuando descubrí que el cuerpo me reclamaba cuerpos parejos. Así de claro. Veía niños de mi edad y pensaba que habían nacido para amarme. Pero al ver a un hombre mayor, un verdadero macho de establo, sentía que había nacido para clavarme su jabalina por donde más se le antojara. Y a una edad en que el cuerpo no sabe lo que quiere, el mío ya gritaba: «¡Profanadme!». Así de hablador era mi cuerpo, así de pedigüeño. Y un día me estaba bañando en una acequia que se encuentra en el límite de las posesiones de mi abuelo, y allí, en la linde con el desierto, apareció Set. No había visto yo moreno más garboso en todos mis años; cortos, si queréis, pero tontos nunca. Era un hombre de mediana edad, alto como no se ha visto en las Dos Tierras, de torso tan ancho y poderoso que cabía sobre él mi cuerpo entero. Todo esto me lleva a la siguiente disquisición: ¿cómo es posible que el Mal esté tan bueno?

–No lo sé –dijo Ipi Celeste, pensativo–. Pero creo que un niño que consigue inducir a Set al mal tiene que ser de alivio.

–¿Pues no es el dios de todos los males?

–Menos de éste, que es el peor considerado entre los dioses y entre los hombres.

–¡Qué tontería! Si Set fuese inteligente pensaría que ha tenido la suerte de que un niño hermoso le ofreciese su virginidad. Yo, que soy verdaderamente inteligente, estoy la mar de contento porque pienso que me ha poseído un dios. Al fin y al cabo no les ocurre a todos los niños.

En el Océano Primordial no eran de la misma opinión.

–¡Este renacuajo está loco! –exclamó Re–. ¿Cuánto tiempo cree que podrá seguir invirtiendo el orden del universo?

Hator rompió en una de sus risas más frívolas.

–Lejos de mí cualquier responsabilidad, pues ese ardor no lo he otorgado yo. Es una anomalía que escapa por completo a mis principios. Yo velo por todas las formas del amor; pero a ésta, ¿cómo habría que definirla?

Habló Osiris, señor de la vegetación y la ultratumba.

–Tan rara es esa falta que, a la hora del Juicio, no sabemos ni cómo pesarla.

–¡Semejante abominación! –gritó Isis, contra su habitual prudencia–. Yo engendré a Horus sirviéndome del pene mutilado de mi esposo. Si en su lugar hubiese cogido la vagina de otra diosa, Horus no habría nacido.

Dijo la simpática Tueris, patrona de parturientas:

–Vagina contra vagina no crea descendencia. Falo de galán en ano de mancebo no dará prole. En el paro estaría yo si prosperasen tales usos.

–Conviene encontrar a un dios que quiera patrocinarlos –dijo Osiris.

–Dudo de que alguien acepte –dijo Hator–. Todos tenemos demasiado trabajo para ocuparnos, además, de las desviaciones de los humanos.

–Precisamente. Que se cuide Set, que ha sido el más beneficiado.

Pero Set no apareció en varios días por la asamblea. Tenía motivos fundados para temer que los demás dioses hicieran escarnio de sus gustos y cuchufleta de sus escapadas al mundo. Y, sobre todo, que le encontrasen blando porque se había dejado tomar el pelo por un chiquillo sabelotodo.

OCURRE QUE EL MAL NO RESIDE EN UNA SOLA ALMA, que los espíritus negros necesitan vastos espacios donde desarrollarse, inmensos abismos y aun colaboradores para delegar tareas; y así, mientras Set se cebaba contra Jonet, fuerzas igualmente tenebrosas asediaron a la Dama de la Casa. Y, por irónico que pueda parecer, la asaltaron en una de sus jornadas más piadosas, esas que siempre parecen propicias a la buenaventura de los fieles.

Se habían reunido las vecinas para ir al templo de Mut en ocasión del mes de las flores; y, así, avanzaban cargadas de ofrendas por las riberas del río. El camino más corto era la avenida de las esfinges, que unía los dos grandes santuarios de Amón, uno a cada extremo de la ciudad, pero al ser tan céntrica era también la arteria más concurrida. Las devotas de Mut no querían tráfico que dificultase su avance, tan cargadas iban. Eligieron, pues, un atajo predilecto: las riberas del Nilo, que no bien abandonan la zona de los muelles se convierten en amena vereda que conduce a los dominios de Amón y, por ende, a los de Mut y Jonsú.

Causaban admiración a su paso las nobles damas. Tanto es así que un poeta remilgado les consagró un requiebro:

Ofrendosas, cantarinas,
avanzan nuestras vecinas...

Así avanzaban, en efecto, ondulantes sus túnicas a la brisa matinal, vibrantes las guirnaldas que ceñían sus pelucas, descalzos sus pies para recibir el rocío que todavía impregnaba la yerba. Así iban, entonando los píos salmos de Mut, hasta que el Mal acertó a sacudirlas por culpa de un paso inadecuado.

Lo dio por desgracia la Dama de la Casa, quien, llevada por el éxtasis, puso el pie descalzo sobre un nido donde reposaban las crías de una cobra. Al aplastar los huevos se oyó el agudo silbido de la madre, quien ni siquiera necesitó enderezarse como suelen hacer las de su especie; teniendo tan cerca un pie asesino, hundió en él sus afilados dientes y depositó más veneno del acostumbrado, pues la ocasión lo valía.

Gritó tan fuerte la Dama de la Casa que los campesinos creyeron que tronaba el firmamento. Cayó al suelo con tanta celeridad, que estuvo a punto de aplastar a la cobra como acababa de aplastar a sus crías. Se aferraba al pie con todas sus fuerzas, como si quisiera arrancárselo de cuajo para evitar que el veneno siguiese su curso pierna arriba.

Las damas de otras casas se apresuraron a correr en su auxilio. Intentaron aplicar todas las urgencias conocidas desde antiguo, e incluso la íntima Nofret succionó el veneno repetidas veces, pero todo fue inútil pues el dolor seguía su implacable camino hacia la muerte. Y antes de que ésta llegase, hubo un momento tranquilo, una parálisis casi absoluta, como si los dioses permitiesen a la víctima efectuar una despedida digna de su genio.

–No lloréis, vecinas, no lloréis, porque el Tiempo ha tenido piedad y se me lleva cuando estaba a punto de hacerme vieja. Gracias, gran tirano, por evitarme la vergüenza de andar chocheando por las calles de Tebas. Pero eres cruel, como siempre; eres el mismo canalla, porque al arrebatarme dejo a mi pobre Ipi sin ojos... ¡Buscadle otros como los míos! ¡Buscadle otros que le guíen!

La dama Nofret se inclinó sobre el rostro de su comadre preferida y lo regó con sus lágrimas.

–Mientras existan acacias en nuestra amada calle, a tu hijo no han de faltarle miradas que observen por la suya.

–A ti, la mejor de las comadres, debo arrancarte una promesa. Y he de hacerlo rápido, porque el veneno de la bicha ya me está nublando el entendimiento. Cuida de mis tres hijos y también de Totmés, que ha sido un hijo más en los últimos tiempos. Y cuida de la vieja Rapet y de las cinco sirvientas, que me han sido fieles hasta la abnegación. Y no olvides a Cabriolo, que fornicó con la diosa Bastet y por tanto es un gato de importancia.

Vio que regresaba entonces el espectro de su juventud junto al Nilo, y lloró por la niña allí representada. Pero todavía tuvo aliento para decir:

–Estoy viendo lo que fui en tiempos felices. Si voy a vivirlos de nuevo en la otra vida, habrá merecido la pena este horrendo mordisco.

Le quedaron unos instantes para despedirse de todas las vecinas, pero no de darles consejos, porque el tiempo era implacable hasta en el rato que se precisa para un bien morir.

Sólo una despistada cometió el error de decirle: «Alégrate, vecina, porque ahora podrás reunirte con tu esposo en los campos de Osiris». Ella le escupió a la cara. De modo que su último suspiro fue un postrer desplante.

La noticia llegó a la calle de Las Acacias mucho antes de que se la contasen a Ipi; y cuando se la dijeron, él ya llevaba largo tiempo sumido en una angustia extraña, que nacía de un fondo suyo desconocido hasta entonces. Pese a la ceguera, todavía no había sentido la verdadera oscuridad. La que los humanos llaman el abismo. Dicen que va creciendo en el fondo de las almas y las va engullendo hasta que al final se las traga. Y así se encontró caminando a gatas, como cuando era niño y su madre le contaba que los hombres primitivos dejaron de ser bestias cuando aprendieron a andar sobre dos piernas. Sólo que en aquella ocasión las suyas no le sostenían, y no podía explicar por qué.

Notó gran revuelo en la casa, un ir y venir de las sirvientas, y a continuación un silencio total: todos se habían ido. Por primera vez en su vida no tenía a nadie junto a él.

Llamaba a su madre, pero no respondía. Tampoco Cabriolo. Y aunque se arrastró por el suelo buscando su cola para tirarle de ella como cuando jugaban, fue en vano, porque el gato había corrido con los demás a recibir el cadáver de la Dama de la Casa. Y así pasó un tiempo interminable, entre el silencio y la inmovilidad, hasta que se oyó una voz muy amada. Era la de Jonet.

–Vengo para llevarte a pasear, cieguito.

En este ofrecimiento encontró Ipi significados ocultos y aun augurios sospechosos. Y como no se atrevía a preguntar abiertamente, dedujo que Jonet sabía más de lo que aparentaba. Así que se apresuró a decir:

–¿Vienes tú a buscarme cuando no es hora de música? ¿Por qué no viene mi madre? ¿Qué le ha ocurrido?

–Puesto que eres mi hermano en la rareza y ocupas tanto espacio en mi corazón que mi corazón eres tú y no el que tuve, debo decirte que ya nunca más vendrá a recogerte la Dama de la Casa. Y que los dioses se arrepientan de lo que han hecho, pues no les conviene aparentar bondad a partir de ahora.

–Hablas como un predicador, cuando yo necesito un pregonero. ¿Por qué no viene mi madre, como siempre?

–Porque los dioses han abatido el criterio de las bestias, y la más cruel de todas se ha cebado en ella.

–¿Acaso le ha dañado una vecina? ¿Le ha arrancado los ojos una arpía?

Al escuchar la historia de la cobra, Ipi se desmayó, y sólo se recuperó para desmayarse otras dos veces. Palpaba el aire con las manos abiertas como si quisiera abrirse camino por un sendero que los demás le ocultaban; sendero a cuyo extremo sólo podía estar la Dama de la Casa. Intentaba avanzar hacia ella, ya palpando la oscuridad, ya a gatas, pero en ambos casos no conseguía moverse del sitio ni del mismo gemido de angustia. Y supo que, aunque aquella muerte no fuese el final de todo, sí que era el final de algo muy importante: la maravillosa, irremplazable etapa de la vida que permite al hombre compartirse con la gente amada sin temor a los estragos del Tiempo.

Aquella muerte absurda venía a confirmar lo que la propia Dama había dicho durante su comida de aniversario:

–Estamos juntos, somos una familia, por mucho que cambien las religiones seguiremos siendo la base del mundo, pero llegará un momento en que iremos faltando de uno en uno: celebraréis fiestas como ésta y os preguntaréis dónde estoy yo, dónde está mi comadre Nofret y poco a poco dónde está cada uno de vosotros. Y desearéis hallaros en el reino de los muertos, porque será la única manera de volver a estar todos juntos.

Ipi siguió llorando. No era sólo aquella ausencia insoportable lo que le hundía, sino el presentimiento de todas las que tendría que ir aguantando a lo largo de su vida. Porque ahora entendía como cierto lo que había oído decir desde niño:

–El Nilo trae la vida y trae la muerte. Luego se lleva la muerte para traer la vida de nuevo. Y el discurrir nunca termina.

Trajeron el cadáver de la Dama para que pasase la última noche en su casa, antes de trasladarla al taller de los embalsamadores en una barca enlutada. Empezó entonces el intenso trasiego social que forma parte del repertorio de la muerte. No pararon de llegar visitas y mucha gente lloró en Tebas porque en la calle de la gente digna acababa de morir una dama de respeto.

Y decía la dama Nofret, consoladora:

–Hijos de mi comadre preferida: pagaré personalmente a las mejores plañideras de Tebas, porque a nosotros ya no nos quedarán lágrimas cuando llegue el día del entierro. Habremos vertido muchas, y debo decir que a la Dama de la Casa no le gustaría, pues siempre fue mujer de temple. Y también os digo que lo emplearía para disculpar a la cobra que la mordió cuando pisaba los huevos de sus crías. Ella habría empleado la misma cantidad de veneno si alguien os hubiera pisado a vosotros.

Ni siquiera las palabras de aquella alma noble conseguían aliviar a Ipi. Sentía que el dolor iba en aumento, se convertía en una aflicción que no tenía límites, y para combatirla sólo se le ocurría la violencia contra sí mismo. Se arañaba todo el cuerpo, lloraba a voz en grito, y en un momento determinado arrojó a Cabriolo contra la pared y el gato le cogió miedo y pasó unos días sin atreverse a lamerle. Se limitaba a observarle de lejos, llorando también él y poniendo en el llanto una de sus siete vidas.

Empezaron a transcurrir los interminables sesenta días que duró el proceso de momificación. Quienes confiaban en un alivio inmediato se vieron decepcionados, porque ya ningún día quiso ser feliz por miedo a contrariar a las noches, que eran pura desgracia.

Jonet desesperaba de que su hermano consiguiese recuperarse. Ya no se limitaba a llorar; se había quedado inmovilizado y era como si su cuerpo se hubiese convertido en plomo, pues nadie conseguía moverle. En tales condiciones se hacía sus necesidades encima y al cabo de pocos días su rincón favorito parecía una letrina. Despedía una pestilencia insoportable, y ni siquiera sus hermanas se atrevían a tocarle.

Jonet consiguió vencer su repugnancia y, sentándose a su lado, le dijo:

–Te encuentro sucio como un cerdo, y esto a la Dama de la Casa no le gustaría. Y tampoco que te quedes encerrado como un vil sirviente de la tristura.

Y mientras le limpiaba, iba pensando: «¿Por qué te quiero tanto si sólo eres mi medio hermanito?».

No era amor lo que le faltaba al huérfano. Y así se lo manifestaron sus hermanas y también Totmés, el primero entre los amables.

–Estamos nosotros. Nunca te dejaremos.

–Está escrito que vosotros tengáis vuestra vida –gemía Ipi–. Está escrito que todos la tengan menos yo, que nací con la vida a medias. ¿Cómo puedo pediros que os sacrifiquéis por mí, si yo mismo no puedo soportar el sacrificio?

Y volvía a caer en el delirio y todos estaban tan preocupados que Totmés fue a la botica del templo y pidió un mejunje para mantenerle dormido. Como mucho, consiguieron aletargarlo, y aun a medias, pues al cabo de poco rato se incorporaba de nuevo y buscaba el muro más cercano para golpear la cabeza contra él, en un intento desesperado de romperla y que saltasen por el suelo sus ojos inservibles y por tanto odiados. Y en ese estado le mantuvieron.

Llegó el día del entierro, que prometía ser muy lucido porque entre la dama Nofret y Totmés habían cuidado de todos los detalles. Y había sido tan querida la dama Kipa que no hubo necesidad de alquilar plañideras, pues las vecinas se ofrecieron a actuar de balde y con la garantía de que sus lágrimas serían ciertas. Y también se dispuso que las barcas que debían transportar a la comitiva estuviesen engalanadas con todas las flores que podían encontrarse en Tebas en aquella época del año.

En medio de tan luctuosos esplendores no faltaron los músicos, pero sí que se notó la ausencia de Ipi entre ellos. Pues tanto sus hermanas como Totmés y la dama Nofret consideraban que un nuevo dolor sería un estorbo innecesario no tanto para la comitiva –uno más, ¿qué importaba?– cuanto para él mismo, que tendría ya dolor para el resto de sus días si sabía administrarlo. Así que le dieron más raciones de mandrágora mezclada con vino del que toman los oráculos para sus adivinaciones. Quisieron dejarle al cuidado de Cabriolo, pero éste se opuso rotundamente, no sólo porque seguía teniendo miedo a las reacciones de su amo, sino también porque quería asistir al entierro en agradecimiento al cariño que siempre le había dedicado la difunta. Y la nodriza, que le llevó en brazos durante toda la ceremonia, no dejaba de repetir:

–Llora, Cabriolo, llora porque una dueña como la dama Kipa no volverás a tenerla nunca.

Y sus amigos de la comunidad gatuna de Tebas lo contemplaban desde la orilla, diciendo:

–Mirad cómo consideran a Cabriolo, que lo llevan a un entierro de prestigio.

–Es un gato muy viajado –dijo con admiración la abubilla Nektis que, sin embargo, cruzaba el Nilo todos los días y por tanto viajaba más que nadie.

Jonet se quedó junto a su hermano, velando no tanto su sueño como los ataques de vigilia que le acometían a pesar de las adormideras. Y entonces le oía gemir con voz más tenebrosa que todos los misterios de la ultratumba:

–Siempre deseé tener la posibilidad de ver el mundo, pero ahora pido no oírlo siquiera, porque quiero ser un difunto como mi madre.

Y decía Jonet:

–Escucha, hermano: todos los pedazos rotos de tu corazón han caído sobre el mío y lo están aplastando como un alud de las montañas. Por eso te ruego que intentes revivir, pues si no lo haces me acabarás matando.

Quedó Ipi dormido y la eternidad se introdujo en su interior, si no para curarle sí por lo menos para hacerle un guiño. El estado de letargo en que se hallaba postrado se veía sacudido por mensajes de vida en los que fue reconociendo la voz y la obra de su padrino; de Ipi Celeste, sí, que intentaba reanimarle mandándole remesas de su polvillo mágico.

Transcurrieron los días y no cesó el dolor, pero fue domesticado. Ya que todavía no estaba en condiciones de acercarse a su arpa, Ipi Celeste le prestó su sistro favorito a fin de que no perdiese la práctica de la música. Jonet consiguió sacarle a pasear todas las tardes, y aunque empezó llevándole en brazos, tan débil se encontraba, él no tardó en recordar cómo le habían servido las piernas en otro tiempo, y volvió a caminar. Entre el bastón y el hombro de su hermano sintió la misma seguridad que le inspiraban los paseos con la Dama de la Casa. Y cuando llegaban a un altozano desde el que se dominaba el río, Jonet le entretenía contándole historias fantásticas que le habían ocurrido en los rincones más exóticos de la tierra. En otras ocasiones corría y saltaba hasta agotarse mientras Ipi se quedaba embebido en los sonidos del crepúsculo, buscando en ellos consuelo y sobre todo fe, pues había dejado de creer en la vida sin dejar de presentir que la suya debía continuar a despecho de la muerte.

Cierta noche, mientras Jonet dormía a su lado, él recorría los fatigosos caminos del insomnio sin conseguir detenerse en ningún pensamiento, sin intentarlo siquiera. Y allí, al fondo de la inmensa nada en que se había convertido su mente, percibió extrañas presencias que se iban materializando en una humareda densa que engendraba a su vez nubes más pequeñas y éstas a otras y todas ellas teñidas de rutilantes colores.

–¿Qué está ocurriendo? –exclamó para sus adentros–. Yo, que nunca vi un color, estoy viendo mil colores. ¡Por los dioses! ¡Qué cosa tan bonita!

Un coro de voces proclamaba con acentos psicodélicos:

–Somos los colores de la eternidad, derrotando a las tinieblas de la muerte.

Vio con toda claridad que allá en el fondo del humo se perfilaba el prodigio de un destello. Y al ampliarse aparecía la estancia más lujosa de una tumba lujosísima y, en su interior, la dama Kipa, convertida ella misma en un destello.

Ante aquella maravillosa visión, exclamó Ipi:

–¡Dama de la Casa! Yo, que nunca te vi, te estoy viendo ahora. Y eres tan bella como suponía.

Tendió los brazos para introducirse en la escena, pero le separaba de ella una especie de muro invisible y tuvo que contentarse observando desde fuera. Pero encontró en ello gran placer porque así dejaba a su madre todo el protagonismo que su carácter reclamaba.

Dicen que la muerte tiene el efecto de un bálsamo, y así sería pues la difunta se expresaba con su voz más dulce. Y un entendido habría sabido ver en sus trinos un qué sé yo de belcantismo.

–Hijo mío, no he tenido tiempo de despedirme como corresponde a una madre, porque el mordisco de la bestia ha sido de lo más precipitado.

–Pues ¿no contó en cierta ocasión mi nodriza que las cobras son muy amorosas?

–Serán las cobras de la India, que las del Nilo tienen muy mala uva. Pero no quiero amargar tus horas favoritas, ni poner aullidos del inframundo en tu diario coloquio con la brisa. Así pues, te contaré algo que habrá de consolarte y te ayudará a encontrar alegría donde otros verían drama. Atiende: si me he ido es porque un dios de gran prestigio se ha prendado de mi belleza y me quiere a su lado para siempre.

–¿Por ventura se trata del divino Osiris? –preguntó Ipi, ilusionado por la falacia.

–Él es, en efecto, pero no lo pregones ni aun en sueños porque Isis es muy celosa y no quiero pleitos en la Eternidad ni que la más buena de las diosas se sienta cornuda y dolida como a mí me hizo sentir Panufer, tu pseudopadre.

Aprovechó para introducir una diatriba contra el difunto y sus concubinas, y por eso entendió Ipi que la aparición era la Dama de la Casa y no algún espíritu malo de los que se dedican a usurpar la personalidad de los difuntos. Además, durmió tranquilo, porque la supo cómoda en la otra vida y con arrestos para discutir con el propio Osiris en la escena del juicio.

Todavía se tranquilizó más la noche siguiente, pues pudo verla jugando al senet con las diosas Hator e Isis. Y, sin pedirles permiso –¡menuda era!–, se volvió hacia él y empezó a contarle chismes del inframundo a fin de entretenerle. Y tanto hablaba y hablaba que, de pronto, gritó la altiva Hator:

–Mire, bonita, o juega de una vez o deja la partida. Que voy muy fatigada y, además, debo preparar mi kermesse anual.

Era cierto que estaba a punto de empezar la maravillosa fiesta de la Buena Reunión. Hator remontaría el Nilo desde Dandara para encontrarse con su esposo Horus, en Edfú, y la tierra se renovaría y mil músicas ejecutadas al unísono marcarían el triunfo de la vida.

La sola idea de aquellas gloriosas jornadas en las que la música desempeñaba un papel primordial dio a Ipi el suficiente coraje para formular una petición acaso atrevida.

–Madre mía, tú que desciendes de noble linaje campesino, atrévete a pedirle a esa diosa de los placeres que nos tome a Jonet y a mí para tocar en sus nupcias divinas.

–¿Qué dice este niño? –exclamó Hator–. ¡No tengo yo músicos en mi culto para arriesgarme a dejar mi honor en manos de principiantes!

–Principiante lo será usted –contestó la Dama de la Casa–. Para que lo sepa, este hijo mío fue llamado para tocar en la Casa Dorada y hasta el faraón Nebjeperure se le abría de piernas.

–Será menos –dijo la prudente Isis–. Será menos.

–Es un decir. Un por hablar. Un qué sé yo.

Hator se enderezó el tocado con la coquetería propia de una vaca linda.

–Perdone, Dama de la Casa, acabo de recordar las virtudes de su hijo. ¿Verdad que el mío lo tomó bajo su protección? Pues por algo será. No niego que, como diosecillo, mi hijo es un poco alocado, pero de música entiende más que nadie. Me pongo a su entera disposición, Dama de la Casa. ¿Quiere que su hijo toque en mi fiesta? Pues tocará, o dejo a los de Edfú sin cerveza durante tres generaciones.

Al día siguiente, Ipi contó la buena nueva a Jonet, y éste dijo:

–¡Ay, cieguito, cieguito! ¡Qué suerte tienes de ver esas cosas tan bonitas y ahorrarte las que los demás nos vemos obligados a soportar!

Ipi reconoció una vez más que era un privilegiado entre los ciegos porque mantenía contactos con la Eternidad, y en la tierra disponía de un amigo que, al describirle los paisajes, los hacía eternos.

Se sentaron junto al Nilo para comer pan de higos y Jonet se tumbó de cara al sol mientras Ipi, a su lado, mantenía los ojos dirigidos al interior de sí mismo; allí donde el sol se llamaba Jonet, precisamente.

–¿Obedece a alguna lógica de los dioses que en vida nunca pudiera ver a mi madre y ahora la veo en la muerte? ¿Es un milagro de la ceguera?

–A lo mejor es un milagro del alma. Dicen que cuando está limpia alimenta prodigios.

Estaban los dos tan juntos que Ipi pensó que Jonet era

un sonido y no una persona. Y al hablarle de su afecto era pura melodía.

–Escucha, cieguito: mi alma estaba llena de ternura hacia ti y luego he sabido que es más que ternura, pues me provoca un dolor muy dulce y la necesidad de conducirte siempre.

–Yo te agradezco que tu mano me lleve.

–¿Y qué dirías si te dijera que yo, que soy el que veo, me siento el conducido?

Y pensó para sus adentros: «Sé lo que tu hermana Merit es para medio Tebas. Ábrete para mí, y sabrás que los dioses no mienten cuando prometen el paraíso».

Pero nadie adivinó aquellos excesos, y las buenas gentes se limitaban a decir:

–Atended, tebanos, atended, que está tocando el cieguito acompañado por su hermano en la música.

CUANDO LOS MÚSICOS SE COMPLEMENTAN, llevan felicidad a los corazones porque hacen reinar en ellos la armonía. Ésta era la sensación que embargaba a Jonet, y a ella se acogía como si fuese un bálsamo. Mientras soplaba su flauta creía que, además, tañía el arpa. Con tales visiones desdoblaba su música y su corazón al mismo tiempo. Y como el arpista tenía su mismo rostro, la ilusión del desdoblamiento era completa y más eficaz que cualquier afrodisíaco.

En su encantador delirio se preguntaba si era aquel extraordinario parecido lo que tanto le excitaba. Y hasta el arpa se convertía en su espejo, y quien la tañía en su exorcismo.

Llevaba el delirio a las alturas del cielo imaginando que en las fiestas de Hator su hermano recobraba la vista, completando así su parecido. Y es tanto el egoísmo de los estetas del amor que este detalle era para él más importante que la curación en sí misma.

Pero Ipi le devolvía a la realidad utilizando el sentido práctico que suelen tener los que han sufrido.

–Aunque recibiese el don de la vista no me permitirían ver nada porque en las ceremonias del culto se exige que los músicos lleven los ojos vendados. De modo que, para eso, ya estoy bien como estoy.

La imaginación de Jonet no se daba por vencida.

–Pues si me vendan los ojos a mí, seremos tan iguales que nuestra música parecerá una voz única. Y acaso algún día se acoplarán nuestros cuerpos con la misma gracia.

Al llegar a este tema, Ipi lo interrumpía bruscamente, como si el más despierto de sus sentidos le advirtiese de un gran peligro.

–Nunca pienso que los cuerpos puedan tocarse porque me introduje en uno y vivo en desazón desde aquel día.

Contó con todo detalle lo sucedido con Merit, a quien seguía considerando una divinidad misteriosa; y a medida que iba hablando, Jonet sentía un dolor muy profundo que no sólo se debía a los celos, sino a la creciente evidencia de que la naturaleza le estaba distanciando del elegido. Porque Ipi había entrado en un cuerpo de mujer mientras él era un cuerpo en el que solían entrar los hombres.

Seguía diciendo Ipi, entre suspiros:

–Es cruel la felicidad cuando la tienes y se va. Es peor que no haberla conocido. El recuerdo de aquellos instantes invade mi oscuridad, me domina de tal modo que se ha convertido en parte de mi cuerpo. –Calló unos instantes, que aprovechó para enderezar el arpa en la postura que más le convenía. Y al cabo exclamó–: ¡Basta ya! No quiero seguir pensando en esas cosas. Que los demás sean felices con mi música. Yo intentaré serlo por el solo hecho de crearla.

Pero el otro no se conformaba.

–¿Qué haré yo, soñando con besos imposibles?

–Tú limítate a pensar en el compromiso que hemos adquirido con los sacerdotes de Hator. Así que a la flauta, hermano. A la flauta.

Y le mantenía tanto tiempo ensayando que ni al más fogoso le habrían quedado fuerzas para otras cosas. Pero cuando ya la inspiración sentíase agotada de exigirse a sí misma tanto esfuerzo, Jonet se tendía junto al hermano e intentaba ganarle para su causa.

–¡Si supieses por dónde va mi amor! –murmuraba entre suspiros–. ¡Si supieses quién lo inspira!

–A la flauta, hermano –decía Ipi–. A la flauta.

Pero el ardor que ni siquiera el afecto consigue controlar se rebelaba continuamente, y aunque Jonet intentaba desahogar su fogosidad entregándose a toda clase de juegos y deportes, el ardor acababa por triunfar llenándole de pasión salvaje.

«Esa música tan dulce es una trampa –pensaba–. Esa gente me está domesticando y, encima, no me dan el cuerpo de mi amado. Será que la felicidad se encuentra en los lupanares y no en las casas de la gente digna.»

Guiado por ese impulso bajó a las calles del deseo y buscó en sus antros más recónditos. Allí conoció a hombres de muy baja ralea y a todos dio placer pero no interés, y todos le dieron gusto pero no felicidad. Y llegó a ser tan conocido que los habituales le llamaban Flauta Inquieta. Porque es cierto que durante un tiempo no paró de dar guerra.

Cada batalla daba lugar a inesperados cambios de carácter: los que le hacían ser violento unas veces y tierno otras. Consciente de lo que esto podía representar a ojos de los demás, se escondía en algún rincón del jardín, hasta que le pasaba el pronto. Y el único que se daba cuenta era Cabriolo, porque conocía a una paloma llamada Sinit a quien le ocurría lo mismo: era simpática según los días, pero no bien le asaltaba la venate se ponía borde y le daba por arrojar sus caquitas a los ojos de los transeúntes.

«Las aves y los humanoides no están bien de la cabeza», deducía el minino por pura lógica.

En sus horas buenas, Jonet le enseñaba juegos, y esto equivalía a ganarse el afecto de Ipi, porque es cierto que siempre se adora mejor al santo si se empieza por la peana, y aquel minino continuaba siendo el rey de Ipi y, por ende, de la casa.

«A mí no me engaña el de la flauta –pensaba Cabriolo–. ¡Cómo que tiene doblez! ¿O no es de doble estar tierno como un pan cocido y de repente ponerse agrio como la leche puesta al sol?»

Mientras el gato se adentraba en las dudosas ciénagas del alma humana, Jonet se iba acoplando a la férrea disciplina del arpista ciego, y aunque todavía faltaba un tiempo para la fiesta de la Buena Reunión, Tebas entera se hacía voces del buen hacer de aquellos músicos tan jóvenes. Y los que ya conocían la reputación del arpista supieron aplaudir la novedad de la flauta, porque ningún instrumento molesta al otro si es hermoso. Y hasta es posible que nunca haya existido en el mundo instrumento musical que no lo fuese.

Todos los días llegaban invitaciones para tocar en las casas principales. El prudente Totmés les aconsejaba que las aceptasen todas porque era una forma de darse a conocer entre la gente de crédito, y se estaba acercando una época en que los músicos no limitarían sus ganancias a tocar en los templos o en las salas del faraón, antes bien se convertirían en profesionales, y cada una de sus actuaciones sería tan rentable como los servicios de un buen escriba.

Al tratar esos asuntos le entraban a Jonet ínfulas de sabihondo.

–Deberíamos tomar a alguien que nos acompañe en la música.

–¿Te refieres a una danzarina? –gruñó Ipi–. No la quiero, porque la gente la mirará a ella en lugar de escucharnos a nosotros. Y si estás pensando en los palmeros, menos todavía, porque mientras baten palmas desviarán mi atención y saldrá esa cosa bullanguera que se oye en las fiestas de los nuevos ricos.

–No me refiero a eso. Es cierto que no necesitamos a nadie que ejecute, porque tu arpa y mi flauta hacen maravillas; pero es imprescindible alguien que nos dirija para concertarnos mejor. Deberíamos tomar un quironomista.

Era éste un oficio que estaba prosperando en Tebas paralelamente al auge de la música en las fiestas privadas. Debido a la ausencia de partituras y aun de notaciones, los quironomistas indicaban con sus dedos las notas que el músico debía ejecutar.

–¡Un quironomista! –exclamó Ipi–. ¿De qué nos serviría, si yo no puedo ver sus gestos?

–Tú no necesitas verlos, porque los sonidos están dentro de ti, pero mis percepciones llegan de fuera y no consigo dominarlas. Necesito que me guíen unos dedos ágiles.

Ipi le reprendía con dulzura:

–¿Por qué te obstinas en menospreciar tu talento?

–Porque no soy tonto, cieguito. Yo toco bien, pero eres tú quien arranca las lágrimas. Lo digo sin asomo de envidia; es más: lo digo con admiración. Tu padrino, el Celeste, es muy listo al ayudarte. Sabe muy bien con quién se la juega.

El quironomista que les mandaron de la Casa de la Vida era un maduro muy apuesto y Jonet supo apreciarlo desde el primer momento, de manera que le abordó sin dilación. Su cuerpo se regocijó al descubrir que los dedos del macho todavía eran más diestros que cuando se movían para indicarle las notas de la música, pero se sintió infeliz cuando todo hubo terminado y su compañero se negó a pasar el resto de la noche con él, pretextando que le esperaba su mujer.

–¡Imbécil de mí! –exclamó Jonet hecho una furia–. ¿Ésta es mi buena acción del día o sólo la que me acredita como tonto oficial de Tebas? Estoy harto de dar placer a hombres que, después, se van a ronronear en el regazo de sus mujeres y les hacen hijos asquerosos.

Pero el cuerpo los seguía llamando y no pedía explicaciones sobre el estado civil de quienes se sirvieran satisfacerlo. El cuerpo parecía obrar por su cuenta, echaba a andar por impulso propio, recorría el camino hacia el barrio de los lupanares. La mente ni siquiera tenía necesidad de actuar: se limitaba a seguir la caminata bajo el agobio de un profundo letargo.

El cuerpo avanzaba con paso decidido entre calles estrechas, alfombradas de fango y basuras. Apenas rompían la oscuridad algunas antorchas colocadas a las puertas de los prostíbulos, pero sus llamas creaban ondulaciones más temibles que la propia oscuridad; figuras deformes, de tamaño descomunal, que se cernían sobre el transeúnte con intención de envolverle y aun de aplastarle. Y una de esas sombras se convirtió en un perro negro cuyos ojos echaban hollín verduzco. Como su baba también era verde y su aliento levantaba gusanos del suelo, Jonet supo que se hallaba de nuevo ante Set.

La bestia abrió sus fauces tremendas, y una lengua bífida, forrada con escamas de serpiente, escupió palabras atronadoras:

–Por si no encontrases el camino, he decidido hacerte de guía, hasta dejarte a las puertas de tu ruina.

–¡No voy por decisión propia! –gritó Jonet–. Al contrario, me siento infame. Sufro mucho, después, cuando estoy con mi hermano.

–Ése será tu castigo, niño perverso. Penarás por el ser que es tu igual, tu idéntico, pero no conseguirás que lo sea en lo que para ti es más importante. Y tu cuerpo buscará desesperadamente el suyo, y al no obtenerlo, nunca te sentirás satisfecho con otros.

–Entonces, tampoco lo estará mi alma.

–¿Tu alma, dices? Ni siquiera yo la quiero porque está destinada a volverse negra como el carbón. Por eso te dicto ahora mi condena: ¡que todo aquel que se acerque a ti quede maldito!

Y por eso el quironomista se cayó al Nilo y fue devorado por un cocodrilo, que acabó mal a su vez, pues sus compañeros de manada se encolerizaron de que no compartiese su presa y se lo zamparon en un instante. Y no terminó aquí el infortunio. A un miembro de la nobleza que pasó una noche con Jonet lo aplastó un hipopótamo durante una infausta cacería donde un arpón atravesó por error a un apuesto capitán de la guardia real que había poseído a Jonet en dos ocasiones. También el notario Pernut fue arrollado por el carro del cervecero Nué, que, en consecuencia, se despeñó por un barranco.

Así, todos los que probaban el cuerpo de Jonet acababan mal. Y ante semejante horror, le intimidaba acercarse a su amado, y mucho más para hacerle avances porque temía que en cada uno de ellos se encerrase una daga untada con ponzoña de alacrán.

TRAS LA MUERTE DE LA DAMA DE LA CASA llegó a la calle de Las Acacias el tiempo de la desidia y hasta el Nilo tuvo pereza de transcurrir. Había desaparecido la necesidad de las preguntas y sólo Merit entre todos supo encontrar una respuesta gratificadora; y es que al quedarse huérfana ya nadie podía reprimirla. Y en ese estado de alivio se decía:

–La muerte ha mandado sus decretos a mi madre y un día me los mandará a mí. Dejaré esta vida sin haberla disfrutado en plenitud. Y lo que es peor: antes que la muerte vendrá el Tiempo con sus estragos y me haré vieja y ni siquiera los leprosos querrán gozar de mi cuerpo... ¡Si la diosa del amor me diese la oportunidad de anticiparme a tanto infortunio! Si accediese a mandarme a Nínive para que pudiera ser sacerdotisa y meretriz al mismo tiempo.

Pero no obtuvo respuesta, y esto es imperdonable en una diosa del amor, pues significa que no se ocupa de las urgencias. Pero como Merit no era mujer que desatendiera las suyas, decidió prescindir de cualquier bendición y organizar de una vez su pregonado viaje.

–Nodriza, sirvientas, fámulas todas: preparad mis vestidos, recoged mis afeites, poned mi joyerío en vasijas de alabastro porque me voy a Nínive con la próxima caravana.

–¡A mí no me engañas, insensata! –gritó la nodriza–. Tú te vas a Nínive a hacer el pendón.

–Lo habré hecho antes de llegar. Porque el caravanero que me lleva es un terremoto de hermosura. Sus ojos tienen el color de las turquesas; por contraste, su piel es oscura como boca de lobo y le crece un bigote tan frondoso que para alcanzarle los labios tendré que comerme los pelos uno a uno. Por eso te digo que mucho antes de llegar a Nínive ya habré sido la alegría de la huerta.

–¡Descastada! ¿No ves que dejarás en mal lugar la reputación de la mujer egipcia? Quédate en Tebas, y lo que tengas que hacer hazlo entre nosotros. Las vecinas te pondrán como un pingo, pero no trascenderá al extranjero. En cuanto al macho de la caravana, que venga a visitarte entre viajes y te deje saciada por unos días. Que así eres tú. Una perra en celo que necesita atiborrarse a cualquier precio.

–Sigues sin comprenderme. Nadie me comprendió nunca. ¿No ves que el caravanero me durará lo que la travesía del desierto? Muchas dunas, sí, pero lo que esperamos es la ciudad que se encuentra al final. Una vez en sus palacios olvidaré lo disfrutado y me abriré a lo que venga.

Estaba ya la caravana esperando al cabo de la calle. Se veía un conjunto más aparente que en otros viajes, pues Sumit, que tal era el nombre del caravanero, había dispuesto una litera muy femenina, con cortinajes de raso azul y flecos dorados. Ya llevaban largo rato esperando, pero la viajera de honor no aparecía, y aunque un beduino de nariz ganchuda aseguró que las mujeres suelen padecer el mal de la tardanza, Sumit empezó a incomodarse. Pues había calculado que, saliendo a aquella hora, estarían en las afueras de Tebas al caer la tarde y podrían acampar en algún oasis. Y no para comer, que los hijos del desierto suelen ser frugales, sino para introducirse en la tienda de Merit y gozar de su cuerpo varias veces.

–Erecto me tiene esa esperanza, y la perra no sale. Llegará la hora del encuentro y ya ni fuerzas me quedarán para hacerme una gallarda.

Cierto que Merit estaba haciendo gala de su carácter antojadizo en un constante ir y venir para acabar de una vez su equipaje, pero ese trasiego de urgencia no era la única causa de su retraso.

Acababa de recibir una visita insospechada.

Las vecinas que habían salido a contemplar el paso de la caravana descubrieron que de la casa de la dama Kipa brotaba un intenso resplandor, acompañado por un perfume de almizcle y caca de vaca. Por eso entendieron que Hator acababa de bajar a la tierra y se arrodillaron piadosamente mientras entonaban el salmo *La vaca lechera*, que siempre complació a la diosa.

Con mayor motivo se arrodilló Merit al ver que la luz de Hator invadía sus estancias.

–¡Señora del Amor! –exclamó–. ¿Vienes a desearme buen viaje?

La diosa habló con voz airada:

–Vengo a darte un bofetón. Ya no digo por puta, porque éste tendría que habértelo propinado tu madre cuando eras niña, sino el que te mereces por traidora.

–En lo de puta callaré, pues me conviene. Ahora bien, en lo de traidora no transijo. ¿Acaso he de recordarte que hay muchos egipcios viviendo en tierra extraña? Pues yo seré la embajadora de Tebas en Nínive y ninguna sacerdotisa local me ganará en proezas de la carne.

–Que tú no te vas a Nínive lo sabe hasta el lucero del alba. Y puesto que te pones resabiada, yo me pondré tremenda; y así te digo: no juegues con el orgullo de una diosa, que llevas las de perder. Es orgullo que ni se compra ni se vende en los bazares de la vida.

–Ya sé que no está en nosotros, los humanos, entenderos completamente, pero hoy no llego siquiera a intuirte. Todas mis ansias de amor vienen de ti. ¿De qué te quejas, pues, si pondré en práctica tus dones donde mejor sabrán agradecerlos?

–Te vas al templo de Astarté, y en esto me faltas, porque a esa bruja se la tengo yo jurada. ¿O acaso ignoras que hace varias generaciones intentó suplantarme?

–Señora, ¿de qué me hablas?

–He aquí lo que han conseguido largos años de herejía: ¡los cachorros de la nueva generación ignoráis nuestra historia sagrada! Has de saber que, en otro tiempo, la colonia fenicia en Menfis importó el culto de Astarté, que tiene atribuciones parecidas a las mías, pero en basto. Al principio callé, por cautela: no quise que en la asamblea de los dioses me tomasen por pendenciera. Pero esa asiática importada llevó las cosas demasiado lejos. Al poco le dieron un nombre más egipcio y, con él, nos la metieron en la familia. Debo recordarte que soy el amor, el deseo, el placer, y en cambio ella es el putiferio. Además, es guerrera, mientras yo soy tan femenina. Con todo esto perdí la paciencia y ahora no nos hablamos. Más aún: nos tenemos tirria. Ésta es, pues, mi voluntad: te quedas en Tebas, y si tienes ardores te los calmas aquí, que mozos de ley no han de faltarte.

Merit lloró, suplicó, amenazó, pero fue en vano. Llegó a prometer a la diosa que, al pasar por las minas del Sinaí, le levantaría una capillita, pues es terreno que le está consagrado en su calidad de Señora de la Esmeralda. Pero nada de esto consiguió conmover a la divinidad, que se alejó entre nubes de polen límpido.

Medianamente calmada, que resignada nunca, Merit decidió recurrir a su reconocido sentido práctico. Mandó llamar a Sumit y cuando lo tuvo delante –y eso era tener mucho hombre– le espetó con lengua húmeda:

–He decidido no ir a Nínive por razones que escapan a la razón de los hombres.

–Es lógico, si viene de razón de mujer. Pero, dime: ¿qué hago yo con mis ardores?

–Desaprovechar un buen manjar me parecería una afrenta a los que pasan hambre. Así pues, desnúdate aquí mismo y haremos lo que pensábamos hacer en los oasis.

Y lo hicieron. Y al terminar exclamó ella:

–Tienes mucho falo, y muy ameno. Por suerte lo he sabido a tiempo para pedirte que cada vez que pases por Tebas no dejes de visitarme. Como no estaré prisionera de las prisas de un viaje, me encontrarás más dispuesta. Vuelve, y te haré vivir la noche de tus noches.

–Yo estaré menos preocupado que hoy. No compareceré ante ti antes del viaje, sino después. Llegaré con los cabellos untados de mirra y unas gotas de ámbar en el pene. Espera, pues, ese momento de gloria, y guárdame la ausencia mientras tanto.

–Ni lo pienses. Por tu propio bien, no deberías desearlo. Porque encontrarás a muchas mujeres que te guarden la ausencia y se conviertan ellas mismas en ausentes al esperarte como idiotas. En cambio, si yo te engaño con el primero que pase servirá para hacerme cada vez más experta y eso redundará en tu placer.

Sin embargo, le echó de menos, no por amor sino a falta de mejores oportunidades. Y puesto que no encontraba hombres lo bastante bellos para hacerles de perra, optó por consagrarse al culto de su propia belleza. Así, se encerró entre cosméticos, vestidos y abalorios porque sabía que en Tebas estaba triunfando la variedad y había mucha competencia, pues con la Restauración llegaban rameras de todas las naciones, y en tal abundancia y calidad que habían empezado a reventar precios.

Seguía con sus jolgorios, pero aburriéndose cada vez más porque le faltaba el aguijón de la variedad. Y es que, como decía la dama Tantekis, cuando una ha gozado con un tebano ha gozado con todos.

Nunca una joven honesta se puso túnicas tan transparentes ni mayor acumulación de perfumes embriagadores, hasta el punto de que si asistía a alguna fiesta acompañada de Seshat y Totmés éstos la hacían pasar delante, para que la gente de calidad no los relacionase con tanto descoco. A la hora de irse no había ningún problema, pues hacía ya rato que la impúdica se había ausentado en compañía de alguna conquista; y, ya fuese desde un jardín idílico, ya desde una simple barca del Nilo, veía más estrellas de las que jamás lucieron en el cielo de Tebas. Y eso que siempre fue tan estrellado.

La nodriza, que en el fondo era menos severa de lo que necesitaba aparentar por ley de oficio, empezó a albergar destellos de comprensión, pues entendía que un horno como el de Merit no podía encenderse con tanta frecuencia si alguien no avivaba la llama. Y así comentó un día con la vecina Sotet y la vecina Nifrune:

–¡Pobre niña mía! ¿Y si lo suyo no fuese un vicio ni una enfermedad, ni siquiera un inconveniente?

–Será un pasatiempo –dijo la vecina Sotet, con retintín.

–Eso –dijo la Nifrune–. Vamos, como quien juega.

–O acaso una bendición. Porque seamos sinceras, más disfruta ella en una noche que nosotras en mil vidas.

–Que es golosa no se duda –atajó Rapet–. Pero esa gula no es suya, sino de Hator. Estoy segura de que la diosa se encarna en ella para satisfacer sus apetitos en la tierra.

–No hay que buscarle más explicaciones. Los cuerpos jóvenes arden cuando llega la estación en que se enciende el Nilo. También los mancebos se exhiben desnudos en sus ejercicios gimnásticos, de manera que ya no hay decoro en Tebas.

Enterada Merit de aquellos juegos, decidió inmiscuirse de la única forma permitida a una mujer. Mandó llenar un cestito de provisiones y, acompañada de la sirvienta Nerej, que tenía sus mismas inclinaciones, se fue al campo de entrenamiento de los mozos, y entró libremente con la excusa de que traía merienda para todos. Luego comentó Nerej, entre risitas, que la mejor merienda la tenían entre piernas aquellos aguerridos gimnastas, pero Merit, que no quería exponerse de nuevo a los reproches de Hator, buscó una excusa de tipo religioso declarando que le recordaban al dios Min, ese cuyas descomunales erecciones determinan la continuidad de la vida.

Cuál no fue su sorpresa al descubrir que el más parecido al dios itifálico era Jonet y no otro. Pues al verle jugar desnudo con los jóvenes del barrio reparó en que tenía potencias de macho bravío, acentuadas por una tendencia natural a empinarse cuando se refregaba con otros cuerpos en los ejercicios de lucha libre.

Ante aquel prodigio, salieron a flote los aspectos más religiosos del carácter de Merit y, siguiendo tan loable impulso, se arrodilló en plegaria hacia lo altísimo.

–Bendita seas, Hator, que me envías la solución a mis cuitas, sirviéndomela además en mi propia casa. Porque ese flautista es igual que mi hermano, pero en macho, y nada hay tan excitante para una mujer como probar el mismo hombre en versiones diferentes. Que si tuve al místico ahora tendré al parrandero. Y así la vida continuará porque lo mando yo, con tu sacro permiso.

Conociendo el camino que recorría Jonet a diario le salió al paso.

–Ayer te vi desnudo. Y en verdad te digo que si no fueses un mancebo creería que eres un caballo.

Él la miró sin molestarse en verla.

–Y si tú no fueses una cerda creería que eres una ramera.

Ella se despojó de la túnica, acción por demás innecesaria, pues debido a la liviandad de sus últimos modelos quedaba más desnuda cuando iba vestida que al contrario.

–Mi cuerpo está hecho para ser invadido. Considéralo un país muy fértil. Tu prodigioso obelisco debería fundar, en él, un consulado.

El mancebo la apartó con un gesto desdeñoso.

–Que seas cerda, pase. Que seas tonta me parece una condena.

–No es tonta la mujer que adivina en tus poderosos brazos un refugio y un calor.

–Tonta es. Porque aprecia unos brazos sin saber sobre quién desean cerrarse.

–Tus brazos no sé. Tus manos se cerrarán sobre mis pechos.

–¡Calla! Son una anomalía de la naturaleza. Porque son carne sobrante en el admirable equilibrio de un pecho masculino.

–Pues ciérralas en mi coño, mal nacido.

–Calla. Es otra aberración, porque es una carencia. Lo tienes en lugar de falo. Luego eres un macho mutilado.

–Busca en todo mi cuerpo: algo habrá que te guste.

–Sólo tu sangre, porque es la misma que lleva el joven que amo más del mundo... Te diré para tu complacencia que se trata de tu hermano, el ciego. Ese dios sobre la tierra...

Ella estuvo a punto de caerse al suelo.

–¡Horror de los horrores! –exclamó.

–Amor de los amores, que es distinto.

–¡No te atreverás a tocarle! –exclamó.

–No me atreveré, pero seguiré amándole de todos modos.

Tan ajena era Merit al concepto de amor que ni siquiera conocía el signo que lo representaba en la escritura. Pero como también desconocía todos los demás, nunca lo consideró una anomalía. Así, pudo volver al ataque, armada de seguridad.

–Hablas de amor y, sin embargo, me consta que eres promiscuo.

–Lo soy, en efecto, porque acato los decretos de un dios desconocido.

–No debemos culpar siempre a los dioses –filosofó ella–. En cuestiones del putiferio, los humanos también ponemos mucho de nuestra parte. Lo sé por experiencia propia.

–Pues remata esa experiencia donde sepan apreciarla, que en mi cuerpo no pondrás tú esas manos impuras.

–¡Impura yo! ¡Yo, que lavo mis partes con ambarina!

Él ni siquiera la oía. Se alejaba con la alegre disposición del que va al encuentro del amor verdadero. Y a eso iba, pues ya Ipi le estaba esperando para comenzar su sesión de música. Que no la hubo en el alma de Merit por unos días. Al contrario: las melodías que llegaban de la habitación de su hermano se le antojaban truenos, y los murmullos del jardín aullidos de almas condenadas. Y en ese cúmulo de acordes disonantes, su alma se tiñó de negro y su cabecita empezó a madurar una venganza.

Cierto día, aprovechando que Jonet se había ido a nadar, abordó directamente a Ipi.

–Vengo a hablarte de tu flautista. ¿Sabes dónde recibe a las luces del alba?

–Será donde van los jóvenes que tienen la suerte de verlas.

–Donde van los hombres que sólo se juntan con los hombres y en semejante exclusividad se dan por el culo. Así de claro.

Siguió una larga pausa que oscilaba entre la sorpresa y el dolor. Ipi, siempre propenso a las lágrimas, derramó alguna. Pero era su voz un trémolo:

–Lo que afirmas me hiere profundamente –dijo–, pero no permitiré que lo utilices contra mi hermano.

–Ese hermano puede traerte la desgracia, pues vive en la aberración.

–Lo único que de momento puede traerme es variedad a mi música. Todas las vecinas dicen que su flauta y mi arpa se complementan como el aliento de un dios con el de otros dioses. Así que déjale en paz, porque pronto llegará la fiesta de la Buena Reunión y tenemos que ensayar mucho para quedar bien a ojos de Hator.

–Él no estará. Yo me encargaré de que le echen.

–¡Ah, maldita! ¿Qué eres tú, una hermana o una loba?

–No hay agravio que pueda compararse a un deseo rechazado. En esto, más que loba puedo ser serpiente. Tengo influencias en el templo de Hator, porque di placer a tres de sus sacerdotes, y no hace mucho tiempo. Agradecerán, sin duda, ciertas informaciones sobre este infame.

Las agradecieron especialmente los dioses del Océano Primordial, que a pesar de su omnipotencia carecían de conocimientos sobre el tema. Sólo Isis parecía tener alguno, pero se mostraba remisa a comentarlo. Y Hator, siempre suspicaz, intuía que se había pasado las edades primigenias soportando un gran secreto sobre su alma.

Compasiva y a la vez curiosa, intentaba sonsacarle con artes familiares:

–Isis, hermana mía y al mismo tiempo suegra, ¿por qué cada vez que se te habla de amores irregulares despunta en tus ojos una lágrima?

–¿Y a ti qué te importa? –contestaba Isis con gesto altivo.

–¡Pues vaya humos! –contestaba Hator–. Allá tú con tus misterios, bonita.

Por importantes que pudieran ser los secretismos de Isis, otra cosa más inmediata preocupaba a Ipi Celeste.

–Hemos dejado a nuestro ciego favorito en manos de un loco.

Hator fue determinante:

–Su hermana Merit será un pendón, pero está en lo cierto. ¿Cómo va a tocar ese repulsivo flautista en mi hermosa fiesta?

–¡Si sólo fuese tu fiesta! –exclamó Ipi–. Hay algo peor, madre: ¡puede impedir que toque mi ahijado! Entre unas cosas y otras le está descentrando. Y eso no hay quien lo tolere. Por lo menos yo no pienso tolerarlo porque, francamente, me resulta intolerable.

¡DEMASIADAS COSAS NO TOLERAN ESOS DIOSES! Yo, que soy el narrador; yo, que cuento, ordeno, manipulo, nada sé de manipulaciones comparado con ellos. Desde que han sido restaurados los noto petulantes, con una arrogancia que no parece destinada a la bondad, sino al dominio. Diría incluso que su conocimiento del corazón humano se limita a encontrar la mejor manera de retorcerlo, como un muñeco de fango.

Al sentirse estrujado por los dioses, Jonet decidió recurrir a los humanos. Quiso buscar al que consideraba más prudente, y así compareció ante Totmés, y así le dijo:

–Digno letrado: tú eres hombre, tú eres sabio, tú te burlas de los dioses. Pero sobre todo amas a Ipi y sé que a mí me tienes cierto afecto...

Totmés temía que le agrediese con alguna perogrullada de las suyas, de manera que se apresuró a atajarle:

–Te advierto que no estoy de humor para que me cuentes cómo tomaste cinco fortalezas hititas sin la ayuda de ejército alguno.

–Pero ¿qué dices? Yo nunca he podido contar tales patrañas porque detesto la guerra, y si alguna vez he combatido contra gigantes, cabezudos y licántropos ha sido en defensa propia o para salvar a princesas hechizadas. Pero hoy tampoco se trata de eso. Hoy no vengo para contar aventuras sino para consultarte sobre una tremenda convulsión espiritual... –Calló un momento, pero viendo que Totmés se estaba impacientando se apresuró a decir–: Ea, hablaré de una vez. Necesito tu consejo, porque no quisiera cometer una barbaridad creyendo que estoy haciendo algo sublime.

–Por tu nerviosismo adivino que hay conflicto de enamoramiento...

–Haylo, en efecto. Y es conflicto doble porque lo tengo en la calle de Las Acacias. Peor aún: en la casa que considero como mía. Bajo el emparrado que la distingue, he aprendido a amarme a mí mismo amando a otro ser que es yo sin serlo.

–Querido: la claridad es una gentileza que debemos a quienes tienen la amabilidad de escucharnos. O sea que explícate mejor. ¿No te habrás enamorado de Merit?

–¡De Merit! –exclamó Jonet con expresión de espanto–. Ninguna locura más lejos de la mía. A mí me gustan los platos de primera mano, y en el suyo ha comido todo Tebas. Para que lo sepas de una vez: mi alma pena por aquel que, siendo igual a mí, me llama a ser suyo por entero. Por el que tiene mis propios rasgos, pero en gordito.

Totmés le miró con expresión de alerta.

–Puede ser que esté a punto de decir un disparate, pero... ¿no te estarás refiriendo al ciego?

–En efecto: ese niño que nunca vio la luz es la luz que me guía.

–¡No puede ser! –gritó Totmés entre la indignación y el horror–. ¡No es posible!

–Sí que lo es, sí. Trátase de un problema que me obsesiona noche y día. Cuando cierro los ojos imagino que estoy en las mismas condiciones que él y entonces me aconsejo a mí mismo: «No se te ocurra tocarle porque es un ser puro». Así me siento ejemplar en la renuncia, pero al mismo tiempo me digo: «Pues menuda canallada le estás haciendo al querer que se quede de este modo. No conocerá los goces del amor que tú puedes darle como nadie». Eso me digo a mí mismo y por decírmelo, y además acatarlo, nado en tal piélago de sentimientos negros que estoy a punto de ahogarme en la negrura.

–Ya te has ahogado. Lo que me estás contando te hace abominable a mis ojos.

–¿Porque el pobre Ipi es ciego?

–¡Porque es un hombre!

–Eso ya lo sé. Por eso me gusta. Si fuese mujer no me atraería, por muy ciega que fuese. ¿Comprendes?

Totmés se llevó las manos a la cabeza y empezó a dar vueltas por la estancia.

–Definitivamente, los dioses están borrachos si toleran tantas locuras.

–Mi corazón se dirige continuamente hacia él, pero no quedo contento: para sentirme pleno, mi cuerpo debería invadir el suyo. Porque mi forma de entender el amor es que el corazón, sin un cuerpo, no va a ninguna parte.

–¿Es que no temes el mayor de los castigos?

–¿Lo dices por los dioses?

–Lo digo por la naturaleza. Es el único dios que manda.

Totmés dijo exactamente lo que en otro tiempo la Dama de la Casa le dijo a Merit. Y aun añadió:

–Esta historia me repugna pero al mismo tiempo me inspira una pena infinita hacia ti.

Jonet no salía de su asombro.

–Tú te jactas de ser sabio, pero yo te digo que eres burro. Si la lectura de tantos papiros no te ayuda a comprender a las personas, ¿para qué sirven?

–Por lo menos para conservar la ética que ha sido el sostén de nuestro pueblo. ¿No conoces los consejos del sabio Ptahotep?

–¿Cómo voy a conocerlos si yo no había nacido?

–¡Animal! Tampoco yo, pero se encuentran en los libros.

Equivalía a decir que se encontraban en una caverna ilocalizable. Y aunque Jonet lo dejó bien sentado, Totmés siguió con su discurso sin hacerle caso:

–Dice el clásico: «Toma esposa para que ella pueda darte un hijo. Debes engendrarlo cuando eres joven y vivir para verlo convertido en hombre. Feliz es el hombre que tiene una familia numerosa y es respetado a causa de sus hijos». –Exhaló un profundo suspiro, y añadió–: Los hijos son la razón de la vida y también de la muerte. Ellos se ocuparán de que nunca falten ofrendas de agua delante de tu tumba, y aun antes se habrán preocupado de arreglarla para que sea digna de ti. Y si no tienes hijos nadie velará para que tengas un entierro digno.

–¿Y a mí qué me importa mi entierro si ya estoy enterrado en vida? ¿Seré ahora maldito entre los hombres? Me condeno por un amor sincero, cuando no me sentía condenado por amores de una hora. ¿Es posible que esto me convierta en una alimaña?

–Te convierte en algo mucho peor, porque ellas tendrán descendencia y tú nunca la tendrás. Y por eso serás maldito entre los malditos, porque al no servir para la procreación no sirves para nada... Eres una amenaza contra la vida. Eres un asesino porque matas la vida aun antes de que la vida se produzca. Y lo que es peor: seguro que eres contagioso. ¡Claro que lo eres! Peor que las epidemias. Tú eres la epidemia. Ahora mismo estás amenazando a nuestro hermano. Déjale en paz. No vuelvas a acercarte a él. Márchate de esta ciudad. ¡Vete ya! O, por lo menos, aléjate de la calle de Las Acacias.

Mientras esto acontecía en Tebas, en el Océano Primordial estaban las diosas con el corazón en un puño por tantos estropicios como veían producirse en las almas de los hombres.

–La razón habla por boca del librero –dijo la hipopótama Tueris–. En todo ha de verse que un humano instruido siempre acaba siendo un buen servidor de la moral.

–Cierto –dijo Osiris–. Y de la moral que más puede complacernos.

Ipi Celeste esgrimió con decisión su reputado sistro y exclamó:

–Ahora, lo que interesa es alejar al flautista para que el arpa de mi ahijado vuelva a sonar como antes.

La cauta Isis se mostró más pesimista:

–Sé que hay quien ha intentado domesticar a las hienas, pero aunque lo consiga no evita ni su hedor ni el pavor que inspira su canto. Igual los hombres que nacen retorcidos.

Y así fue cómo los divinos y los humanos desterraron a Jonet al este del edén.

APROVECHANDO QUE IPI HABÍA IDO A VISITAR al vendedor de instrumentos, Jonet dejó la flauta y se tendió bajo los árboles del jardín con la mirada perdida en lo alto. Tan perdida estaba que ni siquiera reparó en que el aire se alteraba por el paso precipitado de una criatura celeste.

Cabriolo, que ya estaba acostumbrado a aquel tipo de visitas, maulló varias veces seguidas, pero no consiguió ver nada. Y es que aquel día Ipi Celeste tenía el capricho del incógnito.

Su invisibilidad le permitió colocarse donde más le convenía, que era sobre la cabeza del abatido flautista. Y levantando el rostro con gran ceremonial empezó a regarle mientras canturreaba:

–Polvillo de estrellas para que te olvides de mi ahijado. Polvillo de estrellas para que tus ojos se fijen en otro. Más polvillo para que este otro se convierta en tu obsesión y dejes de marearnos. Y ahora un coscorrón por ser tan alocado.

Empezó a repartir coscorrones con el sistro, y como era un dios travieso seguía encontrando en ello gran diversión. En realidad era el único gamberrito que dejaba a su paso un polvo de estrellas.

Aunque Jonet sintió golpes y humedad, atribuyó ambas cosas a una nueva treta de Set, de manera que tuvo miedo. Como no quería sentirse solo, cogió a Cabriolo por la barriga y lo acarició dulcemente, y el minino encontró gran complacencia en las caricias, y tristeza en los lamentos del sufriente.

–¡Ay, gato gatuno! –decía Jonet–. ¡Ay, gatunal gatoide! A veces eres arisco conmigo, pero te tengo voluntad.

Y maulló Cabriolo:

–Y yo también a ti, pese a que en el templo de los locos te reservan la plaza de sumo sacerdote. Ahora que caigo: yo te entiendo a ti, pero tú a mí ni pizca. ¡Mira que ser hombre para ser tan lerdo! No le veo la ganancia.

Entonces recibió una gran sorpresa: Jonet se puso a maullar, expresándose con toda claridad.

–Cuidado con lo que dices, gatíbilis, que entiendo tus maullidos.

–Novedad absoluta –exclamó el minino–. ¿Desde cuándo sabéis lenguas las petardas?

–Como sigas así voy a llamarte Chepa.

–Y yo te morderé un testículo –dijo el gato–. Y el que quede se lo daré de comida a los gorrinos.

–No te ofendas, badulaque. No me negarás que a veces tienes joroba.

–Pero no es humillante. La pongo cuando tengo a mi

amo cerca porque esto me hace feliz. Y si me acaricia le incluyo el ronroneo del cariño. Pero de esto a gato jorobado media un reino.

Le arreó una patada y el gato se fue con sus miaus a otra parte, pero no sin antes dejar bien sentadas sus reclamaciones:

–No sé si aguantaré mucho tiempo entre locos. Estoy a punto de coger mis pertenencias y largarme a vivir con mis primos. Sé que en su casa no me faltará ni cama ni pitanza, porque donde comen dos gatos comen tres y hasta más.

La llegada de Ipi le impidió cumplir su amenaza, que profería cuando alguien osaba contrariar sus deseos. Y es que conocía al dedillo los derechos de todo gato en una casa egipcia. Pero Jonet desconocía los suyos en el mundo, y cuando se halló ante Ipi se desmoronó completamente, echándose a llorar sin temor al ridículo. Y así continuó durante largo rato, con riesgo a que el ciego le dictase su ya famosa orden:

–A la flauta, hermano, a la flauta.

Pero aquel día Ipi se vio obligado a escucharle y así conoció que detrás de su alegría habitual yacía un sufrimiento. Y cuando el otro expuso con todo detalle su conversación con Totmés, descubrió a una víctima.

Al fin, dijo:

–Hermano mío eres y hermano tuyo seré, pues te he elegido y me has elegido. Contrariaremos la voluntad de los hombres y de los dioses porque yo te haré grande asumiendo lo que los demás consideran tu anomalía. ¿Acaso no tengo yo la mía? También un ciego es un extraño entre los hombres. Es cierto que no puedo darte lo que me pides, porque no es una de mis inclinaciones naturales, pero puedo ofrecerte algo mejor: mi agradecimiento por lo que me has dado tú.

–Esto no me consuela, porque sigo estando desamparado. Todos tenéis un dios a quien pedir protección, pero yo no tengo ninguno. ¿Cuál se atrevería a defender mi causa? Totmés tiene al itifálico Min para que defienda sus erecciones, pero siempre las inspirará una mujer. Si Seshat quedase embarazada tendría a la hipopótoma Tueris y al enano

Bes, que velan por los partos, pero su hijo lo había engendrado un hombre. Sólo mi amor, por inmenso que sea, queda al margen de todo. Ningún dios querrá abonarlo, porque al no poderme perpetuar impido que ellos mismos se perpetúen en las creencias de mis descendientes.

–Nada puedo ofrecerte porque dependo de cuanto quieran ofrecerme los demás. Pero quiero decirte que, cuando hayas recorrido todos los caminos, yo te estaré esperando en el último. Haz lo que quieras en esta vida, pero descansa a mi lado en la eternidad. Exijo que nos entierren juntos para seguir haciendo música.

–¡Eso, eso! –exclamó Jonet, batiendo palmas–. Y que a la hora del juicio supremo, Osiris se vea obligado a decir: «Esas dos almas son tan iguales que me confunden. ¿Quién es Jonet y quién es Ipi?».

Entonces fueron a ver a Seshat, que se hallaba en su tienda, ordenando papiros.

–¿Tú puedes redactar un testamento? –preguntó Ipi en tono solemne.

–Fui preparada para redactar muchos. ¿Para quién es éste?

–Para Jonet y para mí. Es decir, nosotros.

–En tal caso podría redactarlo si antes no me desmayo del susto. ¿Quién de los dos piensa suicidarse? Porque de muerte natural no os toca a ninguno.

–Puesto que no puedo darle mi cuerpo al hermano, pues los dioses no me han concedido sus inclinaciones, quiero darle mi eternidad.

–No sé si esto no es una herejía. Debo consultarlo.

–¿Qué nos importa que sea una herejía si somos herejes por naturaleza? Un maricón despreciado y un pobre ciego. ¡Anda que tenemos muchos motivos para estarles agradecidos a los dioses!

Seshat pidió a Jonet que le dejase hablar con su hermano. Una vez a solas, le dijo:

–Ten cuidado con ese pájaro. Nada de lo que cuenta es cierto. Es un zascandil, un botarate, un don Nadie que quiere ser un Todo-el-Mundo.

–Me basta con que toque bien la flauta. Y a fe que lo hace. De eso tengo pruebas.

–Tampoco tantas –dijo Merit–. ¿Cómo lo sabes si no puedes verle?

–Pero oírle sí puedo. Por lo menos esto concédemelo.

–¿Y si la apariencia no corresponde a la realidad? Tú oyes la flauta, pero no puedes ver quién la toca. Bien pudiera ser una ilusión que te estás forjando tú mismo.

–No me vengas con ideas retorcidas, hermana sabihonda.

–Debes aprender que en la vida las cosas más seguras pueden no serlo en absoluto, y más en tu caso, que haces depender tus impresiones de alguien muy dado a la exageración.

–He aprendido que lo que dicen los sabios y los sacerdotes no lo entiende nadie. Que me den la opinión de las vecinas y queden los libracos para los turbios... En cuanto a ti, ¿de qué te ha servido aprender a leer si no sabes reconocer un solo renglón del alma humana?

Llamó a Jonet con ansiedad y palpó el aire en busca de su mano, y cuando sintió que él la recogía, dijo:

–Hermano mío, quiero que se haga este testamento. En la eternidad, ni yo seré un ciego ni tú un maricón. Seremos, simplemente, eternos.

Con el firme propósito de no profanar al inocente, Jonet siguió frecuentando putos de lupanar, pero no le proporcionaban el menor placer porque en ninguno veía reproducidos sus propios rasgos ni enriquecido su espíritu. Regresaba junto al lecho del hermano y se quedaba contemplando su sueño, mientras pensaba: «¡Que para mantenerte puro tenga yo que pasar esta agonía! Bien crueles son los designios de los dioses, que a ti te quisieron ciego y a mí me querrían castrado».

Pero la voluntad de los dioses no se correspondía con la picardía de los hombres, que seguían deseando a Jonet y se lo hacían saber con miradas de fuego destinadas a encenderle. Y aunque él vivía predispuesto a que ocurriera, nunca lo fue de modo tan intenso como el día en que en la fiesta de la viuda Tofris le miró un maduro tan apuesto que algunos le consideraron el progenitor de todos los bellos que han poblado la larga historia del deseo.

Tenía sienes plateadas, cual noche de luna llena, y rasgos rectilíneos como la plomada de los arquitectos reales; y en el cuerpo tantos músculos orgánicamente repartidos que diríase un edificio levantado a gloria de la armonía.

El caballero siguió a Jonet hasta el templo, el día que se celebraban pantomimas, y volvió a mirarle un día de mercado en que llegaban especias de Kush; cruzaron sonrisas en una cacería de ánades y, en cierta procesión de una diosa extranjera, Jonet se atrevió a mirarle con ojos brujos y a cambio recibió miradas de dominador. Y duró varios días ese ir y venir hasta que se saludaron a la salida de la taberna del Pez Espada, donde cantaba La Ruiseñora. Y allí, tugurio de pasiones, se decidió el caballero a jugar su baza, de manera que abordó al efebo con aires de corsario experto.

–El día es tórrido y un criajo como tú debería permitir que le invitasen a un trago de aguamiel.

–Un criajo como yo es más dado a la cerveza porque enardece los sentidos cuando se enfrenta a un macho de tu porte.

–Que sea, pues, una cerveza. Y acompañada por unos pinchos de hígado de oca.

–Eso nunca, porque me daría un repelús. Perdona, sé que te estoy ofendiendo porque pretendes obsequiarme con el manjar más disputado en las mesas de los selectos, pero me crié en una granja y tuve amistad con la oca Senesia y recuerdo cómo sufría, la pobrecita, con todas las barbaridades que le hacían para engordarle el hígado con métodos artificiales. Puedo contártelo con todo detalle...

–No lo quisiera. La gloria de tu cuerpo me interesa más que el hígado de las ocas.

Cogieron una habitación de lujo en la pensión El Loto, que regentaba la notoria dama Matret. Ella, sí, a quien tanto debían los amantes furtivos de Tebas que no disponían de casa propia para desbordar frenesíes.

Una vez en la habitación, que daba a un jardín muy florido, Jonet desnudó al caballero con pulcritud de siervo personal y él hizo lo mismo con actitud de padre complaciente. Cada uno se admiró del cuerpo del otro porque, salvando diferencias de edad, eran perfectos.

Jonet notó la extraordinaria suavidad de su pareja.

–Qué extraño eres –murmuró–. Cuando me abrazas es como si estuviese en el interior de una nube.

–Cuando mi pene se pose en tus labios notarás que tiene la liviandad del lino. Y mi semen perfumará tu paladar como la flor del tamarindo.

–Entonces debes de ser un personaje celeste. –Aquí suspiró profundamente y no pudo evitar una mueca de sarcasmo–. ¡Ay! Sin duda es parte de mi destino que mi cuerpo se convierta en lecho de los dioses.

–Yo soy el que está más allá de los dioses. Soy el Tiempo.

Tuvo que repetirlo varias veces hasta que Jonet le creyó. Y una vez le hubo creído, dijo con admiración:

–¡Pues eres muy hermoso para ser semejante monstruo!

–Tengo una vida tan larga que he podido ir recogiendo pedazos de belleza de aquí y de allá. Me los he incrustado para seducirte.

–Y lo has conseguido. Si mi corazón no estuviese ocupado, me dejaría invadir por el tuyo. Me convertiría en tu esclavo y en cada uno de tus deseos encontraría razón de vida.

De pronto cambió de actitud, y su sonrisa dejó de brindar amor para hacerse esquiva.

–Del mismo modo que dije una cosa digo otra: poséeme, porque me gustas; pero te advierto: una vez hayamos gozado te olvidaré, porque soy voluble y antojadizo y he decidido tomarme el amor como un juego de mariposas.

–Lo dices porque es propio de los jóvenes fingir la maldad que no se tiene. Tanto miedo tenéis a definiros.

–¡Ay, Tiempo! ¿Es que tú fuiste joven alguna vez?

–Yo siempre soy joven. Es lo que los humanos no entendéis. Que aun transcurriendo tanto, no transcurro nunca. Al abrazarte estoy en el alba de la creación, pero también en el ocaso del mundo.

El Tiempo entretuvo a Jonet con juegos amatorios aprendidos a través de las edades, y en el éxtasis que aquel repertorio le producía gimió el mancebo:

–Invádeme de una vez con todas tus fuerzas, taládrame hasta llegar al corazón, y deja allí tu semen.

–Eso te pido. En las simas de tu cuerpo quiero instaurar la estirpe de los niños que nunca crecerán. Con mi sabiduría te penetrará toda la historia del mundo. Y no podrás olvidarme, aunque quieras, porque en cada rincón de tu vida estaré yo.

Después de eyacular siete veces siete en los pozos de Jonet, el Tiempo cayó extenuado de placer. Y Jonet escuchó, ebrio de júbilo:

–Suelo aparecerme para amenazar a los humanos, pero a ti he venido a traerte dulzura. Tú mismo has dicho que no tienes ningún dios que te proteja. Permite que lo haga yo. Estoy prendado de tu juventud, dc tu bendita locura, del delirio que arrastras. Por eso te digo que quiero preservarte para siempre en el interior de la bola de cristal que se conserva en el fin del mundo.

–¿A qué bola te refieres?

–A la que se halla en el templo de la diosa del Ojo Que Todo Lo Ve, adonde sólo ha conseguido llegar el inmortal Sabú. Algún día sabrás dónde se encuentra la alfombra voladora que le llevó. De momento, quédate conmigo, accede a amarme y serás eterno a mi lado. Verás agonizar a la Madre Historia, verás cómo van muriendo las culturas y seguirás en mis brazos, eternamente niño. Y perderás tu nombre para recibir los que te iré dando en el futuro.

Jonet se echó a reír con acentos de coquetería infantiloide.

–¿Qué amor es el tuyo que necesita más de un nombre para definirme?

–Te llamaré Dante y al mismo tiempo Elvis Presley. Te llamaré Maria Callas y te trataré de Gatopardo. El día que nazcan James Dean y Sal Minneo culminaremos un coito que tendrá a las estrellas como vástagos...

–¡No sé qué dices! –gritó Jonet, esta vez sin fingir–. ¡No sé de qué me hablas! Yo sólo entiendo que me has dejado satisfecho porque follas muy bien. Se conoce que tienes mucha práctica...

–Hijo mío, si el Tiempo no tiene práctica, ¿quién la tendría?

De pronto se oyó un aullido feroz, un soberbio grito de batalla. Y entre un fragor encarnizado apareció Set, jinete en su dragón de escamas de amianto arrancadas del que fue el reputado carro de Akenatón.

–¡Aparta las manos de este efebo! –gritó–. Su repugnante piel es mía. Su asquerosa piel me pertenece.

El grito fue prolongándose hasta engendrar otros aullidos provocados por la misma garganta, convertida a su vez en sima del averno. Sonó el fragor de tambores guerreros y Set empezó a arrojar nubes negras. Ofrecía un aspecto imponente: un atleta de las tinieblas. Diríase desnudo si no fuese por un arnés de cuero negro que le cruzaba el pecho y un suspensorio metálico que sostenía sus famosos genitales. Pero llevaba el yelmo azul con que se tocan los faraones para ir a la guerra, y esgrimía una hacha de hierro, el nuevo material de moda en las batallas.

Ante aquella visión estremecedora, Jonet se aferró a la pierna de su valedor:

–¡Defiéndeme, paladín mío! ¡Defiéndeme porque el Mal viene a buscarme!

El Tiempo abrió sus potentes brazos, convocó al rayo y al trueno y en sus manos apareció una espada flamígera, como las que tienen los espíritus nobles para ensartar al Mal a fogonazos.

–¡Apártate, serpiente de la vida! He decidido convertir a Jonet en niño eterno y no has de ser tú quien lo profane.

–¿Pretendes perpetuar la maldad de la inocencia? –gritó Set–. Niños y jóvenes como éste ofrecen el infierno con sus besos. Quítate de en medio, porque pienso llevármelo aunque sea a rastras. Y será mi esclavo hasta que su alma se convierta en buitre para alimento de otros buitres.

Nunca se vio que el Tiempo y el Mal luchasen por un mancebo. Y en esta batalla, como en todas, el Mal estuvo a punto de vencer al Tiempo mismo. Y éste se encontraba tan apurado ante sus acometidas que gritó:

–Nuestro combate puede conmover los cimientos de la creación, por esto te ordeno una tregua.

–¿Desde cuándo el Mal acepta órdenes de nadie?

–Desde que el Tiempo conoce su secreto...

El aullido del Mal se tornó en rugido de huracanes.

–¡No te atreverás a utilizarlo!

–Pende sobre tu cabezón de bicharraco. Una sola acción contra este infante y el secreto será revelado en la asamblea de los dioses.

Set íbase encogiendo, mientras gritaba:

–¡Cesad, furias siniestras! ¡Atrás, espíritus de la infamia! La hora de la venganza no es llegada. La suprema justicia del Mal tendrá que esperar, hasta que el Tiempo amaine sus defensas.

–No ha de ser –gritó el Tiempo–. No ha de ser porque estoy en la esencia del hombre y soy el alma de las cosas.

Las huestes del averno bajaron la cabeza como si fuesen mastines humillados. La nube negra empezaba a deshacerse y en lo alto de su carro Set continuaba emitiendo ladridos indescifrables.

–¡No entiendo nada! –gritaba Jonet–. ¡No entiendo nada!

–Te pondré a buen resguardo hasta que volvamos a encontrarnos.

–¿Y me dejas ahora, cuando el placer que me has dado me pedía más penetraciones?

–Lo siento, pero ahora no dispongo de tiempo.

–¿No dispones de tiempo y eres el Tiempo? ¡Cuanto más hablas menos me aclaro!

–Agárrate a mi falo, pues vamos a volar.

–¡No me sostendrá, que peso mucho!

–Sí, porque el contacto de tu mano lo mantendrá erecto. Y en tales condiciones, el falo del Tiempo es invencible.

Jonet se vio transportado sobre los tejados de Tebas y al cabo de un instante ya volaba sobre las aguas del Nilo.

–¡Estoy volando! –gritaba–. ¡Yo, el hijo del escriba, estoy volando!

Y gritó el Tiempo, con voz wagneriana:

–Aprovéchate, malandrín, porque ningún hombre ha visto lo que estás viendo. Aprovecha, porque Tebas sólo se ha mostrado así a los dioses y a los pájaros.

–¡Y a las nubes! –gritaba Jonet–. ¡Soy una nube colgada de tu falo!

Él vio a Tebas convertida en suntuoso juguete, pero Tebas no le vio a él como Jonet. Desde los jardines y terrazas de la ciudad sólo se apreciaba a un gigantesco gavilán que llevaba entre sus garras a un palomo.

Pero el Tiempo, que es cruel con los humanos, siempre fue generoso y gentil con sus amantes, de manera que buscó el mejor lugar para depositarle. Voló sobre las frondosas huertas que jalonan la ribera del Nilo, se adentró por las zonas desérticas, donde se levantan los templos funerarios de los grandes reyes, se desvió hacia las arenas del desierto, evitando así introducirse en las escarpadas montañas donde reposan los muertos de Tebas, y al llegar a los límites del desierto aparecieron los esplendores de la Casa Dorada, donde habita el faraón. Allí, en sus jardines, el Tiempo depositó suavemente el cuerpo de Jonet y le cerró los ojos con tanta dulzura que parecía como si en cada dedo llevara un beso.

Cuando el Tiempo ya había volado a millones de sueños de distancia, Jonet despertó de su propia ensoñación y tuvo que restregarse los ojos para comprobar que ya no estaba en ella. Pero el jardín que le cobijaba era tan seductor que no podía asegurar si pertenecía a la realidad, del mismo modo que ignoraba si era real lo que había vivido y seguía viviendo.

De pronto sintió violencia en su interior. Estuvo a punto de creer que le había entrado un espíritu travieso y, para colmo, entregado al bailoteo. Pues tal hacía, y con tanto frenesí que no paraba de golpearle en el estómago.

–¿Quién me ha puesto ese desorden en el cuerpo? –se preguntaba–. ¿El Tiempo? ¿El Mal? ¡Es que ya no me aclaro en absoluto!

Y allá en Dandara se tronchaban de risa Ipi Celeste y su madre Hator.

–Mi conjuro empieza a hacerle efecto –dijo el diosecillo–. Ahora se enamorará rendidamente del primero que vea, y así dejará tranquilo a nuestro arpista.

–¿Y si ve a un enano, un tullido o un anciano baboso?

–Igual, igual. No debes olvidar, madre, que el amor es ciego.

Jonet no tardó en comprender que se hallaba al otro lado del río, y al no recordar cómo lo había cruzado pensó que había bebido demasiado la noche anterior. Así le resultaba fácil explicar, también, el bullicio que se estaba organizando en sus entrañas.

Sólo que en lugar de hacerle vomitar, como suele ocurrir en esos casos, el desorden le inspiraba una euforia desacostumbrada aun en alguien tan vehemente. Impulsado por sus efectos, empezó a correr entre los árboles, se entregó a todo tipo de acrobacias, y entre saltos, volteretas y hasta canciones caía una y otra vez en la yerba y se restregaba la cara contra ella y la mordía, como si fuese una vaca hambrienta.

Tanto brincó, corrió y hasta danzas hizo, que fue a parar a un rincón del jardín que terminaba en un lago inmenso, presidido por una enorme barca que en otros tiempos utilizaba la reina Tiy para surcarlo.

Pero esa reina estaba muerta y, en cambio, lo que Jonet acababa de descubrir estaba vivo.

Era un cuerpo que yacía pacíficamente a la sombra de un melancólico sauce. Aunque en la umbría buscaba protección del sol abrasador que cae sobre la orilla izquierda de Tebas, ese cuerpo se arriesgaba, de vez en cuando, a que el sol le arrancase brillos excepcionales.

Sabed de una vez que era Tutankamón quien yacía, deslumbrante, ora al sol, ora a la umbría. Y su aparición estaría preparada por algún dios, porque sólo aquel que tiene poderes celestes puede conseguir que un rey pierda el decoro y se ponga a tomar el sol en postura de ramera. Que siempre habrá de resultar improcedente aunque se crea a solas y sin temor a ser sorprendido.

Yacía completamente desnudo, y en el éxtasis que el sol arrancaba a su reposo se desperezaba con extrema languidez, manteniendo las piernas estrechamente unidas, de modo que sólo sobresalía un triángulo de exquisito vello, y esta figura es igual en hembra que en machito. Y como llevaba el cráneo rasurado a semejanza de las damas de la corte parecía la más linda entre las portadoras de la palma que acompañaban a su esposa en las ceremonias.

Entonces Jonet percibió ardores de macho y encontró en ellos señal de incongruencia.

–¿Qué me está ocurriendo? ¡Me atrae esa mujer, a mí, que nunca reparé en mujer alguna...! ¿Quién está cambiando mi naturaleza? ¿Es que he de ser siempre un títere de la voluntad de los dioses?

Pero Nebjeperure abrió las piernas y en lo que parecía el monte de Venus apareció un miembro viril de porte distinguido.

–¡Milagro! –exclamó Jonet fuera de sí–. ¡Un jacinto donde había una caverna!

No habían terminado sus sorpresas y empezó la mayor cuando el faraón, venciendo las tentaciones de la pereza, se arrojó al estanque y se puso a bracear con energía encantadora. Si Jonet le había encontrado hermoso, ahora le descubría el colmo de la elegancia, máxime cuando optaba por nadar de espaldas, levantando el hombro a la altura de la mejilla mientras con una mano jugaba con los nenúfares, encaprichándose de ellos hasta el punto de colocarse uno detrás de la oreja.

Instantes como ése convierten a un flautista en un esteta. Pues cuando el faraón se sumergía con el propósito de encontrar flores para su reina, sólo emergían sus nalgas, que destacaban entre los lotos como dos joyas ofrecidas al sol. Y al contemplarlas, Jonet estuvo a punto de desmayarse, porque no se habían visto dos redondeces tan bellamente cinceladas desde que se formó la colina de las edades primigenias.

–¡Válganme esas nalgas! –exclamó, en su delirio–. ¿Son de hombre o de ángel? ¿Son de hada o de íncubo? Son flor y sin embargo son más que flor. ¡Pobres lotos! ¡Cómo desmerecen al lado de esas nalgas!

Cuando el faraón salió del agua quedó de espaldas a él, de manera que su trasero relucía por el doble efecto de las gotas que lo lamían y el sol que lo acariciaba.

Jonet no pudo resistir más. Cayó de rodillas y le besó los pies, y al levantar la mirada descubrió unos labios tan carnosos que diríanse una réplica de las nalgas, pero colocadas en un rostro perfecto. Y sólo entonces reconoció al faraón sin que este reconocimiento le aconsejase renegar de su locura.

–Mi razón se ha esfumado al verte –exclamó–. Creí que eras una diosa y eres un dios. Y el horror me embarga, pues como diosa eras un primor y como dios eres lo que nunca hubo.

Faraón se apresuró a cubrirse, y en el tono más digno que la situación le permitía improvisar dijo:

–¿Desde cuándo mis jardines son hospicio de orates? Vete de aquí antes de que me contagies tu locura.

–Locura es, en efecto, porque me he dejado subyugar por el refulgir de tus nalgas. Concédemelas y muera yo después.

–¡Imprudente! No se hicieron mis nalgas para boca de asno.

Es signo de los tiempos que hasta un Horus viviente incurra en chascarrillos propios de tabernera, y aun de provincias.

Pero Jonet no se daba por vencido. Rechazado acaso; vencido, nunca.

–Déjame besar tus nalgas como si fuesen los labios de la diosa del vino... Pero ¿qué estoy diciendo? ¿Tan impío he de ser en mi delirio? He osado posar mis ojos en tu cuerpo, sin pensar que es el de Horus redivivo. No me tengas compasión; flagélame porque estoy profanando tu divinidad con ojos de meretriz.

–Nunca he flagelado a nadie. Comprende que no sería

de buen tono interferirme en el trabajo de los verdugos. A cada cual lo suyo.

–Flagélame de todos modos. Lo merezco.

–De ningún modo.

–Flagélame, por los dioses. ¡Arráncame mi orgullo a latigazos!

–¡Que no, releche! ¡Que no!

–Pues llama a tus verdugos y que me arranquen la piel ante tus ojos mientras fornicas con una esclava del harén para hacerme sufrir más.

–Yo no tengo harén, porque me basta con mi reina. Y, por otro lado, creo recordar que en mi corte no tenemos verdugos. O sea que acaba con tu insensata comedia y márchate en paz. Y la próxima vez, antes de entrar en un jardín, pide permiso.

–¡Maldito! –aulló Jonet, y añadió, agonizante–: Eres como el perro del hortelano, que ni flagela ni deja flagelar.

Y se arrojó al suelo y gimió como una plañidera de suburbio, porque creyéndose feliz por su divino descubrimiento, era más desgraciado que el leproso que llora en los caminos sin bálsamos que refresquen sus llagas.

Se echó a las calles de Tebas gritando como un poseso, y las personas sensatas comentaron que los jóvenes deben aprender a beber antes de sumergirse en lagos de cerveza.

Corría con los brazos abiertos en cruz, proclamando a grito abierto su agonía:

–Ni siquiera se digna flagelarme. ¡Tan alto está! ¡Tan por encima de mi deseo!

Y la gente que tomaba el fresco a las puertas de las casas decían:

–Que le flagelen de una vez, a ver si calla.

Corrió al barrio del placer para buscar en el sexo opuesto lo que el suyo le negaba; así, tomó a una puta de Siria, que son muy limpias, y cayeron ambos sobre una alfombrilla y empezó él a lamerla aunque interrumpiéndose a cada momento para pronunciar el sagrado nombre de Nebjeperure; pero al descubrir que en la entrepierna de la gorrina faltaba el miembro esencial de la hombría, la acusó de embaucadora y empezó a golpearla brutalmente, hasta que llegaron los guardianes de la casa y le arrojaron a bastonazos, tratándolo de borracho.

Que no lo estaba, pero lo estuvo en el tiempo de un suspiro. Llegó tambaleándose a la taberna de los Estudiantes y pidió más cerveza de la que conviene a un flautista o a cualquiera.

Y como no dejase de llorar, se le acercó un sirviente y le dijo:

–¿Qué tienes? ¿Quieres anticipar con tu llanto la crecida del río?

Como sea que otros parroquianos repitieron la pregunta, él estalló:

–Compadecedme, porque he visto las nalgas del faraón surgiendo entre los lotos, y eran tan fascinantes que no supe distinguir entre la flor y las nalgas.

Y en esto vieron todos el peligro de su borrachera, y uno dijo:

–Nadie vio jamás el culo de un faraón, porque de ser así tendríamos república y no faraonismo.

–¡Semejante aberración! –exclamó un cojo de Quena–. Nunca se dijo que los Horus vivientes tengan culo.

Pero Jonet acababa de descubrir que lo tenían y por ese descubrimiento aullaba como una loba en celo y a la vez un lobo malherido.

Y fue corriendo a casa de Ipi y se arrojó a su lado, escondiendo la cabeza entre las manos, en el loco temor de que sus ojos pudieran ver tanta vergüenza.

–Compadéceme, hermano, porque he visto el cuerpo de un hermoso y mis labios sólo ansían posarse en cada una de sus partes. Y ninguna de ellas está permitida a los humanos, pese a que son humanas en extremo.

Y entonces pensó Ipi con dulzura: «En verdad que eres tonto, flautista. Empiezo a creer que te complaces en el sufrimiento y yo no estoy por la labor, porque bastante he sufrido con mi ceguera como para ir por el mundo pidiendo que me flagelen».

Pero mentía sin saberlo, porque ya tenía el alma flagelada y se obstinaba en ignorar el nombre del flagelador que la entretenía. Deseaba morir, aunque no podía precisar por qué razón. Sólo entendía que la muerte sería la manera de descansar junto a aquel absurdo hermano en la tumba donde ninguna criatura humana puede entrar.

Así, conoció un rostro distinto del dolor, y lloró aquella noche y otras dos hasta que a la tercera se le apareció la Dama de la Casa, y así dijo:

–Ciego te parí, y éste es mi tormento, pues temo haberte dado la vida a medias. Pero nunca te creí tonto, y menos para sufrir por los desplantes de un ingrato.

–¿Qué me pasa, madre? ¿Qué me ocurre?

–¡Ay, mi cieguito! Que has aprendido a depender demasiado de los demás. Y ante semejante esclavitud, hasta los dioses retroceden, asustados.

Tanto es así que las diosas Isis y Hator se apresuraron a desviar la cuestión hacia su acostumbrada partida de senet.

–¡Dama de la Casa! –exclamó Hator–. Tenemos ese juego a medio resolver desde hace varias lunas...

–Exacto –dijo la sacra Isis–. Hablemos claro, difunta: o juega o se dedica a coloquiar con el retoño.

–Pero ¿cómo? –exclamó la Dama con un deje de descaro–. ¿Usía se atreve a considerarse madre de la Humanidad cuando prefiere una partida de senet a las penas de un pobre huérfano?

Cualquier diosa se hubiera avergonzado por poco decoro que tuviera. Como esas dos tenían mucho, concedieron. Y como siempre, fue Hator la más locuaz:

–Porque somos sacras y comprensivas accedemos a conmovernos. Que no es fácil, tratándose de pervertidos.

–¡No toquemos ese tema! –gritó Isis–. No lo toquemos, o te arreo sopapos hasta arrancarte sangre de esos morros de vaca locaza.

Atended ahora, oyentes de esta historia: estáis asistiendo al asombroso cambio de Isis. Su acritud nos la hará irreconocible, y sin embargo tenía buena causa para adoptarla: el secreto del que alardeaba el Tiempo, y que le servía para contener la furia de Set, afectaba también al hijo que la diosa tuvo de Osiris; a Horus, sí, amenazado de forma humillante.

Por aquel secreto, el malvado Set volvía a arrojar infamia sobre personajes bondadosos, a quienes ya martirizó en las primeras edades del mundo. Sería para siempre el hermano malo de Osiris; el envidioso que se levantó contra él, cortando su cuerpo a pedazos y arrojándolo al Nilo. Tan horrendo fue su delito que hasta su propia esposa, la prudente Neftis, se puso de parte de su hermana Isis y la acompañó en su largo peregrinaje río arriba, buscando los fragmentos dispersos del hermano bueno. Y del pene osiríaco, también mutilado, concibió Isis a Horus, vengador de su padre.

Convertida en la Gran Madre por definición, Isis dedicó su vida eterna a proteger al niño de todo peligro. Cuando éste, ya adulto, se dedicó a combatir a su perverso tío, curó amorosamente todas sus heridas. ¿Qué no iba a hacer para proteger su reputación, encerrada en un secreto tan terrible como el que les estaba amenazando?

Y habría alguien que podía conocerlo por su relación con el Tiempo. Jonet, el flautista loco, objeto de la enemistad de todos los dioses por varios cargos a la vez. Como se vio, aquellos días, en la gran asamblea.

El gran Re, padre de todas las familias sacras, iluminó el Océano Primordial con sus rayos solares. Y fueron a enfocar directamente a Ipi Celeste, a quien la suprema autoridad acusaba de aplicar sus sortilegios con demasiada ligereza. Y que, en vez de trabajar, jugaba.

–Es cierto que me he excedido con ese Jonet, pero nunca imaginé que el cuerpo de un faraón pudiera provocar tales estragos en el alma de mis músicos.

–Acabe el regodeo –dijo Re–. Tenemos reservado a Tutankamón un destino que no se encuentra en esta generación ni en ciento. Le tenemos reservado ser portavoz de la gloria de Egipto cuando de Egipto no nos acordemos ni los dioses.

–¿Y eso qué quiere decir? –preguntó Sejmet, la leona.

–Que en ese destino dorado no cabe un flautista tontorrón, capaz de desviar el curso de la vida por haber visto un culo que no debía.

–La aporrearé otra vez con mi sistro... –dijo Ipi, mimando con gestos sus palabras.

–¡Ni se te ocurra! –exclamó Re, horrorizado–. Bastante daño has hecho ya. Para deshacer ese entuerto no se necesita el dinamismo de la juventud, antes bien la experiencia de la madurez. Y con esto me refiero a ti, cauta Isis. Hay en tu historial emblemas de prudencia que te hacen necesaria en este empeño. Dime, esposa y hermana, ¿te molestaría mezclarte con los humanos?

Se incorporó Isis, imponente en su majestad.

–Me encantaría. Hace tiempo que no lo hago. Además, aborrezco a ese flautista porque va contra todas las cosas que atentan contra la vida.

«¡Qué extraño que Isis odie a un humano!», pensó el sabio Tot, el escriba, y fue muy sensato al decir:

–Debemos alejarle de aquellos a quienes protegemos. Pudo hacer daño a Ipi y ahora está incomodando a Tutankamón.

–El faraón no debe preocuparse –dijo Isis–. Tengo yo una pócima que convierte a los hombres en eternos fugitivos.

–Que así sea –dijo el feroz Set–. Que se pase la vida huyendo. Que sea siempre un extranjero sobre la tierra. No le deseo otro final.

Y era como decir: los inspirados, cuanto más lejos, mejor.

YO, QUE SOY EL NARRADOR; YO, QUE CUENTO, explico, manipulo, yo me estoy ruborizando y siento algo parecido a la vergüenza. ¿Qué pensaréis los que me escucháis? ¿Son los dioses tan malignos? ¿Tan grande es su poder o sólo triunfan gracias a la inconstancia del alma humana? ¡Cómo! ¿Ese enamorado que ayer suspiraba por el ciego de Tebas muere hoy por el divino adolescente que reina sobre Tebas y Menfis? Si el amor es así de casquivano, ¿en qué corazón se ubica la sinceridad?

Obsesionado por ver de nuevo a Tutankamón, Jonet iba constantemente a los jardines de la Casa Dorada con la intención de sorprenderle en un baño furtivo. Pensaba, con razón, que un rey tiene que ser limpio y, aunque las salas de baño del palacio eran suntuosas, un lago que fue surcado por la nave de la reina Tiy siempre tendrá mayor predicamento entre los jóvenes sofisticados.

Faraón no llegaba, y Jonet sentía que el alma se le iba Nilo abajo. Pero al cabo de una hora sintió que el Nilo se había instalado en su vejiga, y, sin temor a ser acusado de incontinente, decidió que el jardín era suyo y de todos cuantos se hallaran en parecida urgencia. Así pues, orinó, pero con tan mala fortuna que fue a regar el sicomoro de Hator.

Allá en Dandara, la diosa se puso hecha una furia.

–¡Palurdo! ¡Después de todo lo que ha armado todavía se atreve a orinar en mi árbol sagrado! ¡De verdad que no le aguanto! ¡Es que le tengo atragantado!

Inconsciente a la evidencia de que cada una de sus acciones servía para ofender a un dios u otro, Jonet volvió a esconderse entre los matorrales sin dejar de mirar fijamente el sendero que llevaba a las habitaciones privadas del faraón. Y cuando le vio aparecer, desafiando a un sol implacable, estuvo a punto de entonar salmos de gloria como no se han oído en templo alguno.

Tutankamón vestía esos atavíos livianos que aconsejan tanto el calor como la posesión de un cuerpo perfecto: un leve faldón de lino y cuatro joyas de estar por casa. No se podía ir más desnudo y, sin embargo, para Jonet iba excesivamente abrigado.

Esto pudiera pensarse a juzgar por el sudor que empapaba su piel, pero como iba sucio de arena era fácil comprender que había estado expuesto a los rigores del desierto. Y así lo expresó al dirigirse al sicomoro:

–Señora de la Turquesa: comparezco ante ti agotado y sucio porque todo el polvo del camino se ha enamorado de mi piel.

«¡Extraño monarca tenemos! –se dijo Jonet–, ¿pues no departe con los árboles?»

Pero Nebjeperure seguía enfrascado en su conversación; que en realidad era un soliloquio pues no obtenía respuesta. Y entre extrañado y dolido, preguntó:

–¿No bajas hoy? ¿Me dejas solo?

Allá en Dandara pensó Hator: «¿Y cómo voy a bajar, hijo mío, si un blasfemo ha dejado esa catipén de orín en mi árbol sacro?».

Era cierto que no olía a heliotropo, pero Faraón estaba tan absorto en sus pensamientos que lo tomó por ambarina.

–Señora de la Esmeralda, me han llevado al Valle de los Reyes para que apruebe la tumba que me han elegido Horemheb y Ai. Yo había pedido que fuese espaciosa, pues debo pasar en ella toda mi eternidad, pero nunca creí que lo fuese tanto. Cabrán Anjesenamón y los hijos que tengamos en el futuro. Claro que para ser una tumba verdaderamente familiar debería estar mi madre, y también Akenatón, Smenkaré y las princesas. Si lo sabes todo como dicen, háblame de ellos. Háblame de la Ciudad del Sol. ¿Por qué eres tan cruel que ni siquiera me diriges la palabra?

Se echó a llorar, y su llanto era tan dulce que Jonet estuvo a punto de conmoverse. Pero la excitación que le dominaba era más poderosa que cualquier sentimiento; y sólo ansiaba ver la maravilla que en otra ocasión descubrió en aquel lago. Sin abandonar su escondite rompió a hablar con voz femenina:

–Puesto que soy la diosa del placer puedo permitirme una licencia. Báñate. Báñate sólo para mí.

Allá en Dandara gritó Hator:

–¿Será posible? ¡Ahora me roba la voz para satisfacer sus delirios!

Incluso Faraón creyó que era ella la que hablaba. Y así exclamó:

–¿Sólo eso se te ocurre? ¿Que me bañe?

Con la voz usurpada, insistió Jonet:

–Te recomiendo el baño porque te veo excesivamente

fatigado. Y también porque será motivo de que yo me deleite con tus gracias.

–¡Ay, qué diosa! –exclamó Tutankamón, con un asomo de picardía–. ¡Ay, qué diosa tan dada al antojo!

¿No tendría ese faraón un punto de coquetería? En cualquier caso, conocía el arte de gustar, pues con un gesto suave, que no podía ser improvisado, dejó caer lentamente el faldón, se quitó el pectoral y los brazaletes, luego el tocado y avanzó hacia el lago, dispuesto a hacer la competencia a los nenúfares.

Tan entusiasmado estaba Jonet, que exclamó con voz de Hator:

–¡Ay, niño, niño! Si te gustasen las vacas serías mi ternero preferido.

De pronto, el sol cometió el error de posarse en las nalgas del faraón, y el impacto volvió a ser tan poderoso que Jonet no pudo resistir más. Salió de su escondite y, dando un salto enloquecido, quedó postrado ante su ídolo.

–¡Otra vez tú! –exclamó Faraón–. ¿Es que alguien te ha alquilado para confundirme?

–No sé qué dios me trajo hasta aquí, pero el que sea te ha convertido en mi dueño absoluto.

Y dijo Tutankamón:

–Lo que dices es lógico, ya que te estás dirigiendo al faraón.

–Es que te venero.

–Insisto en que es lógico. No le des más vueltas.

–No hay altares que puedan contenerte. Todos los altares te vienen pequeños.

–¡Uf, qué agobio! ¿Por qué no vas a los templos y se lo cuentas a las estatuas que me representan? Para eso están allí.

Jonet se arrodilló a la altura de su vientre y dijo:

–Vendrán días y con cada día vendrá un cuerpo. Yo iré tras él, porque estoy condenado a seguirlos a todos. Crecerá el Nilo y menguará para crecer de nuevo, y conoceré otros cuerpos que encenderán el mío. Y aun así volveré a ti, me arrodillaré ante ti para decirte: sólo tu cuerpo es mi sagrario.

No se daba cuenta de que estaba repitiendo lo que le dijo a su hermano, el arpista. Así es el amor de los mancebos: palabras, palabras, palabras repetidas.

–Esto empieza a ser excesivo –exclamó Faraón–. No está en mi carácter mezclar a la guardia con mi vida privada, pero en esta ocasión no tengo otro remedio que llamarla, o acabaré loco como tú.

Jonet no tuvo tiempo de contestar. Se iba acercando una música deliciosa, de cadencias delicadamente cortesanas, mientras por uno de los senderos que conducían a palacio aparecía un pequeño cortejo de efebos y doncellas que iban cantando al son de la música. Y aunque Jonet no era ducho en asuntos áulicos, reconoció en aquella gente a los servidores personales del faraón.

Se acercó el portador del parasol, para protegerle del calor, y al instante se colocó a su lado el portador del abanico, para espantarle las moscas. Y siguió el portador de las sandalias para que sus pies no rozasen el cerdo suelo. Y un jovencito de lujoso atuendo que se limitaba a ser correveidile proclamó:

–El noble Ai se atreve a reclamar tu presencia. Ha llegado el sumo sacerdote de Amón con el propósito de agasajarte.

Al faraón se le escapó una risa. Inesperadamente, se dignó mirar a Jonet y le guiñó un ojo:

–¡Si supiesen que la mejor manera de agasajarme es no venir a agasajarme en absoluto!

Jonet no estaba en condiciones de apreciar la ironía, pero el guiño del faraón le pareció una deferencia de la eternidad; así pues, quedó sumido en el ensueño. Y su corazón de enamorado se exaltó porque había vivido un instante de complicidad con el objeto de su culto e incluso se atrevía a asegurar que le había distinguido con un arrobo de simpatía.

Faraón tomó su baño a toda prisa mientras Jonet se consumía, escondido de nuevo tras el sicomoro. Por mucho que el faraón le distinguiese, había algo que todavía le parecía impertinente mostrarle. Y era la formidable erección que le había nacido no bien volvió a ver las divinas nalgas surgiendo entre los lotos del gran lago.

Al poco vio cómo la comitiva se iba alejando hacia palacio, y quiso morir sin morir enteramente, porque deseaba vivir para ver de nuevo a Tutankamón. Y cuando el divino cuerpo se hubo perdido entre las flores, murmuró para sí:

–¡Júrame que volverás! ¡Júralo!

Sólo contestó el viento del desierto. Y él decidió tomarlo como su mejor amigo, porque pensaba esperar en aquel matorral todas las horas que hicieran falta, deseando todo el calor necesario para que el faraón volviese a bañarse.

Era ésta una opción que Nebjeperure no habría dudado en cambiar por el encuentro que se avecinaba. Pues una vez vestido con uno de sus trajes ceremoniales, lo que a aquella hora del día era una incomodidad, se dirigió a las estancias de Ai, rompiendo el protocolo. Habría aceptado un establo antes que recibir al clero de Amón en sus dominios, por una razón tan sencilla que la saben igual los reyes que las vecinas de Tebas: cuando una visita se te mete en casa, tarda en marcharse.

Sin embargo, la expresión del sumo sacerdote no mostraba la menor complacencia. Nada indicaba que la visita fuese a prolongarse más allá de la inevitable cortesía.

–Nos íbamos ya –dijo el gran Timur–, pero ¿íbamos a hacerlo sin antes rendirte pleitesía? Por cierto que no.

Los sacerdotes que le escoltaban se inclinaron respetuosamente. El faraón los miró sin demostrar el menor interés y ellos le correspondieron con su frialdad acostumbrada. Ai tenía la mirada ausente, con lo cual era fácil entender que estaba calculando sobre algo que acababa de hablar con el sumo sacerdote. Como no había la menor señal de violencia entre ellos, Tutankamón comprendió que los sacerdotes no habían encontrado oposición para seguir llenando las arcas de Amón.

–Te hemos traído un detallito –dijo uno de los sacerdotes–. Poca cosa, porque ya sabes que somos pobres.

–Un quedar bien –dijo el otro–. Poco, pero suculento. Son rosquillas de las que hacen los novicios de la Casa de la Vida.

Le tendieron un cofrecito y, al abrirlo, el faraón descubrió dos diminutas piezas, mísero asomo de condumio.

–Sólo hay dos –dijo visiblemente decepcionado–. No se os caerán los anillos.

–Una para ti y otra para la reina.

–Insisto: los sacerdotes somos pobres. El oro que guardamos es de los dioses. Y no se puede tocar ni para rosquillas.

–Pues que los dioses os acompañen... –dijo el faraón. Y volviéndose hacia Ai, añadió en voz queda–: Y a ser posible que no nos los devuelvan.

Una vez a solas con su consejero, el faraón recobró el tono de seriedad requerido a su cargo. Y no faltó inquietud en sus deducciones:

–Amigo mío, esos buitres no me quieren. Y no me querrán, por más que me esfuerce.

–Cuando lleves largos años de reinado y celebres tu jubileo, te respetarán, que es decir mucho. Pero nunca esperes amor. En el alma de un sacerdote el amor no existe, ya que se lo entregaron a los dioses... o eso afirman todos para tener a los dioses de su parte y, así, dominar a los hombres. –Tras una breve pausa, añadió–: Es hora de que conozcas el alcance de su poder. Olvidémonos de los santos varones. Debo recordarte que dentro de unos días saldremos de viaje.

–Casi lo había olvidado. Sé que debo inaugurar un santuario consagrado a Tot. ¿O restaurarlo? –Ai asintió con la cabeza–. Llevo restaurando tantos cultos que he perdido la cuenta. Pero esta vez no me importa. El sabio Tot me es muy simpático.

–Debo decirte, majestad, que hasta hoy te he ocultado dónde se halla el santuario.

–Es cierto. ¿Por qué lo has hecho?

–Porque está situado en las proximidades de la Ciudad del Sol. Para ser exactos: en la orilla opuesta, frente a frente. Tan cerca está, que podrás ver a lo lejos el palacio donde naciste.

Se produjo un largo silencio y un cruce de miradas destinadas a escudriñar sentimientos. Pero no fue necesario. Ambos sabían la cantidad de recuerdos que podía suscitar el solo nombre de la ciudad maldita.

–No creerás que me contentaré con verla en la distancia... –dijo Faraón.

Ai comprendió. O no sería Ai.

–¿Cómo iba a pensar eso, conociendo tus sueños? He ordenado que la nave real se detenga en la ciudad las horas que necesites para cumplirlos.

Faraón cogió la mano del anciano y la besó con fervor.

–Gracias, en nombre de los míos.

No fue la emoción lo que le impidió regresar de nuevo al jardín, sino el temor de que siguiese junto al árbol de Hator el desconocido que le asaltaba con sus ramalazos de locura. Ésta era peor que los gusanos de Set, pues de éstos ya huyó en una ocasión, en cambio la locura podía contagiarse. Y como sea que a la hora del crepúsculo quería sensatez y calma, fue a acogerse al regazo de su reina.

La hermana que le correspondía y la amante que le colmaba.

MIENTRAS EN LA CASA DORADA TEJÍA REDES el deseo, allá en el Océano Primordial la madre Isis se encerraba en su laboratorio, lleno de calderas y redomas que despedían vapores de muy distintas coloraciones, con una novedad en su vida: todas eran perversas. Imbuida en su doble papel de maga entre las hechiceras y de grande entre las grandiosas, cogió una manzana de aspecto paupérrimo y la introdujo en un líquido viscoso como los vómitos de un descreído. Pero el mal tomó el disfraz de la belleza, y cuando la manzana reapareció era el doble de grande y parecía de oro puro.

Como muestra de vitalidad, echó a volar con tanto ímpetu que la diosa tuvo que agarrarla con todas sus fuerzas. Entendiendo que antes de servirla era necesario domesticarla, la amonestó con las letanías imprescindibles para dominar cualquier objeto portador de encantamientos.

–Igual que tú volará el zángano que ha introducido la locura entre los inmortales. No le des tregua, antes bien muéstrate guerrera. Que al comerte se pierda en las alturas y allí siga volando hasta que se encuentre ante los espejos de la Nada.

Dura condena, pues son espejos que nunca reflejan.

Una vez preparada la fruta, se necesitaba a la frutera. Como sea que entre los dones de la magia se cuenta el transformismo, Isis giró tres veces sobre sí misma, se hizo invisible en el último giro y regresó al mundo convertida en pobre de pedir y humilde de suplicar. Para desmentir a las estatuas que la reproducían magnífica y bella como la maternidad, adoptó el aspecto que corresponde a la abuelez, y aun mal llevada. Pues era una viejuca con el rostro hecho una pasa y, como adorno de espalda, una joroba importante. Tuvo además el antojo de aparecer con nariz ganchuda y envuelta por una capa negra, con más remiendos que tela. Y en la capucha, toda la mugre de la miseria.

Al mirarse al espejo exhaló un grito de horror, tanto miedo daba. Era el tipo de mujer del que ella jamás se fiaría, luego comprendió que brotaba al exterior toda la porquería que empezaba a generar su alma, de normal purísima.

–¡Cuánto horror se me exige! –exclamó–. Pensar que tuve fama de justa, buena y dadivosa... ¡Ay de mí, quién pudiera hacer honor a tales títulos como antaño! Pero el amor de una madre es capaz de arriesgarse a la maldad, cuando se tercia. Y no hay riesgo mayor ni más serio que el destinado a proteger la reputación de un hijo. –Y, acariciando una imagen de Horus, exclamó–: Todo lo hago por ti, hijo mío. Por ti accedo a ser mala por un día.

Sin darse cuenta, acababa de estrenarse en la doblez. Su afán por alejar a Jonet no obedecía sólo a una orden de Re ni de todos los dioses juntos. Era porque aquel incauto podía estar en posesión del secreto que comprometía a un hijo. Que fuese un dios era lo de menos. Era el hijo comprometido.

Pidió a su cuñada Neit que le prestase uno de sus buitres. Cómodamente sentada en el lomo, bajó hasta los jardines de la Casa Dorada, no sin temor de que Jonet hubiese regresado a Tebas, cansado de esperar en vano. Pero ya se ha visto que el deseo de Jonet era insaciable, pese a que la tarde ya decaía, pese a que las sombras estaban a punto de tragarse las aguas del lago.

Hundido en el desaliento, salió de su escondite y descubrió para su horror que continuaba excitado. Y al dibujar en su imaginación el cuerpo de la reina Anjesenamón penetrado por Tutankamón, la excitación fue creciendo y, sin darse cuenta, se encontró desahogándose contra el tronco del sicomoro.

–¡Faraón ingrato! –exclamó entre jadeos–. ¡Que tenga que adorarte en soledad y gozarme en ella porque está prohibido que me goce en ti!

De pronto, interrumpió su acción ante el sonido de una voz tremenda:

–¡Detente, loco! ¡No añadas más insensateces a las que te han traído hasta aquí!

Sobresaltado por aquella intromisión, Jonet se arregló rápidamente los pliegues del faldón y, al volverse hacia el sendero, percibió una sombra corpórea que tenía el poder de caminar. A pasitos cortos, pero caminaba.

Si hubiese sido un fantasma no le habría asustado tanto. No podía pedirse aspecto más negruzco ni rostro más reconcomido. Y como sea que carecía por completo de dientes, la boca parecía un abismo del que estuvieren a punto de brotar panteras trífidas.

Temiendo que la viejuca fuese una enviada de Set, Jonet se apresuró a preguntar:

–¿Crees que mi acción ofenderá a los dioses?

–Ni los ofende ni los halaga –dijo Isis–. Allá los humanos con vuestra salud. Siempre se ha dicho que a los niños que se toquetean demasiado se les seca la médula.

Jonet respiró aliviado, pero sin apartar la mirada del cesto de la vieja. Podía encerrar cualquier peligro. Sin ir más lejos, una cobra joven.

–Eres una agüeleta muy consejera. Y eso que mi salud ni te va ni te viene.

–Porque soy buena. Porque soy justa. Y no lo digo yo. Lo dicen en los templos.

–No sé qué dicen en los templos, agüeleta, pero tú las sueltas muy extrañas. ¿De dónde sales? ¿Eres algo del faraón? ¿Su nodriza, su ama de llaves, la cocinera mayor...? ¿O acaso eres su esposa? ¡Sí! Ojalá fueses la faraona, porque al tener hembra tan fea a su lado él vendría a suplicar mis favores.

Isis le miró con desprecio.

–No seas iluso. Si el faraón quisiera caer en el error encontraría en palacio varones más hermosos que tú. Desde palafreneros hasta capitanes de su guardia personal.

–En otra ocasión te habría pedido que me los presentases, porque tengo debilidad por la milicia. Pero también la tengo por los alfareros, los torneros y los marinos. Debo de ser un caso especial. Y hoy más que nunca, agüeleta. Hoy he dado nuevos colores al dolor humano y nuevo ritmo a sus gemidos.

Para una diosa que se había pasado la juventud buscando a lo largo del Nilo el cuerpo mutilado de su esposo, aquel dolor sonaba ridículo. Pero no pudo evitar conmoverse en recuerdo de los viejos tiempos, cuando el dolor significaba redención y no engorro.

–¿Tanto penas, infelice?

–Tanto. No sé qué me ha dado el faraón. No reconozco ese morir en vida. Y ese vivir muriendo. Y ese sin vivir. Y ese no morir, queriéndolo.

–Si así agonizas querrás conocer la forma de conseguir los favores de tu amado.

–El solo hecho de luchar por ellos ya es un favor que me brinda.

–Lucharás en vano si no tienes en tu poder la flor prodigiosa que en otros tiempos tuvieron los héroes de las fábulas. La flor que les permitió hallar océanos en el desierto y vergeles en el fondo de las grutas. La que los recompensó con los besos de princesas prohibidas y palacios de coral en las almas de los príncipes.

–¿Todo eso con una flor? ¿Con una simple flor?

–En absoluto simple, pues es la rosa azul, única entre todas.

–¿Y esa flor, por muy azul que sea, hará que las nalgas del faraón se abran a mis besos?

–Tanto no sé. –Viendo que necesitaba tentarle con alicientes más poderosos que una manzana, se apresuró a añadir–: Mejor dicho: algún beso sí, aunque nunca mordiscos.

–Dime de una vez dónde está esa rosa para que pueda unirla a mi desgracia o a mi fortuna.

–En las montañas más altas de la tierra, allá donde Egipto ni siquiera es conocido.

Un lugar donde Egipto no fuese conocido era un lugar inexistente para cualquier egipcio. Y aunque Isis empezó a descubrirle fantásticas geografías, él tenía muy claro que no se disponía a emprender un viaje de placer.

–No me cuentes más. Limítate a decirme cómo puede hallar el camino un pobre zafio como yo.

Sacó Isis su manzana y el sol le arrancó destellos tales que hasta el ciego Ipi se habría deslumbrado.

–Mordiendo esta maravilla cultivada en mi propio huerto. Es fruta de bondades infinitas: oro del corazón que la ofrece y oro del alma que la recibe. No contiene los secretos del amor, porque ésos se pierden en el infinito, pero yo te digo que concede alas para volar hasta la rosa azul. Y una vez ante ella, te las apañas, que ya eres mayorcito.

Sin esperar más explicaciones, Jonet acarició la manzana y notó que ardía como su pene.

–Tú serás fea hasta lo inaudito pero es cierto que esta manzana parece muy sabrosa. O le has dado una pátina de oro o es virtud que lleva encima.

¡Semejantes palabras a una diosa! Mucho tuvo que resistir Isis para no revelarse en toda su majestad, pero se reprimió, al tiempo que pensaba: «No podría decir a ciencia cierta si eres genial o tonto, hijo mío, pero te estoy cogiendo ternura».

¡Ciencia cierta! ¿Pues no lo fue siempre la de Isis?

–¡Muerde de una vez! –exclamó, con mal disimulada

impaciencia–. Y que tengas suerte en las esferas que nadie ha conocido.

Como sea que el amor no alivia el hambre, y él llevaba muchas horas esperando un amorío, Jonet hincó los dientes en la manzana con una avidez que tuvo su inmediata recompensa, pues cada mordisco le devolvía un almacén de delicias. Y se fue adueñando de ellas una a una, salvajemente, sin preocuparle la mirada de la vieja.

Diríase una carcelera cuya misión consistiese en reprimirle por sus modales groseros, y al mismo tiempo pudiera ser un verdugo que aguardaba con impaciencia el resultado de su atroz sentencia.

Pero Isis no tuvo que esperar mucho: la manzana empezó a hacer efecto a partir del cuarto mordisco. Con el quinto, los pies de Jonet se despegaron del suelo y, al poco, flotaban por los aires. Y en un instante, ya eran parientes de la brisa.

–Vuelvo a volar –gritaba–. ¡Me estoy yendo, sin voluntad de irme!

Y cuanto más ascendía, más gritaba:

–¡Ayúdame, agüeleta! ¡Dime qué le has puesto a esa fruta!

Isis se iba perdiendo allá abajo, ya casi no se veía, acabó no viéndose en absoluto, engullida por los jardines, que a su vez quedaban ya perdidos.

Así volvió Jonet a ver Tebas desde el cielo, pero en esta ocasión sin un falo invicto que lo sostuviese.

Isis celebraba el éxito de su empresa saltando y bailando alrededor del sicomoro de Hator.

–¡Vuela, vuela, no dejes de volar! –gritaba contra su propio carácter bondadoso–. ¡Piérdete en la Nada hasta convertirte en uno de sus vástagos!

Y los moradores del Océano Primordial canturreaban en su círculo:

–Piérdete donde se pierden las estrellas, y no regreses nunca.

En cuanto a Jonet, no daba crédito a su fortuna. Entregado a su propio vuelo, sin impulso de nadie, temía perder el control de un momento a otro.

Además, no paraba de recibir los golpes de pájaros asombrados que jamás habían previsto semejante compañero y, por tanto, no tenían tiempo de apartarse. Hasta que en el cielo de Tebas, generalmente límpido, apareció una nube de aspecto robusto. Nada impidió que Jonet tomase asiento en ella para descansar de tantas emociones.

Fue entonces cuando la abubilla Nektis proclamó su inmortal reflexión:

–Estamos perdidos. No contentos con dominar la tierra, los humanos pretenden invadir los cielos.

Admirados por las cosas absurdas que podían ocurrirle a Jonet, habíamos olvidado a su hermano en la música, al ciego Ipi; feliz por el solo hecho de esperarle. Porque llegaba la hora del encuentro cotidiano, el de los paseos junto al Nilo, amenizados por las explicaciones del ausente. Y a continuación el momento más hermoso de todos, porque se sentaban a tocar juntos.

Esa música se había convertido en la melodía oficial de los crepúsculos. Guiaba a la barca dorada de Re que, mecida de tan bella manera, se iba introduciendo en el reino de los muertos. Pero era también la melodía que condensaba todos los ritmos del Nilo en una brisa única. Y en ella el río dejaba de sentirse egipcio para adoptar la nacionalidad de los poetas.

Entonces se sabía en la calle de Las Acacias que estaba a punto de caer la noche, para solaz de las vecinas, que veían sus azoteas invadidas por primores de túnicas, abanicos y perfumes. Y hasta dicen que en aquellos tiempos hubo menos cotilleo, pues aun las comadres más lenguaraces guardaban silencio para mejor escuchar la amena melodía que llegaba de la terraza de la dama Kipa.

Ipi esperaba comiendo higos en su rincón preferido; de pronto oyó varios golpes en el suelo, señal inconfundible de que acababa de llegar Cabriolo, dando uno de sus triples saltos mortales. Disponíase a recordarle que no eran maneras de entrar en una casa, pero el gato le interrumpió con un maullido entrecortado:

–No esperes hoy al flautista, porque no vendrá. Le han visto volando por los cielos. Para ser exactos: ha sido visto saltando de nube en nube.

–¿Qué dices, gatoide? ¿Es que has bebido?

–Me ofendes, ciego. Sabes perfectamente que, aun gustándome con locura la mistela, sólo la pruebo en las grandes festividades.

–Pues hoy debe de ser la gran fiesta del dislate. Lo que cuentas no tiene sentido. ¿Acaso no conoces el refrán que dice: «Lo que nunca vi ni jamás veré es un flautista volar»?

–Tú no lo has visto porque no te han llamado los dioses por los caminos de la visión, pero la abubilla Nektis se lo ha encontrado cara a cara, cuando ella volvía de hacer sus compras en el mercado. Estaba la pobre cruzando el río, con destino a su nido de la Casa Dorada, y, de pronto, le sale el otro, que volaba en dirección contraria. Han estado a punto de chocar, con gran perjuicio de Nektis, que llevaba su cestito lleno de vituallas y a poco le caen todas por los cielos.

–Quédate con tu bestiario de cotillas. Así quedaré yo en paz, templando el arpa, para que Jonet me encuentre dispuesto a empezar nuestra música. Es seguro que vendrá como todas las noches.

Pero Jonet no llegó aquella noche ni a la siguiente, y pasaron otras tres con sus días sin que se dignase comparecer. Y la angustia se fue acumulando en el corazón de Ipi, y al quinto día ya no se movía de su rincón, llorando la ausencia del perdido. Y eran las suyas lágrimas cautas en un principio, pero al poco miraron a su interior y se volvieron turbulentas, como los remolinos de los ríos salvajes. Y aún más se horrorizaron las lágrimas al descubrir, en el alma de Ipi, el peor de los temores: el que nos hace comprender el error de un rechazo... cuando ya no estamos en condiciones de rechazar ni un desperdicio.

Así nos ocurre a los humanos demasiado humanos para no ser tontos en las cosas del amor. ¿Sabíamos, al rechazar, que este acto cambiaría nuestra vida? El gesto de desdén que nos hizo sentir tan seguros, ¿no fue un suicidio? De este modo se presentaba ante el ciego el amor que evitó las caricias cuyo sentido no quiso reconocer. Y supo que, por un breve momento de gloria, su piel había existido por sí misma, mientras que ahora, sin su hermano, la piel se volvía molesta. Era una piel fingida.

Los chismes de Cabriolo no conseguían distraerle, ni sus mimos animarle. Y cuando le lamía la mejilla con su lengüecilla rasposa, él sólo pensaba en la tersura de la piel de Jonet contra la suya; en la inocencia de ese contacto, la dulzura de los dedos al acariciar creyendo que se limitaban a rozarse.

–Hermano, hermano mío. Algo muy importante nos faltará si no regresas. Te habrás llevado para siempre la fantasía. Y yo estaré más solo, más sin alma, y sentiré dolor al saber que no te comprendí. Ya lo estoy sintiendo, ya no sé qué me digo.

Y en medio de aquella tortura incontrolable creía que Jonet le decía en tono burlón:

–¿No me mandabas a tocar la flauta cada vez que te agredía con mi deseo? Pues aplícate tu propio cuento: «Al arpa, hermanito, al arpa».

Pero el arpa había caído en el olvido, aplastada por la losa de los días, asfixiada entre las rejas de la noche.

Incapaz de comunicarse con el resto de los humanos, esperó a que la Dama de la Casa le abriese las puertas de los muertos. Y, nada más verla aparecer, exclamó con voz suplicante:

–Madre, haz que se aparezca mi hermano. Búscalo y tráemelo a cualquier precio.

Pero Kipa no era la dama de otras veces, ni siquiera el espíritu en quien Ipi había aprendido a confiar. En las últimas apariciones se había mostrado triste. Y, en una difunta de carácter tan potente como el suyo, la tristeza era para destemplar al más templado.

–La eternidad empieza a hacérseme muy larga –decía–. No he conseguido intimar con ningún difunto, pese a que los hay muy importantes. Hay donde escoger y, sin embargo, me aburro. Es una pena que no te hubieses muerto conmigo.

Pero Ipi no permitió que le atacase con su melancolía, pues él tenía su propia angustia, presta a atacar. Y volvió a hacerlo, con mayor insistencia:

–¡Te lo suplico, madre! ¡Haz que se aparezca Jonet, aunque sólo sea por un momento!

–Eso no es posible. No está entre los muertos.

Ipi creyó revivir por un instante, pero la emoción desapareció, atropellada por nuevos temores.

–Es un consuelo saberlo, pero también un desconsuelo porque significa que está vivo en algún lugar y no quiere saber nada de mí. Y siento un dolor tan profundo que desearía estar contigo en los dominios de la muerte.

Repitió varias veces aquel fatal deseo. Ante cada una de sus palabras el rostro de la madre se iba iluminando, y al final sus manos se abrieron con la intención de aferrarle antes de que cambiase de idea. Y al despedirse le dio la mejilla a besar para que comprobase que la frialdad de la piel de una difunta puede servir de gran alivio en jornadas calurosas.

A la noche siguiente, la voz de la madre había cambiado. Tenía el silbido ácido de la serpiente; la seducción con que las cortesanas pierden a los hombres.

–Hijo mío, ayer dijiste que no verías con malos ojos hacerme compañía para siempre.

–Mis ojos siempre son malos, diga lo que diga mi boca. Pero es cierto que me corroe una duda que ningún mortal puede solucionar. Sólo tú podrías, madre, si quisieras ser sincera. Dime: desde el reino de los muertos, ¿cómo se ven las cosas de la vida?

–Ni se piensa en ellas. ¡Fatigan demasiado! Los trabajos que hay que hacer para acabar en nada, los dolores que hay que soportar para acabar muriendo entre dolores, los estragos del Tiempo... todo son penurias en la vida. Todo son razones para desear abandonarla.

Ipi quedó pensativo, y la madre aprovechó para seguir seduciéndole, recurriendo ora a la ternura, ora a la lisonja.

–Ya que has querido conocer las ventajas de la muerte, también debes saber que es muy generosa, pues te permite administrártela de propia mano, lo cual no puede decirse de la vida.

–No te entiendo. O no quiero entenderte, que viene a ser igual.

–Yo te di la vida, porque tú no podías dártela a ti mismo. En cambio, puedes administrarte la muerte recurriendo a tu albedrío. O lo que es más noble: al deseo de estar junto a tu madre.

–¿Qué estás diciendo? ¿Cómo podría atreverme a hacer una cosa así?

–Piensa en la libertad que conseguirías a cambio. Nunca volverás a sentir dolor. Y es voluntad de la providencia que así sea, pues el azar, aliado con ella, ha hecho que alguien dejase un cuchillo sobre esa mesa que tienes a tu lado.

La mano de Ipi buscó, vacilante, en el vacío. Una vez alcanzada la mesa, fue tanteando hasta dar con la empuñadura del cuchillo. Y la aferró con todas sus fuerzas para complacer a su madre.

–¡Lo has conseguido! –exclamó la Dama de la Casa–. Ahora sólo tienes que conducirlo hasta tu pecho. ¡Húndelo hasta encontrar tu corazón! ¡Ánimo, hijo mío! Hasta un ciego puede hacerlo.

Pero cuando Ipi estaba a punto de asestarse el golpe fatal, se detuvo y arrojó el cuchillo contra la mesa, como si su empuñadura le quemase.

–¡Espíritu malvado! –exclamó–. ¡Tú no eres mi madre! Y si lo eres, peor para mí, pues te has convertido en un monstruo de egoísmo. Para tenerme contigo eres capaz de quitarme lo único que tengo. ¿Tan sola estás? ¿Es ésa la verdad que intentas esconderme con tus artimañas?

–¡Cállate! Mi soledad es muy grande, pero también lo es la tuya. A un ciego de mierda, la muerte sólo ha de traerle ventajas. A ti te las ha traído, puesto que ahora puedes verme cuando nunca lo habías conseguido. No te demores más. Estoy ansiosa por tenerte a mi lado. Sólo en el reino de los muertos podremos ser felices.

–Te estás volviendo falsa, madre mía. Me estás cantando las delicias de la muerte y al hacerlo me escondes las ventajas de la vida.

–Olvídalas. Son una sombra de la verdad, que sólo se halla en lo eterno. Ay, cieguito, desde la orilla en que me encuentro podrás ver lo que nadie ha visto. Piensa en la paz eterna. Ese momento en que los sentidos sólo mantienen contacto con el dios que los dirige.

–Todo esto es muy hermoso, madre, pero yo sólo quiero tener a Jonet, a mi gatoide y mi arpa. Y pues que todo ello se encuentra en este bajo mundo, éste es el mío y no otro.

–¡Maldito seas! –gritó la Dama de la Casa, mientras iba desapareciendo tras la niebla–. Maldito el hijo que prefiere la frágil existencia a vivir la Eternidad junto a su madre.

Esta última palabra resonó hasta lo infinito y en esa dirección se perdió la figura, así como la rutilante luz que la envolvía.

Ipi se echó a llorar amargamente:

–Ya no puedo contar contigo. Tengo que vivir sin ti, como estoy obligado a vivir sin Jonet... ¡Te estoy perdiendo, madre! ¡Ya no te veo!

Regresó la oscuridad, pero en esta ocasión ningún ruido del exterior consiguió aliviarla. En este silencio terrible siguió llorando durante un largo rato. Y así le encontró Totmés cuando llegó a recogerle para el paseo del atardecer.

–¿Por qué lloras? –preguntó, alarmado.

–Porque he visto el verdadero rostro de la Eternidad –contestó Ipi–. Lo he visto y no me gusta, porque convierte a los humanos en esclavos. Y sobre todo porque ya nunca volveré a ver a la Dama de la Casa. Se ha convertido en un genio malo.

Le contó la conversación con la difunta y Totmés pensó que todo se debía a un sueño perverso provocado por el estado de excitación en que se hallaba sumido Ipi desde la desaparición de Jonet. Y como el alma humana es un barullo de contrarios, aquel que había despreciado a la muerte se encontraba de nuevo abominando de la vida. Aferrado a su arpa, empezó a esbozar melodías tan patéticas que las vecinas, al oírlas, entendieron el alcance de la soledad como nunca lo entendieran antes.

Todos los sufrimientos de Osiris en manos del perverso Set no son nada ante el sufrimiento de un solo ser humano. Y como en el cariño de Seshat el ciego de Tebas encarnaba a la humanidad entera, ella se alarmó por primera vez desde que nació. Porque una cosa era asumir el drama de su ceguera, que ya se había convertido en algo tan habitual como el curso de las estaciones, y otra muy distinta la existencia de dolores demasiado comunes para sublimarlos.

Pero quería alejarle de ellos, y sólo se le ocurrió borrar a toda costa el recuerdo de Jonet.

–No conviene que toque en las fiestas de Hator –le dijo a Totmés, que estaba tan preocupado como ella–. Cada nota le recordará la ausencia del ingrato, y sufrirá el doble. Sin contar que amargará las jornadas a todos los asistentes y hasta puede correr la voz de que en nuestra librería sólo vendemos libros funestos.

Era su manera de sentirse humana.

Totmés demostró la suya por medio de la razón, como solía. Y nada se le antojaba tan razonable como someter a Ipi a la influencia de alguien a quien respetase tanto como para considerarle su maestro. Así pues, se decidió que escuchase los consejos de Pentaur, el arpista ciego más reputado de Tebas.

La fama de Pentaur se había edificado sobre el augurio del desastre y el pronóstico de la agonía. Con razón le llamaban el Mago de la Noche, pues toda la belleza que producía rechazaba la luz como principio. Y no sólo porque no la conocía, sino por la crueldad que le dominaba desde que supo las maldades de la vida. Al igual que los profetas del pasado, cantaba el infortunio de Egipto, y ni a él ni a sus seguidores se les ocurrió nunca otro camino. Y cuanto más cantaba la desesperación de la vida, más éxito tenía, pues es tan loca la raza de los hombres que quiere que le recuerden continuamente sus dolores en lugar de esconderlos.

Así, los cantos suyos causaban llanto a través del horror

mientras los de Ipi dulcificaban el llanto a través de la intensa felicidad de los sentidos.

Hubo gran convulsión en la calle de Las Acacias cuando se supo que un músico de gran fama visitaría la mansión de la dama Kipa. Las vecinas se limitaron a recoger los aspectos más superficiales de aquel acontecimiento; sin embargo, los sacerdotes de la Casa de la Vida fueron más penetrantes y vieron en la acción de Pentaur un gesto que sólo se hace al final de una vida, cuando un artista se decide a ceder el lugar de privilegio que ocupó hasta entonces. Y, en última instancia, el propio Pentaur solía decir que su ciclo había concluido, adivinando la llegada de un sustituto, de manera que no sorprendió a nadie cuando saludó a Ipi con las palabras más halagadoras:

–Vengo a que oigas mis reproches. Sabrás que los hago en lugar de elogios, porque de éstos ya se encarga tu propia música.

–¿Así me habla el más grande de los arpistas ciegos? No puedo creerlo.

Se inclinó en señal de reverencia, y el otro le imitó, con tan mala fortuna que se dieron de frente. Pero Totmés justificó lo ridículo de la situación alegando que, entre ciegos, cualquier torpeza se excusa sola y un coscorrón es lo menos que puede ocurrirles.

Ipi se expresó con una mezcla de respeto y agonía:

–Pentaur, grande entre los ciegos y más grande entre los arpistas, ¿también tú vienes a enterrarme?

–Por el contrario, vengo a pedirte que toques en mi entierro. Sólo tú puedes hacerlo, pues eres tú quien me mata.

–¡Admirable plática! –exclamó Totmés–. Es de almas nobles distinguir la nobleza de los espíritus selectos, y mucho más elogiarla.

Pentaur movía las manos aceleradamente y a veces levantaba una de ellas hacia el cielo, como hacen los profetas baratos en las esquinas de los templos de segunda categoría.

–Escúchame bien, pardillo. Vengo a decirte: toma el cetro, que yo ya lo tuve. Yo enardecí a las multitudes cantándoles desgracias; no es que me gustase, pues bastante tenía con la propia, pero el clero de Amón necesitaba sembrar el pesimismo para ejercer su dominio con más fuerza.

–Yo te he oído tocar, Pentaur, y hablabas directamente a mi espíritu. Tu música ha llegado más alto que todos los dioses conocidos.

–Calla, hijo mío, calla. No niego que dije verdades, pero son de ayer. Tu calidad ha hecho que la mía esté pasada de moda. Es de ley que la sacrifique a tus pies y, en nombre de este sacrificio, me veo con derecho a exigirte que renuncies a la tentación de sentirte triste. Si los tiempos han de cambiar, que sea para bien, no para males. Y ahora que lo he dicho, dime tú por qué en esta casa no se ofrece una jarra de cerveza a quien llega exhausto de tantos caminos recorridos... –Abandonando su tono calmo y sentencioso se puso a gritar–: ¡Hijos de puta! ¡Tacaños! ¡Mal nacidos!

Temerosa de que le oyesen las vecinas, Rapet se apresuró a servirle un refrigerio como los que solía ofrecer, en tiempos, la Dama de Casa: abundante, generoso, casi opíparo. Pero al ver cómo tragaba el sublime Pentaur, la nodriza no pudo evitar uno de sus comentarios habituales:

–¡Caray con el cegueras! Seguro que tiene en el estómago una urraca que arrambla con todo lo que encuentra.

–¡Cállate, bruja! –exclamó Seshat–. Tus opiniones son de escasa utilidad ante tanta grandeza.

–Lo que son es poco eficaces. Nunca lo fueron porque no han servido para impedir que tú seas una petulante, tu hermana un pendón y mi cieguito un pobre iluso tocado del ala izquierda.

Pero los consejos de una nodriza nunca fueron respetables para la gente educada en la Casa de la Vida, así que Pentaur continuó pontificando ante el embeleso de Seshat y Totmés. En cuanto a Ipi, sentíase emocionado, halagado y a la vez ajeno. Y tenía motivos, pues aunque el mensaje de Pentaur parecía destinado a animarle, despedía tonos mortuorios. Y así se demostró no bien la conversación derivó hacia temas más carnales:

–Cantando desgracias lo tuve todo; imagínate si hubiese cantado a la belleza. Tú estás a tiempo de hacerlo. Yo sólo dispongo de horas para retirarme.

–¿No has probado el amor? –preguntó Seshat, titubeante–. Dicen que sigue reinando cuando todo se acaba.

–¡A mi edad! –exclamó Pentaur, con una risa amarga–. Si lo intentase sería mofa de los enamorados. Cierto que aun siendo ciego tuve a meretrices como no las ha tenido ningún mercader sirio, que siempre se llevan a las mejores, pero en los últimos años el tacto de una piel joven sólo sirvió para hacerme comprender que la mía se estaba acartonando. Por ello sé que el Tiempo ya no me quiere. Y también sé que este renacuajo le adora, porque ha venido a cambiar la música.

Acarició las mejillas de Ipi, y al tocar la suya sintió un estremecimiento y se echó a llorar.

–Toma el cetro, insensato. Tómalo y disfrútalo mientras puedas, porque un día tendrás que cederlo a otro que, a su vez, te excederá en novedad.

Al día siguiente corrió por Tebas la noticia de la muerte de Pentaur. Los más allegados contaban que se había suicidado. Y Totmés lo comprendió porque ser ciego, pasado de moda y, además, impotente son credenciales que justifican a un suicida. Fueron al entierro como es debido; y, también, como se debe. Ipi quiso cumplir la voluntad de Pentaur figurando entre los músicos que tocaron a la entrada de la tumba. Y para más complacer al difunto, ejecutó las canciones que cantan a la vida y todos se echaron a llorar, mas no de tristeza, sino a causa de un sentimiento tan nuevo que se anticipaba a la época.

Al regresar a Tebas, dijo Totmés:

–Te dije que no tocarías en las ceremonias de Hator. Por fortuna, Egipto es tierra de fiestas y festejos, sobre todo ahora que Tutankamón está restaurando tantos templos. Hator cierra una puerta, pero Tot abre una de sus ventanas, que son múltiples y todas convenientes. Dentro de pocos días se celebrará la restauración de su santuario, en la ciudad de Iemenu, donde se aparecieron los Ocho Dioses. Tu música sonará mejor en un lugar tan sagrado, porque allí fue creado el mundo. Te contaré esta versión del mito para que vayas con el espíritu preparado.

Su perorata produjo el mismo efecto que un sermón de sacerdote. Ipi se fue durmiendo aferrado a Cabriolo con una mano y a su arpa con la otra. Y la doble oscuridad, la de la vista y la del sueño, se vio inundada por un gigantesco halo de luz, surcado en su centro por una nave maravillosa pintada de oro y plata, o lo que la imaginación de un ciego podía concebir como tales. Era la nave del gran faraón Tutankamón, que también navegaba a Iemenu, no sin antes detenerse en la Ciudad del Sol.

SOBRE LA NAVE REAL EMPEZABA A DESPLOMARSE el crepúsculo. Nebjeperure se hallaba en cubierta, junto a Ai. Comentaban las hermosas imágenes que venían atesorando desde que salieron de Tebas, cinco días antes. Celebraban las incomparables visiones que ofrecen los márgenes del río, con sus constantes oscilaciones de colorido, los cambios entre la prodigiosa vegetación que patrocina el bondadoso Osiris y la violenta irrupción del desierto, dominio de Set y su maldad desnuda. Pero, sobre todo, comentaban el júbilo que el paso de la nave despertaba entre los habitantes de los pueblos y aldeas que iban dejando atrás. Vestidos con sus mejores galas –a menudo tristes galas–, los lugareños se lanzaban al regocijo propio de los grandes acontecimientos. ¿Quién puede dudar que lo era, para ellos, la aparición de la divinidad sobre la tierra? Mucho tiempo pasaría antes de que volviese a presentarse una ocasión semejante. Por eso la celebraban con todos los medios a su alcance: agitando palmas arrancadas de los frondosos palmerales, golpeando cacharros o con el medio más barato: su propia voz.

–Esa gente es admirable –comentó Faraón–. Me están demostrando gran cariño y, sin embargo, todavía no saben si puedo ser su valedor o su verdugo.

Contestó Ai, en tono sentencioso:

–Entenderás ahora la magnitud de tu figura y lo que ella representa. Ocurra lo que ocurra en Egipto, tú siempre estarás por encima, pues eres el único dios que ha aceptado residir entre los hombres.

–Soy una divinidad muy extraña, porque todavía ignoro a qué dios represento.

–En cualquier caso, no te conviene ser el dios rebelde.

–Por cierto que no. Me conformo siendo un extraño entre todos.

Contribuyendo a aumentar su sensación, apareció Ella entre el polvillo dorado que el sol arrancaba a las cosas. ¡Ella! La exaltación, el ensalmo, la quimera. La prodigiosa ciudad que fue del Sol y ahora se limitaba a insinuarse, brumosa y vacilante, en el inmenso circo rocoso que había elegido Akenatón para construir un sueño universal. Fuese Atón, fuese Re, el astro soberano se desplomaba cual flagelo de fuego sobre su capital. Por eso el propio Tutankamón agradeció la frescura del atardecer, pese a que regresaba ansioso de luz.

Para su asombro, en el rostro severo de Ai aparecieron lágrimas.

–Vuelvo al lugar donde creí renacer –dijo en un susurro–. Muchos esperábamos que sería la tierra prometida, la sede perfecta para alcanzar una eterna juventud del espíritu. Era el comienzo de algo muy grande: cambiar la historia en una oportunidad que no tuvo ninguna otra generación. Por mucho que cambie el universo, ¿quién podrá olvidar las ceremonias del traslado de la corte? Llegábamos desde Tebas en barcas adornadas con guirnaldas de flores. Los músicos tocaban melodías de paz. Y al volver este mismo recodo, apareció la gran maravilla: una ciudad completamente blanca, surgiendo en lo que sólo dos años antes era un terreno baldío. En verdad te digo que el entusiasmo de Akenatón era contagioso.

Tutankamón señaló las paredes rocosas que clausuraban el dominio de los vivos:

–Detrás de esa montaña está enterrada toda mi familia. Entre tú y Horemheb me estáis enseñando a ser rey, pero las lecciones que rigen mi corazón me las enseñaron esos tristes muertos.

Ai le cogió la mano y se la apretó fuertemente, como hace un caballero experto con un anciano de diecisiete años.

–¿Me hablas a mí de muerte? –exclamó Ai–. Sin duda no recuerdas que en la otra montaña se encuentra la tumba que iba a ser mi morada de eternidad. La tumba que nunca terminé. Conoces mi empeño por evitarte este viaje. Ahora entiendo que tenía más miedo por mí que por ti.

Al ver su aspecto conmovido, dijo Faraón:

–Nunca pensé que pudiera impresionarte tanto.

–En esta ciudad yacen sepultados diecisiete años de mi vida, y una doctrina en la que creí firmemente. ¡Y a ti te extraña mi tristeza! Los jóvenes sois egoístas: al tener un pasado tan corto creéis que los demás no podemos tener ninguno.

–¿De verdad crees que mi pasado es corto? Mírame bien: ¿tengo algo que ver con el niño que salió de ese palacio? Seis veces ha crecido el Nilo desde entonces y en cada una de esas crecidas yo he salido modificado.

–Igual que Egipto. Nada vuelve a ser lo mismo cuando el Nilo cumple los decretos del tiempo.

–¡Decretos! He seguido los vuestros; es más, he representado a todos los de la naturaleza. He sido el símbolo de la virilidad en vuestras ceremonias de la reproducción. Si aparecía la estrella Otis para anunciar la llegada del año nuevo, la he encarnado yo. Y ahora sólo quiero ser el niño que jugaba en esta ciudad. Quiero sentir las fragancias del harén real, donde di mis primeros pasos, quiero reírme con los niños que ahora jugarán en sus jardines, como hacía yo con mis amiguitos de entonces... ¿Crees que todavía estará mi nodriza, la vieja Nuya?

–Creo recordar que fue de las primeras en marcharse a Menfis. Allí, murió.

Y Faraón siguió preguntando si estaría el jefe de policía, que solía acompañarle siempre en sus desplazamientos, pero Ai negó con la cabeza.

Preguntó Faraón si viviría el jefe de cocinas, que le daba pasteles a escondidas de sus preceptores, y Ai volvió a negar con la cabeza. ¡Por lo menos estaría aquel rudo soldado que le dio sus primeras clases de jabalina! Y Ai negó por tercera vez.

La memoria del sabio era un camposanto controlado a voluntad, pero jamás vencido. Sólo sentía pena por aquel faraón ingenuo que venía en busca de su pasado creyendo que seguirían en él todos los que lo poblaron en otro tiempo.

Algunos habían muerto, a otros los había destituido el propio Ai cuando inició su reforma administrativa. Y todavía ocultó a Tutankamón que ninguno estaba enterrado en la Ciudad del Sol, pese a que también ellos habían empezado a construir sus tumbas.

Por razones que ni sus colaboradores más íntimos comprendían, Ai deseaba que Faraón descubriese la realidad por sí mismo. Y volviéndose hacia su ayuda de cámara, dijo:

–En su alma todavía quedan muchas quimeras de infancia. Es preciso que se queden aquí, donde nacieron.

Faraón pidió la capa de uno de sus criados. Tras cubrirse con ella, decretó:

–Iré en calidad de penitente. Que así sea recordado en el futuro.

–Si es así, deberías ir montado en un humilde asno, pero no lo querrán los dioses. Por suerte, para tu comodidad he dispuesto que te espere el capitán de la guardia con su carro.

–Entonces será como antes. ¿Recuerdas, Ai, cuando Anjesenamón y yo recorríamos la ciudad en el carro que me regaló Horemheb?

–Como tú decías, el Nilo no ha dejado de crecer y decrecer desde entonces. Dudo que sientas el mismo placer. Y, desde luego, es imposible que lo sienta yo.

–Es que tú no vas a acompañarme. Quiero ir solo, Ai. En el encuentro entre el niño Tutankatón y Nebjeperure no puede haber testigos.

–Y yo te lo agradezco. Estoy viendo que mi capacidad de resistencia ante el pasado es inferior a la tuya.

Dispuesto a enfrentarse con sus fantasmas, Faraón descubrió con estupor que en el muelle no había ninguno. Por no ver, ni siquiera veía humanos.

¿Tanto había cambiado la Ciudad del Sol que la llegada de una nave real no convocaba a los curiosos, como antaño? Recordaba que uno de los grandes acontecimientos del crepúsculo era pasear por los jardines de la aduana y contemplar el desembarco de viajeros que llegaban de todas partes de Egipto y aun de algunas naciones extranjeras.

Salió a recibirle el capitán del destacamento delegado para vigilar la ciudad. Era un hombre un poco mayor que él y, por tanto, completamente ajeno a las convulsiones que, al decir de los modernos, habían dado triste fama a la Ciudad del Sol. Un hombre contratado para vigilar fríamente lo que para otros fue razón de vida.

Avanzaron hacia un carro que los estaba aguardando, y a Faraón le extrañó que fuese de combate.

–Son los más apropiados para circular por estas soledades –dijo el capitán.

–¿Soledades, dices? ¿Quién vio jamás la soledad en esta gran capital?

Pero el soldado no mentía. Ya nadie se asomaba a las ventanas, nadie hacía cola en los comercios, ninguna vecina estaba disponiendo su terraza para celebrar los fastos de la noche. Y entonces Nebjeperure comprendió que la Ciudad del Sol estaba deshabitada.

–¡No hay nadie! –repitió desde el fondo del horror–. ¡Nadie!

–Sólo yo y mis compañeros –aclaró el capitán–. Quince hombres nada más. ¿No te habían advertido, noble señor?

–Todos se han negado a hacerlo en los últimos años. Sin duda no querían que supiese que estaban destruyendo mi lugar.

–Nadie nos ha ordenado su destrucción. Los lugares se destruyen solos, cuando la gente los abandona.

Si los grandes palacios estaban cerrados, si los edificios ministeriales parecían blancas tumbas ensuciadas por el abandono, la Casa del Dios se mantendría, cuando menos, intacta. Era imposible que el olvido osase agredir a una divinidad que había podido tanto.

Se hizo conducir al gran templo de Atón, el espacio más inmenso jamás consagrado a divinidad alguna. Fue una experiencia todavía más dolorosa que la visita a las calles. Contrariamente a los templos de los dioses clásicos, Akenatón había concebido un santuario sin techo, de manera que los rayos de Atón lo bañasen en toda su integridad. Pero cuando llegó el olvido, los rayos solares fueron sustituidos por la arena del desierto, que se fue adueñando de las vastas estancias y llegó a cubrir completamente los trescientos altares donde los fieles solían depositar sus ofrendas de frutos y flores.

Más allá, se alzaba el edificio conocido como Merut-Atón, un lugar tan sagrado como el propio santuario, un paraíso para la meditación. En otro tiempo fue un vergel exuberante, pero ahora carecía por completo de vegetación, y era como si el lúgubre Set se hubiese adjudicado el derecho a restituir a sus desiertos los terrenos que la vida les había arrebatado.

Como un golpe definitivo contra su memoria, Faraón descubrió que una parte del recinto había sido desmantelada. En realidad, no quedaba más que el santo de los santos, pero ya no daba cobijo a dios alguno.

–No te extrañes, señor –dijo el capitán–. La piedra ha sido aprovechada para la construcción del templo de Tot. El que tú vas a inaugurar mañana, en la otra orilla.

Algo de esto había aprendido no bien subió al trono. Las joyas de Nefertiti, aprovechadas para la nueva reina. Los muebles de palacio, trasladados a Tebas para decorar la Casa Dorada. Y del mismo modo que no puede malgastarse el oro y las gemas, conviene ahorrar en la piedra, reservada a los dioses por lo costosa. En este caso, desmontar el templo de un dios para dar sus piedras a otro carecía de importancia.

Sí la tenía el abandono de la ciudad. Había nacido de la Nada, y regresaba a la Nada. Y entre su construcción y su abandono sólo habían transcurrido doce años.

–El tiempo de un suspiro –dijo el capitán–. Pero lo exhaló un demonio.

–¡Ciudad mía! –exclamó Tutankamón–. Tu muerte es paralela a mi resurrección en Tebas. Mientras yo me iba abriendo a la vida, tú te derrumbabas. Mientras yo crecía, tú ibas menguando. Hasta tu espíritu me escapa. Verdaderamente, yo no soy tu faraón. Y empiezo a dudar que en alguna ocasión fuese tu hijo.

El capitán condujo el carro por las grandes avenidas que fueron triunfo del espacio sobre el caos de las grandes ciudades. Había sido la suprema inspiración de Akenatón, y él consiguió comunicar su fervor a sus arquitectos. Si fue un acto de locos, fue también una locura sumamente estética. Si a la larga fue una pesadilla, al principio fue el sueño de un moderno.

Todavía destacaba la elegante arquitectura de templos y palacios, pero hacían las veces de esqueletos, como un parque de osamentas a las que el crepúsculo arrancaba colores tétricos. Y cuando el manto de Nut sustituyó definitivamente a la barca solar, los espectros de la luna pusieron en las piedras un color grisáceo, como las mejillas de los muertos.

En este punto, dijo Faraón:

–Ya he visto la agonía de mi ciudad. Ahora quiero que me lleves al domicilio de los muertos. Quiero ir a la tumba de Akenatón.

El capitán le miró con expresión de horror.

–Piensa que está muy lejos.

–Lo sé. Por desgracia tuve que estar en ella varias veces.

–¿Para vigilar las obras?

–Para enterrar a mis familiares.

–No estarías de noche. Si hubieses estado no querrías volver ni por todo el oro de Egipto. Dicen que se oyen aullidos pavorosos, como si la tumba estuviese llena de almas malditas. También se dice que los herejes salen a pasear por las colinas y devoran a los chacales y envenenan a los escorpiones.

El capitán no mentía. Tampoco los recuerdos de Faraón. El desfiladero era un paraje inhóspito, de hecho ya lo era cuando la ciudad estaba en su apogeo. Akenatón había previsto la lejanía como una defensa desesperada contra los depredadores que podrían ensañarse con su cadáver.

Consciente de que estaba siguiendo un ritual, Nebjeperure quiso recorrer el sendero a pie. Rememoraba paso a paso cada uno de los entierros que vivió en su infancia. Entendía una vez más que ésta había estado presidida por la muerte. Cuando murieron las cinco princesas. Cuando murió la reina madre. Cuando Akenatón. Y el entierro más reciente de todos, el del pobre Smenkaré, que ni siquiera tuvo tiempo de existir.

Llegados a la entrada de la tumba, recordó a cada uno de sus difuntos, gritando sus nombres a la noche. Por un instante sus palabras tuvieron más fuerza que el viento, cabalgaron sobre él y fueron a rebotar contra las paredes rocosas. Con el choque, aumentaron de volumen hasta dar contra otras montañas, y de allí al desierto que, a su vez, las catapultó a la eternidad.

–Que vuestro nombre sea pronunciado. Que vuestro nombre sea recordado.

Los esperaban dos soldados provistos de antorchas, pero reparó en que acababan de llegar en otro carro.

–¿Es que no tiene guardianes esta tumba? –preguntó, dando muestras de inquietud.

–Venimos periódicamente, pero es imposible dejar una guardia fija. Ya te he dicho que dispongo de pocos hombres.

–¿Ni siquiera vigila Anubis? Es un bicho que no falla en ninguna necrópolis.

–¿Cómo iba a vigilar Anubis a Akenatón si renegó de él?

–Es cierto que los dioses no son tan generosos como para presentar la otra mejilla. Es cierto que cada dios sólo cuida a los suyos.

El capitán le observó con expresión atónita. Pensaba: «Si este pobre faraón ha tardado tanto tiempo en descubrir una verdad tan grande, es que en el fondo no se ha enterado de nada».

Una vez en el interior de la tumba, Faraón tuvo la impresión de recuperar el pasado gracias a los relieves de los muros. Después del largo pasadizo, al que la vacilante luz de las antorchas arrancaba destellos siniestros, aparecían las hermosas salas, de muros completamente decorados con escenas de la vida cotidiana en la Ciudad del Sol. Los soldados, que nunca habían bajado hasta aquellas estancias, manifestaron su asombro ante la ausencia total de símbolos tradicionales; sin embargo, para Tutankamón fue el reencuentro con su educación, porque aquella ausencia, que en realidad era un asesinato del pasado, había sido la obra más importante de Akenatón sobre la tierra.

La tumba era inmensa y dotada de estancias para cada miembro de la familia real. En los muros de los difuntos más jóvenes aparecían aquellas escenas bucólicas, alegres cantos a la naturaleza, que inventó el pintor cretense Keftén, siguiendo la influencia de su isla. Y en muchos lugares podía verse a Akenatón y Nefertiti, rodeados de todas sus hijas y, en lo más alto, el disco solar, el Atón desparramando sus dones en forma de dedos. Una escena favorita que el tiempo se había llevado para siempre.

Mientras los soldados se extasiaban ante las riquezas acumuladas en los ajuares de cada uno de los difuntos, Faraón buscó el sarcófago de Smenkaré sólo para recordar cómo había sido en vida. Para recordarse también a sí mismo, niño aún. Y por un instante surgieron de aquel sarcófago multitud de juegos, muchas risas, mucho corretear por las estancias de palacio, con los ojos vendados, buscando a Smenkaré, que se había escondido tras unas cortinas o debajo de una cama.

Todo esto pensaba Faraón mientras se arrodillaba para pronunciar varias veces el nombre del único amigo que había tenido. Smenkaré, el rey que murió sin tiempo de serlo.

–¡No debes arrodillarte, señor! –exclamó el capitán–. ¡Mira que son herejes!

Faraón le dirigió una mirada de desprecio, mientras decía:

–Con cualquier religión, bajo cualquier dios, soy un egipcio piadoso con sus muertos.

Salieron al exterior. Ninguno disponía de palabras. Los soldados por sentirse intimidados ante la presencia de la muerte. Faraón, porque durante unos momentos los muertos habían cobrado vida para él y todavía retozaban en lo más profundo de su ánimo.

Mientras los soldados cerraban la tumba, se dirigió al capitán:

–Si las órdenes de un rey triste sirven de algo, yo voy a darte la más simple. Recompensaré con oro a cualquiera de tus soldados que se moleste en venir todos los días a la puerta de esta tumba. Ni siquiera tendría que entrar. Sólo dejar una jarra de agua para sus moradores, y pronunciar sus nombres en voz alta, como he hecho yo.

–En ese caso, lo haré yo mismo –se apresuró a decir el capitán.

–A fe que eres muy listo –dijo Faraón con acento sarcástico–. De todos modos, me consuela ver que el oro sigue siendo un excelente domador del miedo. Te diré una cosa: ninguno de mis parientes te hará daño. Eran muy buenas personas, por más que digan sus enemigos.

Subieron al carro, y cuando el capitán se disponía a coger las riendas, Nebjeperure se las arrebató violentamente.

–¡Dámelas! –gritó, fuera de sí–. ¿Nadie te ha contado que el faraón es un dios en su carro? Cuando todavía era un niño ya lo conducía por estas montañas. Cacé mi primer león en el valle que se abre detrás de aquel desfiladero.

Pero no dijo que en su niñez no necesitaba el carro para desahogar su angustia. Ahora, sí; ahora se sirvió de él para correr como una exhalación sobre piedras y rocas, como si a los caballos les hubiesen salido alas y las ruedas tuviesen cuchillas que iban quebrando todos los obstáculos. Arrojado a tanta velocidad que llegó a asustar al capitán, recorrió la llanura donde se asentaba la ciudad, gritando al viento el nombre de su madre Kiya, el de Akenatón, los de Smenkaré y las princesas e incluso el de Nefertiti, donde quiera que estuviera.

Y sus gritos se mezclaban con un llanto compulsivo y una furia que sacudía las ínsulas de la muerte.

Seguía llorando cuando subió corriendo por la pasarela del barco, sin tiempo para despedirse del capitán. Cayó postrado a los pies de Ai, mientras decía:

–Te lo suplico, ayúdame a salvar a los míos de la destrucción. Nadie los protege en esa tumba. Están expuestos a que cualquiera les robe la vida eterna. ¡Ayúdame, Ai, ayúdame! Seguiré patrocinando las construcciones más gigantescas que jamás se emprendieron en Egipto, daré mi nombre a todos los dioses que queráis inventar, pero salva a mi gente del olvido.

También Ai lloró, porque es ley de viejo conmoverse cuando llora un joven.

–Esto es lo que quería evitarte a toda costa –dijo el consejero, ayudándole a incorporarse–. No quería que te encontrases con el olvido cara a cara.

–Ya ves que no es posible, pues era el temor que venía albergando desde hace mucho tiempo. Insisto en mi ofrecimiento: dentro de pocas horas representaré a Tot y encarnaré a todos sus parientes, si se tercia. Pero a cambio debo arrancarte un juramento.

–No necesitas hacerme jurar. Ordena.

–Mandarás que trasladen los cuerpos de mis familiares a un escondite seguro. Y se hará en el máximo secreto.

–¿Y dónde pretendes guardarlos?

–En Tebas. Escóndelos a todos en la tumba que habéis elegido para mí en el Valle de los Reyes. Después, que la sellen inmediatamente. Yo buscaré otra. Tengo toda la vida por delante.

–¿Sabes si Akenatón aprobaría tu decisión? Piensa que él siempre se negó a salir de la Ciudad del Sol.

–Este acto de desobediencia es el precio que debemos pagar para asegurarle la vida eterna. Si permanece más tiempo en esa ciudad su cadáver será profanado, si no destruido.

–Mi corazón me lleva a obedecerte. Mi admiración, a amarte. Pero están los sacerdotes de Amón y son bichos que me llevan al temor. Tu plan puede enemistarte con ellos.

–Por eso te exijo el secreto.

Ai se llevó los dedos a los labios, indicando así que los cerraba. Acto seguido, acarició suavemente la mejilla de Tutankamón, obedeciendo a un impulso que no tenía precedentes en toda la historia del protocolo.

–Ten valor, hijo mío, porque apenas has empezado a vivir. Ya has visto que la muerte se complace jugando con los hombres al dejarlos adivinar un atisbo de la vida que fue. Pero es tan sólo un espejismo que es de sabios controlar.

–Me marcho odiando el lugar que más amaba –dijo Faraón, entre sollozos–. Vine en busca de los fragmentos dispersos de mi vida, y sólo puedo sentir la huella de la muerte. Ahora sé que siempre acaba mandando.

LA VIDA SE HABÍA REFUGIADO EN LA OTRA ORILLA, propiedad de Tot. El dios sabio regresaba al lugar que le había sido arrebatado, a los sacros solares donde instauró su cátedra de ciencia y arte. Había allí escribas y maestros, poetas y filósofos, astrólogos y adivinos, todos los que tenían alguna relación con la sabiduría egipcia volvían a estar insuflados por su soplo benefactor.

Entre ellos avanzaban Totmés y Seshat de Tebas, guiando al cieguito Ipi al estrado donde debía tocar sus melodías. Y aunque esto no ocurriría hasta la segunda parte de la representación sagrada, él debía estar en su puesto para no interrumpirla, pues de lo contrario sería considerado un insulto a la divinidad, una descortesía con el faraón y una molestia para los creyentes.

Tutankamón recordaba aquel lugar. En su infancia, había cruzado el Nilo con sus compañeros de juegos, despertando las iras de los mayores porque la zona se consideraba peligrosa. Allí se levantaba, precisamente, una de las doce estelas que marcaban los límites de la Ciudad del Sol y, por tanto, la proximidad del mundo ignoto, que no convenía frecuentar.

¡Y ahora, el niño excesivamente aventurado venía a

inaugurar un recinto de vida que negaba la que había conocido!

Se enfrentó a la consabida pompa que venía rodeándole en cuantos actos semejantes se veía obligado a presidir. Sonrió a la multitud que le vitoreaba, distinguió con medallas a quince mutilados en las guerras de Horemheb y soportó con infinita paciencia las explicaciones de los sacerdotes locales, empeñados en ponderar la grandeza del culto.

–Que sepas, majestad, que no te hallas en un lugar cualquiera. ¡Ah, no! Debes saber que, en los tiempos más remotos, mucho antes de la creación se produjo aquí un cataclismo acuático del cual emergieron los ocho dioses primordiales. Los dioses masculinos (Amón, Nun, Heh y Kek) tenían cabeza de rana, mientras que las cuatro deidades femeninas (Amonet, Nunet, Hehet y Kekut) tenían cabeza de serpiente. Debidamente emparejados, personificaron el líquido infinito, el infinito espacial, la oscuridad primordial y en ocasiones se les añadieron Niu y Niut, que personificaban el vacío. Y para que la creación fuese completa, un loto prodigioso emergió de Nun, el magma líquido primordial, el verdadero Padre de los Dioses porque contiene las semillas de todo cuanto debe nacer.

Aturdido por tantas explicaciones, el faraón se dirigió por lo bajo a Ai:

–He aprendido varios orígenes del mundo. A fe que todos son divertidos, luego me quedo con todos.

–Aquí debes quedarte con los Ocho Dioses. Y procura decirlo en voz bien alta para ser oído, de lo contrario los sacerdotes se molestarían.

–Pues lo digo. –Y exclamó a voz en grito–: ¡Los Ocho sean loados!

En el largo período que pasó presidiendo los actos sentado en lo alto de su trono, tuvo tiempo para detener la mirada en algunos detalles de la reconstrucción. No podía dejar de pensar en la Ciudad del Sol, especialmente en el templo desmontado. Sabía que sus piedras estaban allí, incrustadas en algún muro, en cualquier columna. No podía pedirse maniobra más sibilina.

De pronto, sintióse bañado por un fulgor amigo. Era el mismo que solía acariciarle en las terrazas del palacio de Akenatón. Era la luna llena, pero en esta ocasión la Gran Luna: la que organiza la sabiduría de la Creación desde la corona de Tot.

Se hizo un gran silencio porque la aparición de unas figuras conocidas por todos señalaba el comienzo de las aventuras del dios. Y esas figuras eran sus animales totémicos: el pájaro ibis y los babuinos sagrados.

Un sacerdote cantó los elogios de Tot, recordando una vez más que tenía el prestigio de la palabra y el de las letras, que es como decir las llaves del pensamiento. Como sea que había creado el mundo mediante el verbo, la escena siguiente representaba al Ptah de Menfis que le comunicaba su decisión de convertirle en su propia lengua. El público aplaudía aquel nombramiento, pero enmudecía de repente porque acababa de llegar la temible Diosa Lejana.

Ésta dominaba la escena con su cabeza de leona, y aunque todo el mundo sabía que era un sacerdote disfrazado, optaban por creer que se trataba, en efecto, de la perversa deidad en sus aspectos más destructores. Como cada año, se había ido a vivir más allá de la tercera catarata, dejando a Egipto desprotegido, al borde de la sequía y el hambre. También como cada año, Re se apoyaba en la locuacidad de Tot y le mandaba a buscar a la arpía. Parte de la representación se basaba en el coloquio entre las dos divinidades, así como en los esfuerzos de Tot para conseguir que la leona regresase a las tierras del Nilo. Al final, ella regresaba convertida en diosa protectora.

La representación concluía con un panegírico a la locuacidad de Tot, que era a su vez un elogio al poder de la inteligencia. Y cuando la Protectora abría los brazos y hacía aparecer un ameno surtido de frutas, flores y hortalizas que representaban la fecundidad del Valle del Nilo, el público rompió en vítores y aplausos.

Faraón fue el primero en demostrar su entusiasmo, sin fingimiento alguno. Dirigiéndose a Ai, comentó:

–La verdad es que el hombre ha inventado historias

muy hermosas acerca de los dioses. Lástima que nos veamos obligados a creerlas.

A la belleza de la fábula siguió la pesadez de la liturgia. Era el turno de los sacerdotes, con sus interminables recitaciones, a menudo incomprensibles para los no iniciados.

Faraón estaba a punto de dormirse cuando, de pronto, los sacerdotes callaron, y de algún lugar situado más allá de las fábulas emergió un sonido maravilloso, que parecía romper la densidad del silencio a base de caricias. Y cuando ya había conseguido prender la atención de los oyentes, cuando ya los tenía indefensos, un arpegio traidor penetraba hasta el alma y la estrangulaba como si fuese un gorrión. Y Nebjeperure, el más impresionado de todos, se levantó de improviso y exclamó:

–¡Esa música! O me persigue a lo largo de la memoria o me la estoy inventando.

–Te persigue –dijo Ai–. Es la melodía de Tebas. Siempre que la escuchas te conmueve.

–¿Y qué hace aquí? ¿Por qué suena tan lejos de mi palacio? –Y añadió a voz en grito–: ¡Sea quien sea el músico, que comparezca ante mí, porque es mi amigo!

Al oír estas palabras, Totmés, que había permanecido junto a Ipi durante toda la representación, se abrió paso entre la multitud y avanzó hacia el trono con paso decidido. Creyéndole el músico al que acababa de escuchar, Faraón bajó la escalinata que le separaba de los humanos y abrió los brazos para estrecharle. Pero Totmés, si bien agradecido, le contuvo.

–Te has confundido, Faraón. Yo soy una humilde rata de biblioteca. Ese músico que en tanto estimas necesita más tiempo para llegar hasta aquí.

–¿Tan remiso es? ¿Tan grande se considera? Recuerdo que en cierta ocasión ya se negó a mis deseos.

–Peor los que la vida le negó a él. Porque es ciego, y a fe que no podría llegar hasta aquí sin hacerte perder tu precioso tiempo.

Nebjeperure dirigió la mirada hacia el estrado de los músicos, y al descubrir a Ipi hizo un gesto de reconocimiento. Y declaró su deseo de acercarse hasta él y también dijo que, al hacerlo, creía ingresar en un reino de esferas superiores. Dicho lo cual algún sacerdote sintióse incomodado, porque aun siendo la música bien acogida en cualquier ceremonia, aquél no era su templo, por tanto parecía una intromisión de Hator. En cuanto a Ai, que no toleraba las salidas de tono, pensó: «¡Endiablado crío! No se te puede sacar de palacio. Cada uno de tus actos es un atentado contra el protocolo».

Entretanto, Nebjeperure había llegado junto a Ipi y, acariciándole a él y al arpa, dijo:

–En cierta ocasión me rechazaste, cieguito, pero ahora no podrás hacerlo porque vengo en actitud de suplicante. Soy el más pobre de los hombres, aun siendo faraón. Soy el más huérfano de belleza, aun habiéndome educado en ella. Toca para mí, te lo ruego, y sabré reconfortarte con lo más delicado que existe: el afecto de una alma solitaria.

Ipi no pudo contener la emoción al sentir la mano de Nebjeperure. Y así dijo:

–Si de la soledad depende el afecto, también lo hallarás en mí, porque no hay nadie más solo que yo en este día.

Ipi improvisó tres melodías, y los concursantes colmaron tres medidas de emoción y a la cuarta estaban llorando todos. Y, en su embeleso, Nebjeperure se hizo contar la historia de Ipi, y una vez informado preguntó a Ai:

–¿Me está permitido tener huéspedes fijos en palacio?

–Te está permitido quemar el palacio, si es tu gusto.

–En este caso, es mi deseo que se disponga todo para que el ciego de Tebas tenga un lugar de honor en la Casa Dorada. Más aún, quiero que resida en mis aposentos y que en ellos disponga de mi vida, si se le antoja, pues su música ya lo ha hecho.

Tomó el brazo de Ipi para ayudarle a llegar a la nave real. En el camino, le preguntó:

–¿Quieres llevarte algo?

–Sólo a mi gato vital.

–Mandaremos a buscarlo. ¿Tiene mucho equipaje?

–El que corresponde a un gato de calidad. Su vajilla de

cuencos distintos para cada tipo de comida, sus siete pelotitas de trapos varios, su babero con la imagen de Bastet, su colección de cascabeles y su piedra de jade para conjurar a los gatos envidiosos.

Así fue como el arpista ciego entró en la Casa Dorada y con él su gato imprescindible. Y una vez más, Tebas lo supo por el pico de la abubilla Nektis, que proclamó a todos los vientos:

–¡Cabriolo se va a la corte y Tebas se queda sola!

Al cabo de unos días, los miembros más influyentes de la comunidad gatuna acudieron al muelle para deleitarse con la puesta del sol en la otra orilla, donde ahora residía su amigo Cabriolo. Y el Gran Gatoide, así llamado porque descendía de felinos abisinios, pronunció un discurso elogioso en todos los sentidos.

–Debemos sentirnos orgullosos, porque un miembro de nuestra comunidad ha hecho fortuna, demostrando que el gato que sale emprendedor no encuentra barreras en el mundo.

Y la linda gata Minete, que era blanca con tonos de opalina, se lució confesando intimidades:

–Tuve tratos con él. Le recuerdo con cariño, pues me dejó ahíta.

–¿Preñada acaso? –preguntó una gata meticona.

–Una no ha nacido ayer. Tomé lo que sabe cualquier gata que no quiere quedar comprometida.

Sin embargo, había en aquella despedida un leve rastro de nostalgia por el amigo perdido, y también por las cosas que, al cambiar de estado, ya no volverían a ser.

–¡Pobre Cabriolo! –exclamó el gato Komret–. ¡Cómo echará de menos el vocerío de nuestras esquinas y el olor a pescado en las casas del muelle!

–Es cierto que podrá pasear por jardines lujosos, pero nada como dejarse acariciar por los mimbres del río.

–Será rica la repostería en las cocinas del faraón, y muchos gatos la querrían, pero nada parecido a los hornos de Tebas.

–Es cierto –dijo el Gran Gatoide–. Cuando un gato abandona Tebas ya no vuelve a ser el mismo.

Porque las ciudades de los humanos complacen a los gatos. Porque las ciudades amadas son gatunas y una ciudad sin gatos es tumba de los sentidos.

Pero también lo es una ciudad sin melodía propia y así al coro de mininos se unía el lamento de las vecinas surgiendo de las azoteas, tan frecuentadas a aquella hora.

Decía Shenet, la famosa hilandera:

–El cieguito se ha llevado consigo la melodía de Tebas.

Dijo la dama Nofret, en su azotea perfumada de almizcle:

–Es cierto que suenan músicas y muchas son maravillosas, pero es como si ya no fuesen tebanas.

–Su arpa suena al otro lado del río, pero ya no nos llega. Un rey la disfruta, luego un rey nos la ha robado.

Dijo la vecina Senut:

–Esperad. Recuerdo una canción que solía cantar mi abuela mucho antes de que naciese Ipi.

La canción comparaba a Tebas con una flor que al alma aroma. Nunca han de faltar sus caricias en las frescas noches del estío.

Tres esposas de funcionarios públicos contestaron con otra canción también de tiempo añejo.

El amado recordaba a su dama que recibió su amor en un jardín de Tebas, y ambos se preguntaban si tendrá jamás amor quien nunca ha amado en Tebas.

–No es lo mismo, no es lo mismo –decía la viuda Numet–. A esas palabras les falta una arpa que las arrulle.

–Y sólo puede ser el arpa del cieguito –decían todas.

Al igual que los miembros de la comunidad gatuna, quedaban todas mirando hacia la otra orilla, y aunque veían parpadear las luces de la Casa Dorada, no conseguían sentirlas como tebanas ni envidiaban sus perfumes pues sin duda serían robados como lo había sido la música del ciego Ipi.

Pero había alguien que tenía más motivos para sentir nostalgia de aquella arpa, y al mismo tiempo de todo cuanto recordase a Tebas. Y la habría imaginado viva y rutilante aunque en sus calles no se oyese ni un murmullo.

–¡Ay de mí! Ya no sé cuántas medidas estoy colmando. ¿Quién me castiga ahora y por qué causa? ¿Porque he osado admirar la belleza? Menudo villano el que me la hace pagar tan caro.

Era Jonet quien se lamentaba en su insólito exilio.

Le dejamos sentado en una nube, perdido en el espacio, allá donde ya empiezan a formar guardia los celadores de las constelaciones; allí donde las águilas detienen su vuelo y no se atreven a seguir porque empieza el dominio de los celestes. Y aun éstos retroceden, pues su poder mengua ante el imperio de la nada.

Y en la región del espíritu donde no conviene estar solo, Jonet acababa de descubrir el diálogo de los solitarios:

–Jonet, eres más cenutrio que el nieto de un mandril. Si no fuese por tus locuras, podrías estar contribuyendo a los fastos de la noche de Tebas junto a tu hermano en la música. Y en cambio aquí estás por culpa de un amor funesto que te ha convertido en almorrana. –Y se contestaba a sí mismo, como si de otro badulaque se tratara–: ¿Almorrana yo, que soy hijo de escriba? –Y se respondía–: Sí, almorrana, porque has nacido de un culo y en él permaneces, a lo necio.

No lo era tanto como para no descubrir, en la infinitud que le rodeaba, un incesante desfile de prodigios. Y es que el firmamento se entretenía haciéndose y deshaciéndose para volverse a hacer continuamente, poniendo a veces metáforas. Así, juntáronse de pronto las mitades de dos planetas y cada una de ellas se parecía a las redondeadas nalgas de Tutankamón. Del centro emergía, como una invitación, la rosa azul de los amores, pero cada vez que Jonet intentaba alcanzarla, la flor desaparecía, hasta que a fuerza de intentos acabó por desaparecer completamente, y él se echó a llorar.

–Cuidado, Jonet, hijo de escriba, no te atormentes, que

es de tontos porque el tormento disminuye las defensas. Además, ¿de qué te quejas? Eres un privilegiado. Nadie ha visto el mundo de este modo... Pero ¿qué dices? El mundo ya no se ve: sólo el infinito... Pues más razón tengo, Jonet. ¿Qué criajo de Tebas ha visto el infinito tan de cerca?

Entre las lágrimas acertó a vislumbrar un cortejo de destellos que, poco a poco, le fueron rodeando como si bailasen esa danza que los habitantes de Creta ejecutan formando un círculo y con las manos unidas. Cada destello representaba a estrellas, astros y planetas, de los más grandes a los más chicos, y todos se permitieron el lujo de incurrir en el prodigio, pues tan pronto eran caminos abiertos en el cielo como un lujoso corral en cuyo interior evolucionaban fantásticas bestias.

El cielo se llenó de signos y Jonet se sintió regocijado al ver cómo bailaban alrededor de su nube. Descubrió unas balanzas que daban vueltas sobre sí mismas, y a continuación pasó la cabra loca que es amiga de los niños capricornio. La seguía un escorpión, y un carnero, y un hipopótamo que llevaba pegado a sus espaldas un cocodrilo. Pasó también el símbolo de los mancebos acuario, el aguador que se entretiene vertiendo chorros de agua cristalina sobre las escamas del pez del sur. Y los dos hermanos gemelos y el pescado que tiene forma de pene. Y entre todos ellos, el gigantesco toro cuya pata forma un camino de estrellas que sirve de guía a los viajeros.

–¡Qué bonito! –exclamó Jonet–. ¡Qué precioso!

Y tan entusiasmado estaba que en una de las evoluciones saltó más de lo previsto y se vio flotando por el espacio, como una alma en pena. Pero la nube se desplazó a tiempo para recogerle, y así pudo exclamar él, agradecido:

–Esta nube sigue aguantando. ¡Mientras no le dé por ponerse a llover! Dicen que las nubes se deshacen porque se están meando. ¡Ojalá que ésta no sufra de incontinencia!... Pero qué pesado eres, Jonet. No debes intranquilizarte. Esta nube te está demostrando que es amiga. Además, aunque se orinase podrías sobrevivir al descalabro cabalgando sobre una gota cómplice... ¡Qué gran verdad! Las gotas que salen amigas lo son para siempre. Se les nota en que siempre van juntas.

Entonces empezó a morderse las uñas, y aunque no era la primera vez que lo hacía, sí fue la más cuestionada.

–No sé a qué viene desayunar con mis uñitas. Hambre no tengo, tampoco sed. ¿Estaré muerto y no me he enterado? No, porque hambre y sed no tendré, pero nervios muchos y angustia toda. Además, siento una erección de la altura de las de siempre. Pero ¿quién me la inspira? ¿Tan enfermo estoy que hasta una nube me excita? ¿O soy yo mismo, que me doy lo que nunca podrá darme amor alguno?

De pronto, sonó una explosión atronadora y el firmamento se rasgó siete veces y cada una de ellas siete veces más. Pasada la explosión, resonó el fragor de las armas salvajes acompañado por el ensordecedor griterío que saca de quicio a los benditos: los feroces aullidos de batalla que anuncian a los ejércitos del Mal. Y acaudillándolos apareció Set, hermoso y bravo como un toro. Ofrecía, como en otras ocasiones, el imponente aspecto de un atleta de las tinieblas. Diríase desnudo si no fuese por el arnés de cuero negro que le cruzaba el pecho y un suspensorio metálico que sostenía los famosos genitales. Y Jonet se admiró como siempre que los recordaba.

Ante aquella visión, y más ante el efecto que le producía, sintióse desfallecer pues comprendió que estaba destinado a ser su esclavo. Porque era cierto lo que dijo un día: el Mal estaba muy bueno.

Todo su ser estaba calentado por múltiples estímulos y ninguno satisfecho. Por unos breves instantes le asaltaba una forma de deseo más pavoroso que el miedo al infinito. Y Set, aprovechando aquel instante de vacilación, se dispuso a agarrarlo para llevárselo al más oscuro de sus desiertos. Pero de pronto apareció una cascada de luz azul que se abatió sobre él. Era una luz hostil para el notorio rey de las tinieblas.

Así compareció el Tiempo, blandiendo su espada flamígera. En los labios, la amenaza de un secreto destructor.

Al oírlo, Set emitió un aullido pavoroso, que al punto

fue seguido por los de sus secuaces. Eran bestias heridas que buscaron refugio en la boca de su amo, y allí desaparecieron como él desapareció del firmamento.

–¡Eres tú! –gritó Jonet al reconocer a su valedor. Y en seguida se detuvo–. ¿Eres tú o eres una estrella disfrazada de ti?

El Tiempo se permitió acariciarle la cabeza como se hace con un perro divertido.

–Me hallaba a millones de sueños de distancia cuando he oído tus lamentos...

Se disponía a abrazarle, pero Jonet le apartó con un mohín de desdén que era un dechado de coquetería.

–Guárdate tus lisonjas. No debería dirigirte la palabra, porque me dejaste en una situación muy comprometida. Pero como no es nada comparada con la que estoy viviendo ahora, transijo en hablarte y si es tu deseo lo haré en tono sumiso. Porque es cierto que estoy más solo que la soledad en un día sin visitas.

–¿Conoces algún mancebo que haya sido poseído encima de una nube?

–Entre los humanos, no; pero acaso aquí, en las altas esferas...

–Ninguno, ninguno. Tú serás el primero.

Jonet fue penetrado setecientas mil veces siete, de manera que, al terminar, Napoleón Bonaparte estaba entrando en las Tullerías. Pero el Tiempo, consciente de las limitaciones de su amante egipcio, realizó un gentil ademán y se hallaron de nuevo abrazados sobre una nube del cielo tebano en los días de Tutankamón.

–No pienso renunciar al placer que me depara tu locura. Así pues, he de llevarte a mi castillo para que juegues al capricho de reinar.

–¿De qué castillo me hablas? Cualquiera que sea no me cuadra en estos momentos.

–Y sin embargo debería cuadrarte, porque allí, en ese alcázar mío, en un altar presidido por la diosa del Ojo Que Todo Lo Ve, se encuentra la rosa azul que andas buscando...

–Esa flor no me ha traído más que problemas. Mira cuán grande será su poder, que hasta las brujas se disfrazan de viejuca para engañarnos con ella.

Le contó su experiencia con Isis, y el Tiempo afectó reflexión. Innecesaria, por otro lado, pues nada había que no supiese de antemano, ni nada ignoraba a posteriori.

–Antes de tomar cualquier decisión importa sobremanera que te aleje de los dioses que te persiguen...

–Hazlo, por favor, porque a cada paso que doy me gano la enemistad de uno nuevo.

–Voy a llevarte hasta el fin de mí mismo. Hasta el fin del tiempo.

–¿Y eso existe?

–Lo estoy inventando para ti. Ya sabes lo que tienes que hacer para secundar mi vuelo.

Como sea que el falo del Tiempo todavía estaba erecto, Jonet se aferró a él con todas sus fuerzas; además, unas manecillas de hierro le sujetaron para mayor seguridad, y cuando el Tiempo echó a volar podía jactarse de tener a su presa maniatada.

–Abre los ojos, porque nos dirigimos hacia el día. Abre los ojos porque vas a ver lo que sólo vio el inmortal Sabú cuando se montó en la trenza del genio de la botella y así voló sobre todos los misterios de la tierra. Pregúntame, ahora, lo que aquel día se oyó en el corazón de las leyendas.

–¿Dónde estamos? –preguntó Jonet.

–Estamos sobre el techo del mundo.

–¿Pero es que el mundo tiene techo?

–Lo tiene, en efecto. Y está sostenido por siete columnas, y las siete columnas están colocadas sobre los hombros de un genio cuya fuerza es imposible imaginar. Y el genio está sobre una águila, y el águila está sobre una bola, y la bola sobre un pez, y el pez va nadando en el mar de la eternidad.

–¿Adónde vamos?

–Al pico más elevado de la montaña más alta del mundo, en el Himalaya, donde se tropiezan la tierra y el firmamento. Allí está el templo del alba, y en el gran salón del templo se encuentra la diosa de la luz, y en la cabeza de la diosa está el Ojo Que Todo Lo Ve.

¡Cuántas visiones transcurrieron en un instante! Paisajes que ningún egipcio vería jamás desfilaban ante Jonet como hojas arrancadas del árbol universal. Vastos desiertos de ondulantes dunas llagadas por el sol dejaban paso a la impenetrable y misteriosa densidad de las grandes selvas, plácidos riachuelos desembocaban en gigantescos océanos vapuleados por el soplo de sirenas furibundas, playas lisas como la mano de un dios alternaban con pavorosos acantilados que se hundían en el fondo de las olas.

Y él gritaba de alborozo, como si estuviese naciendo y ya saliese completamente borracho de las entrañas de su madre.

–¡Oh, Tiempo! ¡Qué grande es el mundo! ¡Cuánta belleza veo allá, al fondo! ¡Oh, Tiempo! El mundo es más grande que el amor de un arpista ciego. El mundo es más bello que el culo de un faraón. Deposítame en esos prados. No, mejor en aquel bosque. Espera, déjame en esa ciudad de cúpulas de plata. Mejor en aquélla, que las tiene de oro. ¡Oh, Tiempo! ¡Me olvidaré del ciego, me olvidaré del monarca! ¡Quiero ser el amante del mundo!

En algún lugar ajeno a Egipto y al mundo apareció una inmensa cordillera que contribuyó a aumentar la admiración de Jonet, porque sus picos más elevados ostentaban capuchas de nieve y el Tiempo dijo que la blancura era eterna en aquellas latitudes y hasta los hombres eran de hielo pues les había herido para siempre la eternidad. Pero a medida que descendían la nieve se interrumpía para dar paso a frondosos valles que albergaban abundantes lagos de cuyo centro emergían nuevas montañas, y unas eran de forma lisa y otras formaban terrazas que iban a perderse entre las nubes.

Surgió por fin el castillo del Tiempo, conocido como el alcázar de todo lo posible y lo que nunca podrá ser. Era una sucesión de edificios encastrados en la roca viva, y cada uno de ellos estaba horadado por gigantescas puertas de marfil, custodiadas a su vez por leones de piedra blanca que tomaban vida cada vez que el Gran Señor llegaba de alguno de sus viajes. Por lo demás, no tenían función defensiva, pues nadie se había atrevido jamás a llegar hasta aquellas latitudes donde, por otro lado, no existía latitud alguna.

El asombro de Jonet, que parecía agotado, fue en aumento a medida que su anfitrión le iba guiando por las estancias de su castillo, pues en cada una de ellas la roca se convertía en una piedra preciosa, de manera que se sintió en el interior de un topacio, pasos después en el de una turquesa, a continuación en una amatista y, cuando llegaron a los aposentos privados del Tiempo, la sorpresa llegó al embeleso y pronto a la fascinación. Porque la roca era oro puro, y en sus salientes estaban incrustadas esmeraldas en cuyo interior refulgían mensajes que sólo el Tiempo sabía leer.

En una estancia contigua, de menores dimensiones que la anterior, saltaba una cascada cuya agua venía de las nieves y llegaba hasta dos aljibes de mármol donde adoptaba temperaturas distintas: fría como la muerte en uno y cálida como el placer en el otro. Y en el techo había gigantescos espejos que llevaban el reflejo del agua hasta lo infinito de la luz.

Cuando Jonet hubo agotado todas sus expresiones de admiración apareció un cortejo formado por seis doncellas de piel amarilla y ojos almendrados. Serían a partir de entonces su séquito personal, y junto a un mismo número de mancebos de parecidas características cuidarían de sus necesidades cada vez que el Tiempo se viese obligado a ausentarse.

Y entonces cometió Jonet su primer error.

–Todo esto es muy bonito, pero ya lo he visto. En cambio, no veo a la diosa que he venido a buscar.

El Tiempo se mostró visiblemente incomodado ante aquella salida de tono.

–La diosa vive en su secreto –dijo secamente–. Vive de él. Existe por él.

–Pues ahora vivirá por mí. Vísteme de maravilloso porque quiero comparecer ante ella cuanto antes.

–Más que vestirte de maravilloso estarás siempre maravillosamente desnudo, porque así son los niños cuando llegan al mundo y así los viejos cuando lo abandonan. Y ésas son las cosas que yo nunca podré ser debido a mi naturaleza.

–Como siempre, no entiendo nada de lo que dices. Sólo intuyo que vas a negarme algo.

El Tiempo guardó silencio para procurarse un tono enigmático. Y no pudo estarlo más al decir:

–Todo lo que hay en este alcázar es tuyo, y yo haré cuanto esté en mi mano para que disfrutes incluso más de lo que yo te doy. Sólo una cosa te está prohibida. Bajo ningún concepto debes entrar en la gran sala de la diosa.

–Pero ¿qué dices? ¿Me llevas al otro lado del mundo para dictarme una prohibición?

–Yo mismo te llevaré ante ella; pero no ahora, porque debo salir de viaje.

–¡Aprovechas tu viaje para amordazarme! Mal empezamos, Tiempo, pero que muy mal. Porque yo espero que nada me sea negado y que en tus brazos podré comerme la vida como en un banquete que no tuviera fin.

–De algo has de abstenerte para poder tenerlo casi todo. Confía en mí. Si te dicto esta prohibición y no otra es porque al regresar quiero encontrarte como eres ahora. Y lo que pudieras vislumbrar en el ojo de la diosa te cambiaría tanto que me obligaría a perder todo interés por ti.

–Y pues, ¿qué vería en el maldito ojo de esa petarda?

–Lo que ella sabe. Lo que, al saberlo tú, te haría crecer.

A una indicación del Tiempo, una de las doncellas de ojos almendrados puso en sus manos un cáliz de alabastro que dejaba transparentar un líquido amarillento, del que brotaban espuma y burbujas, como si estuviese hirviendo.

El Tiempo cogió la cabeza de Jonet y la acercó hacia el cáliz, obligándole a beber.

–¿Qué me estás dando? –preguntó Jonet.

–Un elixir que te ayudará a alegrarte las horas en mi ausencia.

Recordando la manzana de Isis, Jonet estuvo a punto de rechazar la bebida, pero era tan exquisita que se la bebió de golpe y luego pidió más.

–¡Extraño destino el mío! –gimió–. Todo el mundo parece empeñado en darme potingues.

Las doncellas de ojos almendrados vistieron al Tiempo con el manto color púpura que utilizaba para sus desplazamientos. Antes de remontar el vuelo, se despidió de Jonet con un beso en la frente.

–Te he dado a beber un poco de olvido –dijo, esta vez con dulzura–. Disfrútalo, hasta que yo regrese para hacerte disfrutar más.

Y así concluyó la primera etapa del viaje astral de Jonet de Tebas.

Aéreo era el castillo de Jonet, luego adecuado para alguien que intimaba con las nubes. En cambio, estaba aferrado a la tierra, el palacio donde había recalado Ipi. Parecía dominar el desierto, a cuyo inicio se levantaba, pero al mismo tiempo se volvía humilde porque tenía a sus espaldas las cordilleras de piedra rosada donde duermen los muertos de Tebas. Ante su proximidad, todas las manifestaciones del orgullo humano se vuelven vanas. Tal vez por ello, la Casa Dorada estaba acorde con el humor de aquel que vivía inmerso en la tristeza. Y tan doliente se mostraba a toda hora que el propio faraón sentíase en el compromiso de entretenerle.

Allí, a los pies de las montañas de los muertos, Ipi intentaba aferrarse a la vida con escasos alicientes para conseguirlo, pues todas las cosas las habían perdido. Hasta llegó a creer que su arpa no valía nada sin una flauta que la acompañase, y que su música, al sonar sola, era menos música. Y como el dolor ya se había instalado en su corazón a modo de costumbre, quiso conjurarlo por medio de la resignación sin darse cuenta de que ésta sólo generaba melancolía.

Por lo demás, no hacía falta que realizase el menor movimiento, pues disponía de dos sirvientes que los hacían por él y hasta inventaban acciones para más agradarle. Además, el propio faraón se complacía en desmenuzarle la realidad para entregársela día tras día como una prolongación de los sueños. Y tanto le gustaba describirle el mundo, que los cortesanos empezaron a sentir envidia.

–¡Extraño monarca, que se convierte en el cuentista de su músico!

Eso decían cuando veían a Nebjeperure contando historias y describiendo escenarios que devolvían la risa al arpista ciego y, poco a poco, la inspiración. Así, todo un rey demostraba que las inquietudes propias de la adolescencia resultan más fructíferas cuando se comparten con otros imberbes.

Reclinado con su reina en la gran terraza abierta sobre el jardín de los sicomoros, contemplaba la brisa del atardecer y las hecatombes que estallan en el cielo cuando el día decide retirarse, cansado de tanto errar. Y así decía:

–Ipi, hermano mío, es una pena que no puedas ver tanta belleza.

–Belleza extraña –comentó Anjesenamón–. Nace justo cuando el sol se dispone a abandonarnos.

–Será que no hace falta el sol, pues la vida sigue siendo hermosa por su cuenta.

Nebjeperure se dignaba pensar de nuevo en su músico, y acariciándole el cráneo rasurado repetía:

–¡Es la belleza del final! Tengo que cerrar los ojos para asimilarla.

–Entonces estás como yo –decía Ipi, sarcástico–. Y no le veo la ventaja.

–¿Por qué dices a menudo la palabra «veo»? –preguntó Anjesenamón.

–Será porque la decís vosotros. ¿O será que no quiero ser menos? De todos modos, nunca me he detenido a pensar en ello. Cuéntame, por favor, lo que ves tú, y podré entender lo que me falta.

Más que un faraón se necesitaba un poeta, y éste no podría haber hecho mucho sin un pintor, que a su vez se habría mostrado impotente sin un tallista capaz de dar a la descripción el valor del tacto.

¡Y los disfraces del cielo! Cómo adoptaba el azul para

complacer, el bermellón para tentar, el añil para amansar. Todo acompañando al derrumbe del sol tras las montañas de la eternidad. Todo convertido en descripciones que exponía Nebjeperure de manera tan atropellada que se imponía la música para ordenarlo. Sólo que Ipi no siempre estaba en disposición de erigirse en el gran ordenador de universos tan complejos.

–Cada vez me resulta más difícil hacer la música que me pides. Es liviana, sencilla y, sin embargo, me escapa. Tiene la rapidez del pensamiento, ¡qué digo!, es mucho más veloz. Asoma una nota y al momento se ha ido sin darme tiempo a aplicarla.

–¿Qué sonido le pondrías a una palmera?

–El sonido de tus palabras, porque la palmera nunca la he visto y, en cambio, al oírte es como si tuviese una visión.

Pulsó una cuerda y la cadencia salió alargada como un tronco; pulsó varias, y las notas sugerían multitud de palmas que la coronaban, y al sonar un arpegio corrió una brisa que las agitaba a todas como al penacho de un corcel desbocado.

Por fin surgía la melodía que colocaba al faraón en trance tan divino como en persona.

–Me complace lo que me brindas porque no es una palmera, sino algo mucho más bello.

Llevado por los sentimientos que el arpa de Ipi le inspiraba, llegó a olvidar que en la corte había músicos cuyo arte le había hecho feliz en otro tiempo. Fue precisamente Ipi quien le recordó su existencia, insistiendo en que debían tocar para él, como hacían antes de su llegada. No le gustaba ser el único cuando los anteriores habían sido tan celebrados. Además, podían acusarle de ser el causante del olvido del faraón, para ser el único en quien encontrase complacencia. Pero, además, en su razonamiento había un deje de nostalgia:

–Tan ensimismado estoy en mi música que descuido la de los demás... y eso es malo para mi oído, que acabará tan estéril como mis ojos.

Por un momento, Nebjeperure temía que el ciego fuese

más ladino de lo que parecía y estuviese pidiendo música ajena porque se cansaba demasiado fabricando la suya. Pero notaba que, al oír un laúd, sus orejas vibraban como el hocico de un perro que olisquea el aire, y entendió que buscaba para su espíritu la magia de los demás, porque es cierto que ningún espíritu se enriquece alimentándose sólo con sus propios frutos.

Ipi añoraba las horas venturosas en que su arpa tenía la compañía de la flauta de Jonet. Ahora, esa ausencia provocaba melodías más tristes que de costumbre, y cuando tocaba en algún festín todos los invitados se echaban a llorar y deseaban que acabase de una vez para dar paso a alguna bailarina que supiese cimbrear el cuerpo al son del tamboril y ejecutar alegres chasquidos con los crótalos.

Por todo esto, más que por bondad, pedía Ipi que Faraón reivindicase a sus colegas. Porque, además de temer su envidia, temía el aburrimiento del público.

Nebjeperure observaba con curiosidad los extraños vericuetos que puede recorrer el talento hasta desembocar en la duda, eso si no parte de ella. Entendió también que el don de la música es ambiguo. No se manifiesta igual a quien la hace que a quien la recibe. No le es igual al creador que al receptor. El primero es un dios; el otro, el beneficiario de sus donativos. Por tales razones, Nebjeperure se acercaba a la música como los creyentes se acercan a su religión. Y su reina le miraba con ternura porque volvía a recordar las ya lejanas horas de la Ciudad del Sol, cuando las apariciones matinales de la divinidad eran inseparables de un formidable despliegue de música y poesía.

–Gracias a ti comprendo que la música más bella nace de la bondad del alma... –decía Faraón, como en susurros.

Entonces Ai se inmiscuía con su escepticismo de anciano:

–Un ciego mató a bastonazos a otros doscientos para ser el único ciego en Menfis y, por tanto, el mejor de todos. Y a muchos poetas y pintores se ha visto asestar cuchilladas verbales contra todos aquellos que pudieran hacerles competencia. Así pues, mienten los exégetas de la desgracia como mienten los de la sensibilidad.

Y decía Ipi, esbozando una sonrisa misteriosa:

–Sin duda tienes razón, noble Ai, pero más tendré yo si te digo que la desgracia se justifica sola, y añado que con ella nos basta a los desgraciados. Sería excesivo que, encima, nos exigieseis bondad.

–Pero tú la tienes –atajó Faraón–. Andas sobrado de ella, y como yo no ando escaso de poder, quiero darte todo lo que necesites para ser feliz.

Transcurrían los días y con ellos se iban ampliando los placeres del lujo. Cierto que en el pasado hubo músicos que habían disfrutado de la protección de algún poderoso, pero el caso de Ipi excedía todas las medidas. Sus dos criados le llevaban de un lado para otro y se encargaban de transmitir a una legión de esclavos sus menores caprichos. Además, sus privilegios no declinaban al caer el día, pues ocupaba un lecho contiguo al del faraón, y sólo cuando éste acudía al harén real para cumplimentar a su esposa y buscar el placer en su cuerpo, quedaba a solas con Cabriolo, quien apreciaba sobremanera la almohada en que se convertía el pecho de su dueño. Era esa hora de la noche en que los gatos sueñan con espinas de pescado, si bien Cabriolo, por ser quien era, soñaba con muslos de pollo criado en granjas de prestigio.

Pero era también la hora en que los gatos disfrutan saliendo a las azoteas para lanzarle requiebros a la luna, de manera que Cabriolo se iba de puntillas, dejando a Ipi profundamente dormido en su cama de ébano. Regresaba Nebjeperure en completo silencio y, a fin de no despertarle, caminaba también de puntillas, y así, un faraón y un gato se parecían en el mismo deseo de complacer a un ciego.

Tanto el gato como el faraón no ignoraban que en la orilla izquierda de Tebas los hornos del día se convierten en dagas heladas al caer la noche. Cuando uno de los dos llegaba y descubría que Ipi dormía destapado, se apresuraban a cubrirle con el mismo sigilo que empleaban al entrar en la estancia. Si Cabriolo había aprendido a tirar de la manta cogiéndola con la boca, el faraón la subía con sus manos ensortijadas. No podía evitar sentirse compañero y acaso hermano solícito. Pero aunque él no podía saberlo, sus manos recordaban a Ipi otras manos queridas, y así el espectro de Jonet volvía a invadir su alma para hacerle daño.

Intuyendo la perseverancia del dolor, Nebjeperure se mostraba más obstinado en su deseo de alegrar para Ipi todas las horas del día, y más horas habría inventado para mimarle mejor.

Tan mimado estaba Ipi que hasta su padrino, allá en Dandara, tuvo celos de que alguien le ofreciese tantas cosas y más aún de que él las encontrase apetecibles.

–Así son de ingratos los humanos –decía Hator, en su baño de miel–. Y ese ahijado tuyo no es menos humano porque tenga los ojos inservibles. Ya ves: le concedemos el don de la música, y él agradece más cualquier fruslería que le regale ese imberbe que juega con el trono de los dioses.

–En verdad que esta actitud me rompe el alma –reconocía Ipi Celeste, a punto de llorar–. ¿Será verdad que prefiere una vulgar sortija a mi polvo de estrellas?

Descubría, así, los miserables caminos que puede recorrer el arte: la inspiración se agradece, pero mucho más el oro que puede obtenerse a cambio de sus frutos.

Y el Celeste se mantuvo doliente en esta duda hasta que cierta noche su ahijado se atrevió a suplicarle:

–Padrino mío, sólo de ti dependo, sólo tú puedes ayudarme. Haz que mi música sea cada día mejor para así devolver los favores que me concede este faraón tan bueno.

Ante aquella muestra de humildad, Ipi Celeste sonreía con satisfacción y al arrojar su polvo de estrellas colocaba algún sonido para que Ipi jugase con él y le diese formas nuevas.

Por cierto que el polvillo prodigioso dio nuevos y rutilantes brillos a la Casa Dorada. Fue como si Ipi Celeste se lo hubiese dejado en rincones de los que las sirvientas olvidan limpiar, y de cada rincón brotase un sonido y, todos conjugados, volasen por los largos pasillos y se introdujesen en las estancias privadas para no volver a salir nunca. Porque al arpa de Ipi se unían ahora los instrumentos de los músicos de la corte, que habían recuperado la voluntad de crear y se expresaban con mayor fuerza que nunca. Y así, todo formaba una sinfonía interminable, como interminable era el palacio.

Nadie como Cabriolo podía determinar su extensión, pues llevaba días recorriéndolo como remedio contra el aburrimiento que lo acometía durante las largas horas en que Ipi tocaba para Nebjeperure. El minino juzgaba a ese rey ladrón de oficio: si a las vecinas de Tebas les había robado la melodía del arpista, a él le estaba robando su ocio, y esto es algo que un gato mimado no suele perdonar. Y aunque le permitían quedarse acurrucado junto al arpa mientras Ipi tocaba, no tardaba en aburrirse y temió que acabaría detestando lo sublime, con el consiguiente desprecio de su amo, que a fin de cuentas era quien lo conseguía.

Todos los animales eran bien tratados en la Casa Dorada, o no habrían sido egipcios sus ocupantes. Sin contar el zoológico privado del faraón, residían en aquel complejo una notable cantidad de mascotas de las que sus dueños gustaban rodearse, como si formasen parte de la familia. Las hijas de un noble tenían tres monitos amaestrados, un capitán de la guardia esbeltos mastines adecuados para la caza, una dama educaba a un cachorro de león y otras se deleitaban cortando las uñas de su leopardo amaestrado.

Entre esta fauna doméstica, que diríase una componenda entre la naturaleza y la raza humana, Cabriolo gozaba de tantas prerrogativas que los sirvientes más ingenuos le creían pariente del faraón. Aunque había otros gatos en palacio, él era el más osado. Cierto que todos y cada uno de ellos se habían adueñado de su propio terreno, y nadie se hubiera atrevido a disputárselo, pero una vez conseguido mantenían ciertas distancias. Los gatos de los nobles no se dignaban frecuentar a los plebeyos, y los gatos de las cocinas llegaban como mucho a los almacenes de provisiones, donde siempre había ratas que llevarse a la boca, pero no accedían a la zona residencial. Cabriolo, en cambio, dominaba a sus anchas las zonas de las viviendas reales y también los edificios que formaban los departamentos oficiales, incluido el salón del trono. Y como era gato de calidad, le gustaba pasear de vez en cuando por el almacén de perfumes, donde sirvientas expertas mezclaban las fragancias destinadas a seducir a la corte en todas las horas del día.

Después de tanto trasiego, se acurrucaba junto a su amo y le exponía sus más profundas reflexiones. Solían ser quejas, y casi siempre resultaban provechosas, pues al expresarlas obtenía todo lo que deseaba y aun lo que ni siquiera se había molestado en desear. Así ocurrió a los pocos días de vivir en la Casa Dorada. No bien puso las patas en el suelo, percibió que el calor era mucho más intenso que en Tebas, debido a la proximidad del desierto. Para ser más exactos: notó que el suelo quemaba, y que cada paso equivalía a un paseo sobre brasas encendidas. Tan quemadas tenía las patas que la abubilla Nektis se prestó a darle aire con su cresta. Pero una vez regresaba a su nido, el pobre gato se encontraba ante el drama de tener que pisar el ardiente suelo, y sentía tal terror que permanecía acurrucado en el lecho de su amo, sin atreverse a bajar. Tan preocupante era su situación que intervino la reina, experta en asuntos gatunos desde los tiempos de la Ciudad del Sol. Al ver que Cabriolo tenía llagadas hasta las garras, tuvo la brillante idea de inventarle unas sandalias fáciles de poner y cómodas de llevar. Una de sus damas, experta en el arte de coser el cuero, le confeccionó dos pares, para que no tuviese que ir descalzo cuando se ensuciase uno de ellos. Y al verle caminar, tan divinamente calzado, comentaban los cortesanos maliciosos:

–A este gato sólo le falta que le pongan un Portador de las Sandalias, como el propio faraón.

En cierto modo no se equivocaban. Tantas prerrogativas habían conseguido que Cabriolo se sintiese imbuido de su importancia y soltase a menudo desplantes de cascarrabias; lo cual es, por otro lado, una característica inconfundible de los gatos cuando han cogido confianza y se sienten amos de las cosas y señores de los espacios.

Así, cierta tarde en que regresaba de un paseo por el gran corredor de las columnas, tomó asiento junto a su amo, que estaba tocando el arpa con su tristeza habitual.

–Este palacio no me gusta nada –le espetó a bocajarro.

–Es que es inmenso –contestó Ipi–. Tanto ir de un lado para otro fatiga mucho, ¿verdad?

–No lo digo por las distancias, pues un gato ilustrado sabe sacar provecho de ellas observando los interminables dibujos de los muros. Y no digamos de las columnas, donde los pintores no han dejado un espacio vacío ni por casualidad. Si me quejo es por culpa de los cortesanos. Tú, como te pasas el día pegado al arpa, no te enteras de nada, pero si te dedicases a escuchar te quedarías pasmado. ¡Mira que llegan a murmurar esos aguijones que tienen por lengua!

–¿Y eso te extraña? ¿Acaso no te acuerdas de las vecinas de nuestra calle?

–Un respeto para todas ellas. ¡Benditas sean, comparadas con lo que aquí se cría! Entre las vecinas había comadreo, pero aquí hay intrigas que no caben en diez calles de Tebas.

–¡Ay, Cabriolo, empiezas a excederte, como siempre! Acabarás pareciéndote a la vieja Rapet.

–¡Qué excederme, qué excederme! Lo dice la abubilla Nektis. Como es tan diminuta, entra en palacio por donde quiere, se va escondiendo por entre las vigas, y así frecuenta las estancias de todos los cortesanos, sacando una cosa de aquí y otra de allá.

Ipi dejó de tocar para recibir al minino en su regazo.

–¿Tú confías mucho en esta abubilla?

–Mucho, porque siempre habla de primera mano. Es de las que se molesta en comprobar sus informaciones. Tiene mucha credibilidad, para ser una pájara.

Acto seguido se inclinó sobre el rostro de Ipi, adoptando una cómica actitud de secretismo, tanto temía que cualquier criado pudiese entender sus maullidos.

–En confianza, y sin que trascienda: ese faraón tan dulce y simpático no gusta a todo el mundo. Te diré un secreto: no gusta a casi nadie. –Ipi se disponía a contestar, pero el minino le interrumpió, tapándole la boca con la pata–: Conste que no me refiero al pueblo. Sigo con los cortesanos. Quien no lo encuentra altivo y estirado, le acusa de no tomarse en serio su trabajo.

–Protesto en nombre de mi amigo, pero además me río de los protestones. Si fuese altivo no haría más que acogerse a las prerrogativas de su rango; al fin y al cabo, nunca oí decir que los reyes fuesen asequibles como las vecinas de nuestra calle...

Cabriolo reflexionó unos segundos. Tuvo la respuesta profunda que de él se esperaba:

–Tan cierto es como hermosa la diosa de los gatos. A mí me pasa lo que a ti: nunca he oído decir «qué dicharachero era el gran Amenhotep». Ni se dijo de la gran Tiy que fuese sandunguera.

–No se dijo, no. Más bien habría sonado a sacrilegio. En cuanto a lo otro, ¿dicen que Nebjeperure no se toma en serio su cargo?

–Por decirlo de algún modo: le tienen por gandul real o real gandul, que de ambos modos puede decirse.

–Y en los dos se miente. Por estar siempre a su lado, soporto los trabajos cotidianos del rey. Son muy pesados. Si alguien me obligase a hacerlos me escaparía por la puerta secreta.

–Estoy de acuerdo. En cierta ocasión el Gran Gatoide quiso nombrarme tesorero de la comunidad y me negué en redondo por las responsabilidades que conlleva el cargo. Por cierto, nombraron al gato Finuper, y el muy deshonesto se afanó tres peces que reservábamos para los banquetes de las fiestas del Opet.

Pese a los rumores de la corte, ¿quién podía acusar de holgazán al faraón? Y, de serlo, ni a la propia corte le convendría que se supiera. Es cierto que gusta al pueblo recordar que Faraón es un dios en la tierra, pero también es verdad que nunca gustó ver a los dioses desocupados. Ya se ha visto el trajín que se llevan, traficando con el destino de los humanos, y nadie en su sano juicio considerará provechoso semejante tráfico, pero conviene decir en su descargo que, antes de chochear, llevaron a cabo algunas experiencias interesantes. Entre ellas, hicieron el mundo.

A Nebjeperure no se le pedía tanto, porque el mundo ya estaba hecho cuando lo heredó, pero se le exigía que lo tuviese bien dispuesto. Desde los tiempos más antiguos, la palabra «faraón» significa la Gran Casa, y él era verdaderamente la suprema Gran Mansión de Egipto, el hogar de todos, el inmenso vestíbulo del pueblo. Se prometía que todos sus súbditos tendrían cabida en aquel cobijo, y a ninguno le hubiera gustado verlo en desorden.

Nebjeperure trabajaba de faraón como habría trabajado de albañil en cualquier tumba. Y acaso ponía mayor empeño por el hecho de percibir que se desconfiaba de él.

Para alcanzar la gloria ante los sacerdotes de todos los cultos le hubiera bastado con estar presente en la inauguración de templos y monumentos; para los fanáticos de la milicia sólo necesitaba ir imponiendo condecoraciones a los que regresaban de las guerras de Horemheb; pero además de estas y otras ceremonias oficiales, cumplía con diligencia una pléyade de obligaciones diarias: leía la correspondencia oficial, recibía embajadores, aprobaba decretos y es probable que gracias a Ai hubiese encontrado algún placer en los asuntos de la administración pública.

Gracias a Ai, acaso. Con la influencia de Maya, sin duda. Pues éste era el hombre que había vuelto al revés la magia de los números, dándoles la aplicación práctica que permitió a la economía regresar a la prosperidad anterior a la Ciudad del Sol.

Maya pertenecía a una noble familia del Delta y fue uno de los primeros jóvenes elegidos por Ai para sus profundas reformas. Cuando Menfis recuperó su posición como capital administrativa, Maya llenó los nuevos ministerios con una gran cantidad de jóvenes de su promoción que se dedicaron a destruir desde la base el complejo tejido que Akenatón había centralizado en la Ciudad del Sol. Nadie entre los hombres nuevos miraba sus resplandores, y en esto se demostró eficaz la astucia de Ai. Y como en ella confiaba Nebjeperure, quiso trabajar codo a codo con Maya para ser algún día tan buen administrador como él.

Después de una larga mañana de trabajo –una enojosa jornada en la que sólo se habló de reformas tributarias–, recibió a un mensajero de su amigo Ponepti, otro hombre clave en su calidad de virrey de Nubia.

El mensajero anunciaba que su excelencia se desplazaría a Tebas en fecha próxima para ofrecer al faraón las últimas novedades... que consistían en la falta absoluta de novedad. Todo iba a la perfección en la Puerta del Sur y para corroborarlo enviaba como obsequio al faraón un Horus de alabastro hecho con el estilo de las tribus indígenas. Tenía, pues, un toque bárbaro que lo hacía pintoresco, luego delicioso. A cambio de aquel presente Nebjeperure, que era padrino de la hija menor de Ponepti, enviaba a su ahijada una preciosa anforilla de vidrio blanco con flores escarlata.

Terminadas las audiencias, se entretuvo conversando con Ipi. En cuanto a Ai, ponía fin a su último trabajo: la traducción de unos mensajes escritos en acadio, la lengua diplomática por excelencia. Pero su oído doble, si no triple, no se apartaba de la charla del rey; una charla tan inspirada que le sonaba a mundos irreales o, mejor dicho, a cosas que no servían para nada.

De pronto, se asustó ante la idea de que Nebjeperure estuviese concediendo demasiada importancia a la sublimidad. Al fin y al cabo, el éxtasis que le producía la música se parecía mucho a los arrebatos de Akenatón cuando invocaba a su dios único.

Se consoló al descubrir que Faraón acariciaba con cariño la estatuilla que le mandaba su amigo el visir. Y si no era un sentimiento tan alto era, cuando menos, simpatía.

–El otro día estuve conversando con Horus –comentó.

–Excelente noticia –dijo Ai, con expresión divertida–. ¿Sueles hacerlo a menudo?

–No te burles, majadero. Vino a verme en persona. ¿No me crees? Haces mal, y no porque me desacredites a mí, sino porque pones en entredicho tus propias creencias. Sois bien raros los viejos: desconfiáis de las cosas que vosotros mismos nos habéis contado. Además, si me has obligado a creer tantas patrañas, ¿por qué no voy a creer que también ésta es verdad?

–Callaré para siempre –dijo Ai, reprimiendo una risa. Y añadió–: Estábamos en que vino a visitarte Horus. ¿Es simpático por lo menos?

–Un encanto de halcón. ¿O es un mochuelo?

–Halcón, halcón. ¿Te gustaría que a ti te confundieran con un estornino siendo como eres pavo real?

–¿Me estás llamando creído? ¿Acaso fatuo?

–Un poco de las dos cosas. Pero sin duda será un espejismo provocado por tu autoridad. Y no la que cierto día te otorgamos por decreto, sino la que tú has ido ganando a lo largo de estos años.

–¿Como si fuera adulto?

–Ya eres adulto.

–Si lo soy no será por mis méritos. Es porque tú estás detrás de cada uno de mis actos. Porque Maya pasa las cuentas en mi nombre. Porque en mi nombre lucha Horemheb en tierras lejanas. Y con tantos adultos actuando por mí, ya no sé qué soy.

–¿Y qué soy yo, hijo mío? –dijo Ai, en tono amargo–. ¿No te has preguntado si no seré alguien que sirve a un amo, como antes sirvió a otros dos, y así va sobreviviendo? Recuerda siempre esto: sobrevivir no es lo mismo que vivir. Además, muchos piensan que el hecho de haber sido fiel a tres causas distintas me convierte en traidor a las tres.

–Traidor no diría. A lo sumo un poco dudoso.

–Los rumores del vulgo no deben llegar al trono. Está demasiado alto. Pero si llegasen, recuerda siempre lo que para mí significó la Ciudad del Sol. Si después contribuí a sacrificarla fue para salvar al resto de Egipto. ¿Soy por eso un traidor, Nebjeperure?

En el hecho de que le llamase por su nombre de coronación supo ver Tut una muestra de respeto, y por eso respondió:

–Aunque fueses un poco traidor, es decir, no demasiado, te querría lo mismo porque conmigo has sido dulce y comprensivo y me has enseñado todo lo que sé.

–Y por algo que es más importante: cualesquiera que sean los motivos que nos guían a todos, el único que merece la pena es el bienestar de Egipto. Por él llevaremos todos las máscaras necesarias, aunque no nos las creamos.

Faraón levantó la mano con gracioso ademán y se la pasó por el rostro, indicando así que acababa de levantarse una máscara...

–Fuera la mía. Con esto pretendo indicarte que concluyó la jornada de trabajo. Sin máscaras, Ai. Sin protocolo. Quiero saber qué ocurre con la promesa que me hiciste en el templo de Tot...

–Dicen los sabios que entre un proyecto y su realización sólo falta cultivar con mimo las circunstancias que lo rodean.

–No en este caso, pues conozco demasiado bien las circunstancias. Quiero saber qué has hecho para cumplir tu promesa. Quiero saberlo ahora.

Con un ligero ademán, Ai le sugirió que echase a los sirvientes. Cuando se llevaban a Ipi, el faraón ordenó que lo condujesen hasta el jardín.

–Dentro de poco estaré contigo, cieguito. Mi reina quiere que conviertas en música unas flores que la subyugan.

Una vez a solas con Ai, le abordó con voz rotunda:

–A la reina, además de las flores, le interesa el destino de nuestros muertos... –Anticipándose a las preguntas, añadió–: Le conté mis impresiones de la Ciudad del Sol. No ha parado de llorar desde entonces. También debo decir, para tu complacencia, que aprueba mi decisión de dejarlo todo en tus manos.

Ai mantenía una actitud rígida, como si lo que se disponía a contar fuese su propio secreto.

–Todo se está haciendo como querías –dijo–. Comprenderás que no se trata de una empresa fácil. He tenido que buscar mucho para encontrar hombres en quienes pueda confiar a ciegas. No servirían los partidarios de Akenatón, pues en su celo fanático podrían aprovechar la circunstancia para llevarse las momias y sacralizarlas a su manera. Huelga decir que también debemos evitar a cualquiera que sea fiel a los dioses de siempre. Podrían caer en la tentación de destruir los restos de aquellos a quienes consideran herejes.

–¿Quién nos queda entonces? –preguntó Nebjeperure, a punto de caer en el desaliento.

–Mercenarios extranjeros. Y cada uno de un país distinto para que sólo tengan en común la codicia del oro.

–¡Extranjeros entrando en una tumba egipcia! ¿Qué saben ellos de lo que nosotros consideramos sagrado?

–Por lo que acabo de decirte comprenderás que cuanto menos sepan mejor. Que se encarguen de trasladar el contenido de la tumba al Valle de los Reyes, y lo demás corre de mi cuenta. Sólo podrán trabajar de noche y por tanto tienen que ser como chacales, acostumbrados a moverse entre las tinieblas. No podemos descartar la posibilidad del saqueo. Pudiera ser que se llevasen algunos objetos, acaso muchos, pero esto también lo haría cualquier ladrón egipcio, como se ha venido haciendo desde los tiempos más remotos. –Nebjeperure le miró de hito en hito. Él se permitió cogerle la mano, con ternura–. La codicia de los hombres es infinita. Tanto, que traspasa con gran facilidad los umbrales de la muerte. Es la triste paradoja de la inmortalidad. Pasamos la vida trabajando para construirnos una tumba y una generación después, acaso antes, los ladrones se llevan todo cuanto habíamos depositado en ella. Han pasado más de mil años desde que los reyes más poderosos que ha conocido Egipto levantaron las pirámides, y esos mismos años llevan vacías. Así, tantas tumbas que se construyeron en el pasado. Para salvarlas del saqueo, generaciones posteriores han hecho lo que nos disponemos a hacer nosotros.

¿Quién podría resistir la tentación de imaginar semejante aventura? No el faraón, pero sí el hijo de la herejía. Cerraba los ojos y se sumía en una oscuridad tenebrosa que era la de la tumba donde dormían sus amados difuntos. No podía verlos, ni siquiera percibir su presencia, sólo sentía aquel pozo profundo, inmenso, que se abría bajo sus pies y sobre su cabeza. Era el pozo de eternidad donde las almas vivían la larga noche de contar los años.

De pronto, unos golpes violentos venían a unirse a su propia, agitada respiración. Eran ruidos que llegaban del exterior, picotazos, golpes de pala, martilleos, señales todas de que alguien estaba arrancando los sellos de la entrada.

Cedía la puerta, la luna se deslizaba brutalmente a lo largo del corredor que conducía a la cámara funeraria y los extranjeros penetraban en lo más profundo del alma egipcia para profanarla. Sólo que por primera vez en la larga historia de las profanaciones, un acto criminal se convertía en cruzada de salvación.

Nebjeperure temblaba de excitación. Las imágenes que acababan de asaltarle se instalaban en su mente sin dar tregua, como una canción que se recita sola, por lo repetida. Las imágenes de la tumba le obsesionarían hasta que tuviese la certeza de que había sido abierta. Y sabiendo que aquélla era su misión para el futuro, cogió el brazo de Ai y lo apretó con todas sus fuerzas:

–Pon en práctica tu proyecto. Contribuirás a devolver la tranquilidad a tu rey. Conseguirás que duerma en paz si sabe que la disfrutan en lo eterno sus amados difuntos.

Estuvo a punto de añadir «como se hizo en el pasado», pero sabía que no era así. Sabía que, por primera vez en las crónicas, era necesario salvaguardar a unos difuntos que no estaban en peligro por la codicia de los hombres, sino por el odio de los dioses.

Fue entonces cuando decidió que abriría definitivamente su tiempo al ocio cotidiano. Y era ésa la hora en que el palacio se llenaba de luz para acogerlo.

Luz inoportuna, pues cegaba. Era la hoguera del mediodía, que arrancaba a las montañas de los muertos losas invisibles que aplastaban inexorablemente, arrastrando todo cuanto encontrasen a su paso. Al otro lado del río, Tebas desaparecía tras una cortina caliginosa. Y entre losas y cortinas los sentidos se interrumpían, sin otra solución que el letargo y la agonía.

Era el momento en que Nebjeperure y su reina buscaban refugio en los jardines y concretamente en el más frondoso de sus rincones: el lago de la reina Tiy.

Abandonado durante los años en que la corte residió en la Ciudad del Sol, el lago había recobrado el esplendor de los mejores tiempos, y diríase que la barca anclada frente a un delicioso quiosco de malaquita aguardaba la llegada de Tiy, rodeada por todas sus damas. Fue un regalo del gran faraón, y ahora volvía a serlo para su nieto, el joven monarca que, puestos a emprender restauraciones, decidió restaurar hasta los dones de Flora. Y aun cuando es proverbial la escasez de los árboles en Egipto, maravillaba que, en los límites del desierto, pudieran hallarse las más variadas especies en frondosa exuberancia.

Acerca del lago se contaban maravillas. Decían los amantes de la hipérbole que era tan ancho como el Nilo, mientras los más comedidos se limitaban a elogiar que no estuviese habitado por hipopótamos ni cocodrilos. Esto hacía que pudiese navegar tranquilamente la barca real, con su proa de oro apuntando hacia el equivalente del lago allá en el cielo.

Esa navegación, parecida a un sueño, se desarrollaba paralela a las melodías que enviaban, desde la orilla, las tañedoras de laúd. Y aun así, el faraón tenía siempre en la nave a su músico ciego, de manera que cuando se iban alejando era su música lo único que percibía. Su melopea era el instante más preciado en la intimidad de los reyes.

–En cierta ocasión, Horemheb me llevó a ver las pirámides que construyeron mis antepasados. Son tan grandes que ni siquiera me atrevo a describírtelas, no fueras a tomarme por demente.

–¿Por qué iba a hacerlo? Todo el mundo dice que tú eres tan grande como ellas... pero yo, que tengo el privilegio de tratarte, sé que tienes la estatura de los demás mortales.

–Olvida el sarcasmo, ciego tonto. Cuando estemos en Menfis te llevaré a la pirámide del gran Khufu para que la toques. Tendrás que contentarte con una piedra, y ni siquiera ésta podrás abarcar, porque sólo la base nos excede a ambos.

Arrebatado por aquellas descripciones, Ipi arrancaba a su arpa sonidos exacerbados, en busca del sonido que venciera a todos los demás en grandeza; pero el arpa, con ser divina, no acertaba a describir tamaños, mucho menos a ponderar su impacto. Y el rey se divertía, encontrando por fin una carencia en la perfección que tanto admiraba.

–No sigas tocando. El esplendor que vieron mis ojos lo expresan mejor las trompetas de mis soldados. Y no te digo cuando los acompañan los tambores.

Por una vez, Ipi se vio obligado a reconocer la superioridad de un mundo que le era ajeno por completo. El de la fuerza, que se erige en base de los imperios.

–Estás en lo cierto, Faraón, porque recuerdo el estrépito de los músicos militares en los desfiles. Y en esto se ve que hasta la belleza debe aprender lecciones de humildad.

Seguían y seguían con sus disertaciones, hasta que la tarde los envolvía en su caída. Era la última trampa de la delicuescencia, aquella que les permitía divagar hasta el ensueño, introduciéndose por tanto en el terreno de la fábula. Y allá en lo alto de su templo aéreo, Jonet los contemplaba con la displicencia de quien se sabe en el mejor de los mundos. Pero al ver la atención con que el arpista ciego escuchaba a Nebjeperure, no podía evitar una reacción parecida a la de los envidiosos de la corte:

–¡Qué raro es ese faraón, que se convierte en cuentista de su músico!

MIENTRAS ESTO OCURRÍA EN PALACIO, Merit se aburría en la calle de Las Acacias. Sólo ella y la eterna Rapet quedaban en la casa familiar. Sentía ausencias, percibía vacíos y supo por primera vez que las horas de la soledad son mucho más incómodas de cuanto una casquivana pueda soportar. Tanto es así que ni el peor de los sueños imagina que la soledad pudiera existir.

–¿Se habrá visto mujer más desamparada? Mi hermano está de mantenido del faraón, mi hermana protegida por su esposo, en cambio yo estoy sola, y encima obligada a conservar mi reputación a salvo.

–¿A salvo? –decía la vieja Rapet–. Tú te jugaste la reputación cuando sólo tenías ocho años. ¡Mira que ya se lo decía yo a tu madre! Esta niña acabará mal. ¡Lo que será capaz de hacer cuando sea pollita!

–Pollita ya fui, ahora soy pollaza. Y con agallas para comerme el mundo si el mundo pretende devorarme. Y está a punto de conseguirlo porque me aburro, me aburro y me aburro. Si no lo arreglo moriré de vida huera.

Y así seguía hasta que alguna decisión, fruto del capricho, conseguía infundirle un soplo de entusiasmo. Como el día en que decidió poner la casa patas arriba, cambiando la decoración por completo. Y no sin indignación de la nodriza que respetaba en cada rincón, en cada mueble, las huellas de tres generaciones de notables.

–Lo cambiaré todo –gritaba Merit, corriendo y saltando de un lado para otro, hasta quedar mareante a quien la contemplaba–: Esta casa me enerva porque es igual a los días que he vivido. Por fin está en mis manos cambiarla. Hasta ahora fue como la quería mi madre. Ahora será como la quiero yo.

La nodriza lanzaba gemidos rancios, propios de amante de la tradición.

–Déjame conservar el escabel de Kipa. Que por lo menos alguna cosa recuerde que vivió aquí.

–Quédatelo, aunque estaba a punto de cambiarlo por un pez de vidrio. Así haré con todos estos trastos. Sólo respetaré el rincón favorito de Ipi, por si un día se le ocurre volver.

–Volverá –decía Rapet, con un suspiro de melancolía–. Los poderosos se cansan pronto de un capricho. Y para el faraón, un ciego no puede ser más que eso.

–Pero entonces encontrará cojines de raso y un reposacabezas de marfil, para cuando se queda dormido de tanto darle al arpa. Y también una mesa de las mejores, para que tenga siempre sus golosinas a mano.

El corral del que tan orgullosa se había sentido la dama Kipa empezó a diezmarse peligrosamente; gallinas, ocas, gansos, palomas, todo fue a parar a manos de artesanos que dieron a cambio muebles y enseres. No muchos, porque el ánimo de Merit precisaba más espacio que asiento, pero sí de gran calidad, pues había aprendido a apreciar lo bueno desde niña. No se contentó con taburetes, escabeles y mesitas de madera de palmera, que eran las más baratas, antes bien, fue directamente a las maderas de importación, y tanto cedro, tanto árbol del incienso hubo, que fue necesario vender una parte del bovino de la granja. Todo ello sin perjudicar a sus dos hermanos, pues un letrado amigo de Seshat se había asegurado de que la parte de la herencia que correspondía a ambos no pudiese ser tocada por aquella mano loca.

En lo que más se excedió fue en los objetos. Toda mujer amante de las lindezas tenía donde saciarse en aquellos días. Se codiciaban las lámparas de alabastro en forma de loto –como la que tenía Faraón en sus aposentos– pero también las cajas de madera de tamarisco, para guardar la ropa debidamente doblada, las copas de ónice, donde poner las flores secas que perfuman las estancias, las espátulas de madera policromada, para remover el maquillaje... Y lo que no hicieran los orfebres de Tebas llegaba en profusión de tierras lejanas, de manera que cuanto Merit pudiera ahorrar en frascos lo empleaba en perfumes y ungüentos con que llenarlos... o atiborrarlos cuando se trataba del *khol*, material que utilizaba en cantidades ingentes para pintarse los párpados, dando rienda suelta a la fantasía.

Lo tenía de varios colores, a cual más seductor, pero cierta mañana se puso el verde y apareció particularmente atractiva, pues diríase que le habían salido dos esmeraldas donde ayer había ojos. Y uno de los obreros que trabajaban en la ampliación de la estancia principal reparó en el joyel que era el rostro de la dama, y la hizo suya detrás de un tabique a punto de derribar. Y otro obrero que se ocupaba de preparar la argamasa vio que bajo una túnica color verde se insinuaba un pubis en forma de colina y paseó por ella a su antojo.

Obrero que entraba en la casa, obrero que conocía la entrepierna de la nueva dueña. Pasaron por ella en número suficiente para colmar a la perra más ardiente, pero ella había frecuentado todos los ardores y ya ninguno le complacía y ninguno le aplacaba.

–Debería probar otra cosa. Algo distinto. Pero no se me ocurre dónde podría estar el hombre que lo tenga.

–Y que lo ceda –decía la nodriza–. Porque digo yo: algún sensato habrá que se resista.

–Lo dudo –dijo Merit, presta a defenderse del descrédito–. Resistirse a mi belleza sería como pecar contra Hator. Sólo se atrevió a hacerlo aquel insensato flautista y, ya ves, ha desaparecido para siempre y en buena hora.

Fue entonces cuando se oyó una voz de finísimas modulaciones que atravesaba la puerta del jardín.

–¡Ah de la mansión! ¿Me oirá alguien entre tanto barullo? ¡Ay, qué de martilleos! –Y seguía, y seguía–: Contestad, que no tengo yo voz para aspavientos. ¡Qué castigo, ser tan fina! ¡Ni se me oye, luego no se me escucha! Mi voz es un hilillo sutil destinado a la divinidad. Humo frágil en su honor y loa. Himno es de paz, nunca de batalla.

En éstas contestó la vieja Rapet:

–Cállate ya, que te hemos oído. Y a fe que estás hoy muy pesada, engendro de paloma.

Apareció la dama Nofret como solía aparecer por la mañana: sutil, etérea y altiva con el servicio.

–Ay, Merit, vecina mía, deberías recordarle a tu sierva que sus contertulios están entre la plebe, jamás entre la alcurnia.

–¿Conque ésas tenemos? –refunfuñó la nodriza–. Pues que venga la reina de los cerdos a probarte, que yo no pienso poner mis manos sobre tu mugrienta túnica.

–¡Mugrienta, y es de lino real! –exclamó la dama–. Si no fueses tan mañosa, mandaría que te cortasen las manos.

Pero nunca lo haría porque entre las virtudes de Rapet se encontraba la de coser con mano de hada. Todas las vecinas confiaban en ella aunque no tuviera el menor gusto, pero de eso se encargaban las modistas, y ella se limitaba a aplicar los métodos de las abuelas, de donde su éxito. Pues las jóvenes, estimuladas por la fuerte demanda, dejaban los vestidos mal acabados y, en cambio, las mujeres como Rapet conocían la perfección del pespunte y cómo hacer que un ojal no se estropease en toda una vida. Por esto la dama

Nofret acudía a ella: para arreglar componendas desesperadas.

Venía para que le rectificase una túnica cuyos pliegues estaban muy mal prensados. Y mientras se desnudaba para probársela sintió sobre su cuerpo la mirada de Merit, que más que observar, taladraba.

Contribuían a mortificar la natural modestia de la dama los elogios de Rapet, destinados a consagrar los encantos de una hembra madura.

–Así era el cuerpo de mi señora Kipa, pese a sus temores de los últimos tiempos. Así de prietas sus carnes, resbaladiza la piel, enhiestos los pechos.

–Es cierto que mi madre tenía hermosas formas –dijo Merit–, pero yo fui tan tonta que no supe catarlas a tiempo.

–¿Y para qué querrías tú catarlas? –preguntó la dama Nofret.

–Porque dicen que entre madre e hija salen los bollos más calientes. ¿O no te han contado lo que se ofrece en los lupanares del puerto?

Los dedos de Nofret se apretaron a la túnica como garfios.

–Ni me lo han contado ni yo toleraría que me lo contasen.

–Pues vale la pena para no quedarse rezagada. Será influencia de las costumbres extranjeras, pero cada noche aparecen placeres que no se habían visto. Con decirte que tienen gran salida las babilónicas que están preñadas. Y nada excita tanto a los clientes de la vieja Nor como ver tortillear a hembras de una misma sangre. Gusta mucho hermanas con hermanas. Cuando le añaden la madre, es éxtasis que se produce antes de usarlo.

Al oír aquellas explicaciones, la casta Nofret se cubrió rápidamente con la túnica a medio pespuntear y desapareció por la puerta del jardín como una exhalación. Y aquella huida, que otra cosa no era, sólo sirvió para que Merit se riese a mandíbula batiente e imitase sus tímidos mohínes, sus caídas de párpados ante lo que no pareciese casto, y el deje de su voz, timorata y ñoña.

Pero aquellas burlas, de las que Nofret era plenamente consciente, produjeron un efecto contrario del que cabía esperar en una alma que siempre había vivido acorazada por la dignidad. Y así, en vez de tratar con desdén a la que de ella se burlaba, cruzó la puerta del jardín con mayor frecuencia y dejó transcurrir bajo el emparrado muchas más horas de las que percibía. Y a fin de aplacar a sus demonios, se justificaba alegando que no hacía sino honrar la memoria de su comadre difunta. No en vano le había prometido cuidar de sus hijos y, no por casualidad, Merit era la más desamparada y sola. Alguien que, en el fondo, era como ella, pero más curiosa.

Durante las largas horas que pasaban tendidas a la sombra, pues el calor rayaba a la altura del fuego, las dos mujeres hablaban de quisicosas adecuadas para no hablar abiertamente de la única cosa que podía importarles. Para no hablar del ardor que a todo induce.

Suspiraba profundamente la dama Nofret, como si la estuviesen acribillando saetas hasta entonces desconocidas.

–Este calor de Tebas quiebra el ánimo. Y lo que es peor, pone en mi cuerpo una zozobra que ni siquiera sé nombrar.

Merit se inclinó sobre ella y le pasó por las mejillas un loto recién sacado del agua.

–Será por eso que tu piel parece iluminada.

–Mi piel ya no es lo que era. En vano la elogian mis masajistas, con la noble intención de consolarme. Me acuerdo mucho de tu madre cuando la invadía el terror de hacerse vieja. Algo así acabo de sentir esta tarde. Vino la peluquera a depilarme el pubis y me ha encontrado una cana.

–¡Un pelito blanco junto a la puerta de los placeres! A mi edad, suena excitante.

–En la mía es un desastre. ¿Será que la vida se está yendo? Pues claro que sí. Tonta sería si me lo ocultase a mí misma. Puedo engañar a los demás a base de afeites, pero no puedo olvidar que el Tiempo ha empezado a ganar batallas.

«Otra que llorará bien pronto», pensó Merit. Y era

como decir que también a ella le llegaría el tiempo de las lágrimas.

Y no era para menos. Si una simple cana en el monte de Venus producía semejante descalabro espiritual, qué no haría la cuenta entera. ¿Qué saldría de la cabeza de Nofret si dejase de afeitársela?

La miró con curiosidad. Nunca lo hiciera antes, pues la veía instalada en un estado que no le interesaba en absoluto. Era mujer que se había ahorrado penas a fuerza de ahorrarse sentimientos. Tanto para las vecinas como para el clero había ido ascendiendo a la perfección sin esquivar jamás peldaño alguno. Una vez perfeccionada en todo, se convirtió en una flor demasiado preciosa para que alguien se atreviese a desearla. Y allí estaba, completamente sola en un caserón donde sólo se aceptaba la visita de diosas noctámbulas tan aburridas como ella.

A base de yacer en la holganza, de complacerse en la delicuescencia de la siesta compartida, Merit fue alimentando una curiosidad que no carecía de motivos. ¿Cómo reaccionaría la digna Nofret ante la evidencia de un deseo no calculado? Más aún, ¿cómo provocarlo? Así Merit, la más curiosa entre todas las bellas adormecidas, decidió recurrir a la vieja estratagema de las fábulas:

–¿Nunca te ha contado Rapet la historia de la sacerdotisa que hizo votos de castidad demasiado estrictos?

–Si la cuenta esa vieja, será una historia tremenda.

–Tremenda, no. Sólo extraña. Como los votos de castidad, para ser claras. Las mujeres que los siguen se hinchan como los hipopótamos.

–¡Anda ya! –rió Nofret–. ¿Estoy yo hinchada?

–Porque finges castidad. Porque no habrás sido casta.

–La que más. Pero dejemos este tema. No me gusta convertir mi intimidad en pregón de insensatas.

–Seguiré con mi historia. Se refiere a una sacerdotisa que a fin de vencer las tentaciones de la carne se tapió el sexo con un sello que ostentaba el ojo de Amón...

La otra se llevó las manos a la cabeza, afectando escándalo.

–¡Por los dioses, qué principio! ¡Y decías que esta historia no es tremenda! Pues, ¿qué será para ti lo más fuerte? ¿Qué será, será?

Merit la agarró por la muñeca y la atrajo hacia sí:

–Sería que tú también llevases el ojo de Amón en el chocho.

–¡Qué disparatada eres! ¿Cómo voy a llevar un ojo sobre otro? Redundaría la mar.

Merit empezó a hacerle cosquillas en el vientre.

–¡A que lo llevas, a que lo llevas! –exclamó, jubilosa.

–¡Que nones, que nones! –contestaba la otra, defendiéndose con gestos de gazmoñería.

Muertas de risa y además nerviosas, se zarandeaban de un lado para otro.

–¡Chochín al aire! –gritaba Merit–. ¡Chochín a la luz del día!

–¡Ay, qué niña tan revolucionada! ¡Ay, qué niña tan loca-carioca!

Se pusieron a bailar, primero separadas, después juntas y al final estaban tan unidas que se rozaron los labios sin querer, pero como al cabo de un momento sí querían, cruzaron lenguas y visitaron paladares.

Nofret ofrecía la tímida resistencia propia de las diosas ansiosas de ceder.

–Que me conozco, Merit, que me conozco. No tientes al león que duerme. Son muchos años de castidad para quebrantarla ahora con la hija de mi mejor amiga. No podría sentirme más culpable.

–Pues carga con la culpa. Alguna habrías de tener, de lo contrario morirás más aburrida que una lechuza.

–Es cierto que siento en este momento más emociones que en toda mi vida.

Merit encontró en el calor de su cuerpo un temblor inaudito:

–Las mías son mejores porque siento terror y esto es algo que no me había provocado cuerpo alguno desde que era niña. Soy virgen a esta experiencia. Luego estamos en las mismas condiciones.

La recatada Nofret sintió que las manos de Merit la desnudaban, luego sus labios se posaban en sus pezones y al cabo de poco ya juntaban cuerpos con tal gracia que eran un gozo de Natura.

De pronto cayó sobre el jardín una lluvia de esmeraldas y apareció la diosa de los amores sobre su nube de almizcle.

Al reconocerla, la dama Nofret estalló en gritos de júbilo:

–Eres Hator. ¡Eres la dadivosa!

La aparición le dedicó una mirada de desprecio.

–También puedo ser cruel. Mira mis manos. Han dejado de ser pezuñas de vaca para convertirse en garras de leona.

Eso eran, en efecto. Por tanto, temibles.

–¿Es que no vienes a protegernos? –preguntó, en su ingenuidad, la dama Nofret.

–¿Protegeros, dices? Vengo a poner orden. Es evidente que me excedí con esta casa concediendo dones que han sido llevados al límite.

La dama Nofret temblaba:

–Yo no sé nada, noble señora. Yo sólo entiendo que la carne me está arrastrando hacia una carne parecida.

–Cuidado con lo que vais a hacer, porque yo no dejaré que resulte. Escúchame bien, hija de la dama Kipa: sigue adelante y conocerás el alcance de mi ira. Puedo quitarte en un segundo el don que tuve a bondad concederte.

Contra todas las previsiones, Merit se adelantó, desafiante:

–Escucha tú, diosa: me tienes harta de tanto decir esto quiero y esto no quiero. Que es como decir: cuando se me antoja darte el don, gozas, y cuando me viene en gana quitártelo, pasas penuria.

Notaba Hator que la furia de Merit se iba encendiendo. Y no le gustó. Todo lo contrario: indignada ante tales muestras de desacato, recurrió a la amenaza definitiva:

–Debes saber que si llego a esto es porque has osado mucho. Y yo he sabido aguantarme. Nada dije cuando te beneficiabas a alguno de mis sacerdotes, porque al darles placer los estimulabas para honrarme más y mejor. Pero otra cosa es que perviertas a las sacerdotisas de otros cultos. ¿No ves, insensata, que puedes acarrearme pleitos familiares?

–Por lo que sé de los dioses, esto no ha de importarte. ¡Menudos chanchullos habéis organizado cuando os ha convenido!

–Tanto es así, que ahora no convienen desmanes. Jamás toleraré que tu sexo se quede entre personas de tu mismo sexo.

–¿Y eso qué quiere decir?

–Pues que en Egipto no quiero tortilleras. Y sanseacabó.

–Y yo no cesaré en mi empeño aunque antes tenga que acostarme con el carnero de Amón para obtener su permiso.

–Tú misma has dictado la sentencia. No digas que no te advertí. No digas que Hator ahoga sin apretar antes.

La nube de esmeraldas se cerró sobre ella y al punto se hallaba volando en dirección a su baño de miel, allá en Dandara.

Más modestas, Merit y su dama se bañaban en el estanque de los lotos, y entre ellos retozaron hasta que fueron a besarse entre los nenúfares. Hicieron el amor y al terminar su acto quisieron yacer juntas y abrazadas. Pero a eso de la medianoche, la dama Nofret percibió que el cuerpo de Merit estaba empapado de sudor, y éste fue aumentando hasta que el lecho era un lago. Pero la joven no se limitaba a arder, saltaba sobre sí misma, presa de espantosas convulsiones, y al rayar el alba su barriga se iba hinchando hasta alcanzar un volumen descomunal.

–¡Ayúdame! –gritaba–. Siento en mis entrañas algo que se mueve. ¡No! Se agita, baila, batalla. Quiere salir. ¡Oh, dioses! Algo quiere salir de mi cuerpo...

Llegó corriendo Rapet, portando una pócima de adormidera mezclada con orín de lagartija. Merit vomitó, como era lógico.

–¿No será una diarrea? –preguntó la nodriza–. Las hay

tan variadas que alguna habrá que en vez de evacuar se acumule.

Pero Merit no dejaba de aullar como una posesa:

–¡Tengo miedo, mucho miedo! ¡Me está devorando las entrañas un demonio feroz!

Como cualquier suceso que afecta a una comadre, aquél afectó a todas las de la calle, de manera que fueron llegando una a una. Llegó la vecina Nifrune y su íntima Sotet, y al poco la comprensiva Fernet y sus cuñadas Kernuten y Zepa, y al final se presentó la dama Alcurne con su médico de cabecera, el conocido Melet de Anut, quien se puso hecho una furia ante lo que consideraba un descuido inexcusable:

–Algún viento de insensatez ha soplado sobre la calle de Las Acacias cuando habéis esperado hasta ahora para atender a una preñada.

–¡Preñada! –gritaron todas–. Si ayer estaba esbelta como un junco.

–¡Es cierto! –exclamó la dama Nofret–. Anoche no daba muestras de preñez alguna. Lo juro por Amón.

–Aunque incluyas en tu juramento a Mut y a Jonsu, yo te digo que aquí dentro hay un feto. Y, además, de gran envergadura.

La eficaz Zepa fue en busca de dos comadronas y cuando una de ellas cogió el cuchillo de obsidiana para cortar el cordón umbilical, vieron que éste tenía el grosor de una soga de las que usan los rudos estibadores del muelle.

Ninguno de los presentes pudo reprimir gritos de espanto.

Así lo contó la vecina Nifrune a quien quiso oírla. Que fue toda Tebas y sus aldeas más cercanas.

–No os podéis imaginar lo que salió de aquel útero. ¡Con deciros que la dama Nofret se desmayó al verlo!

–Pero ¿qué puede salir en una sola noche de hinchazón?

–¡La criatura!

–¿Niño o niña? –preguntó una damita de la calle de Los Lirios.

–Niño es, pero ¡qué niño! No tiene igual en las crónicas. No halla semejanza en la historia del delirio. Algo descomunal, algo desproporcionado.

–¿Por lo gordito?

–Por lo deforme, por lo grotesco. –Guardó silencio unos minutos, como hacen las comadres cuando pretenden crear expectación. Creada ésta, y en exceso, añadió–: Por lo horrible, por lo espantoso, por lo infame acaso. O, mejor dicho, infame sin duda alguna. Porque hay que ver lo que vieron estos ojos míos.

Antes de proseguir, suplicó que nadie reaccionase con burlas o ironía ante el horror de los horrores.

El hijo de Merit y la dama Nofret tenía cabeza de carnero.

Hubo un silencio, luego otro; varios silencios. Y todos profundos.

Cuando se decidieron a preguntar, lo hicieron todas al unísono.

–Explícate, vecina. Habla claro de una vez.

–Más claro el agua: es mitad niño y mitad bestia. Pero no os riáis ni por asomo, que igual media el capricho de alguna divinidad tornadiza.

Y es que el carnero es el animal de Amón, según los templos. Luego nadie se atrevió a reírse, pero tampoco a aplaudir, pues no podían precisar si el dios había bendecido el hogar de Merit o, por el contrario, lo había dejado maldito para siempre.

Mientras atendían a la correveidile con potingues que tenían el poder de calmar, la comadre Kufrune hizo gala de su sentido práctico:

–Alguien debería avisar a la familia. Que, por cierto, sólo es Seshat, y ese marido de los libracos.

–Cualquiera se atreve a decírselo, con lo estirada que es y el retintín de sabihonda que trajina.

–Eso mismo. No sé cómo reaccionará al saber que tiene un carnero por sobrino.

Las dos vecinas más audaces corrieron en busca de Seshat. La encontraron en su tienda, ordenando papiros como solía, y de muy mal humor porque los copistas del templo no le habían entregado un pedido. Recibió mal la noticia, y Totmés todavía peor: desde su lógica, supusieron que todas las vecinas de la calle de Las Acacias se habían atiborrado de cerveza durante la noche. Aceptaron, como mucho, que Merit se encontraba indispuesta y las arpías –como las llamaba Seshat– estaban sublimando su dolencia a través de la superstición. Como las calles de Tebas andaban muy atareadas, tardaron en llegar. La casa seguía llena de vecinas, como si se celebrase un velatorio. Y aunque Totmés no acertaba a precisar a ciencia cierta en qué consistía la celebración, Seshat se desmayó al comprobar con sus propios ojos que el prodigio era cierto.

Tras dos nuevos desmayos, se dejó cuidar por Rapet, cuya botica estaba abierta para todos lo que tenían reacciones parecidas ante lo nunca visto. Al cabo, Seshat recurrió a la razón que, si no mueve montañas, las asienta:

–Empiezan a ser demasiado extraños los caminos de la vida. ¡Mirad que puede ser antojadiza! Pensamos que viene a concedernos dones y acaba otorgando lo que le da la gana. Manda y ordena, la mala sierpe. Recuerdo una historia que contó el médico Nebjem, cuando yo era niña. Concretamente, en los días que siguieron al nacimiento de Ipi. La vida obsequió a un pobre padre con un hijo que tenía la forma de una oreja gigante.

–Peor lo que le ocurrió a la dama Sinifet de Abidos. Le nació un niño con seis dedos en la mano izquierda.

–Comparado con lo que acaba de ocurrir en esta casa, es una minucia –concluyó Seshat–. De todos modos, estos sucesos confirman que conviene desconfiar de los desplazamientos de los dioses. Cada vez que bajan a la tierra arman un estropicio.

Cuando la historia de Merit llegó a la Casa Dorada, el faraón se echó a reír porque se creía víctima de una broma. Pero Ipi, que estaba a su diestra, se limitó a comentar, en tono lastimero:

–Esta dama, protagonista del desatino, es mi hermana.

–¿La loca?

–Locas son las dos. Si la otra se decidiese a parir le saldrían papiros con patas.

–Simpática familia, por lo singular. Porque tú, si te decidieses a engendrar en mujer, saldrían todos los instrumentos que sirven para hacer música.

–Te equivocas, señor. Saldría algo más monstruoso que el hijo de Merit, porque sería un feto informe devorado por la tristeza.

–Más triste estarás si no acompañas a tu hermana en este trance. Si deseas visitarla, mandaré que dispongan una de mis barcas, y que ondee en ella mi estandarte, para que sepan todos que es el faraón quien va a tu casa.

Un discurso tan protocolario no empañó la eficacia de su voluntad. Así, Ipi se vio transportado a través del Nilo y, una vez en Tebas, un séquito de diez hombres le condujo en litera a la calle de Las Acacias. Allí, gritaron las vecinas:

–¡El ciego de Tebas ha vuelto a casa para conocer a su sobrino!

–Le ha traído de regalo un bozal precioso. Y un cencerro de plata para que se inicie en la música desde niño.

Ipi frotó su nariz con la de Merit, en señal de amor certero, y acarició sus rasgos uno a uno, para demostrar que la reconocía igual que siempre. Luego se hizo conducir hasta la cuna del niño carnero y, tras preguntar si mordía, le acarició el hocico, y dijo:

–Hasta ahora pensé que yo era el raro de la familia por haber nacido ciego, pero tú me excedes. Te compadezco, sobrino, porque sé en qué consiste sentirse extraño entre los hombres, y tú estás destinado a serlo o no entiendo el mundo.

Merit intentó poner optimismo a la circunstancia:

–Es una pena que no puedas verle. Notarías que se parece extraordinariamente a las esfinges de la gran avenida. Y eso siempre da tono.

–Eres bien pintoresca, hermana. Sólo una mujer como tú es capaz de volver del revés las frases más acreditadas. Porque se dice que el hombre propone y los dioses disponen, pero tú siempre acabas poniendo tus propias disposiciones por encima de todo lo divino. En cuanto a lo humano, ya te has burlado antes. Sólo espero que esta vez no te destruya el dolor.

–Qué poco me conoces, hermano. ¿Dolor yo? No se hizo ninguno para alcanzarme. Miel para mis labios y fragancias para el olfato. Eso es lo que pienso tener, y no otra cosa.

Después de acompañar a Ipi hasta su litera, pidió el espejo mejor bruñido y empezó a acicalarse no por si venían visitas, sino porque vendrían a raudales y no hay parturienta que no desee ofrecer al mundo lo mejor de su aspecto, que es como decir su aspecto después de la agonía. Y como la belleza de la madre actúa como un reflejo sobre el recién nacido, Merit confiaba en que, gracias a su estado, la gente vería en su criatura al carnero más lindo del mundo.

Y mientras el monstruo mugía en su cuna de bambú, la dama Nofret agonizaba en su mansión, sin querer ver a nadie, sin formularse siquiera una pregunta, porque tenía la respuesta de antemano: seguía dictándosela Hator, de manera tan rotunda que le era imposible escapar a ella. ¿Cómo podría quien no pudo escapar a sus resultados?

Quiso esconderse bajo tierra, pero la tierra se negó a acogerla para no colaborar en un escándalo que clamaba a los cielos.

Había tenido una vida regalada mientras mantuvo la castidad, y justo cuando se la jugaba le ocurría el suceso que no tenía precedentes en toda la historia de la calle de Las Acacias ni en cualquier calle del mundo. Estaba convencida de ser la única culpable, y esta certidumbre, añadida a la sensación de ausencia de castidad, le fue creando culpa de pervertidora. Y el hecho de haber inducido al mal a otra persona era algo que una alma noble como la suya no podía asumir sin volverse loca. Así pues, enloqueció.

Conviene decir en honor de Hator que no se sentía completamente satisfecha con el resultado de su maldición. En realidad no había querido llegar tan lejos, pero el daño ya estaba hecho, el monstruo parido y ahora sólo cabía esperar cómo se comportaría Nofret en su demencia. De momento se limitaba a dar el espectáculo paseando por las estancias de su casa como alma en pena, y se llenaba la entrepierna de ortigas que aplastaba al caminar, y se clavaba agujas en las uñas de los pies, porque decía que a través del dolor y la mortificación alcanzaría la penitencia.

Durante unos días siguió recorriendo estancias con los brazos en cruz, pronunciando el nombre de Amón entre lamentos, pero los atroces sonidos que emitía su hijo debieron de influirla, porque a partir de aquel momento trocó el habla de los humanos por algo que se parecía al croar de las ranas. Y tanto croaba que en todos los jardines de la calle de Las Acacias empezaron las ranas a responderle, formando así un concierto que molestaba a las vecinas, de manera que empezaron a encontrarla pesada.

Tan difícil como buscar la luz en los pozos de la noche es rastrear la razón en las simas de la locura; así, nadie se explicó que un buen día la desdichada Nofret decidiese recuperar su esplendor de antaño vistiéndose de Divina Adoratriz, con todas sus galas, incluido el frasquito de alabastro que le servía para ofrecer sus libaciones al dios. Algunas vecinas lo consideraron una blasfemia; otras, una forma de llamar la atención; las más, un último desafío al poder de la diosa que la había maldecido. Pero ella prescindió de cualquier comentario y se hizo conducir al templo en la litera que solía utilizar en las grandes festividades. Dadas las características de su atavío litúrgico, nadie le cerró el paso cuando se introdujo en las salas privadas del culto. Su porte mayestático, la solemnidad de su avance sugerían un estado místico muy apto para impresionar a quienes desconocían las brumas que aplastaban su mente. Por todo ello, y porque la sabían conocedora del lugar, los guardianes tampoco se extrañaron de verla desaparecer por una pequeña puerta. Ésta comunicaba con una escalera de siniestro aspecto que conducía a la parte superior del gigantesco pilono que presidía todos los edificios de la ciudad de Amón. Era una infinita sucesión de peldaños afilados por el paso de los siglos, en una interminable y dificultosa ascensión que la dama Nofret emprendió sin vacilar. Subía y subía, jadeante, encorvada como una anciana, pero ágil como una diablesa; iba ascendiendo sin que apareciese el punto de luz que indicaba la cima del pilono y la proximidad del cielo.

Cuando por fin salió al exterior recibió el impacto que sin duda recibía Amón cuando se aparecía a los humanos desde aquella altura descomunal. Que diríase la cima del mundo, pues al fondo se vislumbraba toda la grandeza de Tebas.

Miró por última vez las azoteas de su ciudad, y acaso pensó que aquella noche, cuando las vecinas se reuniesen a tomar el fresco, ella sería el principal tema de conversación. Cualesquiera que fueran sus últimos pensamientos, se echó a reír como una posesa y levantó los brazos en actitud de invocación ritual. La túnica ondeaba al viento al mismo ritmo que las banderolas que remataban el pilono. Y en aquella actitud mayestática la Divina Adoratriz se arrojó al vacío mientras gritaba el nombre de Merit, hija de su comadre Kipa.

EL RÍO, QUE SE LLEVA LA VIDA, no quiso arrastrar consigo el cadáver de la dama Nofret, porque asustó al genio de las aguas. No otra cosa inspiran los cuerpos que se precipitan desde lo alto de un pilono, como saben quienes han visto caer a un obrero en la época de su construcción. Así, lo que llegó al taller de los embalsamadores de Tebas no fue un cuerpo sino un montón de carne dispersa. Pero como nadie se atrevía a negar el derecho a la eternidad a una servidora de Amón, decidieron poner tanto esmero como si hubiese llegado entera.

Sus vecinas más íntimas colaboraron en la labor de recoger pedazos, sin explayarse en lamentos, que de eso se encargarían las plañideras el día del entierro. Ellas hicieron honor a su sólida educación religiosa destacando los aspectos místicos del batacazo:

–¡Excelente Nofret! Empezó como sacerdotisa de Amón y acaba siendo más Osiris que ningún difunto desde el propio Osiris.

–Bien cierto es. Así como su divino cuerpo fue cortado en pedacitos por el perverso Set, así el cuerpo de la excelente se dirige a la eternidad convertido en picadillo.

–Recogedlo con pía disposición. Igual que los pedacitos de Osiris fueron recogidos por la sacra Isis, así nosotras con la amiga que se nos fue en un vuelo.

Era una forma inconfesada de sentirse ellas como la diosa, aunque las más modestas optaron por sentirse como su hermana Neftis, que ayudó mucho en aquella gesta, como sabemos los narradores de prodigios.

–Nadie la ganará jamás en valentía. ¡Arrojarse desde aquella altura sin una vacilación, sin una duda!

–Y sobre todo sin un vértigo.

Del mismo modo que alababan el valor de la difunta, dieron en arremeter contra Merit, empresa fácil si se tiene en cuenta que ella venía abonando el terreno desde la infancia. Y el primer día que salió a la calle, harta de reclusión, de maternidad y de difunta, la zahirieron con tal sarta de insultos que casi perdieron la razón de puro exceso. Pero Merit siempre iba más allá de lo excesivo, y volvió a darles causa de palique cuando la vieron dirigirse en silla de postas al festín del rico Semmut, que celebraba la llegada de sus caravanas de Kush. Y como sea que una de ellas estaba a cargo del gallardo caravanero Sumit, las lenguas picoteras dieron por sentado un reencuentro clamoroso.

Aquella noche se dijo en las azoteas:

–Todavía no han terminado de embalsamar a la digna Nofret y ahí va la execrable: lozana y peripuesta, como si nada.

–Si después de tanto oprobio no es la maldita de los dioses, es que los dioses están de chunga, como han demostrado al darle ese hijo.

–Que, por cierto, ella no le tiene ni una atención, ni un mimo, ni un cariño. Y así berrea todo el día, el monstruito.

–No le llames monstruito, vecina, que se me hace malsonante.

–Pues inventa tú una palabra para nombrar al tebano que nace con cabeza de carnero.

Si las vecinas andaban desconcertadas a la hora de definir al hijo de Merit, otro tanto les ocurría cuando le oían llorar. Que tampoco es la palabra exacta, pues emitía una curiosa mezcla de rebuzno, rugido y balido. Lo que fuese helaba la sangre a quien lo oía, que en realidad era toda la calle, tan fuerte rebuznaba, rugía o balaba. Y tan desprotegido parecía a los demás que cierta noche la vieja Rapet se acercó a la cuna dispuesta a amamantarle, pues creía que era leche de madre lo que reclamaba.

–Nadie te quiere en esta casa, pero esta vieja nodriza ha querido a tres niños, y a ti ha de quererte más que a los tres porque estás llamado a la infelicidad como ningún tebano lo estuvo hasta ahora.

Pero Rapet pagó el precio que siempre exige lo desconocido, pues al aferrarse el monstruo a su pezón succionó con tal fuerza que le arrancó el pecho de cuajo. Ella estuvo varios días debatiéndose entre la vida y la muerte, pero cuando se decidió por la vida la consagró por entero al nuevo vástago de la familia, y a medida que fue creciendo lo llevaba a los campos para que corretease a su gusto y antojo y comiese amapolas frescas, que siempre complacen a los raros.

Pero mucho antes de ese acontecer se celebraron los funerales de la dama Nofret, que fueron muy lucidos gracias a la importancia de su cargo en el templo de Amón. En aquella ocasión, la complejidad de las ceremonias se vio complicada todavía más cuando se planteó el tema de la asistencia de Merit, pues nadie sabía precisar cuál había de ser su representatividad en relación a la difunta. Todo se reducía a que, mediando un hijo de ambas, no se sabía quién era el padre y quién la madre, pero como Merit lo había llevado en su vientre quedó muy claro que la paternidad era de la dama Nofret, que así se convertía en marido. Ahora bien, a todas las almas sensibles les repugnaba que ocupase el digno cetro de la viudedad una joven tan conocida por sus tendencias al pendoneo. De todos modos, la propia Merit solucionó gozosamente el pleito, porque aquel mismo día hubo un festín en casa del reputado Festut y ella no quería perdérselo por nada del mundo. Así pues, no se lo perdió.

Cuando regresó a la mañana siguiente, la estaba esperando Seshat con expresión preocupada. Después de elogiar las reformas de la casa, le comunicó que unos parientes lejanos de la dama Nofret se habían quedado con todas sus posesiones, sin dejarle nada a ella. Y la vieja Rapet, que les estaba sirviendo un ligero refrigerio, se echó a llorar, mientras decía:

–¡Pobre niña mía! Así te castigan los dioses del infortunio. Oremos juntas para aplacarlos.

Merit le agarró el único pecho que le quedaba y lo retorció sin miramientos:

–¡Cállate de una vez, perra! No me hables de dioses, porque estallo. ¡Y que no vea yo una estatua de Hator, porque le rompo los cuernos a martillazos!

Seshat exhaló un profundo suspiro en el que Merit creyó ver fastidio:

–Hablemos de tus problemas. Que son muchos, hermana mía. Más de los que supones. Me estremezco al pensar en tu porvenir. Sola y con un hijo que mantener, y no piensas más que en fiestas. ¡Y qué hijo! Mira que ni siquiera sé cómo calificarlo. Y eso que soy instruida.

–No debes preocuparte por mí; principalmente porque al preocuparte hablas, y al hablar me aburres. Con tal de no oírte, prefiero seguir los consejos de nuestra madre. Recuerda que siempre me decía que montase un negocio.

–¿Qué negocio vas a montar si no sabes hacer nada? ¡Si te has pasado la vida negándote a aprender!

–Esto será según tu criterio, que es muy elemental porque se basa en los libros y no en la vida. Y es que eres tonta, hermana. Todo lo que tú te esforzaste en aprender puede comprarse. Hay ricos en Tebas que saben menos que yo. En lugar de quemarme los ojos aprendiendo a pasar cuentas, alquilo un escriba y me las pasa él.

–¿Y qué cuentas vas a pasar, si no tienes donde caerte muerta? Has dilapidado en ropas y afeites la herencia de nuestra madre, y si todavía te queda algo se te irá en muebles y frasquitos.

De repente, Merit tuvo una iluminación que no debía a ningún dios, sino a sí misma.

–Ese estafermo que Amón ha tenido a bien concederme será mi salvación. ¿No dicen que cada hijo trae un pan bajo el sobaco? Pues éste me traerá el horno entero. Le voy a sacar tajada, Seshat; tanta sacaré, que todas las mujeres querrán parir hijos con cabeza de carnero. –Guardó silencio un instante para despertar el interés de Seshat, pero al notar que sólo despertaba su inquietud, se apresuró a continuar–: Atiende: cuando llegan bestias exóticas para el parque del faraón, el pueblo se congrega, presa de entusiasmo, por no decir locura. ¿No habrían pagado con gusto para ver la jirafa que Horemheb trajo de lejanas tierras? Cuanto más estrambótico es el animal, más interés despierta. Pues bien, yo tengo el único bicho raro que ni siquiera el faraón tendrá nunca. Estoy segura de que todo el pueblo de Tebas pagará para verlo si me decido a exhibirlo. Por cierto, ¿sabes de alguna plazoleta que esté muy concurrida?

–¡No te atreverás! –gritó Seshat, fuera de sí.

–¿Que no me atreveré? ¡Yo, que me he atrevido a tanto! Y lo de ahora es poquita cosa. Total, necesito un terreno, un cercado con toldo que proteja del sol. Una vez lo tenga, ¡plaf!, a exhibir al niño haciendo sus gracias...

–Lo que es gracia tiene muy poca, el pobrecito –dijo Seshat, sobresaltada más que nunca por los impulsos de su hermana.

–¿Cómo puedes decir esas cosas? –exclamó Merit, dolida–. Esta criatura lleva tu propia sangre. Además, no sé de qué te quejas. Como niño no sé qué decirte, porque no se ha manifestado, pero como carnero es muy dulce. Los tebanos enloquecerán con él, y yo me haré rica, Seshat, muy rica.

–¡Cuando pienso que nuestra madre se moría por tener un nieto! Piensa en ella, por favor. Dudo que ante su recuerdo sigas adelante con tus propósitos.

El solo hecho de dudar equivalía a no conocerla, y ella aprovechó aquel desconocimiento para sus propósitos. A base de carantoñas consiguió que Seshat y Totmés utilizasen su influencia en el templo de Amón para que la recibiese el sumo sacerdote. Así compareció ante él vestida de humilde para que su maternidad no pareciese fruto del puterío. Y también utilizó la humildad para llorar con la astucia de un cocodrilo sabio:

–Tienes ante ti a una mujer indefensa. ¡Ay de mí, que no tengo quien me valga! Pobre huérfana, sin protectores que me abonen... –Siguió y siguió con patética verborrea destinada a conmover hasta que al fin le salió el carácter y cruzó las piernas de manera adecuada para que Timur vislumbrase el inicio de un pubis que era la gloria de Tebas.

–Cuán livianas son hoy en día las ropas de las humildes –comentó, tragando saliva.

–Porque no tenemos para telas más sólidas.

Timur sabía que era al revés: que vestían ropas bastas y rugosas las mujeres del pueblo, mientras las poderosas gustaban del lino suave y liviano, pero prefirió dejarla hablar y, de paso, contemplarla a placer:

–No vengo a hablar de telas, que para eso no precisa ayuda una mujer de gusto. Vengo a implorar socorro para mi hijo que, como sabes, es el fruto de un milagro.

–Es cierto que un parto como el tuyo no se produjo jamás fuera del mito, pero no sé si podemos atrevernos a considerarlo milagro, porque los elementos que se dan son harto extravagantes.

–Perdona, gran padre, pero si los milagros no son extravagantes ya me dirás qué son. ¿O encuentras normal que a un manco le crezca de repente un brazo?

–¿Y eso cuándo ocurrió?

–Hace bien poco. Tus sacerdotes lo proclamaron a los cuatro vientos. Y el caso de la muda que habló. Y el paralítico que echó a andar.

Timur la miró directamente a los ojos. Por mucha humildad que aparentase no se había olvidado de pintárselos con el color de la esmeralda. Y eran tan duros que herían tanto como seducían.

«Ojos de pantera –pensó Timur–. Ojos de cobra. Aquí hay sacrilegio y no es Amón quien lo ha dispuesto. En cambio, sí es Amón quien lo pone a mi alcance.»

Se inclinó para acariciarla en señal de bondad, pero retiró inmediatamente la mano al notar que su piel quemaba.

–¡Traviesa, más que traviesa! –gimió–. ¡Ay de mí! Estoy tentado de mostrarme indulgente cuando debería reprenderte con dureza por haber inducido al mal a nuestra Divina Adoratriz.

–Yo no la induje. Ella tampoco a mí. Amón nos hizo conocer su voluntad y nosotras la acatamos.

–¿Y tú esperas que yo me crea eso?

–Siempre decís que la fe reside en uno mismo. Así pues, en ti está el creerme, si te conviene.

–Eres de un cinismo deslumbrante. Y a lo mejor, en los tiempos que corren, Amón necesita más de cínicos que de beatas.

–Seamos claros: no vienen a ofrecerte niños como el mío todos los días de mercado. Y con mayor claridad te digo que no vengo a pedir un local para exhibirlo. Amón debería procurar por su mantenimiento, ya que es hijo suyo.

–Tanta listeza no debería asombrarme, pues conozco a tus parientes. Para ser exactos: los he visto hacer grandes cosas.

Recordó las noches jubilosas en que Seshat y Totmés imitaban el coito de los dioses en aquel sagrado recinto. Y por lo que Timur sabía, ellos eran simples aprendices frente a la pericia de la joven que llegaba ahora con pretensiones de humildad.

Se inclinó hacia ella hasta darle con el aliento en la mirada.

–Sin duda el propio Amón ha intercedido para que este encuentro se produzca. Así pues, no le desagradaría que yo visitase esa zona de tu cuerpo que él frecuentó y, una vez introducido, oficiase en ella.

Merit se desnudó sin gran esfuerzo.

–Pues oficia de una vez, pero recuerda que si yo soy de plata, por lo hermosa, mi hijo es de oro, por lo raro.

Cuando hubo terminado de oficiar, Timur levantó los ojos al cielo y proclamó:

–¡Si de este sacro rito surgiese otra criatura con la cabeza de Amón!

–De ningún modo –exclamó Merit, arreglándose los

pliegues de la túnica–. Con un carnero basta. De lo contrario acabaría siendo cornuda, más que madre.

En los días que siguieron, se encerró en sus estancias preparando concienzudamente sus planes. Para ello contó con la colaboración del caravanero Sumit, que no había dejado de visitarla. Siendo comerciante, conocía a los más famosos de su gremio, y Merit no tardó en encontrar entre ellos los materiales para montar una enorme carpa donde exhibir al niño con cabeza de carnero. Todo estaba saliendo según sus deseos, pero una sombra empañaba el éxito, y así corrió a exponérsela a Seshat:

–Hermana, he de decirte que siento un dolor muy extraño por lo que hice con el podenco de Amón. Porque siempre que he estado con un hombre ha sido por mi gusto y elección. Sólo ahora me he entregado para obtener algo a cambio, y esto me hace sentir sucia y miserable ante los dioses.

–No sé qué decirte, pues todo te lo dices tú. En fin, que tu negocio prospere, con dioses o sin ellos.

Pero esta vez los dioses la perdonaron porque comprendieron que era mejor tenerla a favor que en contra, y además todo el mundo creía a pies juntillas que Amón había accedido a depositar su semilla en el vientre de una noble damita de Tebas. De manera que a punto estuvieron de beatificar al carnero y a la madre del carnero.

Y comentaban las vecinas:

–Nunca hay que criticar sin conocer antes el fondo de las personas. Bien dice la sabiduría de los viejos que las apariencias engañan siempre. Y así vemos ahora que detrás de una apariencia liviana puede esconderse un corazón sensible.

–Y tú que lo digas –respondía una hilandera–. Aquella a quien tuvimos por ruin se muestra ahora devota en el oficio de madre. Y seguro que Amón le sonríe desde su penumbra pues, al fin y al cabo, es de su divino hijo de quien se trata.

Entre las jóvenes más piadosas se puso de moda desear hijos con aspecto zoomórfico. Unas los querían con cabeza de buey Apis, por la cosa sagrada, otras de babuinos, por lo graciosillos, y caso de ser niñas, palomitas torcaces. Como, además, se sabía que el niño milagroso había nacido del coito entre dos mujeres, hubo gran tortillerismo en Tebas, y Merit lo aprovechó para fundar una academia donde se enseñaba a las niñas del abolengo a gozar de sus compañeritas de sexo desde la más tierna edad, de manera que, entre la academia y el circo, Merit se convirtió en la mujer de moda y, lo que era más importante, en una de las más ricas. Y los dioses seguían obligados a hacer oídos sordos, porque bastante tenían con los conflictos que estaba organizando Jonet en las cumbres nevadas.

ENTRE LOS BOATOS DE SU ALCÁZAR AÉREO, Jonet seguía escandalizando a los dioses por su desaforada entrega a los apetitos del Tiempo, entrega que ponía en su cerebro raudales de delirio. Los poderosos brazos de su amante se cerraban sobre su cintura, le cimbreaban y, en el balanceo, su cabeza se echaba para atrás y entonces atisbaba los tejados de Tebas, allá al fondo. Y mientras el Tiempo le susurraba palabras de amor él creía oír la voz de las vecinas que se admiraban de su destino como si fuese el de las grandes cortesanas de las leyendas. Y su vanidad se complacía pensando que, a lo mejor, decían: «Qué suerte ha tenido el hijo del escriba. Ahí le tenéis, reyecito de las nubes y amancebado con Aquel que todo lo puede».

Y era cierto que el Tiempo todo lo podía, pues desplegó ante él un abanico de placeres como no lo tuvo concubina de gobernador ni favorito de sátrapa. Con las artes hechas para conmover, con los espectáculos calculados para divertir, con los deportes que enervan los ánimos, cocinó el Tiempo una pócima que Jonet iba bebiendo ávidamente mientras su voluntad navegaba a la deriva, y la inconsecuencia sustituía a la lucidez, sin dar tregua ni permitirla. Sólo una cosa quedaba clara: debía mostrarse siempre contento, porque un asomo de tristeza podría indicar que se estaba haciendo mayor y eso, al Tiempo, no le habría gustado en absoluto.

Le complacía hacer de juguete de su señor, y más aún sentirse juguete. Por otra parte, la situación poseía un atractivo que ningún niño fantasioso sabría despreciar, pues el Tiempo le solazaba contándole historias de pasados muy remotos mezcladas con anécdotas de un futuro que diríase imposible. Le narraba historias de amores sublimes y otras de amores contrariados, de hazañas ejemplares y crímenes infames, de victorias heroicas y derrotas humillantes. Y era tal el batiburrillo, que Jonet veíase incapaz de entender qué cosas habían sucedido y cuáles estaban por acontecer.

Pero el Tiempo se veía obligado a ausentarse frecuentemente, pues siempre tuvo mucho trabajo edificando los memoriales de los hombres en millones de sitios a la vez. Entonces Jonet se apresuraba a vestirse con ropas de viaje: un gorrito verde rematado por una pluma de faisán que le daba un aspecto muy gracioso. Con semejante adorno sentíase ideal y a punto para acompañar al Tiempo, colgado de su falo; pero en tales ocasiones éste se encogía completamente, lo cual era signo de que no se le permitía efectuar el viaje.

–¡No hay derecho! –exclamaba Jonet–. Yo esperé conocer el mundo a tu lado. ¿Quién podría enseñarme más cosas que tú? En cambio, me dejas aquí, encerrado en esta jaula.

–Mira que es jaula de oro.

–Será de oro, pero jaula al fin.

–No te quejes, que no hay en el mundo niño más regalado. Todo en mi castillo te pertenece, y de todo puedes disfrutar en mi ausencia. Pero, recuerda: nunca debes entrar en los aposentos de la diosa. Si lo haces, te alejaré de mi lado para siempre.

–¡Sigues prohibiéndome cosas! ¡A mí, que nací para comerme el viento!

–Pues déjalo y envuélvete en la calma, porque es mi voluntad y no habrá otra.

Así quedaba Jonet, envuelto en goces, saboreando mieles, pero sin la oportunidad de crearlas por sí mismo. Además, poco a poco iba perdiendo los recuerdos del único lugar que le pertenecía. Embriagado por las burbujas del elixir amarillento que las doncellas de ojos almendrados le servían de continuo, miraba al fondo de los abismos y notaba que Tebas se parecía cada vez menos a Tebas. E incluso la algarabía de las azoteas en el frescor de la noche le sonaba a canturreo de pajarracos exóticos:

–¿Qué voces me llaman? –se preguntaba–. ¿Qué cantos suenan? ¿Qué calles son ésas? ¿Qué lunas surcan ese río? ¿Y qué río es, en ese lugar del mundo que se me escapa?

Una voz muy remota susurraba lo que dicen todas las ciudades: «Soy Tebas, la magnífica; soy tú en ella, soy Tebas-Jonet»; pero cada día que pasaba la voz se iba haciendo más confusa, y a la postre ya sólo era como los enigmas de las esfinges, pero no las egipcias, siempre sensatas, sino aquellas que embaucan a los hombres en los subterráneos de Oriente.

A veces aparecía el vago recuerdo de algo que había ido a buscar, una flor azul que a su vez rememoraba imágenes que conseguían excitarle sin que pudiese averiguar la razón. Parecía volar por las esferas un culo que le deslumbró en algún lugar; y culo insólito entre todos, pues tenía alas como un gavilán y pico que graznaba con autoridad de príncipe. Pero de pronto, ese recuerdo inquietante cedía ante un sonido dulce y prolongado, que no necesitaba alas porque era un vuelo en sí mismo. Y entonces acertaba a recordar que en su infancia llena de mitos le habían hablado de un pájaro que moría para renacer de sus cenizas al cabo de cinco años. Así era aquella música que le llegaba desde la tierra. Así sus notas, que huían para regresar al instante cambiadas, multiplicadas, muriendo y renaciendo sin cesar.

Como hiciera el día en que llegó al jardín de Ipi, cogía la flauta para responder a la extraña música, pero en lugar de salirle sonidos agradables brotaba de su instrumento el alucinante graznido de las arpías. Y antes de caer de nuevo en el olvido que el Tiempo había decretado para amarle como niño eterno, volvía a mirar abajo y vislumbraba seres que formaban parte de su memoria.

Creía reconocer la belleza de Tutankamón, que le enervaba, y al mismo tiempo la dulce sonrisa del ciego que tenía su mismo rostro y poseía el poder de que su música horadase los cielos hasta alcanzar a las altas cumbres donde siempre brilla la nieve.

Ni Tutankamón ni Ipi sospecharon que la diosa del Ojo Que Todo Lo Ve tuviese ahora una retina que todo lo añoraba. Al cerrarse, víctima del elixir del Tiempo, ellos dejaban de ser vistos y se integraban a sus quehaceres, como lo estaba haciendo Egipto entero, preso en la agitación de los meses de la siembra, cuando la crecida se ha retirado y brota de las tierras negras un intenso olor a renacimiento.

Mientras el pueblo seguía fielmente los ritmos que el genio del río decretaba desde antiguo, el faraón, que también era el Nilo, recorría con igual fidelidad los complejos ritmos de su protocolo ancestral. Se sometía cada mañana al ritual de la vestimenta, recitaba maquinalmente las invocaciones sagradas, se consagraba a sus ejercicios de adiestramiento militar, y se reunía con Maya y Ai para abordar cuestiones tan poco agradecidas como los tributos en las tierras conquistadas por Horemheb. Y mientras iba transcurriendo la primera parte de la jornada, Ipi tocaba lánguidamente, sin entregarse, porque todo arpista sabe que la música, cuando se la quiere de fondo, no deja de ser un vulgar compromiso.

En realidad nunca estaba tan absorto en su música como para no atender a las conversaciones que se desarrollaban a su alrededor, máxime cuando no se le excluía de ellas o, más aún, cuando el faraón podía pedirle abiertamente su parecer.

Por todo ello, y porque empezaba a conocerle, no le extrañó que Nebjeperure manifestase su deseo de interrumpir el trabajo para entregarse a su afición más reciente y acaso desproporcionada: atacar a los demás con una interminable sarta de preguntas.

Se dirigía frecuentemente a Ai, pero en los últimos tiempos manifestaba una admiración hacia Maya rayana en la dependencia. Y no era la deslumbrante carrera de aquel joven lo que admiraba, pues él mismo había contribuido a edificarla firmando los decretos que le llenaban de cargos. Era llana y simplemente el caudal de conocimientos que demostraba, ya fuese en su oficio, ya en su conversación o en su consejo. Y como sea que asociaba aquellas virtudes con la madurez, le preguntó de improviso:

–Tú tienes muchos más años que yo, ¿verdad?

–Seis crecidas del Nilo a lo sumo. ¿Por qué me lo preguntas?

–He consultado el árbol sagrado donde está inscrita la crónica de mis días, y me incomoda que sean tan pocos. Si debo dar crédito a los que me vieron nacer, sé que el Nilo ha crecido dieciocho veces desde entonces, pero yo quisiera tener las crecidas de tu vida para ser más sabio.

–¿Qué te hace pensar que será así?

–Porque ahora siento una obligación de acumular conocimiento que antes no sentía. Porque la necesidad de saber me está dominando, y yo siento que irá a más y que al dejarme llevar por ella llevaré bienes a Egipto.

Ipi esbozó una sonrisa que podía resultar misteriosa para los demás, pues servía para apostillar las opiniones del faraón y procedía de alguien que no podía verle. Olvidaban que, de estar todo el día junto a él, Ipi conocía mejor que nadie sus reacciones: no le hacía falta verlas. Era como si las trajese el aire.

Seguía y seguía con el tema de la madurez y las ventajas que ésta podría aportarle y si era éste y sólo éste el secreto de la sapiencia de Maya.

–Me atosigas –rió el joven–. Todo esto podrá contártelo Ai mejor que yo, porque ha colmado más copas de experiencia.

Nebjeperure se dirigió a su consejero:

–Cuando sea más experto, ¿seré mejor faraón?

–Así debería ser, si los hombres aprovechásemos la experiencia como debemos. Pero ella no hace milagros, no mejora a quien la recibe. Hombres muy expertos han sido perversos y estúpidos, porque ya lo eran en grado muy acentuado. Esto quiere decir que es la experiencia quien se adapta al hombre, y no al revés.

–Permíteme que proteste –dijo Nebjeperure en tono lo bastante cortesano para no ofenderle–. ¿Por qué tienes que ser siempre tan pesimista?

–No quiero darte vanas esperanzas sobre los méritos de la raza humana. Pero en tu caso serás un buen faraón. Ya has sembrado la semilla y ésta empieza a germinar bien. Tus preguntas están lejos de contener desatinos, luego no los obtendrás a cambio.

Como Ipi temía, aquellas palabras de estímulo dieron lugar a un nuevo aluvión de preguntas, y eran tan insistentes que se impusieron a su música, de modo que dejó de tocar, y la conversación fluyó libremente, ágil, en un constante intercambio de ingenio que diríase impulsado por la brisa del atardecer.

Era llegado el momento supremo de la pereza egipcia, la lánguida, evanescente, sutil pereza quc el Nilo inspira cuando el cuerpo pierde su entidad.

La pausa sólo sirvió para que la imaginación de Nebjeperure se adentrase en una visión que le asaltaba constantemente desde que Ai le comunicó sus planes para rescatar los cadáveres de Akenatón y su familia. Veía la tumba, se hallaba en su interior, respiraba agitadamente en medio de la tenebrosa oscuridad esperando los ruidos del exterior, los martillos, las palas, los picos que permitirían filtrar, por fin, la luz del día.

–Ya están aquí –exclamaba, en su quimera–. Son ellos. ¡Que nos saquen de una vez de la caverna!

Imaginaba a los mercenarios de Ai, los misteriosos desconocidos en cuyas manos había puesto el destino inmortal de sus seres queridos. Los imaginaba completamente embozados, avanzando entre las sombras de la noche, abriéndose paso entre las rocas escarpadas, como ladrones, como fantasmas, como ambas cosas a la vez. Y los veía en su avance sin poder precisar en qué lugar se estaba desarrollando, a qué distancia, a cuánto tiempo del hecho consumado.

Cuando la inquietud crecía más que de costumbre buscaba a Ai dondequiera que estuviera y le asaeteaba a preguntas sobre el estado de su misión, pero en lugar del paciente consejero se encontraba ante un ser impenetrable. Y, presa de la impaciencia, exclamaba:

–Yo debería estar al frente de esos hombres. Es más, debería tener el valor de actuar a la luz del día, trasladar a mis difuntos ante los ojos del pueblo y que así recibieran el homenaje que les es debido.

Ai le miró con extraordinaria severidad.

–Tú no deberías hablar siquiera de esta cuestión. En lo que a mí me se refiere, no sé de qué me estás hablando.

No sólo era un tono más alto de lo habitual, que ya habría sido mucho. Era el tono exacto, tajante, de una orden. Y la rubricó diciendo:

–Puesto que me has cargado de honores, debo creer que es porque crees en mí. Ten, pues, la grandeza de mantenerte en tu decisión. Para asegurar el éxito de lo que acabamos de emprender es necesario que no sepas nada hasta que todo haya concluido. –Calló un instante. Adoptó un tono más dulce al decir–: Créeme, es por tu bien.

Y aquellas afirmaciones, con ser tan ciertas, dejaban al faraón más entristecido, y entonces comprendía lo que significaba ser ciego como Ipi, o, lo que era igual, que las cosas sucedan sin poder tomar parte en ellas.

Cierta noche en que los sirvientes los engalanaban para la cena diaria con la corte, Ipi juzgó llegado el momento de interesarse por los problemas de su amigo, limitándose a una única pregunta: ¿en qué estaban depositadas sus esperanzas?

–En la grandeza –contestó Nebjeperure, sin vacilar–. Sólo alcanzándola conseguiré disponer de mis actos. Y sólo disponiendo de ellos, sólo con la capacidad de mando tendré el poder necesario para derrotar al olvido.

–¿Por qué esta obsesión, mi rey? –preguntó Ipi mientras los dos criados le cambiaban la túnica.

–Porque soy hijo del olvido. Siento de manera permanente su amenaza. Me basta con recordar al pobre Smenkaré. Le nombraron faraón, pero no tuvo tiempo de serlo. Se lo ha tragado el olvido... ¡el mismo que puede caer sobre mí hasta aplastarme! Sólo luchando con todas mis fuerzas podré derrotarlo. Es decir, creo que estoy a punto de conseguirlo...

Por un momento se sintió tentado de contar su proyecto, de proclamarlo con orgullo, pero al punto recapacitó, recordando que Ipi no tenía ojos para ver pero no le faltaba una lengua muy ágil para pregonar.

Ni siquiera podía confiar en su favorito. Sólo en Anjesenamón, la reina amada, porque era hija del mismo olvido, y en el fondo de su alma también se abría la tumba donde reposaban su padre y sus hermanas. Y cada vez que alguna de sus damas contaba que los ladrones de Tebas habían saqueado la tumba de algún noble, todo su ser se estremecía.

–¡Podría ser la tumba de los míos! –exclamaba, sin que sus damas la entendiesen–. ¡Su eternidad en manos del azar! ¿No habrá algún dios de bondad que acabe con esta amenaza?

Cada noche, cuando Nebjeperure iba a visitarla ella le acogía en su regazo, como a un hijo; y, como hacen todas las madres del Nilo, inventaba historias para distraerle. Pero en cierto modo era una mala ayuda, pues lejos de combatir su obsesión la fomentaba, imaginando en voz alta el itinerario que en aquellos momentos estarían efectuando los Liberadores, que así habían dado en llamar al grupo de mercenarios elegidos por Ai como un peligro menor.

El pesimismo y aun la melancolía se convertían en euforia cuando la corte se trasladaba a Menfis para residir durante la parte del año que le correspondía como capital administrativa. Había ido creciendo en este aspecto como Tebas en el religioso, y debido a su situación estratégica atraía a grandes masas de extranjeros que contribuían a fomentar el carácter cosmopolita de sus habitantes. Algunos personajes de la nueva corte disponían de palacios tan suntuosos como los que poseían en Tebas, y en previsión de cualquier cambio político que afectase a los asuntos de la eternidad, empezaban a construir sus tumbas en la gran necrópolis cercana a las vetustas pirámides.

La temporada en Menfis respondía a una exigencia política, pero al mismo tiempo ofrecía un amplio abanico de placeres que empezaban por el paisaje, más variado que el de Tebas. Porque a medida que se acercaba al mar, el valle del Nilo se iba ensanchando hasta formar una frondosa palmera surcada por infinidad de canales y pantanos. Allí, Nebjeperure y sus nobles podían dedicarse a sus deportes favoritos, entre los cuales la caza de aves acuáticas. No se descartaba que atrapase a algún hipopótamo, la prueba más valiosa del coraje de un cazador, pero también la más contradictoria. Porque le habían enseñado a apreciar los aspectos benéficos de aquella bestia, encarnados en la sonriente Tueris, y al mismo tiempo le contaban los estragos que causaba entre los pescadores.

Ocurría igual con el cocodrilo: no existía bicho más dañino y, sin embargo, en algunas ciudades se lo adoraba. ¡Qué extrañas componendas para el último descendiente de Akenatón! En realidad, el culto a los dioses le inquietaba. Convertía en cómplices a las bestias más peligrosas y esto significaba que la religión era el fruto del terror, y a veces terror en sí misma. En defensa de sus pretendidas bondades se levantaba el hijo contra el padre, el hermano contra el hermano, el amigo contra sus compañeros de toda la vida. La autoridad de la religión se levantaba, sí, sobre la sangre.

¿No sería igual la autoridad que le habían otorgado a él? ¡Cuántos fantasmas conjuraba el pueblo en su persona! Para exorcizar a los siniestros cocodrilos se esperaba del faraón que cazase por lo menos uno en su vida; del mismo modo que, para demostrar su poder físico, debía luchar cuerpo a cuerpo con un toro sagrado. Claro que los reyes eran más sagaces que los propios dioses y, así, delegaban su sagrada misión en fornidos luchadores que sabían realizarla con gran limpieza. Pero era la figura de Faraón la que pasaba a adornar las columnas de los santuarios. Era su brazo el que se levantaba en los relieves y aun en los más diminutos objetos de orfebrería. Se necesitaba ser muy fuerte para no sentir vanidad al verse representado de modo tan heroico.

Todos los aspectos contradictorios de la personalidad

real llegaron a través de un exquisito obsequio que Horemheb le mandaba desde Asiria.

Lo entregaba personalmente uno de sus capitanes, y sería sin duda de los más importantes pues, además, llevaba la palabra de Horemheb. Que así decía:

«Busca en las tablillas la relación de las victorias que has obtenido sobre los enemigos de Egipto. Que hablen ellas, así como las manos que he mandado cortar a los muertos para numerarlos. Que hablen las cifras: yo sólo he de hablar de la alegría que me embarga porque regreso a Tebas y podré abrazarte y llenarte de regalos. Y junto a ti, pero siempre detrás de tu persona, depositaré a los pies de Amón los frutos de estas victorias.»

Si para el amigo lo más importante de aquel mensaje era el inmediato regreso de Horemheb, para el faraón fue más impresionante verse a sí mismo reproducido como vencedor de aquella hazaña, pues el obsequio era un arcón de madera de cedro que le mostraba pisoteando a los vencidos con su carro de guerra. Y era una incisión tan perfecta, de líneas tan delicadas, que tomó la mano de Ipi y guió sus dedos para que pudiese acariciarla en todos sus detalles.

El ciego se permitió mostrarse cáustico:

–Si anoche dormiste en la misma habitación que yo y esta mañana te has despertado en ella, ¿cuándo has estado en Asiria?

–Sin duda estoy allí cada vez que conviene a la voluntad de Horemheb y a la de Ai, que es la voluntad de Egipto, pues ellos están forjando Egipto para mí.

–Entonces, bien llegado de tus guerras, Faraón.

–De ellas como de mis cacerías. Me he enterado que hace pocos días maté otro cocodrilo. Me han traído este pectoral como trofeo. –Ahora llevó los dedos de Ipi sobre su figura en la joya, y añadió–: Mucho me temo que seré recordado por un cúmulo de embustes. Guerras en las que no estuve, países que jamás veré, piezas que otros cobran en mi nombre...

–En esto los gloriosos reyes me recordáis a un fanfarrón que conocí. ¡Qué encantador era el pillastre, con sus bravatas, con sus embustes! Igual que las cosas que tú me cuentas. Igual que ellas.

Nebjeperure guardó silencio, pues presentía a alguien cuyo recuerdo había hecho mucho daño. Y el arpista no pudo ocultar que seguía herido, porque su música se volvió más triste que de costumbre y en un momento determinado hizo llorar al faraón, pero sin que mediase, como otras veces, la complacencia de la ternura.

–¡Cese ya este funeral! –exclamó Nebjeperure, visiblemente irritado–. Cuando recuerdas a ese flautista te vuelves lúgubre. Y no lo soporto. ¿Cómo puedes dar cariño a quien te dio desprecio? Es ofensivo para los que te queremos de verdad.

Ipi se encogió de hombros. Acariciaba el arpa con extrema dulzura, porque temía que se sintiese triste al haber sido rechazada.

–¡Ofensivo dices! –exclamó, amargamente–. Más duro que la ofensa es el dolor, y me lo callo. Y más cruel que todo es buscar con los dedos las facciones de mi hermano en la música y encontrar sólo el aire... –Agitó las manos ante sus ojos, con las palmas abiertas, como si buscase realmente el objeto de su quimera. Acto seguido se acarició las facciones, una a una, y al cabo susurró–: Todo el mundo decía que éramos iguales. Luego esos labios podrían ser los suyos, también esa nariz... Sólo los ojos son completamente míos, porque no los querría nadie. Ni siquiera un loco como él.

–Para loco te bastas tú. ¡Vivir pendiente de una quimera!

–Tú no puedes entenderlo. Es lo mismo que ocurre cuando imagino que estoy cazando *arcos iris*.

–El arco iris –corrigió Nebjeperure.

–No uno solo. Muchos *arcos iris*. Cientos de *arcos iris*. No conozco este fenómeno; por tanto, sufro.

–Claro que no lo conoces. Casi nunca llueve en Tebas. Por eso los tebanos se lamentan. Lo tienen todo menos un arco iris que se aparezca de manera regular.

–Pero mi caso todavía es peor. Ellos pueden aspirar a verlo, por lo menos una vez en la vida. Yo, ni eso tengo.

Aunque lloviese en Tebas y apareciese el arco iris, yo tendría que conformarme con que alguien me hiciese la limosna de describirlo para mí.

–Cualquiera lo haría. Y no sería una limosna, sino la justa recompensa a tu bondad.

Demasiado extendido estaba aquel tópico para que Ipi no se irritase al escucharlo:

–Sin duda es muy fácil para todos hablar de mi bondad, porque eso os evita pensar en mi desgracia. Pero yo te digo, Faraón, que no debes dejarte engañar por la dulzura de mi música. A lo mejor no es lo que llevo dentro. Es el fruto de un instante privilegiado, algo que estalla fuera de mi voluntad. Será mi padrino, el Celeste, que manda en mí desde su altar en Dandara; será su sacra madre, que también es muy musical, pero sea quien sea no consigue apagar con todos sus dones el odio que me domina.

–¿Odio, tú? Nadie que esté en su sano juicio podría creerte.

–Me estoy convirtiendo en un amasijo de odio, mi rey. Te odio a ti, y no porque seas poderoso, sino porque entre tus poderes se encuentra la facultad de la visión. Pero también odio al más harapiento de los mendigos, porque sus ojos le hacen inmensamente rico, y en esto es igual a ti. Tanto los poderosos como los pobres me superáis, y a lo sumo soy un mísero perro. Tan mísero, que además soy ciego.

–¿Cómo puedes pensar así cuando tienes a tu servicio todo el poder del faraón? ¿Es que no comprendes la importancia de tus privilegios?

–Puedo ser el más privilegiado entre los hombres y no dejaré de ser tan desgraciado como los otros ciegos. O acaso lo sea más, al ser consciente del odio que anida en mí. Esto es lo que puedo ofrecer a modo de lo que los demás llamáis bondad.

–Las cosas se están volviendo muy confusas últimamente –exclamó Nebjeperure–. Sobre todo lo que acabas de contarme. ¿Qué puedo yo sentir?

–No sientas nada. Lo que sea, déjalo para mí, que sólo mío es.

Pareció que se refería a su bastón, pues lo buscaba palpando el aire con gestos violentos. Nunca permitía que lo hiciesen sus criados; había aprendido a considerar al bastón otro miembro más de su cuerpo: el más privilegiado, porque su ayuda sustituía al sentido que tanto le faltaba.

Llegaron los sirvientes más cercanos al faraón para guiarlos hasta la gran sala de los festines, como todas las noches. El Portador del Abanico, el Portador de las Sandalias, el Guardián de los Ungüentos, todos los cargos estaban allí, avanzando detrás del rey. Y éste, atendidas de tal modo sus necesidades, sólo se ocupaba de dar el brazo a Ipi, para que avanzase en igualdad de condiciones.

Pero en aquella ocasión el real semblante tenía un deje de dolor que se fue convirtiendo en indignación a medida que avanzaban.

–Me has ofendido en mi afecto, y en verdad que ha sido mucha ofensa; pero no voy a castigarte, porque al levantar mi mano contra ti sufriría doblemente por hacer daño a quien quiero. Así pues, que sepas que eres muy borde cuando me odias, sin que yo haya tenido arte ni parte en tu ceguera.

Por primera vez en su vida, Ipi se insolentó. Arrojó el bastón al suelo y, enfrentándose al faraón, gritó con todas sus fuerzas:

–¿Que yo soy borde, so mamón? ¡Pues tú me tienes harto con tanto hablar de ofensas! ¡Eres un lechuguino!

Ai se apresuró a alejar el bastón con el pie. No ignoraba que incluso una barra de fresno podía ser peligrosa en manos de un ciego airado.

–¿Lechuguino yo? –gritó el faraón–. ¿Lechuguino Nebjeperure Tutankamón?

–¡Sí! ¡Lechuguino Nebjeperure Tutankamón! ¡Y petimetre! ¡Y engreído!

–¡Y tú ciego, más que ciego!

–Pues vaya novedad –comentó por lo bajo una dama de la reina, famosa por su destreza en la cuchufleta.

Ella fue la única que se permitió pronunciar algunas palabras, pues la corte entera se había quedado muda. Con todas las bocas abiertas en expresión de asombro, pero incapaces de comentar siquiera que alguien se había atrevido a levantar la voz por encima de la del faraón; voz cuya esencia siempre garantizó la continuidad del soplo divino a lo largo de los tiempos.

Pero en aquella ocasión fue voz en grito y además incómodo para los más refinados. Soltó su majestad tantos insultos que las verduleras de Tebas se habrían sentido princesas en comparación. Y ante la alarma de Maya, comentó Ai con su flema habitual:

–Son niños que juegan con los afectos. Intrigas fútiles, propias de corazones que se buscan desde el fondo de la inexperiencia. Ya quisiera yo sentir igual, pues significaría que puedo pasar del frío al calor, como ellos harán sin duda.

Y así fue, pues al cabo de un instante Ipi se echó a llorar desconsoladamente asegurando que había mentido, porque era incapaz de odiar a nadie, y mucho menos a las personas que le ayudaban. No fue menos sincero el llanto del faraón: a punto estuvo de arrodillarse y besar las sandalias de su músico, demostrando así ante la corte que le consideraba casi divino.

Ante aquella muestra de humillación, comentó Maya:

–Me inspira una gran ternura pensar que un rey tan poderoso pueda estar tan confundido.

–No hay reyes poderosos –dijo Ai–. Hay niños destinados a dejar de serlo para madurar hacia la muerte. Es el triste destino de todos los mortales.

Y una voz aguda chilló lejos de allí, en las alturas del Himalaya:

–¡Pero no el mío! Yo seré mucho más que todos vosotros, porque nunca me haré mayor.

Así pensaba Jonet, viendo sin ser visto, gritando sin que los demás pudiesen oírle.

Su grito resonó contra las montañas, resbaló desde las cumbres y regresó a su garganta para anidar en ella por si quería volver a proferirlo cada vez que se formulase preguntas eternas. Pero esto equivalía a reflexionar, y él no estaba en disposición de hacerlo. Como no lo había estado en ningún momento de su vida.

–El amante del Tiempo no puede tener los mismos problemas que los demás mortales. Jamás creceré, por tanto no puedo vivir pendiente de los que se harán viejos. ¿Me enloqueció el culo de ese faraón adolescente? Pues fue un espejismo. La belleza que ahora me trastorna se marchitará. El Tiempo levantará un dedo sin demasiado esfuerzo, y la carne de este rey tan engreído empezará a derrumbarse. En cuanto al ciego, le quise porque su rostro es como el mío, pero ahora todo empieza a ser distinto. Con los años irá criando arrugas, y hasta las cuerdas de su arpa divina estarán llenas de polvo mientras mis mejillas conservarán la tersura de la adolescencia... ¿qué digo? ¡La de la infancia!

Decidió alegrarse durante las horas de ausencia del Tiempo, que seguían siendo muchas, porque había gran cantidad de cosas por organizar en el espacio infinito donde se suceden las generaciones. Y la alegría no constituía el menor problema para Jonet, pues el Tiempo seguía dejando a su disposición todos los medios para alcanzarla.

En el castillo había fieras que combatían entre sí para distraerle, pero también fornidos atletas que luchaban contra las fieras para excitarle. Graciosos hombrecillos de tez amarilla formaban torres humanas que, al desmoronarse, daban lugar a ágiles volteretas. Amazonas negras luchaban contra amazonas blancas con palos rematados por cuchillos de filo ondulado. Niñas de rubias guedejas recitaban poemas para que Jonet les pusiese música con su flauta. Y osas blancas como la nieve bailaban caprichosas danzas, dando muestras de una gracilidad que nadie habría supuesto a tanto volumen.

De todo esto disponía Jonet y nada le estaba negado, ni saltimbanquis ni funámbulos, ni tragadores de fuego, ni domadores de anacondas; nada, excepto el acceso al recinto de la diosa. Y, ante aquella prohibición, su natural indómito se enervaba y le ponía en estado de lucha para conseguir lo que jamás podría obtener. De ahí que dejase pasar sin el menor interés lo que ya había obtenido.

La curiosidad le convertía en enemigo de cuanto los demás considerasen cierto. No atendía a los ropajes suntuosos, ni a las comidas suculentas, ni a las burbujas del elixir dorado. Sólo podía pensar en la prohibición; y, sobre todo, en las razones de la misma.

–¿Será que esa diosa tiene dos ojos y son los que le faltan a Ipi y no quieren que los descubra por si se me ocurriese robarlos para devolvérselos a él? ¿O será el ojo que se encierra entre las nalgas del divino faraón? ¡Maldito sea ese amante, que me lo da todo menos lo que he venido a buscar! ¡Maldito seas, Tiempo, que me estás haciendo perder el mío en medio de zarandajas para niños!

Pero el Tiempo le había oído desde algún recoveco de su propio ser, y compareció al instante para consolarle.

Llegaba tan sucio, tan cubierto por el polvo de los siglos, que antes de hablar se purificó en el aljibe de agua cálida. Al salir ofrecía el aspecto de un príncipe de leyenda y sus sienes, que normalmente lucían el tono de la nieve, despedían reflejos de amatista.

–Mira que te conozco –exclamó Jonet al verle de aquella guisa–. Te has puesto hermoso para hacerme sucumbir y que te suplique ardores, pero esta vez no te saldrás con la tuya.

–La mía es la tuya –le recordó el Tiempo–. Tu entrega ha sido por voluntad. Tu desapego de ahora también lo es.

–¡Qué tontería! No es desapego. Es que no quiero que exista nada que no pueda tener. Sobre todo, porque está en tu disposición concedérmelo y si no lo haces es porque no eres el amante complaciente que siempre soñé. –Guardó un silencio destinado a inquietar. Al cabo añadió, con maestría de manipulador–: ¿Cómo quieres mantener eterno a un niño si no satisfaces sus caprichos?

–¡Desgraciado! –exclamó el Tiempo–. Los niños dejan de serlo cuando quieren saber. Cada paso hacia el conocimiento te alejará más de mí.

–¡No, no! Será al contrario. Cuando hayas satisfecho mi curiosidad, me habré quedado sin ella, luego estaré completamente solo, y te querré más.

Si Jonet hubiera sido tan listo como creía, habría descubierto en la mirada del Tiempo un asomo de decepción, pero estaba tan convencido de su poder sobre él que sólo supo ver la esclavitud del amante mayor ante el más joven.

Por eso se sintió plenamente satisfecho al oírle decir:

–Esta vez has ganado. Pero he de prevenirte: el vencedor puedo ser yo.

Las doncellas de ojos almendrados le vistieron, por fin, de maravilloso, y el Tiempo le abrió paso con andares de majestad, como si flotase por encima de la piedra mientras iban avanzando por largos corredores de lapislázuli.

Se detuvieron ante una enorme losa custodiada por dos guerreros de marfil. Entonces el Tiempo levantó los brazos y fue como si un huracán sacudiese las enormes mangas de su túnica púrpura:

–¡Ábrete, Sésamo! –gritó.

–¿Qué quiere decir Sésamo? –preguntó Jonet.

–Sésamo quiere decir Sésamo.

–Pues qué bien.

La losa giró sobre sí misma y apareció un espacio inmenso, de forma circular; una especie de plaza cubierta donde sólo destacaban dos grandes divanes, rodeados por sendas mesas provistas de frutas y zumo de nieve. Todo ello dispuesto frente a un inmenso muro blanco, que refulgía sin cesar.

Y el aire se había solidificado de forma angustiosa, porque tenía espectros de augurios y fantasmas de pronósticos.

A medida que avanzaban hacia los divanes, Jonet iba observando a su alrededor. Al cabo exhaló un suspiro de decepción:

–No veo a ninguna diosa. ¡Ay, que me temo lo peor! Me temo a otra agüeleta contratada para engatusarme.

–La diosa no tiene forma. Se manifiesta en su prodigio.

Una vez reclinados en los divanes, el Tiempo levantó los brazos y ordenó:

–Hágase la luz de la diosa. Que mire por el Ojo Que Todo Lo Ve.

Jonet no pudo evitar un estremecimiento cuando sonó el rugido de un león que se iba multiplicando al chocar contra las paredes de la estancia. A continuación, se desplomó la oscuridad y del suelo empezaron a emerger humaredas que, al desvanecerse, dejaron ver una nueva disposición del muro frontal.

Apareció el ojo más singular que jamás viera un egipcio, pues su pupila era plana y de forma ensanchada. Lentamente se fue iluminando y aparecieron imágenes a tamaño gigantesco. Al fondo había un cielo rojo como la sangre y un extraño carromato tirado por dos jamelgos de aspecto famélico. Una figura parecida a un espíritu macho arrastraba a una especie de espíritu femenino hacia un puente también destartalado. Y, mientras el cielo seguía enrojeciendo, él tomó el rostro de ella entre sus manos y recitó:

–Sólo sé y comprendo una cosa, y es que te quiero, Escarlata. Pese a ti y a mí y a este mundo que se desmorona a nuestro alrededor, te quiero. Porque somos iguales, dos malas personas, egoístas y astutos...

Jonet no tuvo tiempo de oírlo todo, mucho menos de entenderlo. Al sonar las primeras palabras dio un salto descomunal y pegó la frente contra el suelo como hacen las vecinas cuando quieren exorcizar a un demonio. Pero los espíritus invocados por el ojo de la diosa no dejaban de hablar, y el espíritu macho ponía tanta pasión en sus palabras ininteligibles que Jonet fue abriendo tímidamente los dedos para ver qué ocurría.

–He aquí a un soldado del Sur que te quiere, Escarlata, que quiere sentir tus abrazos, que desea llevarse el recuerdo de tus besos al campo de batalla. Nada importa que tú no me quieras. Eres una mujer que envía a un soldado a la muerte con un bello recuerdo. Bésame, Escarlata, bésame una vez.

El espíritu macho besó apasionadamente al espíritu hembra, sonó entonces una música chillona, formada por instrumentos que Jonet no había oído nunca, y en aquel trance ensordecedor cayó desmayado.

Despertó al sentir que las doncellas de ojos almendrados le rociaban las mejillas con agua de jazmín. Y el Tiempo, a su lado, reía y reía sin cesar.

Jonet demostró el escaso sentido del humor que pueden tener los héroes forzados.

–¿Para eso me has vestido de maravilloso? ¿Para mostrarme esta superchería? Cualquier brujo de Tebas es capaz de montarte visiones parecidas a cambio de una hogaza de pan.

–Ninguna visión como ésta. Vale la pena ser el Tiempo para saber que se inventará algún día. Los niños eternos se vestirán de fiesta para visitar a la diosa y depositar sus sueños a sus plantas. Y ella se los devolverá, multiplicados.

–Pero mis sueños no son éstos. Mis sueños siguen en Tebas. En la gente que acaso conocí. Si los viese, conseguiría recordar qué vine a buscar a este castillo.

–No seré yo quien te los muestre. No, mientras aspire a retenerte.

–Deja que vuelva a ver Egipto. Permítemelo, porque echo de menos mi tierra, a pesar de los placeres que me ofreces.

–Ten cuidado con lo que me pides. El Ojo de la diosa ha visto mucho más de lo que ha accedido a mostrarte.

–No me vengas con misterios. Quiero ver a mis amigos. Quiero recordar qué tenían para que los quisiese tanto. Quiero averiguar por qué todavía constituye un rumor tan grato a mis oídos el palique de las vecinas de Tebas.

Ni siquiera hizo falta que el Tiempo pronunciase una de sus invocaciones rituales: por el contrario, la inmovilidad que adoptó parecía motivar a la diosa. Y fue su voluntad la que llenó la caverna con una impresionante imagen de la catástrofe.

El Nilo continuaba su curso, como siempre, pero en sus márgenes sólo se veían ingentes montones de ruinas. Una acumulación de edificios destruidos, jardines devastados y estanques secos.

–¿Qué es ese horror? –preguntó Jonet, desconcertado.

El Tiempo se encogió de hombros.

–Ésa es Tebas, la grande –contestó, en tono abúlico.

–Me estás mintiendo. Es una de tus magias.

–Es Tebas reducida a menos de su esqueleto.

–Me estás mintiendo –exclamó Jonet–. ¿Cuándo se vieron ruinas en Tebas? Ni siquiera hay calles. ¿Dónde están los bulliciosos barrios del muelle? ¿Dónde están los palacios? ¿Dónde las alegres azoteas del verano?

–Es Tebas, edificada y vuelta a edificar sobre el polvo de su propia osamenta. Dale otro nombre y conocerás en toda su crueldad la extensión de mis poderes.

–¡No te creo, no te creo! –gritaba Jonet–. Llévame al santuario de Amón para convencerme.

Así, se halló ante los pilonos que daban acceso al inmenso recinto de la eternidad. Seguía conservando la imponente altura que tanto impresionaba a los humanos, convenciéndolos de que en el interior habitaban los grandes arcanos, pero había desaparecido la policromía y los gigantescos relieves estaban masacrados. Supo entonces que a la gran ciudadela de Amón la llamaban Karnak, aunque bien pudieran llamarla la Ciudad sin Cielo, porque los techos que creaban la sacra penumbra del dios se habían derrumbado y columnas y arquitrabes se calcinaban bajo el sol como todos los pedruscos que quedaban de la gran Tebas.

En vano intentaba Jonet encontrar algo que le recordase a su vida. Y lloró por él y por Egipto; y, llorando, dijo:

–¡Mis ciudades, mis calles, mis amigos! ¿Todo esto piensas llevarte, mal nacido? Pero ¿por qué? ¿Quién te obliga a hacerlo?

–Es mi carácter –dijo el Tiempo, en tono abúlico.

–Aun así. Dicen que un carácter puede corregirse.

–¿El del Tiempo? ¡Anda ya! Es como el de la Muerte. Ni suicidándose se corregiría, porque al fin y al cabo estaría haciendo su trabajo.

Volvieron a cruzar el Nilo, como en otra ocasión, pero ya nada era como antes. Del templo funerario del gran Amenhotep sólo permanecían en pie dos colosos de piedra horadada por los siglos. Apenas dos muros de adobe recordaban que había existido la Casa Dorada. Los frondosos jardines y el delicioso lago de la reina Tiy se habían convertido en arena, y sobre la vida de ayer sólo dominaba la inmensidad del desierto.

Pero a veces los recuerdos son indómitos y, así, en el emporio de la muerte, apareció para Jonet la imagen de Tutankamón desnudo. Y, cuando intentó extender la mano para acariciarle, se convirtió en una calavera y acto seguido en aire emponzoñado.

El Tiempo se había vuelto vengativo y quiso que su niño excesivamente curioso apurase hasta la última gota del cáliz que él mismo se había preparado. Y el Ojo de la diosa obedeció a sus dictados, y al punto se hallaron en un museo de naves inmensas que exponía en singular batiburrillo la vida cotidiana de Tebas, paralizada para siempre. Era un incesante desfile de vitrinas, en cuyo interior se mostraban las esculturas de los grandes faraones, pero también objetos rurales, los mismos con los que Jonet había jugado en la granja de su abuelo. En otro lugar aparecían las vajillas de las fiestas donde había tocado con Ipi; y, más allá, los delicados objetos de tocador que tanto gustaban a Merit, y la rueca y el huso que solían utilizar las hilanderas de la calle de Las Acacias. Incluso las flores que los tebanos dejaron en las tumbas de sus difuntos aparecían en cestos de mimbre, debidamente catalogadas.

La recopilación no se limitaba a los objetos: también la fauna del Nilo aparecía sacrificada al afán de los curiosos. Puesto que había cientos de momias de animales, nada permitía descartar que entre ellas se hallase el diminuto cuerpo de la abubilla Nektis. En otras vitrinas pudo ver multitud de gatos momificados, y uno de ellos podía ser Cabriolo. Más allá, aparecía una estela con un arpista ciego que se parecía a Ipi. En otra sala, se pudrían los grotescos rostros de Akenatón, que en otro tiempo escandalizaron a los ortodoxos de Tebas, alternando con un busto de Nefertiti, y una pequeña maqueta de cartón que pretendía mostrar cómo habían sido las placenteras mansiones de la Ciudad del Sol.

Pero nada preparaba a Jonet para encontrar el objeto de su pasión convertido en reliquia, y así creyó desmayar al hallarse ante el ajuar funerario de Nebjeperure Tutankamón. Allí estaban sus muebles, sus juguetes preferidos, pero sobre todo estaba él, reproducido en toda su belleza; él, como Jonet, seguía soñándole cada vez que al cerrar los ojos escapaba a los inciertos campos del deseo.

Y en las estatuas que le presentaban como arponero, cubierto apenas con un faldón plisado, apreció la exquisitez de su talle, así como la robustez de su espalda, prodigio de equilibrio todo ello. Y el Tiempo se permitió la frivolidad de comentar que nunca difunto alguno tuvo unas tetillas tan apetecibles.

–¿De qué difunto hablas? –preguntó Jonet, alarmado.

Y dijo el Tiempo:

–Tu dulce faraón todavía no sabe que murió a una edad muy temprana.

–¿Que murió, dices?

–Tuvo dieciocho años, y ni uno más.

–¡Son los que tiene ahora!

–Conténtate con saber que a esa edad murió.

–Pero ¿cómo? –gritó Jonet–. ¿Es que alguien quiso su muerte?

–La Muerte quiso su muerte. ¿Puede pedirse nada más sencillo?

Jonet volvió a desmayarse. Y, al despertar, oyó que el Tiempo le decía:

–Será mejor que la diosa cierre de una vez su Ojo, de lo contrario te pasarás la vida desmayándote.

Pero la palabra vida parecía un insulto en aquellas circunstancias, y Jonet sólo tenía fuerzas para aferrarse al brazo del Tiempo y llorar desconsoladamente por lo que había visto.

–¿Es éste el Egipto que conoceré si me quedo contigo? –preguntó, entre lágrimas.

–Éste y todos los que vinieron después y los que vendrán mañana. Todos los Egiptos, todas las naciones, todas las épocas, todas las muertes. Si te quedas conmigo, la eternidad será un emplaste en tu conciencia, y ningún lugar, ningún ser humano volverá a ser tuyo.

–¿Sólo tú?

–Yo menos que nadie. Pronto dejaré de quererte, pronto empezaré a transcurrir sobre ti como es mi obligación. Seré, como siempre he sido, el peor compañero que puede tener un hombre.

–No lo dudo –gimió Jonet–. Nunca pensé que existiese tanta crueldad como la que acabas de mostrarme. –Y no dejaba de repetir–: ¡No quiero que todo termine en ruina! ¡No quiero!

–Tú no querrás, pero en el principio de todas las cosas yo decreté que todo cuanto el hombre vaya creando a través de las edades serán ruinas para la edad siguiente.

El Tiempo abrió la mano y fijó la palma en los ojos de Jonet, como si estuviese sellando, allí, una idea. Pero era lo contrario: las estaba borrando.

–Del futuro que acabas de ver, no recordarás nada.

–No recuerdo nada del futuro –dijo Jonet, como un autómata.

–Se cerró para siempre el Ojo de la diosa.

–Nada sé del Ojo de la diosa. No sé que exista.

Hicieron el amor por última vez y el Tiempo se sintió triste porque, a pesar de la experiencia, Jonet seguía siendo joven y él no lo sería nunca.

–Mal asunto el amor de los efebos –exclamó–. El tuyo me haría sufrir en exceso. Además, si te quedases me pasaría los siglos complaciendo tus caprichos y la vida se detendría. Vete en buena hora, llevándote lo que viniste a buscar.

Le condujo a una nueva estancia, pero Jonet ya no se dejó impresionar, tanto se había acostumbrado a los prodigios. Y, sin embargo, ésta los excedía todos, pues era un gigantesco rombo de mármol colorado por cuyas aristas trepaban yedras de plata. En el centro se levantaba un pequeño montículo a modo de altar y, sobre él, la rosa mágica de los amores, pero en una forma tan depauperada que se limitaba a dos escuetos tallos rematados por sendos pétalos.

–¿Y ésta es la famosa flor? ¡Pues vaya birria!

–La hallarás en la frente de quien la merece. Ese tallo,

esos pétalos, sólo son el anuncio del esplendor que puedes obtener. Cuando se junten el tallo y la flor, estallará la vida. Y, ahora, atiende a sus virtudes.

–No necesito saber nada. Sólo quiero que me consiga los favores de mi faraón.

–Que atiendas a sus virtudes, te digo, de lo contrario no sabrás cómo usarlas. Esa flor no se dirige al amor de un día, que sólo es el espejismo de un sueño, sino al amor verdadero, que es el sueño hecho vida. Y pues el amor no se realiza sin milagros, tú has de vivir uno que cambiará el curso de tus días. Y ahora vuelve a Tebas y búscate a ti mismo sin mi ayuda...

–Pero no puedo volver, porque me persigue el odio de los dioses. Set estará esperando que salga de tus dominios para atraparme. Y no sólo él. A cada paso que doy me gano el odio de alguno de sus parientes.

–No te alcanzará si consigues recordar cuándo empezó el odio de Set.

–Recuerdo que me dio placer y yo se lo di a él centuplicado, porque era núbil, y eso es algo de lo que el Mal nunca podrá presumir.

–Eso es lo que tienes que recordar. Tú no indujiste a Set, que ya llegó inducido. Y la culpa en que pretende implicarte siempre fue su propia culpa.

–¡Es cierto! Antes de llegar a mí, Set ya era más malo que un veneno. Si consiguió seducirme es porque siempre me han tentado los pillastres, pero reconozco que en esta ocasión fui demasiado lejos: una cosa es juguetear con alguien y otra muy distinta convertirse en su esclavo. Ahora tengo miedo. Insisto en que Set permanece agazapado tras las montañas, esperando que salga de tu protección para hacerme suyo para siempre.

–No dejaré que ocurra –dijo el Tiempo–. Si te dejo ir es a condición de que se cumpla tu destino, no el de los dioses. Para eso es necesario desempolvar el secreto que los convertirá en mis esclavos.

–¡Mira que llegas a ser fanfarrón, que hasta te crees superior a los dioses!

–En mi transcurrir, morirán los dioses de egipcios y los de todas las naciones. Nacerán otros dioses y también morirán. Sólo yo permaneceré.

El Tiempo envió al Océano Primordial una cacatúa destinada a alegrar al gran padre Re. Y éste quedó tan deslumbrado por el exótico plumaje que convocó a los otros dioses, y así dijo:

–El Tiempo pide ser escuchado en asamblea. A fe que será importante lo que tiene que decirnos, pues me ha mandado un pájaro que vale sus plumas en oro.

La gran madre Isis se tambaleó en su trono dorado.

–¿Qué quiere ese monstruo? –exclamó–. ¿Qué pretende?

–Que nos reunamos para escuchar la historia del pendoneo de Set sobre la tierra.

–¡Eso no! –gritó Isis, fuera de sí–. ¡Eso nunca! ¡Traerá la discordia a nuestro Océano!

Cayó al suelo, postrada en llanto. Las demás diosas quedaron petrificadas al verla retorcerse como una serpiente, mientras se mesaba los cabellos al modo de las plañideras. Y a la selecta Hator se le aguzaron sus orejas vacunas, confirmando una opinión largo tiempo alimentada: Isis tenía doblez.

–Pues, ¿no es Set el asesino de su esposo Osiris? ¿No dejó tuerto a su hijo? ¿A qué viene preocuparse tanto por él?

De pronto, Horus se abrió paso entre los demás dioses y se arrojó junto a su madre, dejándose cobijar por sus brazos. Para asombro general, se fue encogiendo de tal modo que más que un halcón parecía un gorrioncillo. Acababa de abandonar su aspecto heroico para convertirse en el Horus niño.

–Impídelo, madre mía, tú que todo lo puedes. ¡No permitas que se celebre esa asamblea!

Al descubrir que el propio Horus estaba aterrorizado, los dioses empezaron a tomar interés en el asunto. Los que estaban presentes llamaron a los que se hallaban reposando en sus respectivas ciudades. Anubis, que tenía un velatorio, delegó en un chacal secundario. La propia Maat, que es tan estricta, interrumpió un juicio, dejando el alma de un difunto colgada en la balanza.

La atención general estaba centrada en Isis, Osiris y Horus. Pero la sagrada familia no estaba sola en aquel trance. Intuyendo el alcance doméstico del problema, se les unieron otras tríadas ejemplares. Llegaron de Menfis Ptah, su esposa Sejmet y el pequeño Nefertum, tocado con su flor de loto. Desde Elefantina llegaron Jnum y Satis y su hija Anukis. En cuanto a Mut y su hijo Jonsu, llegaron sin Amón, pues es sabido que éste nunca se muestra.

Una vez sentados todos en el hemiciclo que forma el salón de la asamblea, se abrió la gran puerta de las estrellas y apareció el Tiempo, jinete de un unicornio con alas de amianto. A la grupa cabalgaba Jonet, ataviado con una casaca que tenía la blancura de la nieve cuando la ha lamido la lengua de un gato pulcro.

Apareció también Set, con su aspecto furioso, presto al combate. Pero el Tiempo no le hizo caso, y en tono sereno proclamó:

–Hace mucho tiempo, lo que equivale a decir hace muchas partes de mí mismo, un sacerdote del Delta dejó escrito un extraño suceso que ocurrió entre Horus y Set. Lo que vio le dejaría tan aterrorizado que, después de escribirlo, enterró las tablillas para que la tierra no tuviese que avergonzarse ante los excesos del cielo.

Intervino Set con voz de trueno:

–Todo lo que pudiera ver ese campesino está escrito desde tiempo inmemorial. ¿Vio cómo Horus me cortaba los genitales? Pues bien: hasta los niños conocen esta historia.

–Exactamente –dijo Horus–. ¿Vería cómo Set me arrancaba el ojo? No es novedad para ningún creyente.

Sin dejar de arrastrarse por el suelo, gimió Isis:

–La humanidad ha venido evolucionando con nuestras gestas. Deja que siga siendo así. La maldad de Set ha servido para que los hombres aprendan a no ser malos. El coraje de Horus ha enseñado a los niños el valor del amor filial.

–¡Tamaña hipocresía! –exclamó el Tiempo–. Todo esto saben los hombres, en efecto, pero les falta saber que condenáis en los demás lo que celebráis entre vosotros. Atended, pues, a la magnitud de lo que vio el sacerdote, porque vio cómo tío y sobrino se entregaban a los excesos que en esta asamblea son considerados como el crimen de los crímenes.

Interrumpió la diosa Maat, cuya pluma siempre escribe los renglones más sensatos:

–Desde el equilibrio supremo que me corresponde dirigir, te conmino a que no sigas. Ninguna acción que altere el equilibrio del universo será aceptada.

–Si de este equilibrio depende que se persiga a Jonet, es justo que yo lo altere a mi antojo. O contribuyo al desequilibrio o el mundo no se moverá jamás del mismo error.

Tras abrir las tablillas, empezó a leer la historia de un encuentro fortuito entre Set y su sobrino. Y al llegar al punto culminante se detuvo y tomó aliento para subrayar mejor cada palabra:

–Entonces Set dijo a Horus: «Hijo de mi hermano, pasemos un día de fiesta en mi casa». Y Horus le contestó: «Sí, quiero, hermano de mi padre». Llegado que hubieron a la casa se hicieron preparar la cama y se acostaron en ella. Por la noche, a Set se le endureció el miembro y lo introdujo entre los muslos de Horus. Y Horus puso la mano entre sus muslos y recogió el semen de Set.

Se oyó un grito pavoroso que surgía de la garganta de Osiris. Su piel, generalmente verde-difunto, se tornó blanca como las nieves del palacio del Tiempo.

–¡Mi propio hijo con mi propio hermano! –exclamó. Y a pesar de los vendajes que aprisionaban su cuerpo, saltó junto a Isis, que seguía llorando desconsoladamente–. ¿Tú sabías eso, esposa hermana?

–¿No iba a saberlo? –gimió ella–. Horus vino a contármelo, como hace todo buen hijo. Y, ¿qué iba a hacer yo, si soy tan madre? Si en su niñez le protegí de la picadura del escorpión, si en su adolescencia le cuidé las heridas de batalla, ¿cómo iba a abandonarle ahora, que llegaba tan comprometido? Le aconsejé que apartase el semen de ese maldito, para evitar ser fecundado. Porque en verdad que sólo nos habría faltado eso.

Ante aquella declaración, algunas diosas rompieron en llanto. Manifestaban así los sentimientos maternales que corresponden a una buena egipcia, pero, además, su condición de miembros de tríadas sagradas las hacía temblar porque era evidente que algo vital se había roto en el orden que los regía. Y así lo manifestó Osiris, en tono amargo:

–Debo reflexionar sobre estos tristes hechos. Regresaré al inframundo. ¡Ojalá no hubiera salido de él! Prefiero seguir escuchando los pecados de los muertos a enfrentarme a esta alteración del orden cósmico. Pues en verdad os digo que no hay mayor dolor para un padre que tener un hijo maricón.

Se fue alejando a pasos muy cortos, que otra cosa no le permitía el estado de momificación. Le seguían, cabizbajos, Anubis, Tot y Maat, sus compañeros en el juicio de las almas.

Igual desánimo reinaba entre los otros dioses. Incluso Set parecía hundido en una profunda depresión, que se tradujo en un cambio radical de su aspecto. ¡Él, que siempre se mostró como un atleta descomunal!

–No sé cómo pudo gustarme este bicharraco –comentó Jonet, con un desenfado que dejaba pequeña a la irreverencia. O así opinaron todos los dioses al unísono.

–¡Vete de una vez! –gritó Set, arrastrándose por el suelo, junto a Isis y Horus–. Retiro mi maldición, pero vete ya y húndete entre los malditos.

–Set tiene razón –dijo el Tiempo–. Vuelve a donde debes regresar y acepta que tu sueño ha terminado para empezar otro.

De regreso al castillo de las nieves, Jonet vio que se habían reunido para él las doncellas de ojos almendrados, los funambulistas y los saltimbanquis, los gladiadores y las amazonas. Y los consideró el catálogo de los días que había pasado en aquel lugar, y el hecho de verlos reunidos a todos se le antojó una despedida.

Y dijo el Tiempo:

–Voy a concederte mi último regalo para que puedas

regresar a Tebas como un príncipe. Y con mis propias manos te vestiré de maravilloso, como tanto te gusta y tanto mereces.

El Tiempo le vistió como no se había visto en las riberas del Nilo ni en los márgenes del Éufrates ni en la desembocadura del río Amarillo. Y hasta las cascadas que braman en el fondo de las selvas africanas habrían enmudecido ante tanta arte.

Le pusieron escarpines rojos, como los que se usan para recorrer el sendero de ladrillos amarillos, y la parte inferior de su cuerpo iba enfundada en unas mallas blancas de la delicada tela que tejen las doncellas de Catay. Y, encima, una casaca blanca con tantas estrellas incrustadas que diríase un pedazo del firmamento convertido en muchacho.

El Tiempo se negó a ponerle tocado alguno para que así ondeasen sus cabellos en libertad. Y al ver que una guedeja le caía con descuido sobre la frente, le encontró tan travieso que estuvo a punto de enamorarse de nuevo.

Pero el Tiempo también vive apremiado por sus propias leyes, y por otra parte un nuevo portento tenía prisa por acontecer. Y así ocurrió.

Una alfombra roja en la que Jonet no había reparado se alzó de pronto a la altura de sus rodillas. Al poco, siguió subiendo, y casi estaba por encima de su cabeza cuando el Tiempo le ordenó que regresase al suelo. Y como el asombro de Jonet ya no era ninguna novedad, se limitó a poner en su mano el tallo de la rosa azul y, acto seguido, le arrojó sobre la alfombra y gritó:

–¡Hacia Tebas, Jonet! ¡Hacia Tebas!

–¡No me dirás que también vuela! –gritó Jonet.

–Vuela y corta y devora el viento porque es la alfombra del inmortal Sabú. Y con eso está dicho todo.

Se abrió entonces el techo y apareció la bóveda celeste, poblada aquella noche por todas sus criaturas, vibrante en las danzas que ejecutaban entre sí. Y la visión de aquella inmensidad llena de magia actuó como un resorte, pues la alfombra se levantó de improviso y, tras tomar impulso, voló hacia el cielo con la velocidad de un suspiro. Y aunque, en un primer momento, Jonet estaba tan aterrado que permanecía tendido boca abajo y aferrado a los bordes, luego acabó sintiéndose dominado por la excitación de la empresa y se fue incorporando hasta quedar de pie, con los brazos abiertos, dueño y señor del viaje. Se erguía así, solemne, con el tallo de plata en la mano y el flequillo ondeando, a los huracanes celestes.

DEL MISMO MODO QUE EL NILO se lleva la vida y trae la muerte, también trae y se lleva la derrota y las victorias de los pueblos. Así regresó Horemheb a Tebas y toda la población se revolucionó con su llegada. Mientras los soñadores veían sus noches llenas de imágenes de grandeza, los que no tenían tiempo de soñar las iban poniendo en práctica, y así la ciudad vivía una agitación intensa, como si cada uno de sus rincones tuviese que recibir las pisadas del gran vencedor de Asiria. Y aun hubo quien decía que un héroe de semejante temple no debía pisar el polvo, de manera que no se descartaron alfombras de flores para las avenidas principales.

Los estandartes de Horemheb ondeaban en la avenida de las esfinges, uno de los caminos sagrados que debería recorrer el cortejo triunfal hasta llegar al gran santuario de Amón, pero durante los días previos al acontecimiento, el ejército permanecía acampado en las afueras, reservando así el asombro que debía provocar. En cierto modo fue una precaución vana, porque los tebanos estaban impacientes por ver a sus soldados, y se acercaban en masa al campamento, para admirarlo de lejos y, los más privilegiados, introducirse en él.

Por la noche, en las azoteas, la gente se divertía comentando el aspecto de los mercenarios: los libios, con sus largas barbas y sus tocados de plumas; los nubios, de tez negruzca y cabellos rizados como diminutas caracolas; o los semitas de barba rojiza. Y las damas más ansiosas destacaban la apostura de los oficiales egipcios, especialmente los que forraban sus músculos con corazas de cuero.

Nadie disfrutaba tanto como los niños, acostumbrados a jugar a la guerra por las calles. Gritaban con loco entusiasmo al ver entrenarse a los soldados de infantería, y eran los arqueros y los lanceros los que mayor expectación despertaban por el formidable alcance de sus tiros. E impresionaba igualmente la exhibición de las hachas, mazas y espadas distribuidas en orden a lo largo de la empalizada, y sobre todo los escudos, puestos en pie, mostrando un ostentoso despliegue de colores, como si cada uno hubiese sido diseñado según el antojo y carácter del soldado que lo portaba. Y, para culminación de todo asombro, el leopardo amaestrado de Horemheb y los elefantes en los que cabalgaban con tanta destreza los soldados nubios. Y eran tantas las novedades que durante unos días el celebrado cobertizo donde Merit exhibía a su hijo estuvo vacío de clientes.

En la corte, la reina y sus damas ayudaban en la organización de las fiestas entregándose a la confección de adornos florales, siempre en estrecha colaboración con las sacerdotisas de distintos templos. Como sea que éstas pertenecían a las familias más nobles de Tebas, los límites se salvaban, y en el harén real lo profano y lo sagrado alternaban con gran facilidad. Era una colaboración sensible, elegante y perfumada.

Parecida actividad reinaba entre los orfebres, obligados a fabricar los collares que el faraón dispensaría a manos llenas. Destacaban los formados por moscas de oro, la más preciada de entre todas las recompensas, porque así como la mosca mortifica a los animales, así el soldado valeroso pica al enemigo en la batalla.

Y al escuchar esta anécdota, al arpista ciego se le escapó una nota falsa:

–Convertir a estos insectos en recompensa es un insulto. Tengo a las moscas por bestias asquerosas, ya que se complacen en cebarse en las personas que pasamos muchas horas sentadas. Y no te digo cuando vienen a llenarme los ojos, como si hubiese miel en ellos.

Olvidaba añadir que sus dos sirvientes estaban constantemente a su lado, abanicándole para ahuyentar a las moscas más audaces. Pero era cierto que, a pesar de todo, eran unos bichos infatigables y no había en todo Egipto un ojo que quedase a salvo de sus desmanes.

Igual inquietud que en los talleres de orfebrería reinaba en el zoológico real. El intendente mostraba su preocupación por la falta de espacio para cobijar a los animales exóticos que, según costumbre, traería Horemheb para deleite de las masas y embeleso del faraón. Que solía ser enorme y se manifestaba con anticipación, pues ignoraba qué bestiario poblaba las tierras conquistadas, y ese desconocimiento constituía un acicate más fuerte para su curiosidad.

La imaginación de Nebjeperure, siempre presta a volar, esbozaba de antemano las fantásticas historias que Horemheb le contaría una vez se encontrasen a solas, ante una excelente cena. Y, sin embargo, esa memoria anticipada no conseguía derrotar a la que llevaba acumulada, y así regresaba constantemente a su ánimo la tumba de sus familiares.

Acompañándole en su obsesión, el arpa de Ipi se había convertido en componente de la misma, y en los últimos días había pasado de ser inspiración a mero acompañamiento. En las acciones que Nebjeperure imaginaba, la música se limitaba a apostillar la gesta feroz que se fijaba en su mente: la música acompañaba los movimientos de los hombres que se abrían paso en el interior de la tumba y aumentaba de tono, según la intensidad de la situación, o disminuía en los momentos de calma.

El propio Ipi no era ajeno a estos cambios. Y un día, le confesó a Cabriolo:

–Mi arpa no me llena como antes. Ahora sé que puedo hacer milagros con las notas, pero un milagro y otro milagro se parecen mucho, luego ya no me emocionan. Y entiendo que siempre será así a partir de ahora. Me pasaré la vida tocando para acompañar los sueños del faraón o los de otro que pague lo mismo.

–Muchos quisieran –dijo Cabriolo, que había aprendido a distinguir la diferencia entre el palacio dorado y una casa de Tebas.

–Muchos quisieran, pero pocos se emocionarían –concluyó Ipi.

La falta de emoción caracterizó todos sus actos en aquellos días. Y cuando vio que se mostraba perezoso en el comer, la reina empezó a preocuparse y trató abiertamente el tema con Tutankamón:

–La tristeza de nuestro ciego me rompe el alma.

–Yo la tengo rota desde que le ofendí sin querer. Pero creo que lo que pretendía era herirle. Lo cual me apena doblemente, pues me demuestra que soy un necio.

–Está en ti remediarlo. Concédete el privilegio de mostrarte humilde aunque él se muestre altanero, como le gusta. Pero incluso en esto finge, estoy segura, como lo estoy de que es la persona que más nos quiere en esta corte.

–Su amor está tan probado como su mal genio, pero es cierto que yo debo mostrar la bondad del mío. Durante las próximas ceremonias quiero concederle un título.

Consultado Ai, desempolvó el amplio repertorio de títulos y epítetos aptos para distinguir a los miembros más destacados de la corte o el gobierno.

–Ninguno de éstos le haría justicia –dijo Nebjeperure–. Sólo puede llamársele Príncipe de los Sonidos. Porque es cierto lo que siempre digo: nadie como él sabe acaudillarlos para mi placer.

Cuando Ipi lo supo, golpeó tres veces el suelo con el bastón en señal de complacencia.

–¡Príncipe de los Sonidos! –exclamó–. La verdad es que es el título más bonito de todos los que llenan este palacio, y más verdad es que lo merezco sobradamente. –Y en tono sarcástico añadió–: Lo merezco tanto, faraón, que bien podría llamarme Rey de la Música.

Nebjeperure se echó a reír con dulzura:

–Y yo debería hacer que te golpearan cien veces con tu propio bastón por ser tan impertinente.

Ni la impertinencia ni el sarcasmo conseguían disimular la tristeza de Ipi. Sólo un asomo de vanidad le hizo sentirse vivo, pero esta sensación duró poco. A partir de entonces sería llamado príncipe de algo tan evanescente como son los sonidos, pero nada evitaría que continuase siendo un ciego disconforme con su destino. Y, puestos a prescindir de los sentidos, decidió que, además, era mudo, y así quedó sumido en un profundo silencio del que nadie conseguía sacarle.

En la soledad que le invadía recordó que en otros días, en la calle de Las Acacias, se había sentido muy acompañado y, lo que era más importante, se había sentido el rey del mundo. No había transcurrido mucho tiempo desde entonces y, sin embargo, llegaba a dudar de que aquel mundo hubiese existido. Y para mayor dolor dudó incluso de si existió él. Y como estaba decidido a averiguarlo solicitó al faraón que le permitiesen regresar a Tebas por unos días. Los justos para comprobar que, cuando menos, habían existido sus aromas.

Aquella noche dijo la reina en el banquete:

–Nuestro arpista se siente pescador y nos deja para echar sus redes en los muelles de Tebas.

–Mal negocio sería éste –dijo Ipi–. Al no ver dónde caen las redes, sería capaz de atrapar un cocodrilo.

–Eso es privilegio del faraón –dijo Tutankamón–. Además, en tu caso, perderíamos muchas redes y sedales, y ganaríamos muy pocos cocodrilos. Pero esto no tiene importancia, porque es a ti a quien nos duele perder, aunque sea por pocos días. –Guardó un prolongado silencio, destinado sin duda a conjurar sus propias visiones. Al fin, añadió–: Recordando mi regreso a la Ciudad del Sol, debo prevenirte: no te ilusiones mucho pues en los recuerdos podrías encontrar sólo ruina.

Ai, que departía en un diván junto a otros ancianos de la corte, arguyó:

–No es conveniente regresar a los lugares. Al final acabaríamos todos en el vientre de nuestra madre, sólo para descubrir lo incómodo que se estaba en él.

Pero no fue así para Ipi, pues esa gran madre que era Tebas le acogió con tanto amor que le desbordaba a cada paso. Y decían sus dos criados: «Esa ciudad, que siempre es tan agresiva, se ha vuelto encantadora de repente. ¿Qué le has dado, mi señor, para que se muestre tan espléndida?».

–Nada. Es ella la que me lo ha dado todo a mí, de manera que mi memoria es rica a causa de sus riquezas.

Les contó anécdotas de sus primeros años, cuando despertaba a los ruidos de la vida, pero notó que no se impresionaban en absoluto y agradeció a los dioses que así fuera, porque su riqueza sólo le pertenecía a él y a Tebas.

Pensó instalarse en casa de Seshat, porque siempre había apreciado su criterio. Y ella lo demostró al proponerle otra alternativa:

–Cierto que nuestra casa es grande y tiene cierto lujo, pero te conviene hospedarte en la que se ha comprado Merit, que es un palacio. ¿Te extraña este cambio de fortuna? Pues es la diferencia que va entre tener una pequeña librería, como yo, y ser puta de Amón sobre la tierra, como ella.

–Tu consejo es prudente y sabio como siempre, pero en esta ocasión no me convence. Viviendo en la Casa Dorada no son espacios grandes lo que me faltan, antes bien me sobran, porque en la imposibilidad de verlos sólo me queda la incomodidad de recorrerlos. Pero es que, además, temo al hijo de Merit...

–No te apresures en tus conclusiones –dijo Seshat–. Yo lo hice al principio. Le traté con cierta prevención y hasta sentí vergüenza de mi propia sangre, pero supe rectificar a tiempo y he descubierto que es un carnero que se hace querer.

–No dudo que le querré, pues estoy acostumbrado a prendarme de rarezas, pero me ha contado la vieja Rapet que se pasa las noches rebuznando, y ni Cabriolo ni yo podríamos dormir tranquilos.

Cabriolo hizo dos veces miau en señal de asentimiento. Y, tomándose más libertades de las que debía, exclamó: «A mí me da la gana de volver a la calle de Las Acacias, porque las vecinas me conocen y ya saben qué golosinas prefiero».

Ipi regresó a la vieja casa de la calle de Las Acacias y pudo sentir en toda su plenitud la emoción del origen y, además, el reencuentro con la maternidad delegada en la vieja Rapet. Se la prestó Merit, y no sin cierta complacencia, porque se ahorraba sus continuos reproches. Pero, además, la nodriza conservaba la magia de las cocinas de infancia, esas que el paso de los años no consigue superar la vida del hombre. Y así volvió a regalarle con los pasteles de siempre, aunque poniéndose un poco pesada en sus pretensiones:

–¿A que esos dulces no los hacen en palacio? –repetía constantemente. Y Cabriolo estuvo a punto de maullarle: «¡Pretenciosa! ¿Te habrás creído que el faraón come basura porque no andas tú fisgoneando en sus cocinas?».

En el tiempo transcurrido, Ipi ya no era el niño indefenso que se atiborraba de higos a la sombra del emparrado. Era el ciego de Tebas, símbolo de la música. Por eso las vecinas le pedían constantemente que tocara para ellas, como antaño, pero era el músico personal del faraón y el solo hecho de pedirlo casi constituía un sacrilegio. Por eso decían que se le había subido a la cabeza el vino del poder.

Y contestaba él:

–He dejado mi arpa en palacio porque sólo quiero oíros a vosotras. Jamás me había separado de ella ni un segundo, así que ya veis cuánto me importan vuestras voces.

Y se embebió escuchando las apasionantes novedades de aquellos días. Supo que la vecina Nellifer no se hablaba con su cuñada Nifrune porque ésta le echó agua sucia a los pies el día que salía de paseo con sandalias nuevas. Y aunque Nellifer aseguró que no lo había hecho intencionadamente, la otra le echó estiércol en una túnica que tenía en el tendedero, lo cual obligó a todo el vecindario a tomar partido, de manera que unas damas se pelearon con otras y salieron a relucir los trapos sucios de todas ellas. Por eso había gran revuelo en la calle de Las Acacias: porque la vecina Nellifer no se hablaba con su cuñada Nifrune.

Pero Ipi no sólo llenó sus paseos con la crónica cotidiana, también contaba el reencuentro con los aromas que habían poblado su infancia y que ahora volvían a ser su único medio de comunicación con el mundo. Ya no eran los perfumes que aromatizaban las estancias de la Casa Dorada, tampoco las delicadas mezclas que los ricos escanciaban por las noches, en el frescor de las terrazas: volvía a ser la harina, la cerveza, las frituras y la salazón de los pescados. Y aún más que él disfrutaba Cabriolo pues los miembros de la comunidad gatuna le obsequiaron con un banquete de espinas tostadas con miel y cuando volvió a casa se aprovechó de los bizcochos de Rapet y los dátiles de las vecinas. Y así vieron todos que seguía siendo un gato asombroso en sus gustos y variaciones.

Ipi siguió recorriendo sus rincones favoritos, y aunque en muchos de ellos volvía a encontrar el placer de otro tiempo, en otros se echaba a llorar porque notaba que no se había movido de sitio. Seguía viviendo de los aromas y los sonidos, sin otra posibilidad, y sabiendo que así sería siempre. Por eso, porque el mundo le estaba negado, siguió buscando refugio en los afectos, y un día se hizo conducir hasta la tienda de Tetis, en la calle de Los Artesanos. Y al recordar el día que llegó a comprar su primera arpa en compañía de su madre, la dama Kipa, tuvo para ella un momento de ternura pese a que se había convertido en un espíritu maléfico.

Al recordarla, se emocionó también el comerciante. Y estuvo a punto de llorar cuando dijo:

–Los dioses de la amistad son los mejores que existen, porque no fallan nunca. Ellos han hecho que el músico favorito del faraón se digne recordar que en esta tienda siempre fue muy querido.

–Si les añades los dioses del agradecimiento, verás que esta visita ha estado muy bien organizada. Pero es posible que sea una carga para ti, porque me he convertido en un triste, y mi arpa en una plañidera.

–¿No será que deberías cambiar de arpa?

–Lo dices en broma, pero es posible que así sea. Y aun así, ¡bendita sea el arpa que me vendiste! Ningún hombre habrá tenido mejor amiga y, si exceptuamos mi bastón, nada me ha ayudado tanto en mis recorridos. Pero sé que me encuentro al final de uno de ellos y en este trance nada de lo que sirvió puede servir. Mi alma no tiene la limpieza de otro tiempo, y el corazón ha perdido su dulzura. Cuando empecé, estaba destinado a infundir felicidad con mi música; en cambio, la de ahora es tan deprimente como la que solía ejecutar Pentaur.

–Eres demasiado joven para tocar como aquel cenizo. Ni tú ni tu rey ni ese loco de Jonet habéis empezado a vivir. Al Nilo le falta una crecida para que empecéis a ser hombres.

–No sé ellos, pero yo tengo la impresión de haberlo vivido todo, y esto influye en mi música. No sé si es culpa permanente de mi ceguera o el recuerdo de Jonet, que no me abandona.

–Si eres ciego, ¿qué culpa tiene la música? Si Jonet te dejó, ¿qué culpa tiene la música? Piensa en los artesanos de la Sede de la Verdad. Cuando se les encarga una tumba, no pueden depender de su estado de ánimo. Los dioses tienen que parecerse a los dioses. El difunto tiene que ser como el difunto. Y la música tiene que ser ella más allá de lo que tú seas. Porque, hijo mío, sólo así acabarás siendo la música.

Con este convencimiento regresó a la calle de Las Acacias, sin sobresaltos, sin zozobras; antes bien, con la lucidez de quien ha vencido una dura prueba. Experiencia tanto más insólita, pues ni siquiera era consciente de habérsela impuesto. Porque había ido impulsado por la nostalgia de lo vivido sin saber que es ella la que edifica los cimientos de lo que queda por vivir.

Dejó a Tebas inmersa en los preparativos de las conmemoraciones de Horemheb, y no bien llegó a la Casa Dorada se hizo conducir ante el faraón, como un soldado que se dispusiera a presentar el parte de su batalla interior. Y así dijo:

–Quiero que sepas que he estado en Tebas y no he llorado.

–¿Te fuiste para llorar? –preguntó Faraón–. ¡Mira que llegas a ser asombroso!

–Cierto que lo soy, por esto he preferido resquebrajarme las entrañas antes que consolarme en el llanto. Pero he comprendido que soy digno de empresas muy altas, y para demostrártelo volveré a acaudillar los sonidos para ti, pues otra cosa no sé hacer.

–Y será para mi absoluta complacencia –dijo Tutankamón–. Además, me servirá para unir a dos seres queridos. Cuando conceda sus honores a Horemheb quiero que a cada pronunciamiento suene una cuerda de tu arpa como símbolo de excelencia.

–Será la primera vez que no se hace con trompetas ensordecedoras. Por esto acepto: porque es nuevo. Pero no olvides que Horemheb es un guerrero. Si le cambian el sonido de las trompetas por el de una arpa, puede pensar que lo tildas de afeminado o, peor aún, que sus hombres se ríen a sus espaldas creyendo que lo es.

–No he visto a Horemheb todavía. Resulta enojoso que el protocolo me obligue a esperar el final de las ceremonias para estar con mi amigo. Estoy seguro de que él sentirá lo mismo.

Pero aquella noche Horemheb no pensaba en el faraón, ni siquiera en los preparativos de su triunfo, que ya estaban depositados en tantas manos capaces. Permanecía encerrado en su tienda, sin otra compañía que la de su guardia personal y su leopardo amaestrado. Por su aspecto taciturno diríase que tenía la mente ocupada en cuestiones de importancia, pero ni siquiera era esto. Apoyado en su mesa de campaña, mantenía la mirada fija en un objeto que parecía ejercer sobre él efectos hipnóticos. Por lo menos no dejaba de acariciarlo mientras escuchaba a un soldado situado a sus espaldas.

–El noble Ai contesta así a tu mensaje: «Recibiré a mi amigo en el mayor secreto, como él pide. Un hombre de confianza le esperará en el ala norte del palacio para conducirle a mis estancias. El secreto se mantendrá, pues nada sé, ahora que lo recibo, y nada sabré una vez celebrado nuestro encuentro».

Horemheb siguió acariciando el objeto que le fascinaba. Era un anillo de Akenatón, el hereje. Un anillo que representaba al disco solar distribuyendo sus rayos sobre todo lo creado. Y mientras lo iba acariciando, Horemheb no pudo reprimir una ironía: «Es lo último que Ai esperará encontrar entre las sombras de la noche».

Era noche cerrada, con luna poco abierta. Se hallaba Cabriolo degustando el alpiste de la abubilla Nektis en una de las terrazas de la parte norte. Departían sobre la influencia de la especie animal en el devenir de las naciones, como suelen hacer las bestias dotadas de entendimiento. La abubilla se mostraba muy crítica contra un clamoroso caso de fraude que acababa de suceder en el santuario de Ptah. Eran famosos sus subterráneos por la ingente cantidad de momias de ibis que se acumulaban en sus nichos desde generaciones inmemoriales. A causa de esta fama, la necrópolis se había convertido en centro de peregrinaje y, como en todos los lugares de esta calaña, los sacerdotes habían acabado por convertir la piedad en una industria. Con destino al culto se momificaba a los ibis criados en el lago sagrado, pero además cualquier particular podía traer a su propio ibis para ser momificado en los talleres del templo. Y para quien no lo tuviera, se había montado un servicio de ventas que rendía pingües beneficios.

Hasta aquí la abubilla Nektis no tenía nada que objetar, pues todo pájaro de bien aspira a disfrutar de la vida eterna por los mismos medios que los faraones, pero a nadie le gusta que le vendan por lo que no es, y éste era precisamente el fraude que se había descubierto en Menfis cuando un creyente abrió los vendajes del ibis que había adquirido y se encontró con un halcón mutilado, y, en otro recipiente, un montón de carne picada.

El caso mantenía obsesionada a la abubilla Nektis, porque no le hubiera gustado que, una vez muerta, vendiesen su cuerpo en el envoltorio de un cocodrilo. Y Cabriolo quiso ser perverso y se dijo para sus adentros que, con lo pequeña que era, más bien la venderían en el envoltorio de un escarabajo.

Como suele ocurrir en los países donde mandan los sacerdotes, las iras de la abubilla se dirigieron contra los de Ptah, y los maldijo con todas sus fuerzas por someterse a semejantes trapisondeos.

–Tengamos conformidad –dijo Cabriolo–. A lo mejor el clero de Ptah es más pobre que el de Amón. Como no conocen otros medios que el hurto, echan mano de lo primero que tienen.

–Le quitas importancia porque no eres pájaro. Piensa tú si esto ocurriese en Bubastis. Piensa que los adoradores de tu diosa van a comprar una momia de gato y les dan una de liebre.

Cabriolo meditó brevemente sobre la cuestión: al igual que la abubilla, aspiraba a que su momia tuviese su propio recipiente, de excelente confección y atiborrado de amuletos; una momia cuyo nombre pudiese ser pronunciado, un precioso objeto digno de figurar en el vestíbulo de su amo, protegiendo el hogar. Y aunque Ipi no pudiese verle lo acariciaría constantemente, y esto le emocionaba porque todo gato bien nacido agradece que las caricias de su dueño se prolonguen en la eternidad.

De pronto el pico de la abubilla Nektis se abrió en expresión de alarma. En la escasa zona de claridad abierta por los rayos de la luna aparecieron unas sombras encorvadas, que avanzaban casi de puntillas, con el paso que caracteriza a los sospechosos o a los que quieren esconderse de algo. Pero, a pesar del embozo, la mirada de un héroe siempre se abre paso a través de las tinieblas. En este caso, camino de las estancias privadas de Ai.

–Éste es Horemheb –exclamó la abubilla–. Nunca le había visto en este palacio, porque todo el mundo sabe que prefiere su residencia de Menfis, pero cuando era niña le vi encabezando un desfile. Por eso te digo que es Horemheb, el grande.

–Pues diríase un mendigo por sus ropas –dijo Cabriolo–. Y un ladrón por su sigilo.

–Aquí hay gato encerrado –dijo la abubilla. Y al comprobar que Cabriolo estaba agazapado a su lado comprendió que la frase no había sido afortunada.

Tampoco lo era la visita de Horemheb, en opinión de Ai.

El guerrero comparecía exento de pompa, que es como decir desnudo frente al mundo. No le protegía el casco azul de las grandes batallas; vestía un simple sayo en vez de la coraza de oro y sus manos no sostenían el bastón de mando, sino que se cerraban fuertemente sobre un pequeño objeto que Ai no podía ver.

Tras escuchar la bienvenida de Ai, así como su extrañeza ante las circunstancias de aquella visita, le espetó secamente:

–Antes de ver al faraón tenía que hablar contigo. De lo que tú me digas depende lo que yo tenga que contarle.

Una sonrisa apenas perceptible curvó los labios de Ai.

–Vengo de la Ciudad del Sol –prosiguió Horemheb–. Y lo que he visto me ha helado la sangre.

Ai tuvo que esforzarse para aparentar su flema acostumbrada. Mantenía los ojos fijos en el suelo, como si leyese en él sus propios pensamientos. Y tanto tiempo se mantuvo en su lectura que Horemheb optó por precipitar la situación poniendo en su mano la joya que había estado acariciando durante toda la noche.

Ai continuaba afectando indiferencia, poco creíble por otra parte.

–Es el anillo de Akenatón –dijo pausadamente–. ¿Pretendes sorprenderme? Sin duda esperarás que te pregunte cómo ha llegado a tu poder. Sin embargo, estoy dispuesto a creer que el propio Akenatón te lo regaló y ahora quieres dejarlo a modo de ofrenda en el santuario de Amón, como símbolo de tu victoria.

–Lo he encontrado en la Ciudad del Sol.

–Curioso desvío para alguien que llega de Asiria.

–Es cierto que hace años que dejó de estar en mi camino, luego comprenderás que he ido expresamente. Quería averiguar cómo avanzaba tu proyecto.

No era necesario ser un lince para comprender que Ai estaba luchando para mantener su compostura. Pero ahora ya se atrevía a mirar cara a cara a su contrincante.

–Por supuesto, no sé a qué te refieres –dijo, en tono severo.

–Entonces no te interesará saber si has fracasado... –Viendo que el otro afectaba indiferencia, exclamó–: A ti me refiero, no te hagas de nuevas. Eres astuto como afirman, pero no estás en todas partes como crees. Ni tienes todos los resortes que bastan para garantizar un secreto.

–Acaba de una vez, Horemheb. Ya no es un secreto,

puesto que tú lo conoces. Ahora bien, ¿cómo te has enterado?

–Se dice que no hay mejor espía que el azar. Alquilaste mercenarios libios, y yo los tengo también en mi ejército. Tomaste a tres nubios, y tengo más de cien entre mis arqueros. Y encima ignoras que los mercenarios de Mitanni me preceden en la batalla llevando mis estandartes. ¡El azar, Ai, el azar! ¿No lo fue que uno de tus libios, herido de muerte, buscase refugio entre sus compatriotas?

–¿Herido de muerte, dices?

–Fue el único que sobrevivió. Sus compañeros fueron degollados no bien llegaron a la tumba de Akenatón.

Con una maniobra instintiva, Ai arrojó lejos de sí el anillo que Horemheb le había entregado.

–Desde que me anunciaste tu visita supe que llegabas como mensajero del desastre. Lo que tengas que decir dilo ya.

–Tus mercenarios fueron atacados por unos desconocidos que los triplicaban en número. Ya te he dicho que sólo quedó el libio. Llegó a mi campamento en estado febril. Su expresión era peor que la de un muerto: era la de alguien que ha visto lo que existe más allá de la muerte. Pronunciaba palabras en su lengua para mí desconocida, pero entre ellas destacaba un nombre egipcio, inconfundible para todos: Akenatón.

–¡Akenatón...! –repitió Ai, como en un sueño.

–El libio murió pronunciándolo a gritos.

–Mal destino el de este nombre. Tenía que ser un homenaje a la vida, y se ha convertido en sinónimo de muerte. En verdad te digo que los dioses han perdido la razón y los humanos estamos aquí para imitarlos.

Horemheb se sirvió vino sin molestarse en pedirlo. Su pecho se hinchó como el de un toro, pero al cabo de un momento su cuerpo se empequeñecía como el de un niño asustado.

–Cuando llegué a la Ciudad del Sol la muerte había consumado su trabajo. Los nómadas de la zona estaban aterrorizados. Hablaban de una hoguera gigantesca, de momias crepitando entre las llamas, de un intenso olor a resina que, llenaba el aire como si fuese una ponzoña. Algunos decían que, antes de ser arrojadas a la hoguera, las momias fueron arrancadas de sus sarcófagos y sus miembros cortados a hachazos, como en un ritual cuyo significado se me escapa, tan absurdo es, tan atroz.

Ai profirió un grito muy largo, parecido a un aullido:

–¡La familia real destruida! No podía llegar más lejos el sacrilegio.

–Quienquiera que lo haya llevado a cabo ha cometido un doble crimen. Quemar los restos de un difunto es lo peor que existe. –Bebió otro trago mientras hilaba un discurso que involucraba todo su pasado–: Para un guerrero la muerte es una compañera asidua. No se la quiere, pero sabemos que hay que convivir con ella. Nunca la he visto, tampoco a los dioses que la encarnan, pero he sido testigo de sus resultados y me he visto obligado a mostrarme impasible para no dar un mal ejemplo a mis hombres. Sobre los montones de cuerpos mutilados que quedan después de la batalla he adoptado la actitud del dominador aunque por dentro me sintiese asqueado. Todo esto he conseguido tras largos años de llevar el látigo de mando, pero lo que he visto en la Ciudad del Sol me ha inspirado un horror infinito, y cada vez que cierro los ojos es ese horror lo que veo.

Ai no sentía el menor respeto por la filosofía de la milicia y sólo estaba acostumbrado a lidiar con la muerte cuando ésta se disfrazaba de asunto de estado, pero aquella historia excedía todas sus previsiones. Viendo que a Horemheb le ocurría lo mismo, le contó con detalle su participación en aquellos sucesos, desde que Tutankamón le ordenó el traslado de la familia real al Valle de los Reyes hasta todas las precauciones que había tomado para que el asunto se mantuviese en riguroso secreto.

–Nunca pensé que sería tan inútil, yo, que he sido útil a Egipto en tantas ocasiones. Riámonos de la inmortalidad mientras nos quede un soplo de vida. En verdad que nadie está a salvo. Ya ni siquiera sabemos quién puede provocar el crimen de los crímenes. Y si lo sabemos, es mejor callarlo.

Horemheb demostró su escaso sentido de la diplomacia al preguntar:

–Estás pensando en los sacerdotes de Amón, ¿verdad?

–Estoy pensando –dijo Ai–. Sólo pienso que estoy pensando.

–Tuvo que ser gente marcada por el odio. Tanto es así que lo aplicaron con mayor saña al único sarcófago que no tuvieron tiempo de abrir. Lo dejaron allí, entre los escombros de la cámara real. Pero le arrancaron el nombre, para que nadie pueda reconocerlo en el futuro.

–Para que su nombre no sea pronunciado. Para que la eternidad le sea negada. ¿Sería el sarcófago de Akenatón?

–No puedo asegurarlo. Por la posición que ocupaba en la cámara real podría ser el de Smenkaré.

–¡Pobre muchacho! No fue nada en vida. No será nada en la inmortalidad.

Horemheb apuró su copa y, por unos momentos, pareció sentimental. Por lo menos en sus pupilas, normalmente secas, asomaba una lágrima.

–Veo que he llegado a Tebas bajo signos adversos. No se me ocurre mayor crueldad que contarle al faraón el miserable destino de sus parientes.

–No lo hagas, Horemheb, te lo suplico. Dejemos que disfrute de las fiestas que se avecinan. Trasladaremos al Valle de los Reyes lo que ha quedado de la tumba y le diremos la verdad cuando llegue el momento. Que no podrá ser muy tarde, porque no deja de acosarme con sus preguntas.

En su escondite, Cabriolo y la abubilla Nektis se observaban con mirada aterrada. La luna se había ocultado tras las montaña de los muertos, confundiéndolos con su luz fantasmal. Y Anubis aullaba por las laderas, convocando a las almas en pena.

–¡Qué noche tan siniestra! –exclamó Cabriolo–. ¡Tanta momia y tanta momia y tanta momia!

–Es verdad, que hemos empezado hablando de las de Menfis y acabamos con las de una familia entera. ¡Para mí que algo se ha alterado allá en los cielos!

No estaban más tranquilos en las altas esferas, pero por motivos bien distintos a los que agobiaban a los humanos. Sorteando astros, estrellas y animales del zodíaco, volaba a la velocidad de los sonidos una alfombra roja con flecos dorados.

Erguido, con las piernas abiertas y el brazo en alto sosteniendo un tallo de plata, Jonet diríase el símbolo exacto de la victoria. Y así voló sobre valles y desiertos, sobre océanos y ríos, guardando de tal modo su compostura que un planeta pensó que se había quedado congelado.

Y voló y voló la alfombra, con tal ímpetu, con tan salvaje empuje que hasta la barca solar se molestó por considerarla competencia.

Fue entonces cuando la abubilla Nektis advirtió a todos los pájaros de Tebas:

–No salgáis hoy de vuestros nidos. Se acerca por los aires un objeto no identificado. Y lo que es más grave: lo conduce el flautista que enseñó a ser loca a la locura.

YO, QUE SOY EL NARRADOR, yo, que cuento, explico, manipulo, me veo ante el apuro de describir las fiestas de Horemheb; de expresar la grandeza que sus méritos exigen y Tebas está pidiendo a gritos. Debo montar una ceremonia más grande que la vida, sin disponer de un escenario de ópera que lo acoja; debo ser más Horemheb que Horemheb mismo sin la ayuda de la admirada diosa Cinemascopia, que en otro tiempo fue paradigma del colosalismo.

Llega entonces la triste verdad de toda narrativa, desde la que os cuento en los mercados a la que quedó encerrada en los papiros de Tot. El Nilo devorará cualquier intento de contenerle, la algarabía de Tebas en fiestas apagará la voz que aspire a comentarla, y el esplendor de las formas no encontrará su igual en las palabras.

Algo hay en la realidad que se resiste a entregarse completamente. Algo en la fantasía que escapa incluso a sí misma. Y así, soñadores del Nilo, oyentes de esta historia, todo cuanto pueda deciros de las grandes jornadas de Horemheb sólo será una triste parodia de su verdadero boato.

Y, sin embargo, el esplendor de Tebas se impone, aunque sólo sea para ser el boceto de un impacto. Las multitudes, engalanadas de fiesta grande, han tomado las calles, invaden las avenidas, se encaraman a los colosos, se amontonan en el regazo de las esfinges. El inmenso hormigueo humano está esperando que salgan a la calle los fastos que han empezado a celebrarse en palacio.

Pero incluso en ese día en que la grandeza estaba dictando sus deseos, la intimidad de un joven buscaba un último refugio. Y así el gran rey de Egipto recorría todos los pasos del protocolo matinal, preparando el aspecto divino que debía adoptar ante el pueblo.

Y sería, además, un día extremo para su coquetería, pues las distintas ceremonias le permitirían lucir distintos atavíos y, sobre todo, variar de coronas: desde la doble, que le mostraba como señor de las Dos Tierras, hasta la de Amón, que le permitía aparecer en el interior de una de las plumas del dios.

El ejercicio del poder, y las lecciones de severidad que conlleva, no le hacían inmune a las sorpresas, ni le impedían ilusionarse ante las perspectivas de una fiesta excepcional. Así, mientras sus servidores le cargaban de anillos, brazaletes y pectorales, se iba interesando por las diversiones organizadas para después de las ceremonias religiosas.

Sus sirvientes eran jóvenes de la nobleza, jóvenes que más que nombres ostentaban epítetos: Amigo del Rey, Amado por el Rey, Mano del Faraón... Pero el que más poseía seguía siendo Ai quien, además de Gran Padre, era Guardián de la Gran Casa y Organizador Supremo de las Fiestas Divinas. Situado por encima de todos los demás, y aun del reino entero, vigilaba atentamente todos los detalles del ajuar real. Y aquella mañana, como en tantas otras, se vio obligado a escuchar las confidencias de su joven pupilo.

Cuando los dos quedaron a solas, manifestó Tutankamón:

–Una vez acabadas las ceremonias quiero quedarme a solas con mi reina, y consultar a un lector de sueños. Anoche tuve una visión que, a mis cortas entendederas, es portadora de maravillas. Quiero que me sean confirmadas.

Ai guardaba silencio. No podía dejar de pensar en la conversación que había mantenido con Horemheb ni en la imagen de la familia real, con sus cuerpos mutilados y envueltos por las llamas. Pero era difícil sustraerse al entusiasmo de Tutankamón, cuando dijo:

–Se me apareció Akenatón, exactamente como yo le recuerdo. Como en los tiempos de la Ciudad del Sol. Le vi muy contento porque, ¿sabes?, su cuerpo ya no está amenazado...

–¿Qué quieres decir? –preguntó Ai, escondiendo la emoción ante aquella quimera.

–Me hablaba desde su nueva tumba en el Valle de los Reyes. Por su expresión de felicidad comprendí que ya se encuentra a salvo. Me dijo que estaban con él Smenkaré y las princesas y la gran reina Tiy.

Estuvo a punto de exponer sus sospechas definitivas: el rescate había sido un éxito, pero Ai todavía no consideraba adecuado comunicárselo. Recordó que le había prometido no hacer preguntas. Por otra parte, su convencimiento parecía más firme que cualquier explicación que el otro pudiera darle.

–Consejero y amigo, sé que mis muertos están en buenas manos, pues son las tuyas. Nada te preguntaré, puesto que es tu deseo. Pero sí quiero decirte algo: hoy me siento adulto, porque la salvación de mis difuntos es la primera decisión propia que me ha sido permitido tomar. En el día de hoy, tu rey vencerá al olvido.

Ai buscó cualquier objeto en que posar la mirada. Todo antes que enfrentarse a la plácida sonrisa de aquel joven lleno de ilusión. Pero en su interior no pudo evitar un lamento: «¡Pobre muchacho! –pensó–. ¡Si supiese que el olvido ya ha llegado!».

Ya en el gran salón del trono, Tutankamón y Anjesenamón se colocaron en el puesto que el ritual determinaba: el estrado que acumulaba las bendiciones de los dioses y les concedía todas las potestades del universo. Igual sentido del ritual presidió la llegada de los invitados. Avanzaban con paso solemne, se inclinaban ante los reyes y proseguían su camino para ocupar el lugar que les había sido asignado por Ai, organizador de la ceremonia. Desfilaron los grandes sacerdotes de Amón, con su cráneos relucientes, las túnicas blancas, impolutas, atravesadas por pieles de leopardo. Siguieron los embajadores de las naciones extranjeras y los sacerdotes de sus extrañas divinidades. Vinieron a continuación los altos funcionarios, con sus esposas atiborradas de joyas, y los terratenientes más poderosos de cada provincia, con sus esposas sobrecargadas de abalorios. Y llegó Horemheb enteramente vestido de oro, rodeado por sus oficiales más gallardos y veinte doncellas portadoras de palmas. Y, por fin, avanzaba Ipi, guiado por sus dos sirvientes y rodeados por los seres que habían sido definitivos en su vida: Seshat y Merit en primer lugar, Totmés y el comerciante Tetis a corta distancia. Cerraba el grupo la fiel Rapet, la más envanecida entre todos los presentes porque lucía una preciosa peluca de dos pisos que le había prestado Merit, no sin escándalo de las vecinas, que encontraban aquel detalle propio de piojo resucitado. Pero la sabiduría de la nodriza le enseñaba que aquello se debía a la envidia, porque no había vecina que no hubiese dado una mano por hallarse en aquel desfile y en cambio tendrían que contentarse con las ceremonias que se celebrarían delante del templo, cuando Horemheb acudiese a ofrendar su victoria a Amón.

Pero más envidia habrían sentido las vecinas de haber sabido que hasta los gatos recibían mejores tratos que ellas, porque a los pies de una de las gigantescas columnas cuyos relieves celebraban la gloria de los Amenhotep, la reina Anjesenamón había ordenado disponer una pequeña tribuna desde la cual pudiera seguir Cabriolo toda la ceremonia. Y como era un minino agradecido, consiguió que fuese invitado también el Gran Gatoide y otros cinco miembros de la comunidad gatuna de Tebas. Esta deferencia hizo que, además de la envidia de las vecinas, se despertase la de los otros animales de palacio: los antílopes, los monos, los perros y las grullas, que se sintieron inferiores. En cambio, la abubilla Nektis fue más lista, como lo solía ser: voló hacia el capitel de una columna que sujetaba el pasquín real y lo vio todo mejor que nadie. Y como siempre presumió de tener una cresta muy lucida y movediza, le hizo gracia ver cómo se parecían a ella los incontables abanicos de todo tipo que rodeaban al faraón.

¡Había tanto por ver! Tanta pompa desfilando, tanto empaque, tanta elegancia. Y la abubilla lo iba anotando todo en su mente para contarlo, después, a los pájaros del río.

De pronto se oyó un ruido estruendoso que llegaba del cielo y se acercaba cada vez más a la tierra, hasta convertirse en una sucesión de explosiones en cadena. Parecía que el sol se hubiera desplomado sobre los jardines y continuase allí, hurgando en la tierra.

Los sacerdotes miraron hacia el cielo, pero el sol continuaba en su lugar y resplandecía con fuerza nada escasa. Sin embargo, las explosiones continuaban. Sólo que, pasada la primera impresión, resultaron ser otra cosa: era el crepitar de la leña en la hoguera, magnificado para llegar al oído de los dioses.

Todos los presentes intentaban guardar la compostura, pero fue imposible. Muchos rompieron el protocolo y corrieron hacia la terraza, mientras los que quedaban en el interior se entregaban a las suposiciones más arriesgadas.

Los guardianes contaron que habían visto llegar por los cielos una alfombra roja con flecos dorados. Volaba a tal velocidad que verla fue no volverla a ver. Es decir, sólo vieron que se precipitaba sobre el jardín y, al no encontrar un espacio llano donde asentarse, se incrustó en el sicomoro de Hator, que se deshizo en mil pedazos.

Allá en su baño de Dandara gritó la diosa:

–¡Sapo asqueroso! ¡Has conseguido acabar con mi árbol, hijo de arpía!

De entre el amasijo formado por la alfombra y las ramas partidas apareció Jonet, muy comprometido en su aspecto y más aún en sus movimientos. Caminaba completamente encorvado, con una mano en los riñones y la otra intentando mantener en alto el tallo de plata.

Reconociendo en él a un ser humano, tres sacerdotes de Sejmet se apresuraron a ayudarle. Una vez enderezado el cuerpo –y fue empresa harto difícil conseguirlo–, intentaron enderezarle el brazo, pero estaba como envarado. Y el tallo seguía enhiesto.

–¡El faraón! –gritaba–. ¡Es necesario que le vea cuanto antes! Conducidme ante él. Traigo el tallo que falta a la rosa que brilla en su frente.

–¿Es un dios loco o un loco que se cree un dios? –preguntó uno de los sacerdotes de Sejmet.

–Será un oráculo que anuncia siniestras consecuencias –contestó otro.

–O favorables –aventuró el tercero–. Con los oráculos nunca se sabe.

Repararon entonces en la riqueza de su atavío y, creyéndole un príncipe ignoto, no se atrevieron a contrariarle.

–Llevémosle ante el faraón antes de que se le ocurra lanzarnos un maleficio por medio de estos pétalos raquíticos.

El camino hasta el trono era largo, y recorrerlo equivalía a atraer sobre sí todas las miradas. Y fue la del faraón la que delató mayor asombro. Aquel rostro no le resultaba desconocido. Tampoco la intensidad de sus ojos, que le miraban fijamente a medida que avanzaba. Y los invitados no salían de su asombro, pues siempre fue una osadía extrema mirar al faraón cara a cara.

–¿Vienes a sorprenderme? –preguntó Nebjeperure–. Ya lo hiciste en dos ocasiones. Me temo que sea tu especialidad.

Jonet llegó a los pies del trono sosteniendo en alto el tallo de plata. Él recogería la rosa azul, engarzándose ambos en una unidad perfecta. Y recordó entonces las palabras del Tiempo, con su tono de profecía astral: «Esa flor no se dirige al amor de un día, sino al amor verdadero».

Llevado por la esperanza, buscó el rostro de Faraón y descubrió que en la frente sólo brillaba el sudor de la mañana. Eso sí: era un sudor tan perlado que ponía en la piel del divino adolescente los destellos de la madera más preciada.

–¡No tienes la rosa! –exclamó Jonet–. ¿Cómo es posible? O los dioses me han engañado, o no eres mi dios, como creí.

Nunca la ausencia de una flor resultó tan decepcionante para jardinero alguno. Tan miserable sentíase Jonet que hasta el tallo se contagió y empezó a deshincharse, como dispuesto a fundirse en sí mismo. Sólo los dos pétalos resistían, conservando un poco de su empaque.

–¿Dónde está la rosa? –gritó Jonet–. ¿Quién la tiene?

Buscó desesperadamente a su alrededor, mientras iba gritando «¡La rosa! ¡La rosa!». Enfrentado por fin a la realidad, comprendió que necesitaba el consejo de alguien más experto. Pero el Tiempo ya no estaba allí para ayudarle.

De pronto se oyó un grito y el tallo se enderezó con la celeridad de una cobra presta al ataque. No fue menos rauda la reacción de Jonet; al punto reconoció al que gritaba, y sobre todo el color de su voz. Supo que en otro tiempo formó parte de una música deliciosa que le brotaba del fondo del alma.

Destacando entre los invitados ilustres, reconoció a Ipi, y al mismo tiempo se reconoció a sí mismo, diciéndole en un jardín de la calle de Las Acacias: «Todo el mundo afirma que somos iguales y ahora veo que eres un espejo que me ensalza».

Seguía siendo su igual, pero de pronto fue su punto de destino. Porque en la frente del arpista ciego resplandecía la rosa azul del país de las nieves.

Al descubrir aquel prodigio se produjo un murmullo general, que iba del asombro al temor. Incluso los menos miedosos retrocedieron con cautela, dejando a Ipi completamente solo en medio del gran salón, vacilando de un lado para otro, palpando el aire con las manos, en un intento desesperado de aferrarse a algo.

Pero ningún amigo le secundaba. Incluso el faraón se había escondido detrás de su trono, porque ninguno de sus adivinos le había advertido sobre el significado de una rosa azul en la frente de un músico ciego.

Jonet se encontró enfrentado a su amigo, al que fue en otro tiempo su hermano en la música. Toda la que habían creado volvía a sus oídos. Y ante el poder de las melodías compartidas, el tallo de plata se puso al rojo vivo y sonó un estruendo clamoroso y los dos pétalos salieron disparados hacia el rostro de Ipi y se incrustaron en sus ojos como la saeta de un etíope en el corazón de una gacela.

Los invitados se arrojaron al suelo con el cuerpo completamente extendido y la cabeza escondida entre las manos. Es imposible describir su terror así como los aullidos de Ipi en este instante en que veía su ceguera profanada por la plata viva. Cuanto más intentaba arrancarse los pétalos, más se incrustaban en sus pupilas, mayor orificio abrían, más cantidad de sangre brotaba. Y los invitados seguían pegados al suelo, a excepción de Merit, que aprovechó para desmayarse en brazos de un gallardo capitán de la guardia de Horemheb.

Mientras, en el rostro de Ipi se estaba operando una insólita metamorfosis. La sangre se transformó en nieve, y la nieve se convirtió en dos ojos de hielo que, al recalentarse, adquirieron el color de la vida. Completado ese cambio, la rosa azul desapareció de su frente y en su lugar apareció un rayo de luz tan poderoso como el que iluminó la creación en el alba de los tiempos.

Cuando los invitados osaron incorporarse comprendieron que en los ojos de Ipi acababa de entrar la luz. Y allá en los cielos su padrino, Ipi Celeste, lloró de emoción porque supo que la luz nunca le abandonaría.

En cuanto a Ipi, el aluvión de colores que recibió le hizo pensar que se había vuelto loco. Al poco, creía estar simplemente borracho y cuando los colores se hubieron instalado en sus ojos, gritó que estaba viendo el mundo. Y tuvo que gritar muchas veces para que los demás le creyesen.

En medio del general alborozo, el sumo sacerdote Timur comentó a su ayudante Nepumer:

–Siempre dije que esta familia es muy extraña. Una hermana se cree la diosa Seshat, la otra concibe un hijo con cabeza de carnero, y ahora un ciego de nacimiento se pone a ver.

–¿Serán milagros? –preguntó Nepumer.

–Rarezas, en cualquier caso. Rarezas.

La primera visión fija que recibió Ipi fue el amor, porque así se lo manifestaron a manos llenas todos los que le rodeaban. Corrió a abrazarle la vieja Rapet y lo hizo con tanta fuerza que Seshat tuvo que arrebatárselo, y luego pasó a brazos de Merit, y hasta Totmés, tan comedido, le besó las manos y reconoció que, a veces, los dioses aciertan en algo.

Al final de todos estaba Jonet, con los ojos bañados en lágrimas. Y sólo supo decir:

–¡Mi hermano, mi igual! Al ver ahora tu rostro veo el mío. Y sé que vuelvo a gustarme mucho.

–Tu vanidad es contagiosa –contestó Ipi–. A mí me ocurre lo mismo. Pero si la vista es una novedad para mí, tú no lo eres en absoluto. Te estoy mirando y sé que te he visto antes. Fue cada vez que acariciaba mis propios rasgos. Todo lo que veo en ti lo reconozco. Por eso no sabré decir dónde empieza la realidad y dónde la fantasía.

Dijo entonces Tutankamón:

–Flautista insensato, ¿sigues prefiriendo el culo de un rey al amor de un hermano?

–Sería más ciego de lo que fue Ipi –dijo Jonet, con una risita nerviosa–. De hecho, lo he sido hasta hoy. Todo estaba preparado para que fuésemos siempre hermanos. Llegamos al extremo de jurar que, una vez recorridos todos los caminos, nos estaríamos esperando en el último.

Seshat se adelantó con paso firme y decidido, pues sería mortal pero conservaba sus ínfulas de diosa:

–Es cierto lo que dice, gran rey. En cierta ocasión vinieron a que yo les redactase un testamento. Pedían que, llegado el día, los enterrasen juntos para seguir haciendo música en la eternidad.

–¿Y tú quién eres? –preguntó Faraón.

–Yo soy la que soy –proclamó Seshat–. Soy la que fui y la que seré. La que soy siendo y la que siendo soy.

–¡Olé mi hermana! –exclamó Merit, mientras, por lo bajo, acariciaba las partes del oficial que la había acogido en su desmayo.

La reina miró a Seshat con la misma curiosidad que dedicaba a los animales que había traído Horemheb de sus campañas. Acto seguido, se dirigió a su real esposo:

–No entiendo a esta leguleya, pero sí entiendo que debemos celebrar el valor de la amistad como si fuese el del amor.

Tres doncellas se acercaron para darle el pañuelo de las lágrimas sinceras.

–Permíteme que interceda –prosiguió Anjesenamón–. Tú y yo sabemos lo que significa estar solos entre los demás mortales. Dejemos que dos personas nos recuerden con cariño, pues no sabemos si otros lo harán. Concédeles esa tumba en la eternidad, y que no sea rancio tu ofrecimiento.

–Todo lo contrario –dijo Faraón–. Será espléndido, como corresponde a esta magna jornada. Elige tú misma su hogar de eternidad, pues tienes muy buen gusto.

Ai dirigió una sonrisa de complicidad a Maya, mientras murmuraba:

–Ahora, los niños juegan a las tumbas. ¡Quién pudiera seguir creyendo que hasta la muerte es una pelota de trapo!

Ajena a aquellos comentarios, la reina tomó la palabra de nuevo:

–Te muestras rancio, como temía. No les ofreces, como yo esperaba, una estancia en palacio para que puedan solazarnos siempre con su música.

Al oír aquellas palabras, Cabriolo se arrimó a la pierna de su amo y ronroneó contra ella para dar a entender que no deseaba ser excluido de aquel pacto.

Y desde la tribuna de la comunidad gatuna, observó el Gran Gatoide:

–Este gato siempre sabe a qué árbol arrimarse. Llegará a visir.

El faraón acarició a su esposa en la medida que permitía el protocolo. Acto seguido, cogió la mano de Jonet y la depositó sobre la de Ipi, y luego la suya propia sobre las dos.

–Si os concedo la felicidad en lo eterno, ¿cómo no iba a proporcionaros la dicha en vida? El Príncipe de los Sonidos ha iluminado la mía en muchas ocasiones, y quiero que siga haciéndolo en compañía del que ha de iluminar la suya. Sólo os pido una cosa: no me excluyáis. Dejadme ser vuestro hermano en el afecto y vuestro hermano en la música, porque ambas cosas son una misma. Y celebremos así, entre todos, el gran milagro de la vida que se abre ante nosotros.

Nadie percibió la oscuridad que se adueñaba del rostro de Ai. Pero en sus ojos asomaron las lágrimas cuando oyó decir a Tutankamón:

–En los largos años que me quedan por vivir, en el inmenso tiempo reservado a mi reinado, quiero asegurar la paz de mis muertos y la felicidad de mis vivos. Hoy es día de dicha, y como bien dicen los cantos de los arpistas ciegos, el mañana nadie lo conoce.

Así, la gran fiesta de Horemheb se convirtió en la jornada del milagro de Ipi, y todos querían que la celebrara su arpa y no las trompetas de los soldados. Y Jonet pidió una flauta para acompañarle. Y mientras tocaban, Cabriolo saltó al centro del gran salón y se puso a bailar sobre una sola pata, mientras, con las dos delanteras en alto, bordaba tantas filigranas que se pudrieron de envidia las bailarinas nubias.

La música y la danza corroboraron la extrema felicidad de aquellas fiestas, del mismo modo que confirman en mi narración el deseo que me guió al iniciarla. Quise que fuese amena, y en vuestra benevolencia está el decidir si lo ha sido. Quise que fuese bonita, y está en manos de Ipi y Jonet que lo siga siendo en el futuro. Así será el de Tutankamón, según anuncian sus adivinos. Que dure muchos años en el trono y alcance una vejez gloriosa, sin perder el encanto de sus primeros años. En su honor tocan ahora sus músicos. La melodía de Ipi y Jonet se va perdiendo hacia el río, lo cruza con el vuelo de la abubilla Nektis, llega a Tebas y va fluctuando de azotea en azotea para embeleso de las vecinas. Y así se clausura mi relato en la infinita noche de Tebas, la más adecuada a la poesía.

Es noche que prohíja el quehacer de los amantes y aprueba la comunión de los camaradas. La simpática Nut desplegará su manto de estrellas, para compensar que se ha tragado al mundo; Hator, celeste propiciadora del deseo, soltará astros en forma de besos que se desparramarán como una lluvia ardiente sobre los frondosos jardines, las barcas adornadas con flores, las alcobas perfumadas con mirra y heliotropo. Vivirá Tebas la profunda estación de los amores, y hasta los lotos se abrirán para ser copulados por la brisa. Y la brisa siempre tendrá un soplo de eternidad que sólo pertenece a Egipto.

FIN DE LA NOVELA

Asuán, Old Cataract, 1997-Barcelona, otoño de 2001.

Ilustración de la sobrecubierta: Pierre et Gilles (activos desde 1976),
«Le Jeune Pharaon», Hamid 1985 (© Pierre et Gilles, cortesía
de Galerie Jérôme de Noirmont, París)
Foto de solapa: © Gonzalo Cruz

Círculo de Lectores, S. A. (Sociedad Unipersonal)
Travessera de Gràcia, 47-49, 08021 Barcelona
www.circulo.es
3 5 7 9 2 0 0 6 8 6 4 2

Licencia editorial para Círculo de Lectores
por cortesía de Editorial Planeta, S. A.

Depósito legal: B. 11912-2002
Fotocomposición: Anglofort, S. A., Barcelona
Impresión y encuadernación: Printer industria gráfica, s. a.
N. II, Cuatro caminos s/n, 08620 Sant Vicenç dels Horts
Barcelona, 2002. Impreso en España
ISBN 84-226-9249-X
N.° 27755